KRISTAN HIGGINS
Hora de soñar

Editado por Harlequin Ibérica.
Una división de HarperCollins Ibérica, S.A.
Núñez de Balboa, 56
28001 Madrid

© 2010 Kirstan Higgins
© 2018 Harlequin Ibérica, una división de HarperCollins Ibérica, S.A.
Hora de soñar, n.º 171 - 1.11.18
Título original: The Next Best Thing
Publicada originalmente por HQN™ Books

Todos los derechos están reservados incluidos los de reproducción, total o parcial. Esta edición ha sido publicada con autorización de Harlequin Books S.A.
Esta es una obra de ficción. Nombres, caracteres, lugares, y situaciones son producto de la imaginación del autor o son utilizados ficticiamente, y cualquier parecido con personas, vivas o muertas, establecimientos de negocios (comerciales), hechos o situaciones son pura coincidencia.
® Harlequin, HQN y logotipo Harlequin son marcas registradas por Harlequin Enterprises Limited.
® y ™ son marcas registradas por Harlequin Enterprises Limited y sus filiales, utilizadas con licencia. Las marcas que lleven ® están registradas en la Oficina Española de Patentes y Marcas y en otros países.
Imagen de cubierta utilizada con permiso de Harlequin Enterprises Limited. Todos los derechos están reservados.

I.S.B.N.: 978-84-9188-411-8
Depósito legal: M-29003-2018

¡Hola!

Hora de soñar, *es la historia de Lucy y Ethan. Una historia sobre segundas oportunidades. Después de que la muerte de su marido le rompiera el corazón, Lucy está segura de no querer volver a enamorarse. Preferiría encontrar a algún tipo fiable, algo aburrido, más un compañero que el nuevo amor de su vida. Pero Ethan, su fiel vecino, está decidido a escapar del papel de «amigo con derecho a roce», y conseguir que Lucy lo vea como algo más.*

Como sucede con todos mis libros, espero que te rías un montón y también que eches alguna lagrimita que te llene de satisfacción. En esta ocasión hay algo nuevo... ¡un gato! Gordo Mikey es un guiño a mi majestuosa mascota, Cinnamon. El nombre de Gordo Mikey me lo «prestaron», mis vecinos calle abajo. Espero que te encariñes con este minino cascarrabias.

Fui bendecida al nacer en una gran familia húngara volcada en bebés, risas y comida, sobre todo postres, por lo que me resultó muy divertido situar esta historia en una pastelería. Hay mucha comida rica en este libro y colgaré algunas recetas en mi página web, por si te interesan. Y si bien las Viudas Negras de esta historia son inventadas, fueron inspiradas por mis tres tías abuelas, Anne, Mimi y Marguerite, y por mi abuela, Helen, cuyo apodo era «Bunny». La tradición pastelera de mi familia sigue vigente en mis adorables y encantadoras tías, Rita, cuyos pasteles son legendarios, Hilary, que prepara la mejor tarta de manzana a este lado del Mississippi, y Teresa, que no es repostera, pero sí lo bastante lista para casarse con un hombre que sí lo es, y que lo hace impresionantemente bien.

¡Hazme saber si te ha gustado el libro! Siempre resulta un placer tener noticias de los lectores.
Con mis mejores deseos,

Kristan
www.kristanhiggins.com

Este libro está dedicado, ¡por fin!, a mi paciente, divertida, generosa y adorable madre, Noël Kristan Higgins.

Gracias, mamá, por todo. Te adoro.

AGRADECIMIENTOS

A Maria Carvainis, mi querida amiga y agente, humilde y profunda. Gracias por todo lo que haces por mí.

En HQN Books, muchas gracias a la brillante Keyren Gerlach, cuyos intuitivos comentarios y fe en este libro contribuyó a hacerlo brillar, y a Tracy Farrell y el resto del maravillosamente alentador equipo por su fe y apoyo.

Gracias a mi más vieja y muy querida amiga, Catherine Arendt, y a su familia, que me ayudó con el vocabulario típico de Rhode Island. Al próximo café invito yo.

Mark Rosenberg, Marc Gadoury y Kate Corridan, del Apple Barrel de Lyman Orchards, en Middlefield, Connecticut, son los responsables de los mejores pasteles de Nueva Inglaterra. Gracias por permitirme observar, hacer preguntas y, básicamente, estorbar mientras horneaban por la mañana el pan y los dulces para los afortunados clientes de Lyman.

Me siento agradecida a Cassy Pickard por surtirme alegremente de juramentos en italiano, y por leer el primer borrador, y a Toni Andrews que sabe más sobre planos que nadie en el mundo. Mis amigos de CTRWA han sido un maravilloso y entusiasta apoyo en este proyecto, y tengo mucha suerte de tenerlos como caja de resonancia.

En último lugar en esta lista, aunque ocupen el primero en mi corazón, gracias a los tres amores de mi vida, mi maravilloso esposo y los dos mejores hijos del mundo.

Capítulo 1

—Tienes bigote.

Aunque oigo el comentario susurrado en voz alta, no consigo registrarlo del todo, ya que me encuentro presa de la adoración al contemplar a esa maravilla que es mi sobrina de tan solo una hora de vida. Su carita sigue roja por el esfuerzo de nacer, sus ojos de color azul oscuro son tan grandes y su expresión tan tranquila como los de una tortuga. Seguramente no debería decirle a mi hermana que su bebé me recuerda a un reptil. Bueno. El bebé es impresionantemente hermoso. Un milagro.

—Es asombrosa —murmuro mientras Corinne sonríe resplandeciente y aparta ligeramente al bebé de mí—. ¿Puedo tomarla en brazos, Cory? —mis dos tías murmuran con desaprobación. Hasta el momento solo mamá ha tenido al bebé en brazos y me estoy saltando la jerarquía.

—Esto... bueno... —mi hermana titubea.

—Déjala, Cory —la anima Chris, y mi hermana me pasa a regañadientes el pequeño fardo.

Está calentita y es preciosa, y mis ojos se llenan de lágrimas.

—Hola, tú —susurro—. Soy tu tía.

No me puedo creer lo mucho que amo a ese bebé. No tiene más de cincuenta minutos de vida, y ya estoy dispuesta a arrojarme delante de un autobús por ella, si surgiera la necesidad.

—¡Eh! Lucy —de nuevo la voz de Iris—. Lucy, tienes bigote —mi tía de setenta y seis años se da un toquecito con el dedo sobre el labio superior—. Ahí. Además, la estás sujetando mal. Déjamela a mí.

—¡Jopetas! No estoy muy segura acerca de eso —protesta Corinne, aunque Iris me arrebata hábilmente al bebé.

Mis brazos se sienten vacíos sin el dulce peso de mi sobrina.

—Bigote —insiste Iris, señalándome con la barbilla.

Casi en contra de mi voluntad, mi dedo se levanta hasta el labio superior y… ¡aggh! Algo espeso y casi afilado, como un pedazo de alambre de espino está incrustado en mi piel. ¡Un bigote! Iris tiene razón. Tengo bigote.

Mi diminuta tía Rose se acerca hasta mí.

—Déjame echar un vistazo —me dice con su vocecilla de niña mientras observa atentamente mi labio.

Y antes de que me dé cuenta, agarra el ofensivo pelo y da un tirón.

—¡Ay! ¡Rose! ¡Eso ha dolido! —presiono con un dedo el folículo que empieza a escocer.

—No te preocupes, cielo, lo entiendo. Debes estar empezando con El Cambio —me ofrece una sonrisa cómplice antes de mirar el pelo a la luz.

—Tengo treinta años, Rose —protesto débilmente—. Y ya está bien de mirarlo —le arranco el pelo de la mano.

Ha sido una casualidad. No estoy menopáusica. No puedo estarlo. ¿O sí? Cierto que me siento algo… madura, dado que mi hermana pequeña ha tenido un bebé antes que yo…

Rose escudriña mi rostro en busca de otro pelo.

—Podría ser. Tu prima segunda, Ilona, tenía treinta y cinco. No me parece que seas demasiado joven. El bigote suele ser la primera señal.

—Electrolisis —recomienda mi madre mientras remete las sábanas alrededor de los pies de Corinne—. Grinelda lo hace. Haré que te eche un vistazo la próxima vez que venga a hacer una lectura.

—¿Tu vidente también hace electrolisis? —pregunta Christopher.

—Es médium. Y sí, Grinelda es una mujer muy talentosa —contesta Iris mientras sonríe a Emma.

—¿Y a mí no me va a tocar tener al bebé en brazos? —protesta Rose con voz chillona—. Y, por cierto, yo me lo decoloro. Una vez me lo afeité, y, tres días después, parecía el tío Zoltan después de una juerga de varios días —toma a mi sobrina de brazos de Iris y su arrugado y dulce rostro se transforma en una sonrisa.

—Afeitarse. Nunca te afeites, Lucy —asevera Iris—. Se te pone la piel rugosa.

—Eh... de acuerdo —contesto mientras le lanzo una mirada a mi hermana. Desde luego no es la típica conversación para una sala de partos—. ¿Cómo te encuentras, Corinne?

—Estupendamente —contesta ella—. ¿Puedo recuperar a mi hija, por favor?

—¡Pero si me la acaban de dejar! —protesta Rose.

—Pásala —ordena Christopher.

Rose obedece con un suspiro propio de un mártir.

Mi hermana contempla al bebé antes de levantar la vista hacia su marido.

—¿Crees que deberíamos echarle algún antiséptico? —pregunta con el ceño fruncido de preocupación.

—No —contesta Chris—. Os habréis lavado, ¿verdad, chicas?

—Por supuesto. No quisiéramos que Emma pillara la polio —contesta Iris sin rastro de sarcasmo en su voz mientras yo contengo una sonrisa.

—Chris, cielo, ¿cómo te encuentras tú, cariño? —le pregunta Corinne a su marido.

–Mucho mejor que tú, cielo. A fin de cuentas yo no acabo de dar a luz.

Corinne agita una mano en el aire.

–Lucy, estuvo maravilloso. En serio. Tendrías que haberlo visto. Tan tranquilo, tan atento. Estuvo impresionante.

–Yo no hice nada de nada, Lucy –me asegura mi cuñado mientras alarga una mano para acariciar la mejilla del bebé–. Tu hermana… es increíble.

Los nuevos padres se miran el uno al otro con adoración babeante y yo vuelvo a sentir el familiar y nostálgico nudo en mi garganta.

Jimmy y yo podríamos habernos mirado así.

–¡Hola! Soy Tania, tu adiestradora de lactancia –una potente voz hace que todos peguemos un salto–. ¡Vaya, vaya! Menuda concurrencia. ¿Te gusta tener público, madre?

–Corinne, deberíamos irnos –propongo yo, aunque es bastante posible que mi madre y mis tías quieran quedarse para presenciar el reportaje en directo–. Te veremos después. Estoy muy orgullosa de ti –beso a mi hermana, acaricio una vez más la mejilla de mi sobrina e intento hacer como que no me he dado cuenta de que Corinne le limpia la carita al bebé–. Adiós, Emma –susurro con los ojos de nuevo llenos de lágrimas–. Te quiero, cielo.

Mi sobrina. ¡Tengo una sobrina! Mi cabeza se llena de imágenes de meriendas y de saltar a la comba.

–Te veré luego, Lucy. Te quiero –mi hermana me sonríe y se arriesga a soltar una mano para darme una palmadita en el brazo. Ya ha adquirido un instintivo manejo del bebé.

–Vamos a echar un vistazo a esos pezones –ruge Tania, la adiestradora de lactancia–. Marido, toma al bebé, ¿quieres? Necesito echar un vistazo a los pechos de tu mujer.

Como un border collie bien adiestrado, empujo a mamá, Rose e Iris fuera de la habitación. En el pasillo me doy cuenta de una cosa. Mi madre, mis tías y yo misma vamos todas vestidas de negro. Casi doy un traspié. Mamá lleva un elegante jersey negro, que no desentonaría en Audrey Hepburn. Iris lleva un jersey negro de cuello alto y Rose un suéter negro sobre una falda blanca. Mi camiseta del día resulta ser negra. Me levanto a las cuatro de la madrugada y no dedico mucho rato a elegir la indumentaria. Esta camiseta estaba encima del montón.

Por un irónico y desafortunado giro del destino, el apellido de soltera de mi madre, Iris y Rose es Black, negro en inglés, una traducción literal del húngaro Fekete, adoptado cuando mi abuelo emigró desde Hungría. Y por un giro aún más irónico y desafortunado del destino, las tres quedaron viudas antes de cumplir los cincuenta, de modo que resulta de lo más natural que se las conozca como Viudas Negras. Y en este día, el más feliz de todos, por algún motivo, todas vestimos de negro. Y, de repente, se me hace aún más evidente que yo, también viuda joven, me parezco hoy más a las Viudas Negras que a mi radiante hermana. Que hoy he encontrado mi primer pelo en el bigote y que he recibido consejos sobre depilación facial.

Y que estoy muy lejos de tener mi propio bebé, una idea que cada vez protagoniza más a menudo mis pensamientos. A fin de cuentas, han pasado cinco años desde la muerte de Jimmy. Cinco y medio. Cinco años, cuatro meses, dos semanas y tres días, para ser más exacta.

Estos pensamientos ahogan la cháchara de mis tías y mi madre mientras conduzco por el pequeño puente hasta Mackerly, hasta la pastelería en la que trabajamos las cuatro.

–Vamos a ir al cementerio –anuncia mamá mientras se van bajando del coche, primero Iris, luego Rose y luego mi madre–. Tengo que contarle a tu padre lo del bebé.

—De acuerdo –contesto forzando una sonrisa–. Os veré dentro de un rato.

—¿Seguro que no quieres venir? –pregunta Rose. Las tres inclinan las cabezas hacia mí.

—Cielos, creo que no.

—Ya sabéis que tiene un problema con eso –interviene mamá con paciencia–. Vamos. Te vemos luego, cielo.

—Síp. Que os divirtáis –y sé que lo harán.

Las observo mientras se dirigen calle abajo hacia el cementerio donde están enterrados sus maridos, y el mío.

El sol brilla, los pájaros cantan, mi sobrina está sana. Es un día muy, muy, feliz, con o sin bigote. Viuda o no.

—Un día feliz –canturreo en voz alta mientras entro en el local.

El cálido e intemporal olor de la pastelería Bunny's Hungarian Bakery me envuelve como un manto protector de azúcar, levadura y vapor. Y yo respiro hondo. Jorge está limpiando en la parte de atrás y levanta la vista cuando entro.

—Es preciosa –le digo.

Él asiente, sonríe, y vuelve a la tarea de despegar los restos de masa de las encimeras.

Jorge no habla. Lleva años trabajando en Bunny's. Su edad está en algún punto entre los cincuenta y los setenta años. Calvo, con una preciosa piel oscura y un tatuaje en el brazo que representa la agonía de Jesús en la cruz, Jorge nos ayuda con la limpieza y con la distribución del pan, ya que Bunny's suministra pan, mi pan, el mejor pan de todo el estado, a varios restaurantes de Rhode Island.

—Esta noche yo haré la entrega del pan en Gianni's, Jorge –le digo mientras él empieza a cargar el pan. Asiente, se dirige a la puerta trasera y se queda parado un segundo. Es su manera de decir adiós–. Que tengas una buena tarde –le digo. Él sonríe, mostrando su diente de oro, y se marcha.

El congelador vibra, el fluorescente defectuoso sobre la zona de trabajo suelta un zumbido, los hornos de enfriamiento parpadean. Aparte de eso, el único sonido es el de mi propia respiración.

La pastelería Bunny's lleva en la familia desde hace cincuenta y siete años. Abierta por mi abuela, poco después de que mi abuelo muriese a los cuarenta y ocho años, siempre ha sido regentada por mujeres. A los hombres no les suele ir demasiado bien en mi familia, como ya os habréis dado cuenta. Tras la muerte de mi padre, cuando yo tenía ocho años, mamá empezó a trabajar en Bunny's, junto con Iris y Rose. Y después del accidente de coche de Jimmy, yo también me subí a bordo.

Adoro la pastelería, y el pan que elaboro es la prueba de la existencia de un Dios bondadoso, pero también he de decir que, en otras circunstancias, yo no trabajaría aquí. El pan, si bien resulta profundamente gratificante, no es mi verdadera pasión. Yo me formé como maestro pastelero en el gran Johnson & Wales Culinary Institute en Providence, a una media hora de Mackerly, una diminuta isla al sur de Newport. Tras mi graduación, conseguí un trabajo en uno de los hoteles más exclusivos de la zona. Pero después de la muerte de Jimmy no pude con ello. La presión, el ruido, las horas, la gente. Y así me uní a las Viudas Negras en Bunny's. Desafortunadamente para mí, el reparto de tareas ya había sido decidido años atrás. Rose, las tartas y galletas. Iris, la pastelería danesa y los dónuts. Mamá, la gestión. Solo quedaba el pan.

Hacer pan es un arte casi Zen, hecho que no todo el mundo capta, y un arte que he llegado a amar. Cada día llego hacia las cuatro y media de la madrugada para preparar la masa, repartirla y dejarla subir antes de meterla en el horno. Me voy a casa a echarme una siesta hacia las diez y luego regreso por la tarde para hornear las hogazas que suministramos a los restaurantes. La mayoría de los días ya estoy en casa a las cuatro de la tarde. Es un horario para patrones de sueño erráticos, como los que empecé a sufrir cuando mi marido murió.

De repente me descubro buscando más pelos en el bigote. Donde hubo uno podría haber más. No. El tacto es suave, pero por si acaso lo confirmo ante el espejo del cuarto de baño. Ya no hay más pelos, gracias a Dios. Tengo un aspecto bastante normalito, cabello rubio fresa recogido en una coleta, ojos marrón claro, whisky solía definirlos Jimmy, y unas cuantas pecas. Tengo un rostro amigable. Creo que haría una mamá muy mona.

Siempre he querido tener una familia, unos cuantos críos. A pesar de ese pelo de bigote, casi todas las evidencias apuntan hacia que soy aún joven. O no. ¿Y si la tía Rose tiene razón y la menopausia me acecha agazapada entre las sombras, esperando para saltar sobre mí? Hoy ha sido un pelo, dentro de unos meses puede que necesite afeitarme. Pudiera ser que cambiara la voz. Me secaré como una hogaza de pan que ha subido demasiado en un horno caliente, que lo que una vez fue todo luz y promesas, abandonado durante demasiado tiempo, se convierta en un pegote duro y sin sabor. Ese pelo ha sido una advertencia. ¡Caramba! ¡Un pelo de bigote!

Me arriesgo a darle un apretón a mis pechos. ¡Uff! Las chicas parecen estar en buena forma, ni se caen ni se desinflan aún. Sigo siendo joven. Razonablemente madura. Pero sí, puede que mi fecha de caducidad no sea tan amplia como me gusta pensar que es. Maldito bigote.

Jimmy querría que siguiera adelante, que fuera feliz. Por supuesto que lo querría.

–¿Qué opinas, Jimmy? –pregunto en voz alta, mi voz retumbando sobre la mezcladora Hobart de tamaño industrial en la cámara-horno–. Creo que ha llegado la hora de volver a salir con alguien. ¿Te parece bien, cielo?

Espero una respuesta. Desde su muerte he recibido señales. Al menos eso creo. Por ejemplo, durante el primer año o así después de su muerte solían aparecer monedas de centavos en los lugares más extraños. En ocasiones me llegaba su olor a ajo, vino tinto y romero. Jimmy era el cocinero jefe de Gianni's, el restaurante de sus padres. De vez en cuando sueño con él. Pero hoy, con respecto al tema de mi vida amorosa, no hay respuesta.

Se abre la puerta trasera y entran mis tías y mi madre.

—¡El cementerio estaba precioso! —anuncia Iris—. ¡Hermoso! Aunque si pillo a esos cortadores de césped demasiado cerca de la tumba de mi Pete, los estrangularé con mis propias manos.

—Lo sé. Yo les dije lo mismo a los del comité —dice Rose—. El año pasado pasaron el cortacésped por encima de los geranios que había plantado para Larry. ¡Creí que iba a echarme a llorar!

—Y lloraste —le recordó Iris.

Mamá se me acerca envuelta en una nube de Chanel 5.

—Ese bebé es precioso, ¿a que sí? —observa con una sonrisa.

—Desde luego que lo es —yo también sonrío—. Felicidades, abuela.

—Abuela... me gusta cómo suena —añade ella con aire de suficiencia.

Iris asiente, ella ya es abuela gracias a los dos críos de su hijo, Neddy y su exmujer. Rose, mientras tanto, hace pucheros.

—No es justo —dice—. Tú eres mucho más joven, Daisy. Yo debería haber sido abuela antes —Rose e Iris tienen más de setenta años, mi madre sesenta y cinco, y el único hijo de Rose aún no ha conseguido reproducirse (lo cual seguramente es lo mejor, dada la inclinación de Stevie a cometer estupideces).

—Bueno, ya verás cómo Stevie conseguirá dejar embarazada a alguna chica, no te preocupes –contesta mamá con dulzura–. Lo que me pregunto es, caso de que encuentre a alguien que quiera casarse con él, si ella morirá joven también.

De repente, como si fueran conscientes de que se trata de un tema delicado, las Viudas Negras se vuelven como una hacia mí.

Veréis, en mi generación, la maldición de la Viuda Negra solo me ha golpeado a mí (de momento). Mi hermana vive bajo el terror constante de que Chris muera joven, pero por ahora todo va bien. La hija de Iris, Anne, es gay y, por algún motivo las Viudas Negras confían en que Laura, la pareja de Anne desde hace quince años, se libre de la maldición gracias a su orientación sexual. La exmujer de Neddy también ha sido declarada a salvo. Tanto Ned como Stevie están sanos, aunque Stevie ocupa una zona difusa. (En una ocasión comió hiedra venenosa como parte de un reto. Tenía veintidós años). Los miembros biológicos masculinos de nuestra familia parecen estar a salvo... son los maridos los que encuentran la muerte temprana. Mi abuelo, mis tíos abuelos, mi propio padre, los maridos de mis tías... todos murieron jóvenes.

Además, ninguna Viuda Negra ha vuelto a casarse. Los maridos difuntos se convierten en santos y las esposas en orgullosas viudas. La idea de encontrar a otro hombre recibe tradicionalmente un bufido a modo de respuesta.

–¡Bah! ¿Para qué necesito un hombre? Ya tuve a mi Larry/Pete/Robbie. Él fue el amor de mi vida.

Antes de convertirme en viuda, yo pensaba que a las Viudas Negras casi parecía gustarles estar solas. Que eran mujeres independientes, orgullosas de lo que habían logrado hacer. Quizás su desdén ante la idea de volverse a casar era más una afirmación sobre su propia seguridad, independencia, incluso poder. Cuando yo misma me convertí en viuda, lo entendí. Es casi imposible imaginarse el volverse a enamorar cuando la vida de tu esposo termina antes de lo esperado.

La puerta de atrás vuelve a abrirse.

—¡Ha llegado la hora feliz del viernes por la noche! —anuncia una voz familiar.

—¡Ethan! —exclaman a coro las Viudas Negras, halagadas y fingiendo sorpresa ante su llegada.

—He sabido por mis fuentes que ha sido niña —continúa él—. Felicidades, señoras.

Ethan Mirabelli, el hermano pequeño de mi difunto esposo, entra por la puerta llevando una bolsa isotérmica en la mano. Besa a cada una de las Viudas Negras, regalando a mi madre un abrazo extra largo y dedicándole algunas palabras murmuradas. Mamá sonríe resplandeciente y le da una palmadita en la mejilla.

—¡Eh, hola! —exclama Ethan volviéndose hacia mí. Felicidades por haber sido tía de nuevo.

—Gracias, Ethan —contesto con una sonrisa—. Supongo que no es exactamente prima de Nicky, pero se le acerca bastante, ¿verdad?

Nicky es el hijo de Ethan. De repente me estremezco al darme cuenta de que es probable que haya metido la pata. Los primos de Nicky deberían haber sido los hijos de Jimmy. De Jimmy y míos.

—Desde luego que se acerca —contesta Ethan, sacándome del apuro.

—¿Qué tal está Nicky? —pregunta la tía Iris.

—Guapo, brillante y con un don para las mujeres. De tal palo tal astilla.

Nicky tiene cuatro años, pero todo lo que ha dicho Ethan es cierto. Mi cuñado me sonríe antes de abrir la bolsa, un artilugio que a saber dónde ha encontrado y que contiene un minibar completo con una coctelera, un pequeño cuchillo, vasos de chupito y unas cuantas botellas de alcohol.

—Hoy, chicas, se me han ocurrido unos Martini franceses —anuncia mientras empieza a echar vodka—. Son rosas en honor del bebé. Solo espero que sea tan maravillosa como el resto de las mujeres Black.

Como es de esperar, las Viudas Negras empiezan a cloquear y soltar risitas tontas a modo de respuesta. Ethan se las ha ganado a todas.

—¿Es demasiado pronto para beber? —pregunta Rose con su dulce voz, consultando la hora y sujetando su vaso.

Son las cuatro y media. Más o menos la misma hora que cualquier viernes.

—No hace falta que te lo bebas —contesta Ethan, a punto de llenar su vaso de Martini.

—No seas tan descarado —contesta ella mientras le sacude una palmada en la mano—. Llénalo.

Él sonríe y obedece solícito.

—Ethan —continúa Rose—, lo que me gustaría saber es cómo conseguiste dejar embarazada a esa encantadora muchacha.

Ethan arquea una ceja con su expresión patentada de chico malo.

—¿Quieres pasar a mi despacho? Me encantaría demostrártelo.

La tía Rose suelta un gritito de fingido horror y sincero aprecio.

—Lo que quería decir es que por qué no te casaste con ella. Parker es agradable.

Como si no lo hubiesen oído un millón de veces.

—Se lo pedí, ya lo sabéis —mi cuñado me guiña un ojo—. Pero ella no me quería. Sabía que estaba secretamente enamorado de las Viudas Negras y que mi corazón nunca sería para ella —se vuelve hacia mí—. Toma, Lucy.

—Gracias, Eth —contesto.

La hora del cóctel del viernes por la tarde es una tradición en la pastelería. Ethan, que viaja por todo el país por cuestiones de trabajo, vuelve a Mackerley todos los fines de semana para ver a su hijo… y a mí, lo reconozco. Desde la muerte de Jimmy, Ethan ha sido muy leal. Un gran amigo. Pero casi todos los fines de semana los empieza en la pastelería para celebrar una hora feliz y flirtear con mi madre y mis tías, que lo creen casi capaz de caminar sobre las aguas.

—¿Qué tal el bebé? —les pregunta a las Viudas Negras antes de sentarse y escuchar sonriente sus descripciones.

Yo le doy un sorbo a mi copa, también escuchando sonriente. Aunque llevan viudas casi toda la vida, las Viudas Negras están más llenas de vida que la mayoría de las personas que conozco.

Consulto la hora y suelto mi copa.

—Tengo que llevar el pan a Gianni's. Ethan, ¿me acompañas?

—Ni hablar —contesta él con alegría—. ¿Para qué demonios iba a querer visitar a mis padres cuando puedo quedarme aquí bebiendo con estas bellezas húngaras?

Más risitas y grititos, más desaprobación fingida ante la manera de Ethan de rechazar a sus padres, más profundo aprecio y consentimiento secreto de parte de las Viudas Negras.

—¿Ser gigoló resulta rentable? —pregunto.

—Puede que te vea más tarde, Luce —Ethan suelta una carcajada.

Los dos vivimos en Boatworks, una antigua fábrica de veleros convertida en un bloque de apartamentos.

Me dirijo a la parte de atrás y preparo la entrega de pan para Gianni's. Casi todo el pan sigue caliente. Mi respiración se ralentiza, mis movimientos son suaves y eficaces mientras embolso cada hogaza, disponiéndolas en la enorme caja. El olor del pan recién hecho debe parecerse mucho al del paraíso, reconfortante y hogareño. Cuando la caja está llena, la levanto, empujo la puerta y me dirijo a la calle bajo el resplandeciente sol.

Para mi mayor consternación, Starbucks, a la vuelta de la esquina de Bunny's, está lleno incluso a esta hora. A Bunny's no le iría nada mal tener a algunos de sus clientes, reflexiono. Durante años he intentado convencer a las Viudas Negras, cada una de las cuales es propietaria del treinta por ciento de la pastelería, de convertirnos en cafetería. Por supuesto eso significaría cambiar, y a las Viudas Negras no les gustan los cambios. Yo poseo el diez por ciento del negocio, por lo que nunca podría ganarles en votos. Ni siquiera podría entorpecerlas.

El restaurante Gianni's Ristorante Italiano, propiedad de Gianni y Marie, mis suegros, está a la vuelta de la esquina de Starbucks.

—¡Lucy! —exclaman encantados mientras me peleo con la caja para entrar por la puerta trasera.

—Hola, Marie, hola, Gianni —saludo mientras me paro para recibir mis besos.

Paolo, el segundo chef, y un pariente lejano de Roma, toma las hogazas mientras Micki, una chef en prácticas, grita un saludo mientras pica ajo y perejil. Kelly, la camarera de toda la vida, compañera mía de colegio, agita una mano sin dejar de hablar por teléfono.

—¿Cómo estás? ¿Y el bebé? Quiera Dios que estén todos sanos —pregunta Marie.

Les había llamado antes de ir al hospital. Estamos muy unidos.

—Es preciosa —les aseguro con una sonrisa resplandeciente—. Mi hermana se ha portado como una campeona. Diecisiete horas de parto.

—¿Algún desgarro? —pregunta Marie mientras Gianni hace una mueca.

—Aún no hemos tratado ese tema —murmuro.

—Les haremos llegar algo de comer —observa Gianni—. Un bebé es una bendición.

Durante un segundo nos quedamos callados. Mis ojos

se deslizan hasta el pequeño santuario sobre la cocina de doce fuegos. Dos velas, el pañuelo rojo que Jimmy siempre llevaba puesto cuando cocinaba, y una foto de él, tomada el día de nuestra boda. Su ancho y genial rostro me sonríe con esos ojos chispeantes. Se parecía a la rama familiar del norte de Italia... cabello rizado de un color rubio oscuro, ojos como el mediterráneo, y una sonrisa que podría suministrar luz a una pequeña ciudad. Un hombre corpulento de anchos hombros propenso a sonoras carcajadas, que me hacía sentir segura y absoluta y completamente amada.

¡Mierda! Mis ojos empiezan a llenarse de lágrimas. Bueno, a los Mirabelli no les importará. Marie me acaricia un brazo, sus oscuros ojos también llenos de lágrimas, y Gianni me da una palmada en el hombro con su gruesa manaza.

–¿Sabes si va a venir Ethan este fin de semana? –me pregunta Marie mientras se enjuga las lágrimas.

–Eh... creo que sí –contesto tras dudar un instante.

Saber que su hijo está ahí al lado, pero con mi familia, podría hacerles sufrir.

–Ese trabajo suyo –murmura Gianni–. Qué estupidez. ¡Ah! –sacude las manos contrariado mientras yo contengo una sonrisa.

Aunque Ethan estudió para cocinero en la misma escuela a la que fui yo, lo dejó todo en el último año para trabajar en una gran empresa alimentaria. Una empresa famosa sobre todo por fabricar Instead, una bebida muy popular que contiene todos los nutrientes de una comida completa, sin el inconveniente de tener que comer. Creo que mis suegros habrían preferido que Ethan se hubiera convertido en traficante de drogas o estrella del porno. A fin de cuentas, el objetivo de su empresa es evitar que la gente se siente a comer. Y ellos son propietarios de un restaurante.

Mis ojos regresan a la foto de Jimmy. No es el momento de hablarles a los Mirabelli sobre mi decisión de volver al mercado. Puede esperar. ¿Por qué arruinarles el fin de semana? Porque si bien no me echarían en cara el querer tener un marido y unos hijos, para ellos no será fácil oírlo. Además, primero tengo que ocuparme de las tareas domésticas.

Hacia las nueve de la noche me encuentro jugando a una partida de Scrabble con mi ordenador, mientras sobre mi regazo descansan casi ocho kilos de mascota ronroneante, mi gato obeso, Gordo Mikey. Alguien llama a la puerta.

–Adelante –grito, pues sé muy bien quién es.

–Hola, Lucy –saluda Ethan mientras abre la puerta.

Casi nunca me molesto en echar el cerrojo, el edificio está provisto de un sistema de seguridad codificado en el vestíbulo, y la tasa de criminalidad de Mackerley es prácticamente nula.

–Hola, Eth, ¿qué tal? –me arranco de la pantalla, a punto de escribir «cénit», con lo que aniquilaría a Maven, mi archienemiga oponente cibernética. Pero los humanos primero. O al menos así debería ser. Escribo discretamente la palabra antes de bajar la tapa del ordenador. ¡Chúpate esa, Maven!

–Estupendamente –Ethan, que ha pasado muchas horas en mi apartamento durante los últimos cinco años, se siente como en casa y abre la puerta de la nevera–. ¿Puedo tomarme una? –pregunta.

–Claro –yo trago nerviosamente–. Las he preparado para ti.

Hace unas horas he hecho lo que hago a menudo, preparar un fabuloso postre. Dentro del frigorífico hay seis cazuelitas de *mousse* de mango y piña, cada una cubierta de un glaseado de frambuesa. Supuse que mi cuñado se comería al menos tres, y necesitaba que estuviera de buenas conmigo.

—¿Te apetece una? —me pregunta mientras ya está comiendo.

—No, gracias. Son todas para ti —yo no como mis propios postres. Hace años que no lo hago.

—Esto está delicioso —murmura mientras entra en el salón.

—Me alegra que te guste —contesto sin mirarlo a los ojos.

—Oye, gracias por enviarme por correo electrónico esas fotos de Nick —me dice. Ya está rebañando la cazuelita.

—De nada. Estaba tan mono —Ethan y yo nos sonreímos en un momento de adoración mutua por Nick.

El miércoles pasado, la guardería había organizado una función sobre el ciclo de vida de la mariposa. Nicky era una semilla de algodoncillo. Para mí ya se ha convertido en costumbre hacerle fotos a Nicky para mandárselas a su padre cuando está de viaje, ya que Parker, la madre de Nick, nunca parece acordarse de llevarse la cámara.

—Eh, escucha, Ethan, tenemos que hablar —anuncio mientras me encojo ligeramente.

—Claro. Déjame que vaya a por otra de estas. Están estupendas —mi cuñado regresa a la cocina y le oigo abrir de nuevo la nevera—. En realidad yo también tengo algo que contarte —regresa al salón—. Pero las damas primero —se sienta en la butaca y me sonríe.

Ethan no se parece en nada a su hermano, lo cual es a la vez un consuelo y una lástima. A diferencia de Jimmy, Ethan es algo, bueno, más bien del montón. Atractivo, pero sin gran cosa que destacar. Ojos marrones, y pelo castaño algo desaliñado, estatura media, peso medio. Un tipo vainilla. Lleva una pequeña barba, eso sí, muy cuidada, la clase que llevan muchos jugadores de béisbol. Básicamente se trata de una sombra de barba de tres días, que le da un cierto atractivo, pero, bueno, es Ethan. En ciertos aspectos recuerda un poco a un elfo, un elfo de Tolkien, cejas traviesas y sonrisa pícara.

Me observa pacientemente. Yo trago saliva. Y vuelvo a tragar. Es una costumbre que tengo cuando estoy nerviosa. Gordo Mikey salta al regazo de Ethan y lo embiste con la cabeza hasta que mi cuñado se rinde y le rasca la mejilla. Ethan rescató al gato del fondo de un estanque hace unos años y me lo regaló. Gordo Mikey nunca ha olvidado quién lo salvó de la muerte y le obsequia con un ronroneo oxidado.

–Bueno –yo me aclaro la garganta–. Escucha. Ya sabes que desde la muerte de Jimmy tú has sido, bueno... Maravilloso. El mejor amigo, Ethan –y es verdad, pues no tengo palabras para expresarle mi gratitud.

–Bueno –él me dedica una sonrisa torcida–. Tú tampoco has estado mal.

–Sí –me obligo a sonreír–, bueno, la cuestión es, Ethan... Por supuesto estás al corriente de que Corinne ha tenido un bebé. Y eso me ha hecho pensar que bueno... –vuelvo a carraspear–, que a mí también me gustaría tener un bebé –¡aggh! Esto no está saliendo como yo quería.

–¿En serio? –él enarca las cejas.

–Sí. Yo siempre he querido tener hijos. Ya sabes. Por eso... –¿por qué estoy tan nerviosa? Es Ethan. Él lo entenderá–. Por eso creo que estoy preparada para... volver a salir con hombres. Quiero volver a casarme. Tener una familia.

–Entiendo –Ethan se inclina hacia adelante y Gordo Mikey salta de su regazo.

–Eso es –yo contemplo el suelo durante un segundo hasta que me atrevo a mirar fugazmente a mi cuñado–. Y por eso quizás deberíamos dejar de acostarnos juntos.

Capítulo 2

Ethan parpadea, pero su expresión no se altera.
—De acuerdo —contesta tras un segundo.
Yo abro la boca para refutar su protesta, cuando me doy cuenta de que no ha habido ninguna.
—De acuerdo. Genial —murmuro.
—De manera que ver a tu nueva sobrina te ha marcado seriamente, ¿eh? —Ethan se acomoda en la butaca y mira hacia la cocina.
—Sí, supongo que sí. Quiero decir que yo siempre he querido... bueno, ya sabes. Marido, hijos, todo eso. Últimamente pienso mucho en ello, y hoy... —decido no hablar de lo del bigote—. Supongo que ya es hora.
—¿Y estamos hablando en un plano teórico o ya tienes a alguien en mente? —me pregunta.
Gordo Mikey suelta un chirriante maullido antes de levantar una pata y empezar a lamerse.
Yo me vuelvo a aclarar la garganta.
—Teórico. Es que me pareció, pensé que deberíamos cortar primero, ¿me entiendes? No puedo tener un amigo con derecho a roce si a la vez intento encontrar marido —una risa nerviosa más parecida a un balido sale de mi garganta.
Ethan se dispone a decir algo, pero parece cambiar de idea.

–Claro. A la mayoría de los novios no les gustaría saber que tienes un lío simultáneo con otra persona –observa en tono amable.

–Eso es –contesto tras una pausa.

–¿Esa puerta se sigue atascando? –él asiente hacia la puerta corredera que conduce al diminuto balcón.

–No te preocupes por eso –murmuro. Siento que me arden las mejillas.

–Demonios, Luce, no es para tanto. Te la arreglaré. Sigues siendo mi cuñada –durante un segundo se limita a mirar fijamente la puerta.

–¿Estás enfadado? –susurro.

–Qué va –Ethan se levanta de la butaca, se acerca a mí y me besa en la coronilla–. Por supuesto que echaré de menos el ardiente sexo, pero seguramente tengas razón. Mañana me pasaré para arreglarte esa puerta.

¿Ya está?

–De acuerdo. Esto, gracias, Ethan.

Y sin añadir nada más, se larga, y yo tengo que quedarme. La sensación es extraña. Vacía y silenciosa.

Pensé que se mostraría un poquito más… bueno… no sé. A fin de cuentas llevábamos dos años acostándonos. Cierto que viaja durante toda la semana y que los fines de semana que estaba con Nicky, evidentemente, no hacíamos nada, pero aun así. Supongo que no esperaba que se mostrara tan… indiferente.

–¿De qué nos quejamos? –me pregunto a mí misma en voz alta–. No podría haber ido mejor.

Gordo Mikey se frota contra mis tobillos como si estuviera de acuerdo, y yo alargo una mano para acariciarle su sedoso pelo.

La noche se extiende frente a mí. Tengo siete horas por delante antes de ir a la pastelería. Una persona normal se iría a la cama, pero mis horarios son, en el mejor de los casos, erráticos. Otra cosa que Ethan y yo tenemos en común: él no duerme más de cuatro o cinco horas cada noche. Me pregunto si seguiremos jugando al Scrabble o a Guitar Hero a última hora de la noche, ahora que ya no somos, bueno, en realidad nunca fuimos pareja. Solo amigos, una especie de parientes, unidos para siempre por Jimmy. Y amantes, aunque mi mente se aleja de un salto de esa palabra. «Amigos con derecho a roce», suena mucho más suave.

Durante el primer año tras la muerte de Jimmy, Ethan era una de las pocas personas cuya compañía yo me sentía capaz de soportar. Mis amigos... bueno para ellos resultaba tan duro como para mí. Yo ya me había casado y enterrado a un marido antes de que la mayoría de ellos pensara siquiera en mantener una relación seria. Y unos cuantos simplemente, digamos, se esfumaron, sin saber qué decir o qué hacer por una mujer viuda a los veinticuatro años, tras ocho meses y seis días de matrimonio.

Corinne sufría por mí, pero ver sus ojos llenarse de lágrimas cada vez que me miraba no ayudaba mucho a mi estado emocional. Mi madre sintió una sombría resignación ante la muerte de Jimmy, una actitud típica de quien ya había estado en mi lugar, ya lo había visto, ya lo había vivido, que mostraba cada vez que me daba una palmadita en la mano y sacudía la cabeza. En cuanto a mis tías, mejor olvidarlo. Para ellas era mi destino: «Pobre Lucy, bueno, al menos para ella ya ha terminado». Por supuesto no eran tan desalmadas como para decírmelo, pero se respiraba un aire de acogedora sensiblería cada vez que estaba en su compañía, como si mi viudedad fuera tan sencilla como la vida misma. En cuanto a Gianni y Marie, apenas soportaba estar con ellos. Jimmy era su hijo mayor, el chef de su restaurante, su previsible heredero, el príncipe y, por supuesto, los Mirabelli quedaron totalmente destrozados. Aunque nos veíamos a menudo, para los tres suponía una auténtica agonía.

Pero Ethan… quizás porque somos prácticamente de la misma edad, quizás porque fuimos compañeros en Johnson & Wales antes de que me organizara una cita con Jimmy, fuera lo que fuera, él era la única persona que no me hacía sentir peor.

Durante esos primeros meses oscuros, Ethan fue como una roca. Me encontró un apartamento, justo debajo del suyo. Me compró una PlayStation y pasábamos muchísimas horas haciendo carreras de coches y disparándonos en la pantalla. Cocinaba para mí, sabiendo que si no se ocupaba de ello yo sería muy capaz de alimentarme de helado y pastelitos, pero él me preparaba una fuente de berenjenas a la parmesana, pollo a la marsala, carne asada. Veíamos películas y no le importaba si yo me había olvidado de ducharme desde hacía un par de días. Si lloraba delante de él, Ethan me tomaba pacientemente en sus brazos, me acariciaba el pelo y me aseguraba que algún día los dos estaríamos bien, y que si no dejaba de lloriquear sobre su camiseta me iba a colocar un collar de castigo y empezaría a utilizarlo.

Y luego se marchaba otra semana de viajes y relaciones sociales, que era, al parecer, para lo que le pagaban tan bien. Solía enviarme por correo electrónico chistes guarros, me traía un recuerdo, a cual más hortera, de todas las ciudades por las que pasaba, me enviaba fotos en las que se le veía haciendo esas estupideces que solía hacer, esquí con helicóptero en Utah, surf a vela en Costa Rica. Parte del trabajo de Ethan consistía en convencer a los potenciales consumidores de Instead, de que consumir una comida de verdad era una pérdida de tiempo cuando había tantas cosas divertidas que podían hacerse en su lugar. Lo cual no dejaba de ser irónico, pues a Ethan le encanta tanto comer como cocinar.

Pasados los primeros seis meses, cuando ya no me pasaba el día entero llorando, Ethan se apartó un poco y empezó a hacer las cosas que suelen hacer los tíos normales. Durante un par de meses estuvo saliendo con Parker Welles, una de las adineradas veraneantes y, en mi opinión, hacían buena pareja. A mí me gustaba Parker, irreverente y descarada, y pensé que Ethan había encontrado su media naranja, de modo que me sorprendió mucho cuando mi cuñado me contó que habían roto amistosamente. Y entonces Parker descubrió que estaba embarazada, se lo anunció a Ethan y educadamente rechazó su proposición de matrimonio. Se quedó a vivir en Mackerly, en la extensa mansión de su padre en Ocean View Avenue, donde viven todos los ricos, y dio a luz a Nick. Por qué rechazó a Ethan permanece siendo un misterio. Ella me ha insistido una y otra vez en que es un tipo estupendo, pero no para ella.

Después de que naciera Nicky, Ethan y yo volvimos a vernos de nuevo, y supongo que el derecho a roce fue algo natural que tarde o temprano tenía que surgir, aunque ninguno de los dos lo había planeado. De hecho, yo me sentí más bien sorprendida la primera vez que él... bueno. Luego volveré a eso. Debería pensar en algo que no fuera Ethan.

Mirando mi apartamento, suspiro. Es un lugar agradable, dos dormitorios, salón, una cocina grande y soleada con una amplia encimera para amasar a gusto. De las paredes cuelgan algunos dibujos y una foto enorme de Jimmy y yo el día de nuestra boda. Los muebles son cómodos, el televisor un último modelo. Mi balcón da a una salina. Jimmy y yo estábamos en proceso de mudarnos a una casa cuando murió. Lógicamente yo no quería vivir allí sin él, de manera que la vendí y me trasladé a este apartamento que tenía el valor añadido de la cercanía de Ethan.

Me había imaginado que Ethan y yo dedicaríamos algo más de diez minutos a romper y me encuentro un poco perdida y sin saber qué hacer. Son las nueve y media de la noche del viernes. Algunas noches, Ash, la adolescente gótica que vive al otro lado del pasillo, viene a jugar a algún videojuego o a ver una película, pero esta noche se celebra un baile en su instituto y su madre la ha obligado a asistir. Podría repasar el programa para la clase de repostería que imparto en la universidad pública, pero sería un trabajo inútil, ya que eso lo hice la semana pasada. Mi mirada se posa en el televisor.

–Gordo Mikey, ¿te apetece ver una bonita boda? –le pregunto a mi gato mientras lo tomo en brazos para achucharlo un poco, algo que me soporta como un campeón–. ¿Quieres? Buen chico.

El DVD ya está metido. Lo sé, lo sé, no debería verlo tanto. Pero lo hago. Sin embargo, si de verdad tengo intención de pasar página, debería buscar otra cosa que ver, tengo que dejar de ver esto. Me detengo y sopeso la idea de limpiar el suelo de la cocina en su lugar, decido en contra y le doy al *Play*.

Paso rápidamente la grabación de la parte en la que me estoy arreglando y sonrió ante las imágenes que pasan con los rápidos movimientos de Corinne sujetándome el velo y mi madre enjugándose las lágrimas.

Bingo. Jimmy y Ethan de pie ante el altar de St. Bonaventure. Ethan, el padrino, está contando un chiste porque los hermanos se están partiendo de risa. Entonces Jimmy levanta la vista y me ve avanzar por el pasillo. La sonrisa se esfuma y su boca ancha y generosa se queda abierta mientras me mira casi conmocionado de tanto amor. De amor por mí.

Le doy a *Pause*, y el rostro de Jimmy se congela en la pantalla del televisor. Sus ojos eran tan hermosos, las pestañas larguísimas y ridículamente bonitas. Un físico atlético a pesar de pasarse el día cocinando y comiendo, los rubios cabellos, que se rizaban con la humedad, su manera de entrecerrar los ojos cuando me miraba…

Trago saliva con dificultad, sintiendo ese viejo y familiar nudo en la garganta, como si tuviera una piedrecita atascada. Apareció poco después de la muerte de Jimmy, incluso llegué a pedirle a mi prima, Anne, que es médico, que me mirara por si fuera un tumor, pero ella dijo que era el típico síntoma de ansiedad. Y ahora ha vuelto, supongo, porque estoy a punto de... pues de pasar página. O algo.

La última etapa necesaria para volver a vivir plenamente porque, cuando Jimmy murió, se llevó con él una gran parte de mí, debería ser encontrar a otra persona. Quiero casarme y tener hijos. Lo deseo de verdad. Crecí sin padre, y no me gustaría ser madre soltera. Y aunque siempre echaré de menos a Jimmy, ha llegado la hora de seguir adelante. Encontrar otro marido es una buena idea. Claro que sí.

Sin embargo, sé que nunca amaré a nadie como amé a Jimmy. Esa es la verdad. Y teniendo en cuenta cómo me destrozó su muerte, me alegro. No quiero volver a sentir nada parecido nunca más. Jamás.

Capítulo 3

El miércoles voy en bicicleta por el parque Ellington. Hace un precioso día de principios de septiembre, la brisa del mar aromatiza el aire salado con un toque de hojas de otoño que empiezan a arrugarse por la punta. Mi ánimo es resplandeciente mientras pedaleo por el parque. Habría que esforzarse de veras para sentirse triste en un día tan bonito como este.

Mackerly, Rhode Island, es una diminuta ciudad, encantadora como la que más, de Nueva Inglaterra. Está situada a unos doscientos metros tierra adentro de Rhode Island. Presumimos de tener una población de dos mil habitantes permanentes, además de otros quinientos veraneantes, y tenemos unas preciosas vistas del mar. Una ría divide la isla, y el tráfico, a pie o rodado, debe cruzar el río.

James Mackerly, un descendiente del Mayflower, diseñó nuestra bonita ciudad alrededor de un gran pedazo de tierra, el parque Ellington, llamado así por la familia de su madre. En un extremo del parque se encuentra la zona verde, famosa por un monumento, levantado en honor de los nativos de Mackerly que murieron en diversas guerras en el extranjero, y por una estatua de nuestro padre fundador. La zona verde se extiende hacia el sur hasta el cementerio que, a su vez, desemboca en los senderos de grava, árboles, el río ya mencionado, una zona de juegos, un campo de fútbol y otro de béisbol. Todo el parque está salpicado de olmos y arces, y todo está encerrado entre un bonito muro de piedra arenisca. Siguiendo por la bahía de Narragansett se encuentran Jamestown y Newport. Por eso Mackerly, al ser demasiado pequeña, a menudo es pasada de largo por los turistas. Lo cual nos va bien a la mayoría.

El complejo Boatworks, donde vivimos Ethan y yo, está justo enfrente de la entrada sur del parque. Bunny's está enfrente de la entrada norte, con vistas a la zona verde y la estatua de James Mackerly a lomos de Trigger. Bueno, en realidad el nombre del caballo no se sabe, pero todos le llamamos Trigger. Si yo fuera una persona normal, me dirigiría hacia el pequeño puente peatonal, disfrutaría de los hermosos senderos que atraviesan el parque, atravesaría el cementerio y saldría a la zona verde frente a la pastelería, y todas las demás tiendas del diminuto centro de la ciudad: Zippy's Sports Memorabilia, el local junto a Bunny's y propiedad de mi familia, el bar de Lenny, Starbucks y Gianni's Ristorante Italiano. Si eligiera ese camino, la distancia a mi trabajo sería tan solo de unos ochocientos metros. Pero yo no soy normal, y por eso todos los días rodeo el parque, con lo que los ochocientos metros se convierten en casi cinco kilómetros, yendo hacia el oeste por la calle Park para cruzar el río en la calle Bridge y girar de nuevo hacia Main.

No me gusta el cementerio. Adoro el parque, pero no puedo entrar en el cementerio. Por tanto lo que hago es bordearlo. Todos los días. Lo que me supone una buena excusa para hacer ejercicio.

Me agacho para no golpearme la cabeza contra una rama baja mientras sigo pedaleando junto a la valla del cementerio. Bajo un frondoso castaño, y muy cerca de la calle, está la tumba de mi padre, *Robert Stephen Lang, cuarenta y dos años. Amado esposo y padre.*

–Hola, papá –saludo mientras paso a su lado.

Incluso antes de que muriera mi padre, y mucho antes de que lo hiciera Jimmy, ya odiaba el cementerio, y por un buen motivo. Cuando yo tenía cuatro años murió el tío Pete, el marido de Iris. Murió de un cáncer de esófago después de toda una vida consagrada a los Camel sin filtro. No se me había permitido visitarlo en el hospital, un lugar no apto para niños, y por eso no me había hecho a la idea de lo delgado y estropeado que estaría. Durante el velatorio, el ataúd se mantuvo cerrado y la sala estaba adornada con fotografías de un Pete más joven y sano.

En cualquier caso, al cementerio fuimos todos, los hombres con expresión sombría y vestidos de traje y todos sujetando paraguas negros proporcionados por la funeraria. La primavera había sido lluviosa y el suelo estaba blando, saturado de agua. Los talones se hundían y la lluvia se metía en el calzado. Yo, por supuesto, estaba triste. La visión de unos adultos llorando era razón suficiente para alterar a una cría de cuatro años. Pero estaba a punto de alterarme mucho más.

El primo Stevie, futuro comedor de hiedra venenosa, tenía por aquel entonces ocho años. Todos estábamos alrededor de la tumba mientras el sacerdote comenzaba el tradicional sermón funerario. Stevie se aburría… su papá seguía vivo (moriría tres años después en un accidente ferroviario). En esa época, Stevie se aburría por todo. Gracias a las amenazas de Rose sobre la inminencia de su muerte si no se comportaba, hasta entonces había sido bueno, pero ya no aguantaba más.

Tal y como he dicho, la primavera había sido lluviosa. La noche antes había soplado viento del norte que había dejado caer cincuenta mililitros de lluvia, como supe después en una de las muchas repeticiones que se hizo del horrible relato de lo sucedido. Pero entonces, lo único que sabía yo era que había barro por todas partes, que mi madre lloraba y que mirar a Stevie era más divertido que mirar a mi mamá.

Y Stevie se aburría. Y, siendo Stevie, empezó a hacer algo. Algo desaconsejable. Algo estúpido, se podría decir. Hundió el pie en el barro, y un pegote de tierra cayó a la tumba, aterrizando con un húmedo chapoteo. Stevie estaba fascinado. ¿Conseguiría hacer caer otro pegote? ¿Sin que se diera cuenta su madre? Seguro que sí. ¿Y otro más? Sí, otro más sí. Esta vez más grande. Plaf. Qué bonito sonido.

Los adultos murmuraban una oración. Stevie levantó la vista, se dio cuenta de que yo lo miraba y decidió presumir un poco delante de su primita. Así pues, hundió el pie hasta el tobillo, lo retorció y, de repente, la tierra debajo de Stevie cedió y una lengua de barro se deslizó al interior de la tumba. Stevie se trastabilló hacia atrás sacudiendo los brazos frenéticamente, cayó contra el ataúd, que se resbaló lo justo hacia el borde de la tumba. Y de repente, como en cámara lenta, el ataúd del tío Pete se resbaló lentamente y se escoró hacia el hoyo. Una esquina golpeó el otro lado de la tumba. El ataúd se inclinó… y se abrió.

El cuerpo del tío Pete, cielo santo, qué difícil me resulta rememorar esta historia, el consumido cuerpo del tío Pete se asomó, salió del ataúd y quedó colgando durante un segundo antes de precipitarse con un horrible sonido de aplastamiento a la empapada tumba.

Los gritos que siguieron aún resuenan en mi cabeza. La tía Rose gritaba. El tío Larry, intuyendo que su hijo era el responsable de aquello, azotaba sin parar a Stevie en el culo mientras Stevie aullaba. Iris se desmayó. Neddy y Anne gritaban y lloraban. Mi padre agarró a mi embarazada madre y la apartó de la horrible visión. En cuanto a mí, me quedé petrificada, contemplando esa cosa que ni siquiera se parecía al tío Pete, bocabajo en el fango.

Cuatro años más tarde, deshidratada de tanto llorar y aterrorizada por si le aguardaba un destino similar al del tío Pete, me desmayé en el cementerio durante el entierro de mi propio padre, y según reza la leyenda familiar, estuve a punto de ser yo quien cayera al interior de la tumba.

De modo que opino que tengo un buen motivo para sentir fobia de los cementerios. Lo único que recuerdo del entierro de Jimmy es que mi cuerpo temblaba con tanta violencia que no habría podido mantenerme en pie de no haber sido por el brazo de Ethan que me sujetaba.

Lo cierto es que no todos los cementerios me espantan así. Cuando estaba en el colegio, fuimos de excursión a un cementerio colonial cerca de Mackerly, y no me fue nada mal. En una ocasión, Jimmy y yo pasamos un fin de semana en Nueva Orleans, en Cape Cod, y encontramos un hermoso cementerio con amplias explanadas de sombra. Incluso celebramos allí un picnic entre las lápidas de granito y las tristes historias del pasado. Pero este cementerio, en el que descansan tantos seres queridos míos, este soy incapaz de visitarlo. Aparte del día del entierro, no he vuelto a visitar la tumba de Jimmy. No me siento orgullosa de ello. Me hace sentir como una mala viuda, pero no me siento capaz de caminar por ese sendero y atravesar esa puerta.

No pasa nada, razono conmigo misma. Así consigo hacer ejercicio. Llego al cruce de las calles Bridge con Main y hago sonar el timbre de la bicicleta antes de cruzar y entrar en el aparcamiento de la pastelería. El coche de mi hermana está allí aparcado. ¡Qué bien!

Jorge sale a la vez que yo entro.

—¿Has visto al bebé? —pregunto.

Él sonríe y asiente.

—¿Verdad que es bonita?

Jorge vuelve a asentir mientras arruga los oscuros ojos.

—¡Hola, Cory! —saludo a mi hermana mientras rodeo discretamente a las Viudas Negras para ver al bebé—. ¡Oh, madre mía, Corinne! —ayer mismo vi a Emma en casa de mi hermana, pero aún no he superado la fase de ensimismamiento.

El bebé duerme en brazos de mi hermana, su piel blanca y rosada, los párpados casi transparentes, tanto que se ven las venas. Sus labios se fruncen adorablemente mientras los mueve dormida.

—¡Menudas pestañas! —exclamo en voz baja.

—No te acerques tanto, Lucy —murmura Corinne mientras saca un frasco de jabón desinfectante del bolso—. Tienes gérmenes.

Miro a mi hermana y veo que tiene los ojos húmedos.

—¿Estás bien, Cor? —le pregunto.

—Estoy estupendamente —susurra ella—. Es Chris, me preocupa. Anoche se despertó en dos ocasiones cuando el bebé lloró. Necesita dormir.

—Claro, y tú también —señalo mientras, obedientemente, me limpio las manos con el desinfectante.

—Pero él lo necesita más —Corinne arropa a Emma con la manta—. No puede agotarse. Podría enfermar.

Mi tía Iris se acerca llevando su habitual camisa masculina de franela. Extiende las manos, lista para pasar la inspección.

—Completamente esterilizadas, Corinne, cielo. Déjame al bebé. Tú siéntate.

—Yo tomaré al bebé —afirma mi madre, deslizándose hacia nosotras como una reina.

Hoy lleva puestos unos zapatos de charol rojos con tacón de más de siete centímetros, y un vestido de seda rojo y blanco. Mamá no participa en la elaboración de la repostería, se encarga exclusivamente de la gestión del negocio. Deja una taza de café y unas galletas para Corinne y extiende los brazos. Corinne, con aspecto tenso, le pasa a regañadientes el bebé a nuestra madre.

El rostro de mamá se dulcifica de amor al contemplar a su única nieta.

–Eres perfecta. Sí, lo eres. Lucy, ocúpate del señor Dombrowski.

–Hola, señor D –saludo al anciano de noventa y siete años que viene a la pastelería todas las tardes.

–Hola, querida –murmura él mientras estudia el contenido del mostrador–. Eso tiene un aspecto muy interesante. ¿Cómo se llama?

–Es una tartaleta de cerezas –contesto mientras reprimo un ligero estremecimiento.

Iris las prepara echando un pegote de cerezas de lata en un trozo de masa congelada. No es precisamente lo que yo haría. No. Yo iría a comprar unas de esas cerezas maravillosas de Colorado. En Providence hay un mercado que se las hace traer en avión. Un poco de crema de limón, crema pastelera, canela, quizás un toquecito de vinagre balsámico para romper el dulzor, aunque a lo mejor con el limón no haría falta.

–¿Y esto? ¿Qué es esto, querida?

–Esa es de albaricoque –también de lata, aunque no lo menciono.

Resulta curioso. Mis tías son unas reposteras espectaculares, pero reservan sus dotes para las reuniones familiares. Para la clientela no húngara, sin lazos de sangre, las latas son más que suficientes. Y también las masas congeladas, vueltas a congelar y requetecongeladas, que no han visto nunca un buen *barak zserbo*.

El señor Dombrowski repasa el mostrador, supervisando hasta el último producto que ofrecemos. Siempre compra el pastel de queso, pero el encantador anciano no tiene gran cosa que hacer y venir a comprar su pastel, del cual se tomará la mitad con el té y la otra mitad para desayunar, le da cierta estructura a su día. Sigue arrastrándose, murmurando, haciendo preguntas como si estuviera a punto de tomar una decisión sobre la ruptura de Alemania tras las Segunda Guerra Mundial. Personalmente le entiendo muy bien. El señor D también está solo.

Mientras cobro al señor D, Corinne toma su teléfono y marca un número.

–¿Chris? Hola, cielo, ¿cómo estás? ¿Cómo te encuentras? ¿Estás bien? –hace una pausa–. Lo sé. Es que pensé que quizás te sentirías un poco cansado. No, yo estoy bien, ¡por supuesto! Estoy estupendamente. ¡Ella está genial! ¡Maravillosa! ¡Es perfecta! Lo es. Yo también te quiero. Muchísimo. Eres un padre maravilloso, ¿lo sabías? ¡Te amo! ¡Adiós! ¡Te quiero! ¡Luego te llamo!

Como ya he mencionado antes, Corinne vive bajo el terror permanente de que su, aparentemente, sano esposo esté al borde de la muerte. De pequeñas, Corinne y yo no nos parábamos nunca a pensar en lo que parecía ser una maldición familiar. Cierto que mamá y las tías eran viudas, pura mala suerte sin duda, pero eso no tenía nada que ver con nosotras dos. Aun así, cuando conocí a Jimmy, sí se me ocurrió que había sido muy hábil al enamorarme de un tipo robusto, casi metro noventa de corpulenta masculinidad y poco colesterol (sí, insistí en que se realizara un chequeo médico completo cuando nos hicimos los análisis de sangre). Y puede que convencer a tu prometido para que se haga un seguro de vida más que abultado no sea lo que la mayoría de las novias apunten en su lista, pero en mi caso demostró ser horriblemente premonitorio.

En cualquier caso, cuando Jimmy murió, en cierto modo sembró en Corinne la idea de que ella también estaba predestinada a ser una viuda joven. A pesar de todo consiguió casarse con Christopher, después de que él se lo pidiera siete veces antes de que ella cediera. Le prepara comidas bajas en grasa, bajas en sal, se sienta cada día junto a la bicicleta elíptica para asegurarse de que haga sus cuarenta y cinco minutos de ejercicio cardiotónico, y tiene tendencia a hiperventilar si pide bacon cuando desayunan fuera de casa. Lo telefonea unas diez veces al día para asegurarse de que sigue respirando y recordarle que lo ama profundamente. En cualquier otra familia, Corinne sería discretamente aconsejada para que tomara alguna medicación o que acudiera a un terapeuta. En la nuestra, bueno, pensamos que Corinne es inteligente.

–¿Y tú qué tal, Lucy? –pregunta mi hermana con el ceño fruncido. Tiene la mirada puesta en el bebé, los puños cerrados, contando mentalmente los segundos que faltan para pedir que le devuelvan a Emma.

Yo respiro hondo. Ha llegado la hora de enfrentarse a ello después de haber reflexionado sobre el tema durante unos cuantos días.

–Bueno, creo que estoy preparada para empezar a salir con chicos otra vez –lo digo en voz muy alta y trago nerviosamente. Ahí está de nuevo ese nudo en la garganta. Me preparo para el ataque.

Mi anuncio es recibido como un pastel de ángel que no ha cocido lo suficiente. Iris y Rose abren los ojos desmesuradamente y me miran con la boca abierta. Mamá me mira sorprendida antes de devolver su atención a la niña.

Pero Corinne se pone a aplaudir.

–¡Oh, Lucy! ¡Eso es maravilloso! –sus ojos se llenan de lágrimas que empiezan a rodar por las mejillas–. Eso, eso, cariño, espero que encuentres a alguien maravilloso y perfecto, como Chris, y que seas tan feliz como lo soy yo.

Tras lo cual estalla en sollozos y corre al cuarto de baño.

—Son las hormonas —murmura Iris.

—Yo lloré durante semanas cuando nació Stevie —la secunda Rose—. Claro que el pequeño demonio pesaba casi cinco kilos. Yo tenía más remiendos que una colcha.

—Yo sangré durante meses. Los médicos mienten —añade Iris—. Y mis *kebels*, duras como piedras. Durante semanas no pude dormir boca abajo.

Por alguna razón, en mi familia es tradición referirse en húngaro a las distintas partes de la anatomía femenina.

Pero mi respiro es breve. Las Viudas Negras se vuelven hacia mí.

—¿En serio quieres tener otro marido? —pregunta Iris.

—Lucy, ¿estás segura? —añade Rose con su voz chillona mientras se retuerce las manos.

—Eh, pues eso creo —contesto.

—Pues bien por ti —opina mamá con descarada falta de sinceridad.

—Después de que muriera mi Larry, no volví a sentir la necesidad de tener otro hombre —declara Rose con su voz cantarina.

—Yo tampoco —Iris resopla—. No había nadie capaz de ocupar su lugar. Pete era el amor de mi vida. Jamás me habría podido imaginar estando con otro —me mira—. No digo que haya nada malo en que tú quieras a otro, cielo —añade, aunque demasiado tarde.

Suena la campanilla sobre la puerta al abrirse y entra el Capitán Bob, un viejo amigo de mi padre. Bob es el dueño de un barco de doce metros de eslora en el que lleva a la gente a dar paseos de una hora alrededor de Mackerly, acompañando en recorrido de una colorida narrativa y una historia más que dudosa. Lo sé, porque a menudo piloto su barco como un trabajo a tiempo parcial.

—Hola, Daisy. Hace un día precioso, ¿verdad? —su rostro rubicundo por el exceso de sol y de café irlandés, se pone aún más colorado. Lleva décadas enamorado de mi madre–. ¿Y esta quién es? –añade el Capitán Bob poniendo una voz más dulce mientras avanza otro paso hacia mamá.

–Mi nieta –mamá se aparta–. No respires sobre ella. Solo tiene cinco días.

–Por supuesto. Es preciosa –asegura Bob con la mirada puesta en el suelo.

–¿Qué te apetece, Bob? –pregunto. «Aparte de una cita con mi madre».

–Tomaré el pastel de queso, si puede ser –contesta con una sonrisa de agradecimiento.

–Por supuesto que puede ser –yo sonrío mientras le preparo su pedido.

El pobre aparece todos los días solo para mirar a mi madre, que disfruta enormemente ignorándolo. Quizás debería aprovecharlo como mi primera lección para las citas: a los hombres hay que tratarlos mal, y así se enamoran de ti para siempre. Por otra parte, nunca tuve que tratar mal a Jimmy. Bastó con una mirada. Nada más.

Mi hermana sale del cuarto de baño con los ojos rojos.

–Tengo que darle de mamar –anuncia–. Mis tetas están a punto de explotar. Ah, hola Capitán Bob.

Bob da un respingo y murmura una felicitación antes de tomar el pastel y su cambio.

–¿Dar de mamar es higiénico? –se pregunta Rose.

–Por supuesto que lo es. Es lo mejor para el bebé –Iris se vuelve hacia el Capitán Bob–. Mi hija es médico lesbiana. Obstetra. Ella dice que lo mejor es dar el pecho.

Es cierto que mi prima, Anne, es lesbiana, y obstetra, no médico de lesbianas (al menos no solo de lesbianas), tal y como me sugiere siempre la aclaración de Iris. Bob murmura algo antes de salir por la puerta, no sin antes dedicarle otra mirada anhelante a mi madre; mirada que ella finge ignorar.

–Pues yo nunca di el pecho –reflexiona Rose–. En mis

tiempos solo los *hippies* daban el pecho. Ni siquiera se bañan a diario, ¿lo sabíais? Los *hippies*, digo.

Corinne se lleva al bebé hasta la única mesa que hay en Bunny's. A las Viudas Negras no les gusta que los clientes se queden mucho rato por aquí.

—Esto no es el Starbucks —les gusta aclarar—. Nosotras no traemos la comida en un camión. Busca tu fabuloso café en otra parte. Esto es una pastelería.

Mis tías son uno de los motivos por el que el Starbucks de aquí al lado hace tanto negocio.

Corinne se levanta discretamente la camiseta, hurga en el sujetador y coloca al bebé. Da un respingo, respira entrecortadamente y, al darse cuenta de que estoy mirando, dibuja una enorme sonrisa en su cara.

—¿Duele? —pregunto.

—¡Oh, no! —miente—. Resulta un poco… está bien. Ya me acostumbraré —su frente se perla de sudor y parpadea presa del dolor, pero la sonrisa no se borra ni un poquito.

La campanilla de la puerta anuncia la llegada de otro cliente. En este caso, de dos. Parker y Nicky.

—¡Nicky! —chillan las Viudas Negras mientras caen sobre el muchacho como buitres sobre un cadáver fresco.

El niño recibe besos y abrazos y adoración. Me sonríe y yo agito una mano, mi corazón inflamado de amor. Es un niño precioso, la viva imagen de Ethan.

—¿Hay glaseado? —pregunta el pequeño.

Mi madre y mis tías lo llevan a la parte de atrás para inflarle de azúcar.

—El glaseado no es bueno para él —señala mi hermana mientras se seca el sudor de la frente—. Es todo azúcar. No deberías permitirles darle azúcar a Nicky.

—Bueno, teniendo en cuenta que lo que me enseñaron mis tías a mí fue cómo vomitar después de comer —contesta Parker con calma—, un poco de glaseado no me parece tan nocivo —me sonríe—. Hola, Luce.

Quizás se deba a que ella fue la primera amiga que hice después de enviudar, una de las pocas personas que no me conocían de antes, quizás se deba a que ignoro generosamente que es alta, delgada, hermosa y rica, pero Parker y yo somos amigas. Lo primero que me dijo cuando supo que yo era la viuda del hermano de Ethan fue, «¡Jesús! ¡Vaya mierda!». Nada de tópicos, ni de incómodas expresiones de simpatía. Me resultó bastante refrescante. Y me sentí halagada cuando me llamó después de su ruptura con Ethan, y más aún cuando me habló del embarazo. Por aquel entonces la gente me seguía tratando con guantes de seda. «No le hables de bebés... es viuda. No le hables de tu vida amorosa... es viuda». Para Parker yo era solo yo. Una viuda, cierto, pero sobre todo una persona. Os sorprendería saber con qué poca frecuencia se da esa actitud.

–Así que este es el bebé –Parker se inclina para contemplar a Emma, que traga como si no hubiera un mañana–. Vaya, Corinne, es realmente preciosa.

–Gracias –contesta mi hermana mientras aparta ligeramente al bebé para evitar que se contagie del ébola o la tuberculosis que podría estar incubando Parker–. Lucy, ¿te importaría sacar mi móvil del bolso y marcar el número de Chris? Quiero ver cómo está.

–Acabas de hablar con él –le recuerdo.

–Lo sé –contesta mientras una lágrima cae por su mejilla.

–Cielo, ¿estás bien? –pregunto–. ¿Seguro que esto es solo hormonal?

–Estoy estupendamente –contesta ella mientras una sonrisa asoma entre las lágrimas.

Hago lo que me pide. Corinne toma el teléfono y se levanta, el bebé aún enganchado con fuerza, y se dirige hacia una esquina para hablar con su marido. Otra vez.

–Tu hermana tiene un problema –afirma Parker después de mirar hacia la cocina para asegurarse de que su hijo está comiendo suficiente glaseado. Ocupa el asiento de Corinne y sonríe.

—Desde luego. ¿Qué tal el fin de semana?

—Estupendo. Ethan vino a casa y estuvimos viendo *Tarzán*. Luego colgó una cuerda del techo del comedor para que Nicky pudiera balancearse como el Hombre Mono. Espera a que lo vea mi padre —Parker sonríe con ternura.

El salón de Grayhurst (sí, la casa tiene un nombre, algo que siempre me pareció de lo más guay) tendrá espacio para unas dos docenas de comensales.

—Parece divertido —observo antes de hacer una pausa—. ¿Sabes qué? He decidido que voy a volver a quedar con hombres.

—¿En serio? ¿Ethan y tú os habéis decidido a ser una pareja de verdad?

Parker sabe lo del... acuerdo entre Ethan y yo. Se lo conté una noche, después de haber bebido demasiados mojitos y tomado muy poca comida. A Parker ni siquiera pareció importarle. A fin de cuentas fue mucho después de que hubieran roto.

—No. Ethan no. Él solo es...no.

—¿Él solo es, qué? —pregunta Parker mientras le da un mordisco a una de las galletas ignoradas por Corinne—. Si no recuerdo mal, en la cama es estupendo. Claro que eso fue hace casi cinco años, y solo estuvimos juntos un tiempo muy corto, pero recuerdo eso que hacía cuando...

—¡Calla! —miro a mi alrededor mientras rezo para que las Viudas Negras no haya oído nada—. ¡Parker, por favor!

—¿Qué?

—¿Qué? Bueno, Ethan es mi cuñado —susurro—. Y para tu información, por enésima vez, nadie sabe que hemos sido... eh... íntimos. Y me gustaría que siguiera así, ¿de acuerdo?

—Bueno, aparte de porque sea el hermano de Jimmy, ¿por qué? –insiste Parker en voz baja–. Es un padre estupendo, y eso, estoy segura, está a la cabeza de tu lista de prioridades.

—¿Cómo sabías que hay una lista? –yo parpadeo incrédula.

—¡Por favor! Pues claro que hay una lista. Seguramente marcada siguiendo un código de colores.

Hay una lista, por supuesto. Y sí «Fuerte Potencial para la Paternidad», está entre los tres primeros puestos (en rojo, lo que lo sitúa en la categoría de innegociable). Me muerdo el labio.

—Bueno, Ethan no es, digamos, el tipo adecuado.

—¿Salvo en la cama? –sugiere Parker con una sonrisa traviesa.

—¡Calla, Parker! ¡Basta ya! –ella ríe y yo suspiro–. No es, bueno, en primer lugar yo quiero un marido que no vaya a morirse pronto. Y Ethan se pasa la vida saltando de cosas y conduciendo motos y cosas así.

—Siempre lleva casco –puntualiza Parker.

—No me basta.

—¿Quieres decir que la inmortalidad también está en esa lista? –ella arquea una ceja perfectamente depilada.

—Por supuesto que no. Soy realista. Aunque sí, «Bajo Riesgo de Muerte Temprana», está en esa lista –de hecho ocupa el primer puesto. Parker sonríe y yo continúo–. La cuestión es que Ethan, si bien es un tipo estupendo, no es para mí, ¿de acuerdo? Y sabes de sobra a qué me refiero, porque tú me dijiste eso mismo, a pesar de haber formado una preciosa familia con él y de que podríais tener a unos cuantos Nickys más correteando por ahí.

—¿Sabías que se había trasladado a Mackerly? –Parker sonríe.

—¿Ethan?

—Claro, boba.

—¿A qué te refieres?

Parker le da otro mordisco a la galleta antes de contestar.

—Ha aceptado un puesto en la sede central de International Food, en Providence, para estar más cerca de Nick. Todo el tiempo, no solo los fines de semana.

—¡Oh! —contesto, algo dolida por no saberlo ya. Es verdad que el viernes por la noche mencionó algo sobre tener una cosa que contarme, pero debió olvidar hacerlo—. Vaya, eso sí que es un notición.

—Sí. El caso es que, desde este fin de semana, estará aquí de quieto.

—Bueno, qué bien —hago una pausa—. Qué bien por Nicky, desde luego.

—¡Mami! He comido glaseado azul.

Hablando de Nick. El hombrecito sale corriendo de la cocina, la cara manchada de azul por culpa de ese horrendo *fondant* que Rose utiliza para glasear sus tartas (yo emplearía únicamente crema de mantequilla, pero Rose es la decoradora de tartas de Bunny's, por muy bueno que sea mi glaseado).

—¡Eso es estupendo, campeón! —exclama Parker—. ¿Me das un beso azul? —se inclina hacia delante y frunce los labios mientras Nicky obedece sin dejar de reír.

—¿Quieres uno, tía Ducy? —pregunta.

A pesar de que desde hace poco domina el sonido «L», sigue llamándome «Ducy», algo que encuentro absolutamente irresistible.

—Por supuesto, cielo —contesto.

Nicky trepa a mi regazo y me hace los honores mientras yo aspiro su olor a sal, champú y azúcar y lo abrazo con fuerza durante un segundo, deleitándome con su perfecto cuerpecillo, antes de que se escurra hasta el suelo para jugar con sus coches hechos con cajitas de cerillas.

—Tengo que irme. Hay libros que escribir —Parker suspira dramáticamente.

Parker es la autora de una serie de libros infantiles de mucho éxito: *The Holy Rollers*, unos niños ángeles que bajan del cielo, se transportan sobre patines de ruedas y ayudan a los niños mortales a tomar buenas decisiones. Parker odia con pasión a los Holy Rollers, y escribió el primer libro como una farsa, unas historias tan empalagosas que daban asco. Sin embargo, su sarcasmo no fue captado por un tipo de Harvard que dirigía el departamento infantil de una enorme editorial, y *The Holy Rollers* se editan actualmente en catorce idiomas.

—¿De qué va este? —pregunto con una sonrisa.

—Los Holy Rollers y el abusón grandote y malote, en el que el escuadrón de Dios baja para darle de hostias a Jason, un matón de séptimo curso que roba a los otros niños el dinero del almuerzo.

—¡Darle de hostias a Jason! —repite Nicky mientras desliza su coche sobre la ventana.

—Ups. No le digas a papi que he dicho eso, ¿de acuerdo? —le pide Parker a su hijo, que asiente amablemente.

Levantándose de la silla, ella empieza a guardar los cochecitos de Nicky en su bolso de piel.

—¿Quieres que eche un vistazo por ahí? —pregunta.

—¿Un vistazo para qué?

—Por lo de tu nuevo marido.

—Ah. Claro. Supongo —contesto.

—¡Esa sí que es una actitud positiva! —exclama mientras me guiña un ojo antes de tomar de la mano a mi sobrino y salir de la tienda, los rubios cabellos al viento.

Capítulo 4

Ethan iba dos cursos detrás de mí en Johnson & Wales. Yo no le conocí hasta mi tercer año, pues, aunque yo me crie en Mackerly, los Mirabelli se trasladaron a la ciudad y abrieron el restaurante en mi segundo año de facultad. Venían de Federal Hill, la zona italiana de Providence, y su restaurante fue un éxito de inmediato. Yo ya había comido allí una o dos veces, pero no conocía a ningún miembro de la familia, hasta que Ethan me abordó un día mientras yo descansaba tumbada sobre el césped en el campus y esbozaba mi proyecto final para la clase de Decoración de Tartas Avanzada.

—¿No eres tú una de las nenas pasteleras de Mackerly? —me preguntó.

Yo sonreí y le confirmé que, en efecto, lo era.

—Soy Ethan Mirabelli —continuó—. Mi familia es la dueña de Gianni's. ¿Lo conoces?

—Desde luego que sí —contesté—. Servís la mejor comida a este lado de Providence —coloqué la mano a modo de visera para poder echarle un vistazo al joven Ethan Mirabelli. Me pareció razonablemente mono. Ojos marrones de mirada chispeante, piel tostada, sonrisa traviesa, de esas que se arrugan en las comisuras de los labios de una manera adorable—. ¿Trabajas allí?

—Todavía no. Mi hermano y papá son los cocineros, pero puede que algún día. ¿Y tú qué? ¿Estás también en el programa para chefs? —preguntó mientras se sentaba a mi lado en el césped.

—Chef repostera. Soy una apasionada del postre —le expliqué.

—Le gustan dulces —murmuró Ethan mientras arqueaba una ceja y me miraba de reojo. Flirteaba. Y yo solté una carcajada—. Tendrías que probar el tiramisú de mamá —me aconsejó—. Es el mejor en cuatro estados a la redonda. Incluso mejor que en Nueva York.

Ethan y yo nos hicimos amigos de inmediato. Nos veíamos, quedábamos para comer un par de veces por semana, nos sentábamos juntos en los viejos sillones del teatro Cable Car para ver películas extranjeras y mofarnos indecentemente de las escenas de amor.

—Sexo en alemán —murmuró Ethan—. Qué horror.

La pareja sentada a nuestro lado nos fulminó con la mirada antes de murmurar algo entre ellos, en alemán, provocándonos un ataque de risas silenciosas y sibilantes.

No salíamos juntos, pero éramos compadres. Él era estudiante de segundo año y yo del último curso, y estábamos en esa edad en la que ese tipo de cosas importaban. Yo, a mis veintidós años, me sentía mucho mayor que él, que aún tenía diecinueve. Por ejemplo, él no podía salir a tomar una cerveza, al menos no legalmente, y yo ya estaba haciendo entrevistas para trabajar en hoteles y restaurantes cuando a él aún le quedaban años para graduarse. A pesar de que era relativamente mono y muy divertido, lo nuestro no era, como a las chicas nos gustaba decir, «de esa clase». Nunca nos tomamos de la mano ni nos besamos ni nada. Éramos solo amigos.

Unos meses después de conocernos, Ethan y yo volvimos un fin de semana juntos a Mackerly y él me llevó a Gianni's.

—Hola, chicos —saludó cuando entramos en la cocina.

—Hola, universitario, qué bonito detalle por tu parte venir a visitar a la clase obrera.

El dueño de la voz se volvió, y apareció Jimmy. Y no hizo falta nada más.

Lo primero que vi fueron sus ojos, de un tono azul verdoso, ridículamente bonitos. El resto de su rostro era también tremendamente agradable. Unos fabulosos pómulos, labios carnosos, una pequeña sonrisa torcida. El tiempo pareció detenerse. Yo me daba cuenta de todo, del vello dorado sobre sus atléticos brazos, de una quemadura en vías de curación en el interior de una muñeca. El pulso que latía en su cuello bronceado y suave, que parecía llamarme a gritos para que yo hundiera mi rostro allí mismo. Jimmy Mirabelli era alto y fuerte y sonriente, y yo no me di cuenta de que me lo había quedado mirando fijamente, y él a mí, hasta que Ethan carraspeó.

—Te presento a mi hermano, Jimmy —anunció—. Jim, esta es Lucy Lang. Su familia es la propietaria de la pastelería Bunny's.

Jimmy dio unos pasos hacia mí, pero, en lugar de ofrecerme una mano, se quedó parado mirándome hasta que la sonrisita torcida se fue haciendo cada vez más grande y le cubrió todo el rostro.

—Hola, Lucy Lang —murmuró mientras yo me ponía roja.

Ethan comentó algo, pero no lo oí. Por primera vez en mi joven vida, me había enamorado hasta la médula. Cierto que había tenido un par de novios aquí y allá, pero esto... esto era desde luego «de esa clase». Mi estómago se encogió llenándose de calor, la boca se me secó, las mejillas me ardían. Y entonces Jimmy Mirabelli sí me tomó una mano, y yo estuve a punto de desmayarme.

Unas horas después de que yo me hubiera marchado del restaurante, Jimmy llamó a la pastelería y me pidió salir. Le dije que sí. Por supuesto. Y cuando Ethan y yo regresamos a la facultad el domingo por la noche, le di las gracias por presentarme a su hermano.

–Es un gran tipo –dijo Ethan en tono amable antes de soportar de nuevo mi chorreo de sentimentalismo.

Jimmy Mirabelli era, tal y como enseguida averigüé, lo que faltaba en mi vida, un hombre.

A mamá no le había resultado nada sencillo tener que criarnos ella sola a Corinne y a mí. Lo había hecho lo mejor que había podido. Con el seguro de vida de papá, y los pequeños, aunque regulares, ingresos de mamá en la pastelería, teníamos dinero suficiente. Mamá no era mala madre, pero sí un poco distante, no de las que preguntaba adónde íbamos o con quién. Decía que confiaba en nosotras para tomar la decisión correcta, y luego volvía a su crucigrama o novela policíaca, dando por concluido su momento parental.

Yo crecí en un constante estado de envidia por la falta de autoridad paterna. Adoraba a los papás de mis amigas, su aprobación, su afecto, su rigidez, las normas. Recuerdo a Debbie Keating, mi más mejor amiga de primaria, recibiendo una enorme reprimenda por ponerse un top vulgar de color verde y sombra de ojos azul, en el baile de séptimo curso. ¡Cómo hubiera querido yo tener un padre que se asegurara de que yo no fuera vulgar! Que me protegiera y me adorara como solo papá podría hacerlo. Mi pequeña y atesorada parcela de recuerdos me decía que mi papá había sido muy buen padre, y un buen padre quiere a su hija como nadie. La adora, la protege, la saca de cualquier apuro, la defiende frente a los castigos de su madre. La anima a ser lo que quiera ser, presidente, astronauta, princesa, y más adelante le aconseja sobre qué muchacho le conviene (ninguno), y sobre cuándo va a poder empezar a salir con chicos (nunca).

Pero, por culpa de la maldición de las Viudas Negras,

los hombres siempre fueron escasos en mi vida. No tenía tíos, ni abuelos, ni hermanos. Mi relación masculina más cercana era Stevie, y ya os he hablado de él. Corinne y yo solíamos invocar a nuestro padre, sentadas en el armario donde mi madre seguía guardando algunas ropas suyas.

Mientras sujetábamos un abrigo o un jersey contra la cara, entonábamos nuestro cántico, «papá, papá, háblanos, papá».

A mamá nunca se le pasó por la cabeza volver a salir con alguien, pero a mí me gustaba imaginarla con otro hombre, casándose con él, con alguien amable y bueno, que nos amaría a Corinne y a mí como si fuésemos suyas y nos mimaría como no hacía nuestra madre. Un verano trabajé de camarera en un bonito restaurante de Newport y Joe Torre, por aquel entonces gerente de los New York Yankees, fue a cenar con su mujer. Aunque Rhode Island es territorio de los Sox y nos educan desde pequeños para odiar todo lo que tenga que ver con New York, me pareció que el señor Torre era un hombre muy agradable. La cena le salió aquella noche por ciento doce dólares, dejó quinientos y escribió una dedicatoria en el mantel, *El servicio ha sido especial. Muchas gracias. Joe Torre*. Cada vez que me imaginaba a mi padrastro era el rostro tranquilo, de bulldog, de Joe Torre el que aparecía en mi mente.

Lo justo sería decir que tenía hambre de hombres, no necesariamente desde el punto de vista sexual, sino de la manera en que un vegetariano sueña con un filete cuando el aire huele a carne a la parrilla. De la manera en que un habitante del medio oeste sueña con el mar, aunque solo lo haya visto una vez. Cada vez que un hombre entraba en la pastelería, yo me peleaba por atenderle, independientemente de su edad, y me empapaba de toda esa fascinante masculinidad, de cómo se movía, hablaba, de su porte. De cómo sus ojos se arrugaban cuando me sonreía, con qué decisión pedía lo que quería tomar. Del vello sobre los nudillos, de la sombra de barba.

Cuando conocí a Jimmy, Ethan era seguramente mi amigo más cercano, pero con él era todo diversión, nada serio. En otras palabras, un chico, no un hombre. Por lo menos entonces.

Jimmy… ese sí era un hombre. Fuerte, robusto, alto, tres años mayor que yo, tan autoritario y capaz. Siempre había trabajado en una cocina y sabía bien lo que se hacía. Rápido, de movimientos precisos, con la capacidad para tomar una decisión en un instante, confiado, seguro y talentoso. Era deslumbrante.

Empecé a volver a casa cada vez más a menudo porque el trabajo de Jimmy no le permitía tomarse mucho tiempo libre los fines de semana. Gianni trabajaba en la cocina con su hijo, gritando a los demás cocineros y, cada vez que me veía, me daba un beso en la mejilla y me llamaba «la chica de Jimmy». Marie, que ejercía de anfitriona de los clientes y terror de los camareros, me sentaba a la mesa familiar y me animaba a comer más para no estar tan delgada. Me bombardeaba a preguntas sobre si quería tener hijos (sí), cuántos me gustaría tener (tres o cuatro) y si había pensado alguna vez en mudarme a otra zona (desde luego que no). Después me sonreía y, suponía yo, calculaba cuánto tiempo le faltaría aún para ser abuela.

Y entonces solía aparecer Jimmy para charlar un poco con los comensales, siempre alegre y amigable. Su mirada me buscaba y la posaba sobre mí quizás un segundo de más, dejándome bien claro que era yo con quien quería estar. Después regresaba a la cocina, aunque no sin pararse para darme un beso y un apretón en el hombro con sus fuertes manos y dejándome envuelta en una nube impregnada de ajo y deseo.

Estar con él era estar con una celebridad local, alguien que cada vez te parecía más guapo, que olía cada vez mejor, que, cuando me tomaba en sus brazos y me levantaba del suelo, conseguía que me mareara, embriagada de tanto amor. Todo el mundo conocía a Jimmy, a pesar de que solo llevaba un año y poco más en la ciudad, y él se acordaba de todos los nombres, invitaba al aperitivo, preguntaba por los niños. Todo el mundo lo adoraba.

Era un novio maravilloso. Me traía flores, escondía notas en la habitación de la residencia en las escasas ocasiones en que consiguió ir a verme a Providence, me llamaba un par de veces al día. No paraba de decirme que era hermosa y, con él, yo me sentía así. Me miraba mientras nos tumbábamos en el césped del parque Ellington a orillas de la ría. El olor a salmuera se mezclaba con el de las flores bajo el fuerte sol, y él se olvidaba de lo que me estaba contando, interrumpiéndose a mitad de frase para alargar una mano y acariciar mi cara con las puntas de los dedos, o para besar mi mano o, aún mejor, apoyar la cabeza en mi regazo.

—Esto es todo lo que necesito —solía decirme—. Esto y algo de comer.

Fue Jimmy el que le dio un empujón a Bunny's al sugerir que Gianni's nos comprara el pan. También nos recomendó a otros restaurantes, y esa parte del negocio subió como la espuma. Mi madre y mis tías pensaban que Jimmy podía caminar sobre las aguas.

—Ese Jimmy —solían decir mientras agitaban las cabezas, su amor latente por los hombres asomando a través de su viudedad—. Ese Jimmy es algo especial. Tienes que conservarlo, Lucy.

No hacía falta que me lo dijeran.

Jimmy esperó a que yo terminara los estudios para declararse. Una noche me propuso una cena tardía con él en Gianni's, cuando todo el mundo se hubiera marchado. Solíamos hacerlo de vez en cuando, con el restaurante iluminado únicamente por unas cuantas velas. Aún recuerdo la cena que preparó aquella noche, el dulzor de los tomates, el sabor a levadura del pan, la delicada salsa de vodka sobre la pasta cocinada a la perfección, el tierno pollo con mantequilla.

Cuando llegó la hora del postre, Jimmy entró en la cocina y regresó con dos platos del famoso tiramisú de Marie, una deliciosa y fresca combinación de crema de chocolate, bizcocho y licor de café, cubierto de un cremoso mascarpone. Colocó un plato ante mí. Yo bajé la vista y vi el anillo de compromiso colocado sobre la crema. Sin esperar ni un instante, lo tomé, lo chupé y me lo puse, en medio de las traviesas carcajadas de Jimmy. A continuación miré a Jimmy a la cara, a ese rostro de mirada segura, un rostro alegre, tremendamente atractivo, y supe que pasaría el resto de mi vida locamente enamorada de ese tipo.

Evidentemente las cosas no salieron así del todo.

Llevábamos casados ocho meses cuando Jimmy se marchó en coche a Nueva York para visitar una muestra de suministros para cocineros. Se había levantado a las cinco de la mañana para llegar pronto. Se pasó el día entero aprendiendo sobre nuevas tecnologías en hornos, oyendo cómo remodelar la cocina de un restaurante podría ahorrarte tiempo y dinero, mirando cientos de nuevas o rediseñadas herramientas para el chef. Después él y unos cuantos chefs más se fueron a cenar.

Ya era más de medianoche cuando me llamó desde New Haven, a unas dos horas de Mackerly.

–No habrás bebido demasiado, ¿verdad? –le pregunté, acurrucada en nuestra cama. Le había estado esperando y me sentía realmente decepcionada porque aún estuviera tan lejos.

–No, nena. Una copa de vino a las cinco, nada más. Ya me conoces.

Yo sonreí, sintiéndome mejor.

—Bueno, espero que no estés demasiado cansado.

—Estoy un poco agotado —admitió él—, pero no demasiado. Te echo de menos. Solo quiero volver a casa y ver tu hermoso rostro, oler tus cabellos, y que me eches un polvo.

—Qué curioso —yo reí—, porque lo que a mí me apetece es ver tu hermoso rostro y que me eches un polvo también.

No dije nada como «Jimmy, échate a un lado y duerme un poco». No dije «Nene, tenemos toda la vida para estar juntos. Vete a un motel y duerme». No, lo que dije fue «Te quiero, cielo, y me muero de ganas de verte». Él me contestó lo mismo, y eso fue lo último que me dijo.

Unos cien minutos después de colgar, Jimmy se durmió al volante, chocó contra un roble a casi diez kilómetros de casa y murió al instante. Y el resto de mi vida tuvo que ser reescrito.

—¿Qué tal la tarta? —le pregunto a Ash, mi vecina gótica de diecisiete años que vive al otro lado del pasillo.

—Está fantástica. ¿Seguro que no quieres un poco?

—Seguro. Esta tarta la he enseñado en clase, ¿recuerdas? Puedes prepararla tú misma.

Ash, que no tiene muchos amigos de su edad, me ayuda de vez en cuando durante las seis semanas del curso de repostería.

—¿Y por qué voy a preparar tartas cuando tengo a mi propia repostera al otro lado del pasillo? —le da otro enorme mordisco a la tarta—. De todos modos, déjate de evasivas, Lucy. Acaba con esto.

Sintiendo la necesidad de un poco de compañía, había sobornado a Ash con una tarta de chocolate amargo y la última película de James Bond. Esta noche he decidido darme de alta en una página de citas por Internet y, si bien me parece la mejor manera de encontrar a alguien, mi estómago está dando brincos. Apuro la copa de vino y beso a Gordo Mikey en la cabeza. Él parpadea con cariño antes de, voluble como solo puede serlo un gato, clavarme las uñas en las rodillas y saltar al suelo.

–Lucy, me estoy haciendo vieja aquí –me recuerda Ash–. Mañana tengo colegio y mi estúpida madre quiere que vuelva a casa a las once.

–Lo siento, lo siento –murmuro. Tengo que hacerlo.

Aparte de acudir a un banco de esperma, esta es la mejor manera de conseguir lo que busco. Un marido. Contemplo a mi joven amiga, a la que tampoco le iría mal un novio. Como siempre, su cabello está teñido de un negro intenso, los ojos delineados con una gruesa raya, las cejas dolorosamente extirpadas. Como está comiendo, parte del carmín de labios negro ha desaparecido, revelando un arco de Cupido en un precioso tono rosado.

–¿Qué estás mirando? –pregunta–. Mueve el culo. La película dura dos horas.

Yo obedezco e introduzco la información pertinente antes de pasar a la siguiente pantalla y empezar con el cuestionario.

–¿Has sabido algo de Ethan últimamente? –pregunta Ash con estudiada indiferencia. Hace años que está enamorada de él.

–Pues no realmente. Aunque hoy lo he visto en el agua –contestó–. Estaba navegando.

La verdad es que no he vuelto a hablar en serio con él desde aquella noche.

–Qué guay –Ash se ruboriza antes de dar unos golpecitos con la suela de sus botas de militar, para esconder su amor.

Yo disimulo una sonrisa y vuelvo al ordenador. Solo he hecho la mitad. Es una pena que no viva en una sociedad donde los matrimonios sean acordados. Las Viudas Negras podrían elegirme uno, un hombre lo bastante agradable y sin expectativas de vivir un amor romántico. Un hombre al que le bastara que nos tuviésemos cariño, que cuidara de mí. Yo cuidaría de él, seríamos padres de los mismos hijos, y no dos personas locamente enamoradas.

Gordo Mikey se acerca a la trampilla para echarle un vistazo a la noche. Si abro la puerta bajará por las escaleras de incendio hasta la calle, matará algo y me lo traerá de vuelta. Es su manera de demostrar amor. Tiene un alma tan romántica como la de Tony Soprano.

—Esta noche no, amigo —le digo mientras hago clic en «arce», en respuesta a la pregunta de «si fueras un árbol». Por fin llego a la pantalla que me ofrece hombres disponibles en un radio de treinta y dos kilómetros—. Aquí están —le comunico a Ash, que se levanta del sofá y mira por encima de mi hombro.

—¡Anda! Ese es Paulie Smith —anuncia.

Paulie y yo jugamos en la liga de béisbol.

—Me pregunto si su mujer sabe que anda buscando a otra —murmuro mientras marco la siguiente elección—. Mira, el capitán Bob. Me alegra que esté intentando encontrar a alguien que no sea mamá.

—Qué horror —murmura Ash—. Oye, mira este —da un golpecito en la pantalla con su uña negra—. Es mono.

Y yo miro. Soxfan212. Bonitos ojos, abogado, soltero, nada de hijos.

—Ups, eso lo invalida, ¿no? —pregunta Ash.

A Soxfan212 le gusta navegar. De inmediato me lo imagino agarrado a una barca volcada en medio del mar, bajo una intensa lluvia, rodeado de tiburones, el helicóptero de rescate despidiéndose con pena mientras se aleja, incapaz de efectuar el salvamento.

—Lo siento, Soxfan —me despido yo también.

Esta tarde, esas mismas imágenes de muerte y ahogamiento surgieron en mi mente mientras pilotaba el barco del capitán Bob y vi a Ethan. El viento era, en mi opinión, demasiado fuerte, y el barco de vela de Ethan, de dos mástiles y seis metros de eslora, se deslizaba sobre el agua, bamboleándose con la velocidad, las velas tensas. Ethan me saludó sonriente, y yo estuve a punto de llamar por radio a la guardia costera para que le ordenaran que bajara la velocidad. Es un buen navegante, ganó unas cuantas carreras y todo eso, pero me parece una locura salir a navegar con el mar encima de ti, mucho menos en un velero, con viento. Claro que, supongo, esa es la gracia de navegar.

–Bueno, sigamos –ordena Ash con firmeza–. Aquí. Escribe un pequeño mensaje.

–De acuerdo.

Obedientemente tecleo: *Viuda desde hace tres años, sin hijos. Treinta años. Busco una relación a largo plazo, con la esperanza de encontrar a alguien a quien no vaya a amar locamente, pero tampoco odiar. Una buena dentadura es un valor añadido.*

–¿Qué te parece? –le pregunto a mi amiga–. ¿Van a hacer cola por mí?

Ash sacude la cabeza. Gordo Mikey pone los ojos en blanco (lo juro), antes de ponerse a lamer sus partes nobles.

–Tienes tres minutos –me amenaza Ash–, antes de que ponga la película. Y no podrás verla si no terminas esto antes.

–Sí, mamá –contesto.

A mi mente acude la imagen de mi sobrinita, la indescriptible expresión en el rostro de mi hermana cada vez que mira a su hija, expresión de incredulidad, orgullo y actitud protectora. Recuerdo los abrazos de Nicky mientras se retorcía, cómo bailaba emocionado ayer mientras me contaba que había encontrado una oruga peluda.

Miro a Ash, la cría más maja que conozco, aunque intente desesperadamente ocultarlo con esa horrible ropa y el maquillaje.

Y borro lo que he escrito y pongo algo más aceptable.

—Bien hecho —afirma Ash—. Ahora tráete un pastelito y ven a ver a esa maravilla de Daniel Craig.

Capítulo 5

–¿Y bien? ¿Quiere salir con ella? Es muy agradable. Viuda. Claro que estaba destrozada cuando su marido, que Dios lo tenga en su gloria, se estrelló contra ese árbol, pero no tomó nada de Prozac, no sé si me entiende. Y, como puede ver, tiene un buen cuerpo.

La tía Iris acaba de sacarme a rastras de la cocina, donde estaba sacando del horno cincuenta hogazas de centeno. Un hombre en la cuarentena, bajito, regordete, en proceso de quedarse calvo, está de pie frente al mostrador, petrificado de terror. ¿Dije algo de que las Viudas Negras podrían haberme arreglado un matrimonio? Olvidadlo, lo retiro.

–Lo siento mucho –me disculpo–. ¿Puedo ayudarle?

–Esto... yo solo quería un pastel danés.

–Y ya tiene su danés –contesta Iris sin rodeos mientras me señala con la cabeza–. ¿Qué me dice?

–Me gustaría que me devolviera el cambio –me susurra el hombre.

–Por supuesto –yo arranco el billete de veinte, apresado entre los dedos de Iris, y le doy a una tecla de la caja registradora–. ¿Solo un danés? ¿Algo más?

–¡Nada! ¡Nada más! Eh... quiero decir que no gracias –el hombre mira con recelo a Iris y luego de nuevo a mí–. Lo siento.

Iris se eriza, hinchándose como un sapo indignado.

—¿No es lo suficientemente buena para usted? ¿Es eso? ¿Por qué? ¿Qué tiene usted de especial, señor? —me agarra por los hombros y me sacude—. Mire esas caderas. Ha nacido para tener hijos, y sin esas mierdas de la epidural. Pregúntele a mi hija. Es médico lesbiana.

La tía Iris me suelta, se cruza de brazos y mira fijamente al hombre.

—Yo he tenido dos hijos y no utilicé ni una gota de analgésico. ¿Dolió? Por supuesto que dolió. Lo soporté. Lo aguanté. El desgarro tampoco fue para tanto. No me mató.

Le entrego al hombre su cambio.

—Que tenga un buen día. Vuelva otra vez.

El hombre, os lo garantizo, no va a volver. Sale por la puerta a toda velocidad. Apostaría a que jamás volverá a poner un pie en la isla.

—Iris, quizás podrías... ¿bajar un poco el tono? —le sugiero.

—¿Qué? —me pregunta ella con expresión herida mientras agarra una bayeta y empieza a pulir el inmaculado mostrador—. ¿Bajar el tono de qué?

—Bueno, dejar de mostrarme como si fuera un animal de feria en una subasta.

—Dijiste que querías salir con alguien, y decidí ayudarte, nada más.

—Lo que has hecho ha sido más bien proxenetismo, con una incursión salvaje en el mundo de la obstetricia.

—¡Qué exagerada! Yo tenía entendido que a buen hambre no hay pan duro —Iris suelta un bufido.

—¡Yo no estoy hambrienta! Es que... soy muy capaz de conocer a alguien por mí misma. Has sido muy amable intentándolo, pero, por favor, no acoses a los clientes. El negocio ya va lo bastante mal.

—El negocio va bien —ella resopla—. Escúchenla todos.

El negocio va mal. ¿Cincuenta y siete años yendo mal el negocio? Te pagó los estudios en esa elegante universidad de cocineros, ¿no? ¿Eh?

–Sí, tía Iris, lo hizo –reconozco–. Pero nos podría ir mucho mejor si pusiéramos algunas mesas, ofreciéramos café y…

Iris pone los ojos en blanco con gran dramatismo, pero el gesto es interrumpido por la campanilla de la puerta. El rostro habitualmente serio de mi tía se transforma en uno de lisonjera adulación.

–¡Oh, Grinelda! ¡Hola, hola! ¡Pasa, querida! Que amable por tu parte venir a vernos.

Yo reprimo un suspiro.

Grinelda es una habitual de Bunny's. Autoproclamada gitana, mis tías y mi madre la reverencian. Los gitanos ocupan un lugar especial en el corazón de los húngaros, y las Viudas Negras, todas católicas devotas, sitúan a Grinelda inmediatamente detrás del Libro del Apocalipsis en cuestiones de habilidades proféticas. Al igual que Madonna o Cher, Grinelda no tiene apellido, lo cual significa que hay que pagarle en metálico. También como las artistas ya mencionadas, a Grinelda le gusta vestirse de manera estrambótica. Hoy lleva un conjunto tipo «déficit de atención se encuentra con niño de guardería hasta arriba de azúcar». Una falda larga, brillante y morada más corta por detrás que por delante, ya que debe envolver el impresionante trasero de Grinelda. Una blusa roja con una especie de cinta adhesiva sobre la costura de uno de los hombros, un aparatoso echarpe negro, infinidad de ruidosas y baratas pulseras, y unos incomodísimos pendientes de clip.

Su voz, agrietada por cincuenta años de puritos marrones, croa un saludo.

–Daisy, Iris, Rose… vuestros seres queridos esperan noticias vuestras.

—Lucy, cielo, no te quedes ahí como un fardo, ¡tráele algo para comer! —exclama la tía Rose con su voz cantarina mientras irrumpe en la pastelería desde la cocina donde estaba ocupada cubriendo una tarta de boda con su mezcla especial de grasa alimentaria marca Crisco y azúcar de pastelería—. ¡Vamos! —se arranca el delantal y se alisa los cabellos.

Yo hago lo que me mandan y lleno un plato con diez de las galletas más chillonas y coloridas de Bunny's y añado tres cucharaditas de azúcar a una taza del café «solo para empleados».

Mi madre sale de su despacho aplicándose otra capa de carmín de labios.

—Qué bien, ha llegado. Lucy, ¿quieres que te haga una lectura a ti también? ¿Electrólisis quizás?

—No, gracias —contesto mientras ignoro la alusión a mi mostacho—. Mamá, Grinelda es tan vidente como pueda serlo un helecho. Y, ¿cien pavos la visión? No creo que debas...

—¡Calla! Te va a oír, cielo. Cálmate y quédate en la parte de atrás, si eres tan cínica. ¡Vamos! ¡Vete! —mamá me quita el plato de galletas y se acerca Grinelda con la reverencia de un Rey Mago acercándose al niño Jesús—. ¡Grinelda! ¡Bienvenida!

Siempre me ha resultado curioso que mamá esté tan entusiasmada por Grinelda como sus hermanas, dado que ella es mucho más sofisticada, pero supongo que todos tenemos nuestros puntos débiles. Y, si bien estoy de acuerdo en que soy totalmente cínica con respecto a las habilidades de Grinelda, me asomo desde la cocina para mirar. Esa mujer será un fraude, pero es muy divertida de ver.

—Daisy, querida —croa la gitana mientras posa sus arrugados ojos en mí—, qué alegría verte. Hoy me siento un poco cansada, pero haré todo lo que pueda.

Las tres hermanas se ponen a cloquear y a armar un auténtico jaleo en torno a Grinelda, que no pierde el tiempo y se mete de golpe dos galletas en la boca.

—Estoy recibiendo una carta —anuncia en medio de una rociada de migas—, alguien viene —mis tías y mi madre se toman de las manos, agrupándose en torno a la mesita—. La letra es «L». Sí, es un hombre cuyo nombre empieza por «L». ¿Alguna conoce a un hombre cuyo nombre empiece por «L»?

—¿No es normal que todo el mundo conozca a alguien cuyo nombre empiece por «L»? —pregunto con dulzura, aunque soy ignorada por completo.

—Larry —susurra la tía Rose—. Mi Larry.

Como si Grinelda no supiera el nombre del marido de Rose. Lleva años estafando a las Viudas Negras.

—Larry... quiere que sepas algo... sigue contigo. El amor verdadero no muere nunca. Y cuando veas una flor amarilla junto a una flor roja, será una señal suya, una señal de que te ama.

El hecho de que Grinelda cruce el parque Ellington para llegar a la pastelería, y que el parque esté en estos momentos plantado de docenas y docenas de crisantemos rojos y amarillos en plena floración, y resulten fácilmente visibles desde la pastelería, no llama la atención de Rose, que junta las manos sobre su abultado regazo.

—¡Una señal! Larry, cariño, ¡yo también te amo, cielo!

Bueno, sin poder evitarlo siento un pequeño nudo en la garganta. Cierto que Grinelda es un asco, pero la expresión en la cara de Rose seguramente merece los cien pavos que acaba de recibir.

—Se está desdibujando... y ahora hay otra persona. Otro hombre... alto. Cojea. Su nombre empieza por «P».

—¡Pete! ¡Es mi Pete! —grita Iris—. ¡Sufría de cojera! El idiota de su hermano le disparó en una pierna.

Grinelda enciende un purito y chupa, asintiendo con expresión de sabiduría antes de exhalar una nube de humo azulado.

—Sí. Cojea.

Si bien no me creo que esa mujer pueda ver a los muertos, sí creo que los muertos nos visitan. Están esas monedas, por ejemplo, que encuentras en los lugares más inesperados, como justo en la línea media de la encimera de la cocina, o en el cajón de los calcetines. En ocasiones sueño que Jimmy ha regresado para charlar un rato. En mis sueños siempre tiene un aspecto estupendo, y siempre viene para echar un vistazo nada más. El grupo de viudas al que pertenecía me aseguraba que era una experiencia bastante habitual.

De modo que no es que no crea. Es que no creo a Grinelda.

A mi última hornada de hogazas aún le quedan veinte minutos y un poco de aire fresco me iría muy bien, de modo que me voy a dar un paseo por la calle Main. Los árboles han perdido su lustroso verdor del verano y la luz del sol ha adquirido un suave tono dorado. Una pareja de ancianos camina despacio por el césped, él con bastón, ella aferrada a su brazo. Es hermoso. Se dirigen hacia el cementerio, y yo aparto la mirada.

Del Starbucks sale un intenso olor a café. No me iría nada mal una taza de café bien cargado. Estuve despierta hasta las dos de la madrugada, viendo *La caza del Octubre Rojo*, y mi agotado cerebro se muere por una dosis de cafeína. Por supuesto no puedo entrar ahí dentro, Starbucks es la competencia, y lo dirige la chica más mala de todo Mackerly, Doral-Anne Driscoll.

Bueno, ya no es la chica más mala. No sería justo. Es la mujer más mala. La conozco de toda la vida, y básicamente responde al tópico de dura y peligrosa: lleva varios *piercing* en las orejas, cejas, nariz y lengua, los vaqueros tan ajustados que uno podría contar las monedas que lleva en los bolsillos, una hosca expresión de desprecio en su delgada y malhablada boca. A los catorce años ya iba tatuada, ya fumaba, bebía, se acostaba con chicos... el lote completo. Y luego estaba ese desprecio que sentía hacia mí, una cría sumisa y tímida que vivía solo para agradar a los profesores y que cantaba en el coro de St. Bonaventure.

A diferencia de la mayoría de los de mi promoción, Doral-Anne nunca se marchó de Mackerly. Se mofaba y escupía lo que todos sabíamos era envidia cada vez que se mencionaba la universidad. Trabajaba de camarera en una cafetería de Kingstown y, cuando Gianni's abrió en Mackerly, consiguió un empleo allí.

Mucho antes de que yo conociera a Ethan o a Jimmy, Doral-Anne ya hablaba sobre Gianni's. Cada vez que me encontraba con ella cuando volvía a casa los fines de semana, sacaba a relucir el tema. Lo estupendo que era trabajar allí. Lo mucho que ganaba. Lo estupendos que eran los dueños. Que la universidad, sobre todo mi universidad, era para maricas y que ella estaba en el negocio de la restauración. Seguramente Gianni's la iba a formar para ser encargada.

En mi línea de ser amable con todo el mundo, yo solía contestarle que eso sonaba estupendo, lo cual parecía cabrearla aún más.

—Eso suena estupendo —solía imitarme—. Lang, eres una estúpida santurrona.

Cuando conocí a Jimmy, Doral-Anne seguía siendo camarera y no tenía ningún puesto de encargada en perspectiva. En Gianni's no se atrevía a atacarme, no cuando el mismísimo jefe estaba enamorado de mí, no cuando los dueños me trataban como si estuviera bañada en oro. ¡Y cómo lo odiaba esa! Cada vez que yo entraba en el restaurante, ella entornaba los ojos y hacía unos bruscos movimientos con la cabeza. Sus risotadas eran exageradamente fuertes, solo para demostrar lo mucho que se divertía.

Un mes después de que Ethan me presentara a Jimmy, Doral-Anne fue pillada robando y la despidieron. Y porque yo la había visto trabajando allí, le había oído asegurar que la iban a ascender a encargada, y porque yo ocupaba un lugar de honor en la familia Mirabelli, ella me odió aún más.

La hostilidad de Doral-Anne hacia mí no disminuyó cuando quedé viuda. En una ocasión, cuatro o cinco meses después de la muerte de Jimmy, me encontré con ella en la gasolinera. Era más que evidente que estaba embarazada. Yo ya había oído los rumores en la pastelería de que el padre era un motero que había pasado por allí.

—Felicidades, Doral-Anne —le dije educadamente.

Ella se volvió hacia mí y entornó los ojos con un destello de malicia antes de sacar barriga y acariciarla con ambas manos.

—Sí. No hay nada como un bebé. Soy tan feliz. Apuesto a que a ti también te habría gustado tener uno, ¿a que sí? Una pena que Jimmy no te dejara embarazada antes de morir.

Sin palabras, dejé de llenar el depósito, aunque aún le faltaba mucho, me metí en el coche y conduje hasta mi casa, las manos temblorosas y el estómago encogido.

Doral-Anne tuvo a su bebé, Leo, y un par de años más tarde hizo otro más. Kate. Según los rumores, el padre en esa ocasión era Cutty, el dueño, casado, del negocio de alquiler de barcos, Cutty's Bait & Boat Rental. Y, aunque la mujer de Cutty lo abandonó, él jamás reconoció públicamente la paternidad. Doral-Anne saltaba de un empleo de camarera a otro. Hasta que hace un año, Starbucks abrió en nuestra pequeña ciudad, y Doral-Anne fue contratada como encargada. Por su comportamiento, uno diría que Starbucks había encontrado la cura para el cáncer, el sida y el resfriado común.

Y hablando del demonio. Doral-Anne aparece en la puerta, escoba en mano. Al verme parada al otro lado de la calle, esconde la escoba a su espalda, contrayendo los fibrosos músculos de sus finos brazos.

–¿Qué hay, Lang? –saluda, su voz chillona llegando perfectamente al otro lado de la tranquila calle.

–Hola, Doral-Anne –contesto–. ¿Cómo te va?

En cuanto lo digo me muerdo la lengua, deseando haberme callado.

–¡Genial! El negocio va de lujo, pero supongo que eso ya lo sabes puesto que un montón de tus antiguos clientes ahora vienen aquí. Supongo que tu elegante facultad de cocina al final no te sirvió para tanto. Bueno, ¡nos vemos!

Con una sacudida de su excesivamente largo flequillo, se da media vuelta y regresa al interior.

Yo rechino los dientes y me censuro por haberle dado pie. Tengo que volver a la pastelería. Mi reloj interior me dice que faltan tan solo cinco minutos para que se produzca la perfección.

Como siempre, el olor del pan me reconforta, aunque tampoco es que Doral-Anne haya causado demasiados estragos. Es... mala, eso es todo. El reconfortante murmullo de las Viudas Negras hablando con los muertos flota hasta la cocina, aunque no consigo descifrar lo que dicen. Abro la puerta del horno. ¡Ah! Cinco docenas de hogazas de pan italiano horneados hasta un punto de ardiente y dorada perfección.

–Hola, pequeñas –saludo mientras las saco de las bandejas para que no se quemen por debajo.

Las dejo enfriar y me dirijo hacia la cámara de fermentación, una especie de armario de cristal con calor donde la masa del pan sube antes de ser introducida en el horno. Contiene una docena de hogazas de pan de centeno para un restaurante alemán de Providence, unas cuantas de masa madre para un lugar de cocina de fusión, y tres docenas de hogazas de pan francés para los clientes locales que simplemente adoran mi pan (como debe ser). Subo un poco más la temperatura, dado que nuestro horno tiene tendencia a perder fuerza a esta hora del día, y luego tomo una barra de pan italiano y la mantengo en mi mano, disfrutando de su calor, de la rugosidad de la harina de maíz que cubre el fondo, de la corteza crujiente y hojaldrada.

De repente me doy cuenta de que estoy sujetando la cálida hogaza de pan como si se tratara de un bebé. De verdad que necesito ponerme seria con lo de ese nuevo marido. La página de citas eCommitment no ha dado ningún resultado de momento, de modo que puede que necesite probar en otro sitio. Pero primero, la comida. Me muero de hambre.

Deposito la hogaza delicadamente sobre el rebanador y le doy al botón, todavía tan fascinada con esa máquina como cuando era niña. A continuación abro el frigorífico para ver qué hay. Una ensalada de atún, sin apio, perfecto. Meto dos rebanadas del pan recién hecho en la tostadora, abro un envase de leche con sirope de café y espero.

Si bien adoro la pastelería, y me encanta trabajar con mis tías, no puedo evitar desear que Bunny's fuera diferente. Más mesas, más pastas finas, no solo las danesas y los dónuts. Podríamos vender biscotes, por ejemplo.

—¿Biscotes? Eso es italiano —dijeron mis tías la última vez que abordé el tema—. Nosotras no somos italianas.

Deberíamos vender tartas por raciones, no esas tartas de boda de Rose, sino la clase que a la gente le apetecería realmente comer. Por ejemplo, lima y coco. Nueces de pecana con crema agria. Chocolate con glaseado de moca y relleno de crema de avellana. Podríamos tener incluso cafés y capuchino, incluso, que el cielo nos proteja, *latte*.

—Lucy, cielo, podrías traerle un poco más de café a Grinelda? —me pide la tía Rose.

—Claro —contesto. Mi tostada aún se está dorando. Agarro la cafetera y el azucarero y me dirijo hacia la parte delantera del local. Mi madre se está secando las lágrimas—. ¿Qué tal está papá? —pregunto sin poder evitarlo.

—Opina que Emma es preciosa —contesta mamá—. Eres impresionante, Grinelda. Tienes un inmenso don.

—Menudo don —murmuro con una mirada recelosa hacia la gitana que mordisquea otra galleta.

En la puerta de la pastelería, la puerta por la que ha entrado Grinelda, hay pegado un cartel de veintisiete por cuarenta y tres, en el que puede leerse: *Daisy ha sido abuela*, escrito sobre una foto de mi sobrina. *Emma Jane Duvall, 8 de septiembre, tres kilos trescientos gramos.*

La sesión ha terminado. Mis tías regresan a la cocina en busca de la caja para las galletas de Grinelda, mientras mi madre le cuenta a la gitana algunos problemas que tiene Corinne con la crianza. Mientras yo le sirvo más café, ella me clava sus ojos azul claro.

—También tengo un mensaje para ti —anuncia mientras un pegote de galleta se cae de su boca aterrizando en su regazo tapizado de lentejuelas.

—Tranquila, Grinelda. Estoy bien —contesto.

—Quiere que estés atenta a la tostada. Tu marido —se vuelve a meter el pegote de galleta en la boca y me contempla impasible.

Mi madre se estremece. Segura de que debe significar algo.

—¡Lucy! ¡Tu tostada está a punto de quemarse! —me grita Iris.

—¡Oh, Dios mío! —exclama mi madre, sin entender nada, sus ojos a punto de salirse de las órbitas.

—Gracias, Iris —contesto.

—¿Qué más? —pregunta mamá casi sin aliento mientras agarra una mano llena de manchas de edad de Grinelda.

—Atenta a la tostada. Ese fue su mensaje —insiste tras tomar un sorbo de café.

—Recibido. Gracias —miro hacia el techo—. ¡Gracias, Jimmy! Sin tu divina intervención mi sándwich se habría arruinado.

—Una cínica, eso es lo que es —sentencia Rose mientras se apresura en darle una palmadita a Grinelda en el hombro—. Ya entrará en razón —mi tía mira hacia la calle. Al otro lado, los crisantemos plantados alrededor de la estatua de James Mackerly resplandecen rebosantes de salud—. ¡Por Dios santo! —susurra—. Flores amarillas junto a flores rojas. ¡Oh, Larry!

Corro hacia la segunda base y, en el último segundo, me deslizo y ¡zas!, estoy dentro.

—¡Dentro! —grita Sal, el árbitro de la segunda base.

Mis compañeros de equipo me jalean.

—Por supuesto que estoy dentro, Ethan —le digo a mi cuñado, que ha fallado—. No eres rival para mi increíble velocidad.

—Eso parece —murmura él con una sonrisa.

Siento un tirón en el estómago y miro hacia la tercera base. Puede que también necesite robarla.

—¡Buen intento, Ethan! —grita Ash desde las gradas.

—¡Gracias, Ash! —contesta él mientras le dedica un saludo.

La cría se sonroja tan violentamente que casi notamos el calor desde el campo. Pobre Ash, necesita amigos de su edad.

Casi todos los adultos por debajo de setenta años, que no estén incapacitados, juegan en la liga de béisbol de Mackerly, y cada uno de los seis negocios de la ciudad patrocina a un equipo. También International Food Products, la empresa de Ethan, el equipo contra el que está jugando esta noche Bunny's.

No solo soy la organizadora de nuestro pequeño club de béisbol, y dedico horas y horas cada invierno a asignar equipos, calendarios, mantenimiento del equipo y todo eso, sino que soy uno de los mejores jugadores de la liga. Y lo digo con orgullo. Mi promedio de bateo de este año es .513. (Una pasada, lo sé). Como *pitcher*, lidero la clasificación de *strikeouts*, y tengo más bases robadas que el resto de mi equipo junto. Es justo afirmar que adoro jugar al béisbol.

Ellen Ripling se levanta para intentar un *strike*. No juega desde el veintidós de junio, y dado que estamos a mediados de septiembre, no tengo muchas esperanzas de que me lleve hasta la tercera base. Sin embargo, Bunny's gana 4-1, y estamos al final de la octava carrera. Observo y me tomo mi tiempo. Segunda bola. Miro a Ethan, que es lo bastante listo como para permanecer junto a la base por si salgo disparada.

–¿Qué tal tu nuevo trabajo? –pregunto.

Aparte de unas cuantas veces en que nos hemos encontrado en el vestíbulo de nuestro edificio, Ethan y yo no hemos hablado realmente desde que regresó permanentemente a Mackerly.

–Está bien –contesta–. Muchas reuniones.

–No me has contado nada –le insisto.

–Sí, bueno, he estado ocupado instalándome y todas esas cosas.

Le echo otro vistazo a Ethan. Sus ojos marrones emiten un destello y me sonríe automáticamente con esa sonrisa de elfo que se curva tan atractivamente en las comisuras de los labios.

–¿Te apetece pasarte un rato después? –le pregunto–. Así me lo cuentas.

Charley Spirito, el *fildeador* derecho de Bunny's se acerca mientras Ethan y yo salimos del campo de juego.

–Hola, Luce –saluda–, ¿qué es eso que he oído de que buscas un hombre? Tus tías van por ahí diciendo que has vuelto al mercado. ¿Es cierto?

Doy un respingo. Mis tías no aprueban del todo mi decisión de volverme a casar, pero eso no les ha impedido hacerme publicidad delante de todo hombre que entre en la pastelería. El método de Iris de no devolver el cambio hasta que me haya visto ha calado hondo. Esta mañana, Rose me presentó a Al Sykes y le preguntó si le gustaría salir conmigo. Dado que era mi profesor de sociales en sexto grado, y unos cuarenta años mayor que yo, me sentí profundamente agradecida cuando declinó el ofrecimiento.

–¿Y bien? –insiste Charley.

–Es cierto –reconozco–. ¿Por qué? ¿Conoces a algún hombre?

Él sonríe, se sube los pantalones y me mira las tetas.

–Soy un hombre, Luce. ¿Te apetece salir conmigo? Podría hacerte pasar un buen rato, ya sabes a qué me refiero.

Ethan lo fulmina con la mirada, pero no dice nada.

La camioneta de limonada de Del's estaciona en el aparcamiento y yo siento unas repentinas ganas de tomar una bebida helada, o de conducir ese camión, o de lanzarme bajo sus ruedas, cualquier cosa antes que seguir hablando de mi vida amorosa en el campo de juego. Conozco a Charley de toda la vida. La idea de besarlo… de desnudarme ante él… consigo reprimir un estremecimiento.

–Por otra parte, una cita contigo sería prácticamente como firmar mi sentencia de muerte, ¿verdad, Luce? –añade Charley, aparentemente fastidiado ante mi no respuesta–. Quiero decir que, ¿quién va a querer hacérselo con una Viuda Negra?

Abro la boca estupefacta, pero antes de poder reaccionar, Charley está tirado en el campo, tapándose la cara.

—¡Joder, Ethan! ¡Me has pegado!

—Levántate —ruge Ethan.

—Ethan —intervengo mientras poso una mano sobre su brazo. Mano que él se sacude de golpe.

—Levántate —insiste, casi encima de Charley.

Agarro de nuevo el brazo de Ethan, pero esta vez con un poco más de fuerza.

—Ethan, no va a pelear contigo. Y lo sabes. Déjalo tranquilo.

Charley, cuyo ojo se está hinchando rápidamente, me dirige una mirada acuosa y agradecida. Ethan hizo algo de boxeo durante un tiempo, uno de sus muchos hobbies que implica un daño personal hacia otra persona. Charley, a pesar de ser profesor de educación física en el colegio, y aunque parece estar en forma como el que más, sería un idiota si peleara contra Ethan Mirabelli. Y aunque, en efecto, podría decirse que Charley es un idiota, no es tan estúpido.

—Lucy, te pido disculpas por lo que dije —afirma Charley lo bastante alto como para que todos lo oigan—. Soy un desastre y decirte eso ha sido una canallada. ¿De acuerdo?

—Gracias por una disculpa tan bonita, Charley —contesto en voz igualmente elevada mientras me vuelvo hacia Ethan, que tiene la mandíbula encajada y los ojos echando chispas—. ¿Te sirve a ti, Ethan?

—Me sirve —murmura él antes de dirigirse a su banquillo.

Paulie Smith es nuestro cerrador y capaz de deshacerse de los tres mejores bateadores de la liga internacional. Me pregunto si tendrá alguna cita, pero no, ha venido con su mujer. Mis compañeros de equipo y yo chocamos los nudillos y recogemos nuestro equipo, intercambiando insultos y cumplidos en nuestro banquillo.

—¿Vienes a Lenny's, Lucy? —me pregunta Carly Espinosa, nuestra cátcher, mientras se cuelga la bolsa del hombro y hace un gesto de dolor cuando le golpea en la pierna.

—Creo que no, tengo que hacer una cosa —contesto.

—Pues ya te veré por ahí —Carly se va detrás del resto del equipo, en dirección al parque.

Yo me acerco al otro banquillo, donde Ethan está metiendo sus cosas en la bolsa con considerable violencia. Aunque no suele tener mal genio, cuando estalla, tarda un poco en recuperarse.

—¿Estás bien? —pregunto.

—Claro —contesta sin mirarme a los ojos.

—Charley es idiota, eso es todo —observo mientras me siento en el banco a su lado.

—Sí —Ethan mete el guante en la bolsa y se sienta un segundo mirando fijamente el suelo de cemento del banquillo—. De todos modos, ¿qué clase de tipo estás buscando, Lucy?

—No lo sé —yo respiro hondo—. Alguien que sea honrado, que me trate bien —«alguien que no muera joven»—. ¿Te apetece cenar conmigo, Ethan? Voy a ver a tus padres.

—¿Ya les has hablado de tu plan? —pregunta conociendo muy bien la respuesta.

Porque aún no lo he hecho, y no me iría mal un poco de apoyo.

—Pues no, aún no. Pensé en hacerlo esta noche.

«Por favor, acompáñame».

Ethan aprieta las cuerdas de su bolsa y me mira de reojo.

—Lo siento, hoy ceno con Parker y Nicky —alarga una mano, me revuelve los cabellos y se va, dejándome sentada en el banquillo, sola. Camino de la salida se detiene para decirle algo a Ash, que sigue en la grada, esperando, precisamente a que él le diga algo.

—Que te diviertas —grito con retraso.

Cena con el núcleo familiar. Qué agradable.

Durante un instante me pregunto si, ahora que vive en Mackerly de continuo, volverá a juntarse con Parker. Si el cariño que se tienen florecerá en algo más profundo. Si esta vez terminarán casándose. En cierto modo espero que sí. Los dos son estupendos, y ya tienen en común a Nicky, el crío más maravilloso que alguien podría tener. Ethan le dice algo a Ash y se gana una sonrisa, luego sigue camino de su casa.

Mis sensaciones sobre Ethan y Parker son repetidas una hora más tarde por mi suegra. Estamos sentados en el reservado de los propietarios, en Gianni's.

–Ese Ethan –empieza Marie, con su típica introducción cuando habla de su hijo pequeño–. Trabaja en esa horrible empresa en Providence, está aquí, gana un buen sueldo. Debería casarse con esa Parker. Ser un padre para Nicky.

–Ya es un padre para Nicky –observo con delicadeza mientras contemplo el mural sobre Venecia que decora la pared–. Es un padre estupendo.

–Un padre a tiempo completo –me aclara Gianni–. Gracias, querida –añade cuando Kelly nos sirve la cena–. ¡Por el amor de Dios! ¿Dónde está el perejil? Ivan, ¡por todos los santos!

Gianni se levanta de la mesa para ir a la cocina a gritarle a su nuevo cocinero, lo cual se repite más o menos cada seis minutos mientras yo estoy aquí, y seguramente sucederá más a menudo cuando yo no esté.

Mi suegro fue intervenido del corazón el año pasado, y no puede soportar el estrés de dirigir él mismo la cocina. Dicho lo cual, se deshace de los chefs como si fueran pañuelos de papel. Ninguno podría estar jamás a la altura de Jimmy, ni como hijo ni como cocinero. Y Gianni sufre, las rodillas cada vez más rígidas, el genio cada vez peor.

–Come, cariño. Estás demasiado delgada –Marie, más ancha que alta, me pasa uno de sus tortellini. Yo lo como obedientemente y sonrío. A Marie siempre le han gustado dos cosas de mí: adoraba a su hijo y tengo buen apetito. Os aseguro que no estoy delgada, pero para una italiana, dueña de un restaurante, debo parecerle alguien que acaba de pasar la travesía del desierto.

Gianni vuelve de la cocina, la cara roja, sin duda la tensión por las nubes, y se deja caer pesadamente.

–Come, cariño –me anima mientras me acerca un poco más el plato.

–Está buenísimo –contesto. Y es verdad. *Rollatini* de berenjena, uno de mis platos preferidos. A decir verdad, la salsa está un poco demasiado ácida, nada que ver con la que preparó Ethan el mes pasado en su casa. Para ser el vicepresidente de una empresa cuyo único objetivo es que la gente evite comer, Ethan es un cocinero estupendo. Me pregunto si les habrá ocultado ese detalle a sus jefes.

–No es tan bueno como el que preparaba Jimmy –declara Marie mientras deja caer el tenedor con estruendo.

–Claro que no –murmuro mientras le doy una palmadita en el dorso de la mano y trago con dificultad. «Y nunca lo será»–. Y hablando de Jimmy... –mis suegros me contemplan con gesto sombrío desde el otro lado de la mesa–. Bueno –empiezo–, eh... por supuesto ya sabéis que mi hermana ha tenido un bebé.

–¿Le llevaste las berenjenas? –pregunta Gianni.

–Desde luego. Y le encantó. Os está muy agradecida.

–Nos llamó, tonto, ¿no lo recuerdas? Hablaste con ella ayer –Marie le propina un codazo a su marido.

–Da igual –intento continuar.

–Me han dicho que le da el pecho –Marie vuelve a interrumpir.

–Pues, sí, pero...

–¿Debería hacerle llegar algo de ternera la próxima vez? Ya sabes lo que dicen sobre las madres lactantes y la carne roja –insinúa Gianni.

–Bueno, lo cierto es que Corinne no come ternera. Pero volviendo a…

–¿No come ternera? ¿Por qué? –Marie frunce el ceño.

En lugar de contarles la historia de Halo, una ternera cuyo nacimiento presenció Corinne durante una excursión en tercero, y la política de «cero ternera», que adoptó a raíz de aquel suceso, me reclino en el asiento y junto las manos sobre la mesa.

–Necesito deciros una cosa –anuncio con firmeza mientras mi suegra toma a Gianni del brazo–. Últimamente he estado pensando mucho en Jimmy –continúo con más calma–. Y creo que quizás haya llegado la hora de, bueno, quizás, de volver a salir.

No mueven ni un músculo.

–Quiero volver a casarme –respiro hondo–. Tener hijos. Nunca habrá otro como Jimmy, él siempre será mi primer amor –trago nerviosamente–. Pero tampoco quiero hacerme vieja, sola.

–Claro que no –contesta Gianni mientras se frota el pecho, lenguaje corporal italiano que significa «Mira lo que me has hecho»–. Tienes derecho a ser feliz.

–Por supuesto –añade Marie mientras retuerce la servilleta entre las manos.

Y entonces estalla en sollozos. Gianni la rodea con un brazo y le murmura algo en italiano, y se les ve tan condenadamente enamorados, tan unidos, que yo también empiezo a llorar.

–Te mereces ser feliz –solloza Marie.

–Eres una chica estupenda. Siempre serás como una hija para nosotros –insiste Gianni secándose las lágrimas.

–Y vosotros siempre seréis familia para mí –hipeo–. Os quiero muchísimo.

Nos tomamos de las manos y nos concedemos una buena sesión de llanto al viejo estilo.

Capítulo 6

—Confía en mí, esto hace maravillas —Parker me inspecciona con sus ojos verdes entornados.

—Como mucho utilizarás la talla seis —le digo mientras contemplo la... cosa que tiene Parker en la mano—. No me fío de ti.

Estamos en mi habitación y, para mi horror, parece que he ganado unos cuantos kilos últimamente. Demasiados bollitos industriales, sustitutos de mis propios y saludables postres que parezco incapaz de comerme. Corinne, que está amamantando a Emma, nos observa mientras Parker regresa a mi armario, uno de esos fabulosos chismes californianos con baldas, cajones, percheros. La bomba.

—¿Por qué no te he visto nunca vestir algo de esto? —pregunta Parker mientras saca un par de zapatos con tacón de aguja. ¡Ah! Esos sí los recuerdo. Fueron mi primer par de Stuart Weitzman. Preciosos—. ¿Alguna vez te has puesto estos?

—Bueno, es que soy repostera —intento justificarme—. Y esos zapatos me matarían. Pero claro que me gustan. A fin de cuentas soy mujer.

—¡Todavía llevan la etiqueta puesta! —exclama Parker mientras se abalanza sobre la sección de los jerséis.

—Es verdad —murmuro.

—No deberías gastarte el dinero en algo que no te vas a poner —me reprende mi hermana.

—Bueno, es que no quiero ser como mamá —me defiendo.

Mi madre viste más como Coco Chanel que como una mujer que trabaja en una diminuta pastelería. Pero sí, tengo una compulsión secreta por la ropa, y contemplando mi armario, entiendo lo que intenta decir Corinne. Ropa, zapatos, cinturones y pañuelos asoman hacia fuera como si me estuvieran implorando que me los pusiera. Los colores son preciosos, las telas fabulosas, la seductora suavidad del cuero, la delicada seda, la suavidad del cachemir. La mayoría de esas prendas está sin estrenar. Lo cual, cierto, parece una estupidez.

—¿Este es un La Perla? —pregunta Parker mientras saca un sujetador del cajón.

—¿Verdad que es precioso?

Parker, cuyo fideicomiso podría acabar con el déficit de la nación, mira la etiqueta del precio con los ojos desmesuradamente abiertos, y una ligera punzada de pánico me agarrota las articulaciones. De acuerdo, quizás tenga un pequeño problema con esas cosas. A lo mejor no debería estarme gastando el seguro de vida de Jimmy en, eh, ropa interior. Pero es que soy una desconsolada viuda. Y me merezco tener lencería bonita. Y Nordstrom's, en Providence, es un lugar tan encantador, tan terapéutico. Las dependientas siempre se alegran de verme.

Parker devuelve el sujetador de La Perla delicadamente (¿reverentemente?), al cajón.

—Bueno, ya hablaremos de esto más tarde. De momento, pruébate esto. Confía en mí, funcionará.

—No quiero ponérmelo. Tengo miedo —contesto mientras sonrío a mi hermana, que intenta arrancarse al pequeño parásito del cuerpo introduciendo un dedo en la boca de Emma. Tira de la camisa hacia arriba y deja expuesto el pecho desocupado, y Parker y yo damos simultáneamente un respingo. El, esto..., el pecho parece más un misil que una glándula mamaria. Dura como una piedra, la piel tensa, blanca y surcada de venas. Pero lo que de verdad me impresiona, pobre Corinne, es el pezón hinchado y agrietado, que desde aquí parece tener el tamaño de un plato de postre.

—¿Cómo demonios se te ha agrietado? Eso no puede ser bueno para ti, el pezón sangra —observa Parker, que parece haberme leído la mente—. Por no hablar de Emma. ¿Qué pasa si se bebe la sangre, como si fuera un bebé vampiro?

—No pasa nada —asegura Corinne, aunque su frente está perlada de sudor—. El aire ayuda a que se cure. Ya no sangra en realidad. Está casi curado. Es muy habitual. ¿Ya no te acuerdas?

—Nicky fue criado con biberón —murmura Parker ante la expresión de horror de mi hermana.

Con el fin de evitar otra conferencia sobre lo que es mejor para el bebé, decido intervenir.

—De acuerdo, me lo voy a probar. El Spanx, ¿verdad? Tiene un aspecto malvado.

—No seas gallina —me amonesta Parker—. En serio, Lucy, eres una llorona.

—A mí me parece que estás estupenda —murmura Corinne al instante.

—Pues ayúdame a ponerme esto —imploro mientras valientemente meto un pie en la prenda. De inmediato se me para la circulación y muevo los dedos de los pies solo para confirmar que todavía puedo hacerlo. Doy un tirón. El Spanx ni se mueve—. ¡Jopé, Parker! Esto es como meterse dentro de una manguera.

Parker se acerca y agarra, tira con tanta fuerza que me tambaleo hacia atrás.

—¡Ayúdame! —exclama mientras estalla en carcajadas.

Volvemos a intentarlo. El Spanx avanza hasta mi pantorrilla. Parker le da otro monumental tirón y yo me estampo contra la pared. Corinne se echa a reír y da un respingo cuando Emma se suelta.

—Solo necesitamos un par de bomberos, nada más —gruñe Parker mientras mira el malvado Spanx con el ceño fruncido.

—Preferiría incendiar mi cocina —contesto—. Esto no puede estar bien, Parker. No me vale.

—¡Sí te vale! Confía en mí. Una vez te lo hayas puesto, te encantará tu aspecto. Los hombres babearán. Y definitivamente encontrarás a alguno esta noche.

—¿Adónde vais? —pregunta mi hermana con sus dos enormes pechos expuestos.

Yo soy incapaz de contestar, ya que Parker ha conseguido hacer subir el Spanx hasta mi abdomen y me ha cortado la respiración.

—Un sitio de solteros —contesta mi amiga.

—¿Un sitio de solteros? —Corinne me mira con recelo—. Cielos, puede que Christopher conozca alguno. Le preguntaré.

Emma empieza a protestar y mi hermana, con la expresión de un reo a punto de ser ejecutado, la coloca sobre el otro pecho. Parker y yo rápidamente desviamos la mirada mientras el bebé que, al parecer, tiene cuchillas en lugar de encías, se engancha. Corinne suelta un gemido y luego le recuerda al bebé lo mucho que la quiere.

Con un último salvaje tirón, el Spanx queda en su sitio. Se me ha dormido la pierna izquierda y me temo que la arteria femoral quedó seccionada cuando esa horrible prenda se aferró a mi muslo como un furioso pitbull.

—¿Qué tal? —pregunta Parker.

—Quítamelo —jadeo—. Lo digo en serio, Parker.

—¡Chris, hola, cielo! —grita Corinne a nuestras espaldas–. ¿Cómo estás, amor? –escucha atentamente unos segundos antes de apartar el teléfono de la cara–. Está bien –nos anuncia.

–Entonces ya puedo dejar de rezar –murmura Parker mientras tira del Spanx hacia abajo.

Rebusco en el fondo del armario y encuentro unos vaqueros que no aprieten demasiado y juro limitar mi consumo de bollería a dos al día.

–Bueno, pues nos vamos –le anuncio a mi hermana–. Cierra cuando te vayas.

–¡Pasadlo bien! –exclama Corinne con expresión ligeramente solitaria–. Estoy segura de que os vais a divertir un montón.

Si por «divertir», se refiere a sentirse más o menos como un prisionero de guerra, entonces sí, supongo que se podría decir que me estoy divirtiendo. No es que sea una aguafiestas ni nada de eso. Puede que Parker sí se esté divirtiendo en el sentido más literal de la palabra, pero personalmente, me pregunto cuándo vendrá a liberarme la Coalición de Voluntarios.

–¡Sí!

El hombre que tengo delante me sonríe. Un hombre que huele como el sótano de la tía Iris, húmedo y mohoso. Tiene un tic en un ojo, lo cual, me temo, no ayuda demasiado a la causa. Ni ese eructo que apenas consigue disimular. ¡Aghh!

–No –contesto con la mayor amabilidad de que soy capaz–. Pero gracias. Estoy segura de que eres muy agradable, pero no. No es nada personal. Verás, es que soy viuda, y...

–¡Cambio!

Mi intento de ser amable brutalmente interrumpido. Como un borrego, me muevo hacia la izquierda. El siguiente hombre es extremadamente delgado y tiene una mirada desesperadamente hambrienta en sus ojos enrojecidos.

–Sí –me dice.

–No. Lo siento. No eres tú. Soy yo. Soy viuda. Nadie estará a su altura, compréndelo. Pero buena suerte de todos modos.

–Por Dios santo, Lucy –murmura Parker a mi lado antes de mirar fijamente al tipo que tiene delante–. Sí.

Esta noche ha costado setenta y cinco dólares entrar en LoveLines. Bueno, a Parker le ha costado ciento cincuenta dólares, porque ha sido ella la que ha pagado mi entrada. A cambio de esa cantidad, nos colocamos en fila, hombro con hombro, con unas cuarenta mujeres. Frente a nosotras está la fila de los hombres. Cada diez segundos damos un paso a la izquierda. La idea es ver si se produce la química instantáneamente. Dicho de manera más sencilla, miras al otro y dices «sí», o «no». Si los dos decís «sí», os intercambiáis una tarjeta y, en la siguiente fase de LoveLines, os encontráis para una charla de diez minutos. Si uno de los dos dice «no», simplemente pasas a otro.

Yo no tenía ni idea de que diez segundos podrían durar tanto. Rápidamente aprendo a titubear como si estuviera indecisa, para luego soltar mi «no», en el último segundo y así minimizar los daños.

De momento, Parker ya tiene diecisiete tarjetas y yo ninguna.

–Deja de decir que no –susurra–. Estás ahí de pie, los brazos cruzados, los ojos muy abiertos y la expresión triste. Pareces una huerfanita.

–Yo pensaba más bien en una prisionera de guerra.

–Creía que querías conocer a alguien –me insiste–. Por el amor de Dios, no tienes que casarte con ellos. Solo decir que sí. El siguiente es bastante mono. Dile que sí.

–¡Cambio! –ruge el moderador.

Y cual trabajadoras en cadena, todas damos un paso a un lado y avanzamos hasta el hombre siguiente. Parker tiene razón, tengo que intentarlo. Pero es que me parece... imposible. Y también una estupidez. ¿En esto consiste salir cuando ya has cumplido los treinta? Como siempre, doy gracias por Jimmy, por la manera tan encantadora en que nos conocimos, por ese instante largo y conmovedor en la cocina de Gianni's que cambió mi vida. El bueno de Ethan, que sabía de sobra que me iba a gustar su hermano mayor.

Respiro hondo y sonrío animosamente a la persona que tengo delante de mí. De aspecto normal, rubio, ojos azules. «Sé valiente, ángel», me imagino a Jimmy diciéndome. ¿Qué demonios? Sonrío e intento no parecerme mucho a Oliver Twist.

–Sí –anuncio.

–No –contesta él.

–¡Cambio!

Al finalizar la cadena, tengo cuatro tarjetas y Parker veintiuna. Las mujeres nos sentamos a las mesas que tenemos asignadas, esperando la visita de nuestros elegidos.

Mi primer «sí», es justo lo que me recetó el médico. Más bien soso, aunque bien vestido. Su rostro tiene una expresión seria y pensativa que marida bien con el compromiso y las sabias elecciones, muy diferente, por ejemplo, de las traviesas cejas y deliciosa sonrisa de Ethan. Incluso la corbata sugiere estabilidad. De color azul marino, sin dibujos, muy inocua. La clase de corbata que podría utilizar un contable.

–Hola –saludo cuando se sienta–. Soy Lucy Mirabelli.

–Hola –contesta–. Soy Todd Smith.

Perfecto. Un bonito y aburrido nombre. Es imposible que Todd Smith sea peligroso, no con ese nombre y esa corbata.

–¿Cómo te ganas la vida, Todd? –pregunto.

—Soy contable.

Mi sonrisa se vuelve más sincera.

—Y yo panadera.

—Qué interesante.

—Sí —murmuro—. Desde luego.

Nos miramos. Mi sonrisa empieza a quedarse un poco tiesa. Miro mis manos, primorosamente dobladas ante mí. Todd luce una sonrisa acartonada muy parecida a la mía. Aunque puede que sea su sonrisa normal. Me imagino viendo esa sonrisa al otro lado de la mesa de la cocina durante los próximos cincuenta años. Y reprimo un suspiro.

En la mesa de al lado, Parker se ríe a carcajadas de algo que ha dicho su tipo. Se sacude el pelo y él se inclina hacia delante sonriendo. Frente a mí, Todd parpadea e inclina la cabeza. Me recuerda a un lagarto. Parpadea. Parpadea. A lo mejor su lengua está a punto de salir disparada y atrapará una mosca.

—O sea, que contable —observo.

—Sí. Eso es.

Mis dedos se encogen dentro de mis zapatos. Cierto que buscaba alguien aburrido. «Fiable», me corrige mi conciencia con voz de regañar. De acuerdo, sí, fiable. Alguien que no me ame tanto como para intentar permanecer despierto veinte horas del tirón. Alguien con el sentido común de parar, sin tener en cuenta lo que le acaba de decir su esposa enamorada.

—¿Te gusta el cine? —pregunto mientras rebusco en mi mente algo sobre lo que hablar—. Yo soy muy aficionada a las películas. Anoche vi *La guerra de las galaxias* —también es verdad que todo el mundo sobre la faz de la tierra ha visto esa película.

—No, yo no veo películas —contesta Todd. Su expresión es tan impasible que podría estar tallada en madera—. Intento ver la CNN más que nada. Sus programas financieros son de lo más.

—Y esa Anderson Cooper está muy buena —añado sin pensar. Ups. El rostro de Todd no cambia. No parece importarle. Por otra parte, es que ni siquiera parece estar vivo. Yo sigo adelante, aunque con la creciente sensación de que Todd es, en efecto, un androide—. Pero *La guerra de las galaxias* sí la habrás visto, ¿verdad?

—No.

—Pero... quiero decir, forma parte de América. La NASA lanzó el sable láser de Luke Skywalker al espacio.

—No he visto *La guerra de las galaxias* —se obliga a sonreír y no dice nada más.

—¿Te gustan los postres? —pregunto con un toque de desesperación.

—Me encantan los barquillos de vainilla —contesta—. Aparte de eso, no me suelo conceder esos caprichos. Es un signo de debilidad, ¿no te parece?

Decidido. Este no. Gracias a Dios nuestros diez minutos se han agotado.

—Un placer —me asegura Todd mientras se pone en pie y se funde con la multitud.

—Adiós —me despido, aunque él ya no está.

El tipo de Parker que, para vuestra información, se parece a Matt Damon, le da un beso en la mejilla.

—Me muero de ganas de leer tus libros —le asegura con cariño.

—Son asquerosos. Regálaselos solo a los niños que odies —ella sonríe y se echa los preciosos cabellos hacia atrás antes de volverse hacia mí—. ¿Y el tuyo qué tal?

—Un imbécil —contesto.

—Entonces todo va bien —contesta Parker—. Porque todos suelen serlo. Pero tú estás aquí y eso ya es un gran paso. Oye, deberíamos pedirle a Ethan que nos acompañe la próxima vez. Seguramente también estará buscando a alguien ahora que has cortado con él.

—¡Yo no he cortado con él! —balbuceo—. Pero ya era

hora de terminar con... lo nuestro. Y a él le pareció bien, me pregunto si se habrá dado cuenta siquiera.

Parker se fija en el tipo que tiene delante mientras yo espero a que aparezca mi siguiente «sí». Sin embargo, al parecer debe haberse metamorfoseado en un «no», dado que está sentado con una mujer cuya blusa tiene tanto escote que se le ve la areola del pezón. Aparto la vista. Después del numerito de Corinne en mi dormitorio, ya he visto todos los pezones que puedo aguantar.

Quizás funcionará con Parker. Ethan le pidió que se casara con él. En dos ocasiones. Una cuando le comunicó que estaba embarazada y otra unas semanas antes de que naciera Nicky. Por descontado que el principal motivo fue su sentido italiano de la familia y el honor, pero aun así. No estaba obligado a hacerlo.

Un toquecito en el hombro me arranca de mis pensamientos. Ah, sí, mi tercer «sí».

–Hola –saludo.

–Hola –contesta–. Soy Kyle.

–Y yo Lucy.

«Busco a un tipo al que no consiga querer demasiado. ¿Te apetece intentarlo?».

El tipo sonríe. Tiene una sonrisa agradable, aunque no demasiado. Cabellos marrones, ojos color avellana. Me lo imagino entrando por la puerta cada noche. No me resulta horrible del todo. Voy progresando. Kyle se sienta.

–Bueno –dice en un tono amigable–. ¿Qué hace una chica tan maja como tú en un lugar como este?

–Es que soy viuda –respiro hondo–. Y mi amiga pensó que una buena manera de empezar a salir sería venir aquí.

–¿Viuda? –él asiente–. Impresionante.

He de admitir que esa no es la respuesta habitual.

–¿Disculpa?

Kyle se reclina en el asiento y sonríe satisfecho.

–Bueno, no eres la típica zorra a la que todos rechazan, ¿me entiendes? Como cuando un tipo te encuentra muy caliente, te hace la pregunta, y topa con mala suerte, ¿estoy en lo cierto?

Mi boca se abre, pero no surge ningún sonido de ella. Kyle no parece ni darse cuenta.

—Y tampoco eres una puta vulgar que va de tío en tío. Es una suposición mía, dado que tienes un aspecto agradable y limpio. Ya sabes, guay. Y siendo una viuda, también debes ser bastante cachonda. Ya sabes a qué me refiero.

De repente siento como si el espíritu de Atila, rey de los Hunos, mi antepasado, se hubiera materializado sobre mi hombro.

—Tienes razón. Ser viuda es tan guay. Nadie revuelve en mi mercancía, ¿me entiendes? Y, ¿sabes qué más, Kyle? Te contaré un secreto. Un día, cuando aún vivía, mi marido se tomó la última taza de café, ¿de acuerdo? Ni siquiera me lo advirtió. De modo que me dije a mí misma, «Lucy, ¿de verdad quieres vivir así?». Y resultó que no quería, de modo que lo maté —aleteo las pestañas—. ¿Te apetece que vayamos a cenar a alguna parte?

Parker y yo no hablamos mucho de camino a casa. Mi último «sí», resultó ser un bombero y, aunque atractivo, encantador y amable, para nada voy yo a casarme con un hombre que irrumpe en edificios en llamas con una insignificante máscara de aire fijada a su espalda. Sin embargo, Parker tomó su tarjeta y la semana que viene tendrán una cita.

—Lo has hecho muy bien esta noche, nena —me dice Parker cuando llegamos a mi casa.

—Y lo tuyo ha sido impresionante —opino—. ¿Cuántas citas tienes la semana que viene?

—Solo tres —contesta ella.

—¿Estás buscando realmente a alguien o solo me haces compañía? —pregunto.

—Supongo que no me importaría encontrar a alguien. En teoría. Teniendo un hijo es diferente, claro. Yo ya pertenezco a alguien, ¿me entiendes? Solo que tiene cuatro años.

—Qué suerte tienes, Parker –yo sonrío.

—Lo sé –ella me aprieta la mano–. Y ahora sal de mi coche.

—Gracias por conducir tú –contesto–. Y gracias por llevarme. Siento que desperdiciaras tu dinero.

—No hay de qué –contesta Parker–. Mañana hablamos. Y oye, Luce –se vuelve hacia mí, y como siempre, me impresiona lo guapa que es.

—¿Sí?

—Jimmy estaría orgulloso de ti.

—Gracias –consigo contestar a pesar del nudo que se ha formado de repente en mi garganta–. Dale un beso a Nicky.

—Lo haré.

En el ascensor, en lugar de pulsar el botón 4, pulso el 5. El piso de Ethan. Quizás le apetezca un poco de compañía. Quizás, doy un respingo, sintiéndome como una persona a dieta delante de la nevera abierta, consciente de que se va a zampar una pinta de Ben & Jerry's, a lo mejor a Ethan le apetece un pequeño revolcón de amigos. Uno que no signifique nada... solo un pequeño polvo, uno rapidito. O un polvo un poco más largo. Quizás.

Llamo a su puerta. Si está en casa, si está despierto... solo son las diez de la noche y Ethan nunca se acuesta antes de la una de la madrugada, o al menos no solía hacerlo. En cualquier caso, no hay respuesta. Sintiéndome más decepcionada de lo que debería, vuelvo a mi propio apartamento donde Gordo Mikey se enrosca en mis tobillos en su tradicional intento de provocarme la muerte por una caída. Lo tomo en brazos, le recuerdo que me ama y que yo vivo para servirle, y le beso la enorme cabezota.

Aunque sé que no debería hacerlo, me siento delante del televisor para volver a ver el video de mi boda, con el agradable bulto de Gordo Mikey pegado a mí. Después de intentar conseguir una cita esta noche, necesito ver la cara de Jimmy, verlo en movimiento. Nuestro tiempo juntos fue tan breve, y hay tantos recuerdos que seguramente me robaron la noche que murió. No tuvimos nuestro primer aniversario, no vivimos el nacimiento de ningún hijo.

Le quito el sonido y observo el video en silencio, sin que la música, las risas o las conversaciones de los demás me distraigan. Me limito a impregnarme de Jimmy, congelado en el tiempo a la edad de veintisiete, locamente enamorado de mí.

Capítulo 7

La primera vez que Ethan y yo nos acostamos fue, bueno... fue memorable.

¿Qué lleva a una mujer a acostarse con su cuñado? Aquí voy a tener que ser sincera. Pura calentura.

Veréis, habían pasado tres años y medio. Eso son cuarenta y dos meses de soledad. Las cosas estaban mejor, lo estaban, en serio. Los días más oscuros habían pasado, días en los que solía despertarme con la sensación de que algo iba mal, aunque no sabía el qué... la desesperada y terrorífica comprensión de que jamás volvería a ver a Jimmy, nunca. De algún modo había conseguido superar esos tiempos oscuros. Claro que todavía tenía mis momentos malos de vez en cuando. Pero lo estaba intentando.

Al criarme rodeada de viudas, había visto a mi madre y mis tías abrazar la viudedad como un rasgo distintivo. Antes que nada eran Viudas y, que Dios me ayude, yo no quería que eso me sucediera. Yo quería seguir siendo yo misma, la alegre y optimista persona que Jimmy había amado, no alguien que agitara la bandera de la viudedad por donde fuera. Por descontado, a menudo tenía la sensación de que lo mejor de mí había muerto con Jimmy, pero intenté transmitir la sensación de que, sí, había sido horrible, pero que algún día estaría bien. Intentaba ser positiva, hacer un poco de yoga, dar clases de repostería, ya que la repostería me consolaba aunque luego no pudiera estrangular al resultado, y escuchaba mucha música de Bob Marley. Una frase de *No Woman No Cry*, se repetía constantemente en mi cabeza cada vez que sentía ese tirón que me llevaba de vuelta a la oscuridad. «Todo va a ir bien. Todo va a ir bien. Todo va a ir bien. Todo va a ir bien». Lo estaba consiguiendo. Todo iba a salir bien, porque estaba decidida a que así fuera.

Y entonces llegó mi vigésimo octavo cumpleaños. Y todo no iba bien.

Porque ese día, de repente, yo tenía más años de los que tendría nunca mi marido.

A medida que amanecía el día de mi cumpleaños, yo me sentía caer en el agujero negro del que tanto me había costado salir. Tenía veintiocho años. Jimmy jamás los cumpliría. Tenía veintiocho años, viuda, sin hijos, más gordita, más pálida. Mi vida había sido tan maravillosa con Jimmy y, de repente, en ese día, no podía ignorarlo, mi vida era un asco. Me dedicaba a elaborar pan en lugar de postres. No aparecía en la portada de *Bon Appetit*, ni era juez invitada en *Top Chef*. No era nadie en el mundo de los chefs reposteros, no era la esposa de nadie, no era la madre de nadie, y nada de eso era probable que cambiara en un futuro más o menos inmediato. Si bien iba sobreviviendo, no era nada divertida. No sé si captáis la idea.

Cuando aquella mañana las Viudas Negras entraron en la pastelería, les dije que me marcharía pronto. Nunca me había tomado un día libre en Bunny's, ya que lo último que quería era tener demasiado tiempo libre. Iris miró ansiosamente mi boca en busca de alguna señal de la enfermedad de Lou Gehrig. Rose me ofreció una de sus pastillitas para el ánimo, que yo rechacé (no estaba segura de si se trataba de un Tic Tac, un medicamento para el resfriado o Prozac). Mi madre no dijo nada, seguramente muy consciente de por qué quería esconderme en alguna parte.

La tías revoloteaban a mi alrededor como gallinas preocupadas. Después de mucha discusión, aceptaron mi palabra de que las probabilidades de que yo sufriera ELA no eran tan elevadas como se temía. Les aseguré que estaba bien, quizás solo necesitaba un cambio de imagen, quizás solo estaba un poco decaída. Mi madre me dio uno de sus inhabituales abrazos y me dijo que celebraríamos mi cumpleaños al día siguiente, e Iris me ofreció su carmín de labios (Brillo de Coral, el que llevaba utilizando desde hacía cincuenta años y que se parece más a un residuo nuclear que a cualquier cosa que el Creador hubiera concebido). Me puse un poco de carmín, tampoco me iba a hacer daño, ¿no? Y me fui a casa.

Mi humor empeoró mientras rodeaba el parque. Allí estaba la tumba de Jimmy, la incontrovertible evidencia de que no estaba vivo. Cuando murió, al principio yo pasé por esa fase de mágicos pensamientos que tienen todas las viudas, inventándome posibles situaciones que demostraran que la muerte de Jimmy era un error. Que se había detenido, por ejemplo, en un motel. Alguien le había robado el coche y era ese pobre ladrón el que había muerto, no Jimmy. (El hecho de que yo misma hubiera visto el cuerpo de Jimmy en la funeraria era algo que habría pasado alegremente por alto caso de que hubiera regresado a casa como si tal cosa). Otra opción era que Jimmy en realidad trabajaba para la CIA y que su muerte había sido un montaje y que cualquier día yo recibiría una llamada desde Zimbabue o Moscú. O, si lograba ser lo bastante valiente y fuerte, Jimmy regresaría y me diría que había hecho un gran trabajo y que volvía a estar vivo, que sentía las molestias, y que ya podía relajarme y regresar a esa vida dulce y feliz que habíamos tenido.

Pero ese día de mi cumpleaños me obligué a mirar hacia donde estaba la tumba de mi marido, y un nuevo pensamiento mágico floreció en mi mente.

—¿De verdad vas a permitir que yo me haga más mayor que tú? —pregunté en voz alta—. ¿Jimmy? ¿Estás seguro de eso?

El desafío quedó sin respuesta y, con un nudo en la garganta, seguí mi camino.

Cuando llegué a casa, mi apartamento seguía a oscuras porque no había subido las persianas. Decidí mantenerlas así, demasiado abatida para ver el sol. En la penumbra tropecé con Gordo Mikey, ganándome un furioso maullido. Suspiré. Eran las diez de la mañana del día en que oficialmente sería más mayor que mi pobre marido muerto. «Por favor, Dios, que este año que empieza hoy sea mejor», recé. «Permíteme divertirme un poco». Como bien sabía Dios, desde la muerte de Jimmy no me había divertido mucho.

Me erguí decidida. Sí. El año siguiente, y todos los que siguieran, tenían que ser divertidos. Traviesamente divertidos, en realidad. Jimmy no iba a volver, el muy idiota y egoísta (esa era la parte más fea del duelo que asomaba el rostro de vez en cuando). Iba a divertirme, ¡jopé! Me merecía un poco de diversión, ¿o no?

—Me merezco algo de diversión, Gordo Mikey, ¿no opinas lo mismo? —le pregunté a mi gato que retorció el rabo en clara señal de asentimiento antes de bostezar—. Tienes razón —continué yo—. Nadie merece más divertirse que una desconsolada viuda. Eres un gato brillante.

Resuelto ese tema, abrí el frigorífico y encontré un envase de leche con sirope de café, la bebida oficial de Rhode Island, crema agria, limones y un tarro de pepinillos. El congelador albergaba seis pintas de helado Ben & Jerry's, una bolsa de guisantes y una botella de Absolut Vodka.

–Perfecto –le anuncié a mi gato. Vodka y batido de café con leche...

Era la versión de Rhode Island del Ruso Blanco, un cóctel hecho a base de vodka, licor de café y nata líquida, el cual, si lo analizábamos detenidamente, casi podría pasar por un desayuno saludable: un lácteo, un poco de café, un poco de vodka. La bebida entró tan bien, que me preparé otro. Delicioso. Pegué unos cuantos tragos antes de echar una cucharadita de sirope de café con leche en el plato de Gordo Mikey (nada de vodka, solo me faltaba que me denunciaran por emborrachar a un gato), que empezó a beber a lametones.

–Solo los alcohólicos beben solos –le dije mientras acariciaba su sedoso pelaje.

Mi gato se volvió y me mordisqueó delicadamente la mano antes de seguir bebiendo.

Había llegado el momento de hacer un poco de inventario. Daría la bienvenida a mi nueva edad con una actitud alegre, pues claro que sí. Ligeramente mareada, decidí echarme un buen vistazo, crítico, a mí misma y decidir qué necesitaba cambiar para poder divertirme más. Tropezando una vez más con la gran masa peluda y grasa que era mi mascota, entré en el dormitorio, me desnudé por completo y me puse delante del espejo de cuerpo entero colgado de la puerta.

¡Argg!

Mis ojos, gracias a las ojeras azuladas que habían aparecido la noche en que el policía vino a visitarme, parecían más grandes. La piel de mi rostro estaba blanca, ligeramente escamosa, sobre todo alrededor de la barbilla. ¡Cielos! ¿Cuándo era la última vez que me había hecho una exfoliación? ¿Durante el primer mandato de Bush? ¡Y mi pelo! Por supuesto me lo había cortado de vez en cuando, pero ¿cuándo había sido la última vez? No conseguí acordarme. El hecho de que me lo recogiera en una coleta cuando trabajaba no justificaba que estuviera tan lacio y sin vida. Apuré el resto del Ruso Blanco, pues necesitaba un poco de coraje líquido, y continué con mi autoinspección.

¿Qué era eso? ¿Celulitis? ¡Yo no tenía celulitis! Bueno, al menos cinco kilos atrás yo no tenía celulitis. ¿Cómo había podido suceder? Y, ¡mierda!, esas piernas. ¿Desde cuándo depilarse iba en contra de la ley? Cierto que no iba por ahí con faldas ni pantalones cortos, no cuando trabajaba pegada a un horno a más de doscientos grados, pero eso no era excusa. Además, me hacía falta ir a la playa y tomar un poco el sol, porque estaba tan blanca que podría haber ejercido de modelo para la clase del sistema circulatorio en la facultad de medicina. Las venas azuladas se veían claramente bajo mi piel como el moho en un pedazo de queso azul. Esas piernas no habían visto el sol en años. ¡Años! ¿Cómo había podido suceder?

Y llegando a los pies, eh... Bueno, si Howard Hughes no necesitaba cortarse las uñas de los pies, al parecer yo tampoco. Y, ¡por Dios bendito! ¡Esos talones! Rugosos y secos. ¡Argg! De nuevo.

Presa de un repentino ataque, me puse el viejo albornoz de Jimmy, abrí el armario del cuarto de baño y revolví al fondo. Tijeras, estupendo. Y, genial, una piedra pómez. Me había olvidado de todo eso. No lo había usado desde que estaba recién casada. También había una vieja mascarilla de barro reseca que me garantizaba unos poros cerrados y «el radiante brillo de las suizas». Nunca había estado en Suiza, pero su aspecto no podía ser peor que el mío.

Lo último que desenterré fue un frasco sin abrir de bronceador sin sol en vaporizador. Comprobé la fecha de caducidad: agosto de 2004. Bueno, seguramente ya no funcionaba, pero merecía la pena intentarlo. Tenía que hacer algo. No podía cumplir veintiocho teniendo el aspecto de algo abandonado en el sótano desde hacía una década o así. Además, ¿qué hacía pensar más en la diversión que un bronceado? Nada.

—Esto se merece otra copa, Mikey —anuncié—. Y sí, te daré un poco más. Pero sin vodka, mi amigo felino.

Los cócteles Blanco Ruso eran divertidos y, por ende, las chicas que los bebían también. Gordo Mikey me contemplaba con expresión de apreciación. Al menos eso me pareció a mí.

Sí, desde luego la imagen que me devolvió el espejo un rato más tarde estaba mucho mejor, aunque quizás se debiera a que a mis ojos les resultaba difícil enfocar. Mi única intención había sido cortarme el flequillo, pero me había quedado tan bien que decidí seguir. Estaba yo muy mona en un sentido deshilachado de comic japonés. El flequillo estaba más corto de un lado y caía despuntado. Adorable. Élfico, en realidad. Mi cara estaba limpia, aunque no había conseguido quitarle todo el barro seco de la mascarilla a una de mis orejas. Aun así, mi aspecto era mucho mejor.

El bronceador no había funcionado. Seguía blanca como la leche, pero no me importaba. Al menos mis talones sí habían adquirido un poco de color, rosa en lugar de gris. ¡Ups!, uno parecía estar sangrando un poquitín, quizás me había pasado con esa piedra pómez. Y la laca de uñas rojo cereza que había aplicado estaba un poco gomosa, dada su antigüedad. Por tanto las uñas de mis manos y pies quedaban un poco desastradas, pero con todo y con eso, había conseguido una mejora. Mis piernas también sangraban en algunas partes, ya que la cuchilla de afeitar estaba poco afilada, pero al menos mi piel estaba suave. Mucho mejor.

Todavía envuelta en el albornoz de Jimmy, conseguí llegar, haciendo eses, al salón y me dejé caer en el sofá. Gordo Mikey se subió de un salto y empezó a amasar mi estómago. Con un poco de suerte me eliminaría un poco de celulitis, y luego se acurrucó a mi lado. Me sentía mejor. Daría la bienvenida a mi nuevo año más suave y más mona de como había dejado el anterior. Todo iba bien.

—¿No te parezco mona? —le pregunté a mi gato, que ronroneó mostrándome que estaba de acuerdo—. Ha sido divertido. Vamos a divertirnos, Gordo Mikey. Prepárate, mundo, ha llegado la diversión.

En cuestión de segundos me había quedado dormida.

Me despertó un golpe de nudillos en la puerta. El apartamento, antes en penumbra, ahora estaba sumido en una profunda oscuridad y yo me dirigí a trompicones hasta la puerta, los brazos estirados delante de mí hasta que conseguí alcanzar el interruptor de la luz. Al encender, tuve que cerrar los ojos ante el brusco estallido de luz, y luego me asomé a la mirilla. Ethan. Cierto, era viernes y Ethan estaba en casa.

—Hola —saludé mientras me frotaba el ojo y abría la puerta.

—Hola, Luce, feliz cumpl... —de repente se interrumpió—. ¡Jesús! ¿Qué ha pasado?

—Nada —yo fruncí el ceño—. ¿Por qué?

El rostro de mi cuñado era la viva imagen del horror.

—Ethan, ¿qué pasa?

Me miró de arriba abajo.

—Lucy... —empezó a decir algo, pero se detuvo—. ¡Oh, Lucy! —se tapó la boca con una mano.

—¿Qué? —insistí yo.

—Esto... tú... eh...

Y empezó a reírse, o algo más parecido al Lindo Pulgoso.

Esa fue la gota que colmó el vaso. Salí pitando hacia el cuarto de baño. Me miré al espejo. Y empecé a gritar.

Mi cara estaba roja como un tomate, con la huella del cojín del sofá grabada en el lado izquierdo. Mi ojo derecho seguía teniendo un pegote de barro gris verdoso de la mascarilla en el párpado, lo que me impedía abrirlo del todo, como si me hubiera dado un ictus o algo así. Al parecer, la mascarilla de barro caducada me había provocado una erupción, porque mis mejillas estaban rojas e hinchadas. ¡Y mi pelo! ¡Dios mío, mi pelo! Nunca os cortéis vosotras mismas el pelo estando borrachas. De repente recordé esa regla de oro, a buenas horas. Parece algo de lo más obvio, ¿a que sí? Pues yo lo había hecho, y mi aspecto era el de alguien que hubiera caído con la cara por delante sobre una cortadora de césped. Mi flequillo trasquilado e irregular, el pelo considerablemente más corto del lado izquierdo que del lado derecho.

Y entonces vi mis brazos. Y mis piernas.

–¡No! –sollocé.

Unos churretones marrones y naranjas cubrían mi anteriormente blanca, blanquísima, piel, salvo por las zonas en las que no había conseguido acertar con el pulverizador bronceador. Tenía un aspecto sucio, como si hubiera estado recogiendo la cosecha durante la gran sequía.

–¡No! –gemí mientras abría el grifo del agua caliente y empapaba una toalla.

Me froté los churretes enérgicamente, pero en vano. No cambió nada, salvo que mi piel se volvió más rosada bajo el bronceado artificial.

Y eso bastó. Estallé en lágrimas. Patética, eso era yo. Una viuda patética, borracha, churretosa con la piel naranja, un corte de pelo propio de un asilo, y un sarpullido en la cara para colmo de males. No solo me había arrebatado Dios a Jimmy... me había dejado emborracharme a base de Blanco Ruso, armada con unas tijeras y un bronceado de bote. Era más que suficiente para que me convirtiera en atea.

–Vamos, Lucy, no es para tanto –me aseguró Ethan desde el otro lado de la puerta del baño, su voz cuidadosamente controlada–. Parece que te has...

De nuevo se interrumpió y yo supe que se estaba carcajeando de nuevo.

—¡No! —abriendo la puerta de golpe, le sacudí a Ethan, que otra vez hacía de Lindo Pulgoso, en el hombro—. ¡Mírame! ¡Esto es ridículo! ¡Esto es lo que he conseguido por intentar ser divertida!

—Pues no sé yo. A mí esto me parece bastante divertido —consiguió contestar.

—Qué malo eres, Ethan —yo moqueaba. ¿Cómo podía reírse?

—Es que tú... tus piernas... y tu pelo —dio un paso atrás y se apoyó con la espalda contra la pared, descolocando uno de los cuadros, riéndose tan fuerte que se le saltaban las lágrimas.

—No es divertido —gemía yo—. Ahora yo soy mayor que Jimmy, Ethan. Soy viuda, y estoy sola y, ¡mírame! No debería haberme tomados ese Blanco Ruso.

—¿Eso crees? —preguntó Ethan mientras se secaba las lágrimas.

Yo volví a sacudirle, los ojos anegados en lágrimas, y me di la vuelta, hipando sollozos con sabor a café.

—Te odio.

—De acuerdo, de acuerdo, lo siento —se disculpó—. Venga, vamos, cielo, no llores —me tomó la mano y me llevó hasta el salón, tirando de mí para que me sentara a su lado en el sofá, donde habíamos pasado tantas horas juntos viendo películas o jugando a Extreme Racing USA.

Gordo Mikey se subió de un salto y, aparentemente horrorizado por mi aspecto, volvió a saltar al suelo y se dirigió a la cocina, el rabo inflado de miedo. Ethan me dio una palmadita en el hombro.

—Mañana te llevaré a Providence para que te hagan un buen corte de pelo. Y el bronceado ese ya se quitará. Podrías probar con un estropajo de aluminio. Quizás un poco de lejía —y vuelta a las carcajadas.

—No lo entiendes, Ethan —dije yo con un hilo de voz—. Es que me siento tan… tengo veintiocho años. Soy mayor que Jimmy —tragando saliva miré hacia abajo. Durante un instante recordé los sonrientes ojos azul verdosos de Jimmy y mi corazón se rompió de nuevo—. Nadie volverá a amarme nunca como él.

Mierda, ahora sí que estaba llorando en serio. A la porra con la diversión constante.

—Eh —dijo él con voz suave—. Volverás a ser amada, Lucy. En cuanto estés preparada. Ya verás.

—Soy de color naranja, Ethan —protesté yo con voz chillona—. Y mi pelo parece como si se hubiera quedado enganchado en el ventilador.

—Estás preciosa —Ethan disimuló una sonrisa—. Incluso ahora, con todos esos… complementos. Seguirías estando preciosa aunque te enrollaras en tripas de cerdo. En una plasta de vaca.

Me pasó un pañuelo de papel de la cajita que había sobre la mesa de café.

—Qué romántico. Deberías trabajar para Hallmark —observé yo mientras me sonaba la nariz. Aun así, sus palabras consiguieron que me sintiera un poquito mejor.

—Es la verdad. Eres preciosa —él sonrió y me acarició una mejilla.

—Gracias, Ethan —contesté yo parpadeando de alcohólica gratitud—. Eres el mejor.

—Me había parecido entender que me odiabas —contestó enarcando una ceja de esa manera suya tan élfica mientras las comisuras de los labios subían para dibujar una sonrisa.

—No es verdad. Estaba mintiendo —contesté.

—Solo quería comprobarlo.

Y de repente, sin previo aviso, me besó.

Por supuesto no era la primera vez que Ethan me besaba. Éramos amigos desde la facultad, había sido mi cuñado, mi protector y mi consuelo, y era italiano. Los italianos besan a sus parientes. De modo que sí, Ethan me había besado muchas veces, en la mejilla, en plan «tengo que irme, te veo la semana que viene». Pero nunca así.

No fue más que una dulce y cálida presión sobre los labios. Un beso casi inocente después de mucho, mucho, tiempo sin nada, y también fue un acto de generosidad, un acto de amabilidad tal que mi corazón se detuvo maravillado. Y sin más se terminó, y Ethan se apartó unos centímetros y me miró. En sus ojos marrones se veían motas doradas que, por algún motivo, nunca me había dado cuenta que tenía. Nos miramos fijamente durante unos segundos, apenas respirando.

Sin darme realmente cuenta de lo que hacía, yo me incliné hacia delante, reduciendo la distancia que nos separaba. Ethan tenía unos labios suaves, cálidos y dulces, dolorosamente maravillosos. Sentí el suave roce de su barba de tres días sobre mi piel, la fría sedosidad de sus cabellos bajo mis dedos.

El beso se hizo más intenso, menos dulce, un poco más... intencionado. Ethan se movió, tomó mi rostro entre sus manos. Su lengua acarició la mía, y ya está. Yo me lancé sobre él, agarré un trozo de su camisa y sentí la piel ardiendo bajo la tela. Del fondo de mi garganta surgió un pequeño sonido. El sabor y la sensación de su cuerpo me hizo sentirme mareada, porque era tan, tan agradable que la tocaran a una, que la abrazaran, que la besaran de nuevo. Por Dios cómo había echado de menos los besos.

Y para mi sorpresa descubrí que me gustaba besar a Ethan. Muchísimo. En realidad, podría decirse que: A) Estaba famélica. B) Ethan era un bufé libre, porque yo C) Me subí encima de él, agarré su cabeza entre mis manos y empecé a besarlo hasta dejarlo fuera de combate.

Por supuesto que me había imaginado besando a otro después de la muerte de Jimmy. Alguien que fuera

No-Jimmy. Me imaginaba cómo me sentiría y lo difícil y triste que me resultaría. Me imaginaba cómo compararía a los dos hombres, Jimmy y No-Jimmy, y siempre encontraría mejor a Jimmy antes de hundirme en la autocompasión por mi propio y enviudado ser.

Pero, por algún motivo, en esos momentos no estaba pensado todo eso. Más tarde se me ocurriría que no había pensado en Jimmy en absoluto, no del modo en que me había imaginado que haría. Por supuesto que no lo había olvidado, él formaba parte de mí, y sí que es cierto que destellos del tipo «el albornoz de Jimmy se me está cayendo», aparecieron de vez en cuando en mi mente. Pero fueron rápidamente suprimidos por otros pensamientos, del tipo «¡Oh, Dios, qué bueno es esto, no pares…!», por ejemplo. En cuanto a sentir la presencia del fantasma de Jimmy ahí de pie, mirándome con desaprobación, pues no. Quizás se debiera al Blanco Ruso, quizás no, pero lo único en lo que podía pensar era en lo bueno que era, en lo agradecida que me sentía por volver a ser deseada. Por tener las manos de un hombre sobre mi cuerpo, por sentir los fuertes músculos de esos hombros masculinos, por aspirar el oscuro y especiado olor a hombre, por ser besada con esa mezcla de suavidad y dureza, de ternura y ansia.

Ethan fue el que se apartó, los ojos oscuros y la mirada turbia, y tomó mis manos entre las suyas llevándoselas al pecho. Yo estaba sentada a horcajadas sobre él, y mi albornoz, el de Jimmy, casi se me había caído, y si bien Ethan aún no había visto mis tetas, era un puro tecnicismo. Sentía su corazón golpeando contra mí, y los dos respirábamos agitadamente. Yo quizás incluso me estaba estremeciendo.

–Lucy –susurró con voz contenida en una suave advertencia.

–No digas nada –susurré yo antes de volver a besarlo, disfrutando de la dulzura de sus labios, del sabor de su boca. Cuando no respondió de inmediato, le tomé las manos y las coloqué sobre mis pechos, manteniéndolas sujetas mientras lo besaba.

—¿Estás segura? —murmuró contra mis labios.

—No hables —repetí yo y, para asegurarme de que no lo hiciera, lo agarré por la camisa, una de mis preferidas, una con botones hasta abajo que desgarré sin más para maravillarme de lo magnífico que era Ethan, cálido y sólido, y real. Y también estaba allí, conmigo, vivo. Imposible ignorar los pequeños detalles.

—Llévame a la cama —le ordené.

Ethan se levantó, y a mí con él, con mis piernas rodeándole la cintura, y obedeció.

No fue hasta, más o menos cincuenta y tres minutos más tarde que el sentido común regresó rugiente a mí para abofetearme en la cara.

Yo estaba tumbada debajo de Ethan, todavía jadeando, mis piernas flojas como un espagueti demasiado cocido, mi piel húmeda de sudor. Su cara estaba pegada a mi cuello, un brazo rodeándome, la mano posada sobre mi nuevo y esquilado cabello. Sentía los latidos de su corazón calmarse y, de repente, un gélido río de pavor inundó mi corazón. Una horrible frase se coló en mi mente. Esa frase que implica que una persona le hace un favor a otra al acostarse con ella. Esa persona siente una profunda, profunda, simpatía, incluso lástima por la otra, y no es más que esa lástima lo que le empuja a... ¡Dios, no! Ethan tan solo acababa de concederme un polvo por compasión.

Y había otra cosa más. ¡Era Ethan! Acababa de acostarme con Ethan. El horror me paralizó como una pitón de nueve metros y mis ojos se llenaron de lágrimas. Acababa de hacer «esa salvajada», con Ethan Mirabelli. El hermano de mi esposo muerto. Había engañado a Jimmy (el que estuviera muerto era un detalle sin importancia en esos momentos).

–Lo siento –susurré mientras las lágrimas rodaban por mis mejillas–. Eh… Ethan, necesito, debería –me arrastré hasta salir de la cama, llevándome conmigo la sábana para taparme, y sobre mis débiles y churretosas piernas color naranja me tambaleé hasta el cuarto de baño y cerré la puerta. Me puse mi propio albornoz (el de Jimmy había quedado tirado en algún punto entre el sofá y la cama), me deslicé hasta el suelo, mil recriminaciones saltando en mi cabeza. Agarré una toalla y enterré mi rostro en ella para ahogar el sonido de mis sollozos. Al menos no iba a tener que preocuparme por (sollozo) un embarazo, ya que llevaba tiempo tomando la píldora por mis reglas irregulares, algo que conseguí explicarle a Ethan cuando me preguntó hasta dónde deberíamos llegar. Y yo sabía que Ethan nunca… la mera idea de que lo había hecho con Ethan Mirabelli… ¡Oh, Dios!

–¿Lucy? ¿Estás bien? –preguntó Ethan.

–Ejenjenjen –conseguí contestar.

Oí un sonido de ropa y supuse que se estaría poniendo los pantalones. Porque seguramente seguía desnudo. Porque yo le había obligado a echarme un polvo. Porque mi cuñado era demasiado amable para negarse a ello.

–Abre, cielo –Ethan intentó abrir la puerta.

–Eh, necesito un momento –contesté con voz chillona. Las lágrimas ardientes y condenatorias.

«¡Oh, Jimmy!», pensé. Se sentiría tan decepcionado conmigo por asaltar a su hermano, por poner a Ethan en una situación imposible como esa.

El pequeño cerrojo de la puerta se abrió, y Ethan entró en el cuarto de baño, vestido con sus vaqueros y nada más.

–¿Cómo has abierto la puerta? –pregunté sin mirarle a la cara.

—Es una de mis muchas habilidades —contestó mientras se sentaba a mi lado—. Lucy. Vamos, cielo. No llores.

—Lo siento mucho —hipé—. Ethan, lo siento tanto.

—¿Por qué? —preguntó mientras me tomaba una mano.

—Te obligué a practicar sexo conmigo —balbuceé.

—Es verdad, y a los tíos no nos gusta —Ethan sonrió.

—Tú no eres solo un tío. Eres el hermano de Jimmy. Yo soy la mujer de Jimmy. Somos parientes. Y ahora me has visto. Desnuda. Desnuda y color naranja —un sollozo surgió de mi interior.

—No somos parientes, y tú ya no eres la mujer de Jimmy, cielo —Ethan puso los ojos en blanco—. Eres su viuda. Y estás estupenda desnuda, aunque el color no sea el más adecuado.

Tanta amabilidad solo consiguió que arrugara la cara en esa horrible expresión de incontrolable llanto.

—Debería mudarme —gimoteé—. Buscar otro apartamento. Abandonar Rhode Island. Hacerme monja.

—¿Monja? —Ethan soltó una carcajada.

—No te rías —lo reprendí—. Me siento tan avergonzada, Ethan.

—Ya vale —dijo con esa voz tan firme—. Lucy. Deja de llorar.

Se volvió y agarró la caja de pañuelos de papel que estaba detrás del inodoro. Y entonces me fijé en las marcas de arañazos en su espalda. ¡Por Dios, me había comportado como una auténtica zorra! Mi cara volvió a arrugarse.

—Toma —me dijo—. Suénate la nariz.

Y yo lo hice, un par de veces. Me sequé los ojos; consiguiendo por fin retirar lo que quedaba de la mascarilla de barro.

—Ethan, de verdad que lo siento mucho. No deberíamos haberlo hecho. Estuvo mal, y fue culpa mía.

—Escúchame, Lucy —él respiró hondo, me tomó ambas

manos entre las suyas y me miró hasta que yo fui capaz de devolverle la mirada. Sus oscuros ojos por una vez me miraban con seriedad–. Los dos echamos de menos a Jimmy. Somos jóvenes, estamos sanos, somos buenas personas. Y pasamos mucho tiempo juntos. Simplemente nos hemos consolado. Eso es todo, cielo.

Durante un instante pareció como si fuera a añadir algo más, pero debió cambiar de idea porque no lo hizo.

–¿Tú no te sientes culpable? –pregunté.

A fin de cuentas, yo era húngara y católica. Y por supuesto que me sentía culpable. Ethan también era católico, e italiano. Por fuerza tenía que sentir alguna punzada, cierto temor al infierno…

–No, no me siento nada culpable. Ni me siento mal en ningún aspecto. Me duele un poco la espalda, pero nada más. ¿Cuánto pesas actualmente?

Tuve un repentino e inesperado estallido de risa y le sacudí en el hombro. Ese desnudo, perfecto, musculoso hombro.

–Eso no es asunto tuyo –declaré.

–Mi quiropráctico puede que no opine lo mismo –me guiñó un ojo sin disimular ni un ápice su faceta ligona.

Tenía una suave piel tostada. Y lo sabía porque, al parecer, en esos momentos me encontraba acariciando ese hombro. El torso de Ethan era más bien espectacular. Los músculos de sus brazos se movían y se deslizaban a la perfección bajo esa piel tostada. ¡Eh, mirad! Tenía tableta. Tanto tiempo al aire libre, supuse. Y sus manos. Manos masculinas, hábiles. La clase de manos que sabían qué hacerle a una mujer. Mmm.

De repente consciente de que lo estaba devorando con los ojos, aparté mi mano de ese encantador hombro y levanté la mirada hasta su rostro. Ahí estaba de nuevo, esa sonrisita torcida que transformaba su rostro de nada malo a travieso y adorable.

—No te sientas culpable, mi chiflada naranja —Ethan me pellizcó la mejilla—. ¿De acuerdo?

—Lo intentaré —contesté.

Sus cabellos estaban de punta en un lado.

Durante un buen rato nos limitamos a mirarnos. Y de repente, sin querer, yo posé una mano contra su adorable y cálido cuello y sentí el pulso saltar en mi mano. Un momento, ardiente y prolongado, pareció vibrar entre nosotros.

Hasta que Ethan se inclinó lentamente, lentamente, y volvió a besarme.

Y terminamos haciéndolo en el suelo del cuarto de baño mientras Gordo Mikey aullaba al otro lado de la puerta.

Cuando Ethan se marchó el domingo por la noche, le prometí que nunca jamás volvería a colocarle en esa situación. Dicha promesa quedó rota el siguiente fin de semana cuando salté sobre él en cuanto cruzó mi puerta, y otra vez unas horas más tarde cuando comentó que era hora de irse y me dio un beso de despedida.

Tras unos cuantos polvos prohibidos, bueno, digamos que decidí que deberíamos ser amigos con derecho a roce y nada más. Le hice jurar a Ethan que esto no cambiaría nuestra amistad, que podía dejarme tirada si conocía a alguien o si quería volver con Parker, y que nunca jamás le hablaríamos a nadie sobre lo nuestro, porque la idea de que mis suegros descubrieran lo que estaba haciendo con su hijo pequeño... ¡argg! No. En cuanto a mi madre y mis tías, que Dios no permitiera que supieran que «utilizaba a Ethan para el sexo». Mi familia no empleaba frases subidas de tono, solo lo justo. Recordé a la prima Ilona, la de la menopausia precoz, siendo tachada de desvergonzada cuando, dieciocho años después de la muerte de su marido, permitió que el cartero le llevara la compra a casa.

Romper, o más bien «dar por finalizado el acuerdo entre Ethan y yo», era una buena idea. Yo quería pasar página, y Ethan era demasiado peligroso como elección para un marido.

Sin embargo, no había previsto lo mucho que lo echaría de menos.

Capítulo 8

—¿Y este? ¿Cómo se llama este, querida?
—Esta, señor Dombrowski, es nuestra mundialmente famosa galleta con pepitas de chocolate —famosa, si acaso, por su absoluta insipidez, y absolutamente nada que ver con la crujiente variedad, impregnada de mantequilla, que Iris prepara para la familia. Según ella, no merece la pena desperdiciar su receta en lo que llama, «la plebe».
—Ya veo, ya veo —el señor Dombrowski avanza otro paso lateralmente junto al mostrador—. ¿Y este?
Yo sonrío.
—Ese es nuestro famoso pastel de queso danés. Creo que ya lo había probado antes —todos y cada uno de los días desde hace veintitrés años, en realidad.
—Creo que voy a probarlo. ¿Y dices que me gusta?
—Le gusta, señor D, desde luego que le gusta —saco un pastel danés del mostrador y, porque adoro al señor D, lo pongo en una cajita que ato con una cuerda. Se merece algo más que una bolsa. En una ocasión tomamos el té en su casa, sorprendentemente luminosa y ordenada, y le llevó media hora poner la mesa. Por aquel entonces yo acababa de quedarme viuda y llenar el tiempo era una cuestión de vital importancia para mí.
—Creo que me va a gustar —afirma el señor Dombrows-

ki mientras se endereza la corbata, que sigue luciendo a diario, y yo me siento inundada de una oleada de ternura.

—Por favor, vuelva pronto —le digo mientras le entrego la cajita—. Siempre es un placer verlo.

Su arrugado rostro se retuerce en una sonrisa.

—Gracias, querida.

Si Bunny's tuviera mesas y sillas, y sirviese café y té, el señor D tendría un sitio en el que sentarse cada día. Y quizás vería a más gente que a las Viudas Negras y a mí.

—Creo que deberíamos ampliar el negocio —anuncio al regresar a la cocina.

El olor a levadura del pan italiano llena el aire. Jorge acaba de marcharse con el pedido de Gianni's del viernes por la noche, y el ritmo en Bunny's empieza a bajar. Iris y Rose están encorvadas sobre un periódico, la masa para los pasteles daneses del día siguiente esparcida en desatendidos pegotes. Si la masa se calienta pierde sus propiedades hojaldradas. Me acerco para ver qué las mantiene tan interesadas. Están consultando la sección de deportes en la que aparece una foto de Josh Beckett de los Red Sox. Mis tías son unas asaltacunas. Qué monada.

—¿Hola? —lo intento de nuevo—. ¿Hay alguien amasando aquí? La masa se está calentando.

Mis tías se levantan de un salto. Rose agarra un rodillo de amasar y ataca la masa como una posesa.

—¿Ampliar el qué? —pregunta Iris, su rostro adquiriendo esa expresión de bulldog que aparece cada vez que discutimos sobre el tema.

—La pastelería. Es una tontería que no tengamos asientos o sirvamos café. Estamos perdiendo dinero, dinero que le regalamos a Starbucks.

—Nosotras no somos una guarida de grunge —afirma Rose.

Reconozco que me ha impresionado que conozca el término «grunge».

—Somos una pastelería —continúa—. Vendemos productos horneados, no un café a precio exorbitante que sabe como si acabaras de despegarlo del fondo de la cacerola. ¿Y un Alto? ¿Qué es un Alto? ¿Qué es un Grand?

Ni siquiera lo pronuncian correctamente: Grande. Por favor. ¿Por qué no se limitan a decir pequeño, mediano, doble?

—Por lo que veo, Rose, has estado en Starbucks —enarco una ceja hacia mi tía—. Sorprendente.

—¿Qué? —ruge Iris—. Explícate.

Rose parpadea como un ratoncillo asustado, un truco que siempre le ha funcionado.

—No pretendía tomar un café —se disculpa con voz chillona—. ¡Pero es que esos nombres son tan complicados! Yo creía que estaba pidiendo un chocolate caliente.

—¡Ya tenemos chocolate caliente en casa! —ruge Iris.

—No como el de Starbucks —protesta Rose mientras su rostro se ilumina con algo parecido a la adoración religiosa. Se vuelve hacia mí—. ¡Lucy, cariño, tienes que probarlo! ¡Es increíble! La nata es...

—¡Has traicionado a esta familia, Rose Black Thompson! —sigue rugiendo Iris—. ¡Mamá se revolvería en su tumba!

Aparece mi madre, vestida con una falda tubo de color azul marino, una blusa de seda con estampados azules y verdes, y unos zapatos de ante, de Prada, de color verde botella, que yo misma estuve a punto de comprarme la semana pasada.

—Se te oye desde Lenny's, Iris —protesta mamá.

—Tu hermana ha estado en Starbucks —le explica Iris en el mismo tono que podría emplear para decir «tu hermana acaba de estrangular a un cachorrito».

—Deja de ser tan dominante, Iris —se atreve a desafiarla Rose, el rostro rosado de rubor—. ¡Tengo derecho a comprarme un chocolate caliente si me apetece! ¡Tú no me mandas!

—De acuerdo, ya vale, las dos, o de lo contrario os enchufo con la manguera —interviene mi madre—. Lucy, acaba de entrar alguien. Ocúpate tú, ¿quieres?

Agradecida por la oportunidad, salgo de la cocina. Y me encuentro con Charley Spirito, resplandeciente con el equipamiento de los Red Sox, chaqueta, gorra, pantalones, y también un ojo morado y una expresión de borrego.

—Hola, Luce —saluda inseguro.

—Hola, Charley —contesto—. ¿Qué vas a llevar?

La campanilla sobre la puerta tintinea y entra Ethan, con su bolsa isotérmica en la mano. Mi corazón se retuerce un poco, aunque intento ignorarlo. Por supuesto no ha venido a verme a mí. Es viernes. Hora del cóctel.

—Hola, Lucy. Hola, Charley —saluda Ethan—. Vaya un ojo que tienes.

—Gracias a ti. ¿Qué tal te va, Eth? —Charley y Ethan se dan la mano.

Al parecer no se guardan rencor. Hombres.

Las Viudas Negras salen de la cocina como perros de Pavlov al sonido de la voz de Ethan.

—Hola, hermosas criaturas —ronronea Ethan en voz eficazmente baja.

—Hola, Ethan —cloquean las tres al unísono.

Ese hombre tiene talento.

Esta noche, después de la hora del cóctel, Ethan y yo vamos a cenar con sus padres. Tienen «algo que contar», de manera que no hay posibilidad de escaparse. Apenas he visto a Ethan desde que, eh, rompimos, a pesar de que vive permanentemente en el piso de arriba. Le llamé el martes para preguntarle si le apetecía pasarse, básicamente para demostrarle que seguíamos siendo amigos a pesar de que el paquete plus hubiera sido cancelado, pero tenía que trabajar en una presentación para los representantes de ventas de la Costa Oeste. Ni siquiera la mención de mi pan de canela y pasas con glaseado de mantequilla tostada con Jack Daniels le hizo titubear. Yo, sin embargo, le dejé un trozo en la puerta. Como si fuera el Ratoncito Pérez, solo que bastante mejor.

—¿Qué quiere ese? —pregunta Iris mientras señala a Charley con la barbilla.

Un tanto por la atención al cliente, la piedra angular de todo buen negocio.

—Charley, ¿qué querías? Cerramos en unos minutos —le explico.

—Esto, bueno... —Charley mira temeroso, y con razón, a Iris—. Lucy, me preguntaba si te apetecería cenar conmigo. Algún día. A lo mejor. Si no estás, eh, ocupada.

Yo parpadeo perpleja.

—¿Una cita? ¿Le estás pidiendo una cita? —pregunta Rose, la voz temblándole esperanzada—. Porque, por si no lo sabes, ella sale. Intenta volver a casarse y tener hijos.

Ethan disimula una sonrisa y mi madre suspira.

—Gracias, Rose —intervengo, consciente de la inutilidad de pedir un poco de discreción.

—Las mujeres de esta familia siempre han sido unas valientes a la hora de dar a luz —reflexiona Iris en voz alta antes de fulminar a Charley con una mirada intimidatoria—. ¿Y bien? ¿Quieres una cita con ella o se trata de una situación de «solo amigos»? —Iris hace la señal de las comillas con los dedos en el aire—. No serás gay, ¿verdad? Mi hija es médico lesbiana, y no hay nada malo en eso. Pero me gustaría saber cuáles son tus intenciones.

La expresión de Charley es, comprensiblemente, de aturdimiento.

—¿Hablas de una cita, Charley? —añado yo, solo para aclarar la situación.

—Eso es, una cita —juguetea con la cremallera de la chaqueta de los Red Sox y no parece capaz de mirarme a los ojos.

Ethan mira fijamente a Charley. A lo mejor ha colocado a Charley en esta situación para que las Viudas Negras formen parte del juego.

No estoy muy segura de querer salir con Charley Spirito, al que conozco desde primer curso, cuando me cantaba el alfabeto a base de eructos. Por otro lado, tengo que reconocer que ha tenido valor para pedírmelo delante de las Viudas Negras. Y de Ethan.

—Claro —contesto muy despacio—. Eso estaría bien.

—Estupendo —él deja escapar el aire—. ¿Estás ocupada mañana?

Miro a Ethan. A lo largo de los últimos años, casi todas las noches del sábado las he pasado, de algún modo, con Ethan. Mi cuñado está en estos momentos vertiendo vodka en una coctelera. Jopé. Un buen Grey Goose desperdiciado en las Viudas Negras, capaces de beber gasolina y ponche hawaiano, y encontrarlo delicioso. Mi cuñado no me mira.

—Mañana bien —afirmo volviéndome de nuevo hacia Charley—. Gracias.

—Te llamaré entonces —asiente a modo de saludo hacia las Viudas Negras, le da una palmada a Ethan en el hombro, y se marcha.

—¿Charley Spirito? —pregunta mi madre—. ¿No fue ese el que te pegó un chicle en el pelo cuando tenías diez años?

—Sí —contesto.

Qué demonios. Al menos lo conozco. Con suerte sus días de eructos y pegar chicles en el pelo ya habrán quedado atrás.

—Vaya. Parece que tiene una cita. ¿Y qué bebemos esta noche, Ethan? —brama Iris.

—Sex on the Beach —contesta Ethan con una sonrisa mientras saca una botella de aguardiente de melocotón de su bolsita. Las Viudas Negras aúllan complacidas.

La hora feliz de los viernes por la noche en realidad nunca ha estado dedicada a mí. Además, no suelo beber alcohol de alta graduación (por lo menos aprendí algo de mi tropiezo con el Ruso Blanco), de modo que saco mi mochila de detrás del mostrador y me la cuelgo del hombro.

–Que os divirtáis, chicos –hago una pausa–. Luego te veo en Gianni's, Eth.

–Allí nos vemos –él asiente.

Tres horas más tarde estoy sentada en la mesa familiar de Gianni's Ristorante Italiano. Desde la muerte de Jimmy, estas cenas familiares se han vuelto más escasas, pero por aquel entonces, fueron una de las cosas que me atrajeron de los Mirabelli: las bromas, la comida abundante, los hombres. Jimmy, Gianni y Ethan... un marido, una figura paterna, un cuñado. Todo resultaba muy tranquilizador, seguro y cordial.

Pero ahora estamos sentados, los cuatro, la ausencia de Jimmy todavía un enorme boquete, más patente cuando se reúnen los Mirabelli. Me siento al lado de Ethan, enfrente de mis suegros. Unas rebanadas de mi delicioso pan llenan un cestillo sobre la mesa, la luz de una vela titila y, a nuestro alrededor, los parroquianos de Gianni's murmuran encantados. Lo cierto es que se trata de un sitio estupendo, por mucho que mi suegro se queje de la mierda de ayuda que tiene en la cocina, del atontado chef adjunto ruso al que despidió la semana pasada, y el aún más atontado siciliano que tiene ahora. Yo murmuro amablemente y contemplo el cuenco de *penne alla vodka* que está justo fuera de mi alcance, junto a Marie. Me muero de hambre.

La tensión escapa de Ethan en oleadas, como un atleta olímpico antes del pistoletazo de salida. Siempre se pone así cuando está con sus padres... a diferencia de Jimmy, que trabajaba con ellos en un ambiente tan relajado y de cariño que me conmovía cada vez que lo veía.

De haber tenido la posibilidad de envejecer, Jimmy habría terminado teniendo el mismo aspecto que su padre, los ojos del color del mar Mediterráneo, los hombros anchos, quizás incluso con esos trece kilos de más de Gianni. Ethan, por el contrario, se parece más a la familia de su madre, cabellos y ojos oscuros, movimientos ágiles. Normalmente me recuerda a una nutria, casi nunca quieto, siempre dispuesto a divertirse… salvo cuando está con su familia. Es como si Jimmy, con su muerte, se hubiese llevado todas las risas de la familia. Y como si me leyera el pensamiento, Marie me mira con los ojos llenos de lágrimas.

–Gracias por invitarnos a cenar –le digo con cariño mientras tomo un sorbo de mi vino y poso la mirada en esa parmesana de pollo. Comemos al estilo familiar, y ni Marie ni Gianni han empezado a servir. Mi estómago ruge.

Marie mira a Gianni.

–Queríamos que estuvieses aquí porque te queremos como si fueras hija nuestra, Lucy, cariño. Ethan, por supuesto, eres como un hijo para nosotros.

–Odio ser tan puntilloso, mamá –interviene Ethan–, pero en realidad es que soy vuestro hijo.

La ceja derecha sale disparada hacia arriba mientras me mira. La comisura de sus labios se curvan y yo siento una oleada de afecto por él. Pobre Ethan, siempre el segundón. Le doy una palmadita en la rodilla.

–Ya sabes a qué me refiero, señor Listillo –contesta Marie, medio cariñosa medio irritada–. Treinta y seis horas de parto, ¿de acuerdo? Así que cállate.

–Cada año es más largo –murmura Ethan mientras alarga la mano hacia los *penne* y me los pasa. Su padre frunce el ceño, pero él lo ignora–. En la historia original, yo nací en un taxi camino del hospital. Ahora resulta que estuvo de parto día y medio.

Marie se inclina hacia delante y le sacude una colleja a su hijo.

—Calla. Somos nosotros los que hablamos aquí, y sabes muy bien a qué me refiero. Ella es como una hija, tú eres nuestro hijo. Cierra el pico.

—Muestra más respeto por tu madre —lo reprende Gianni con más frialdad que la cariñosa reprimenda de su madre. Sigue sin superar la elección profesional de Ethan.

—Yo respeto a mi madre —protesta Ethan con un toque de dureza en la voz. La sonrisita ha desaparecido de sus labios—. Mamá, yo te respeto. Sobre todo si me llevó treinta y seis horas nacer.

—Cuando por fin saliste tenías la cabeza toda aplastada —ella da un respingo, un gesto que los italianos dominan a la perfección y que tiene por objeto inspirar una sensación de culpa en el contrario—. ¡Y esos puntos! ¡Oh, *Madonna*!

—¿Hace falta hablar de esto en la mesa, Marie? —Gianni se retuerce incómodo.

—De modo que no quieres saber nada de mi sufrimiento, ¿es eso? Pues siento haberte molestado, Su Majestad —mi suegra se vuelve hacia mí—. Lucy, tuve un desgarro de cuarto grado. Más de tres centímetros de largo.

Gianni hace una mueca de repulsión y yo intento no sonreír.

—Lo siento, mamá —dice Ethan—. No pretendía causarte tantas molestias —sonríe a su madre, pero la mujer está perdida en sus pensamientos.

—Claro que lo de Jimmy tampoco fue fácil. Era más grande, cuatro kilos y doscientos gramos. Incluso nada más nacer tenía esos ojos tan especiales. Como el mar, ¡impresionantes! Las enfermeras no se lo podían creer. Era el bebé más hermoso que he visto en mi vida, Lucy —su voz flaquea y una punzada de dolor me atraviesa el corazón. Pobre Marie.

Alargo un brazo y le doy una palmadita en la mano, y un apretón en la rodilla a Ethan. Estoy segura de que Marie no se ha dado cuenta, pero acaba de decir que Ethan no fue el bebé más hermoso que hubiera visto jamás. Ethan aparta mi mano, dándole una palmadita. Aun así, el mensaje es claro. Manos fuera.

Marie se seca las lágrimas y vuelve a suspirar. Gianni le gruñe a un camarero que compruebe la mesa quince, la pierna de Ethan salta sin parar de la tensión. Básicamente, la típica cena con los Mirabelli.

—¿Y cuál es esa gran noticia? –pregunto mientras mordisqueo el delicioso *penne*.

—Nos mudamos –anuncia Gianni–. A Arizona. Nos jubilamos.

Dejo caer mi tenedor con gran estrépito, salpicando el mantel blanco con la cremosa salsa de vodka, y trago nerviosamente.

—¿Perdón? –pregunta Ethan. Su pierna ha dejado de moverse.

—Arizona –repite Marie–. Comunidad Valle de Muerte para adultos activos.

—¿Valle de los muertos? –insiste Ethan, incrédulo.

—¿De qué valle de los muertos hablas? –pregunta Marie–. He dicho Valle de Muerte.

—No se trata del valle de la muerte, listillo –le explica Gianni a su hijo–. Marie, te has equivocado. Es Puerte, no Muerte. Con «P». Comunidad Valle de Puerte para adultos activos. Somos activos, somos adultos, nos mudamos.

—¿Cuándo lo habéis decidido? –vuelve a preguntar Ethan.

—La semana pasada –le explica Marie–. Tu padre, sus rodillas, el corazón y... bueno... –me mira antes de bajar los ojos hasta el plato que aún no ha tocado.

—¿Qué, Marie? –pregunto, la piedrecita ya atascada en mi garganta.

—Ese maldito Angelo —estalla Gianni mientras se aparta de la mesa.

Es su estilo, en los momentos críticos se marcha. Juro que pasó la mitad del velatorio de Jimmy fuera del tanatorio, aconsejando a los aparcacoches sobre dónde aparcar los coches.

—Mamá. ¿Por qué ahora? —pregunta Ethan.

—El restaurante es demasiado para tu padre —contesta ella sin mirarnos—. Por su tensión arterial. Y es que, sin Jimmy no es lo mismo. Y ahora que vas a pasar página, Lucy, querida, y que tú, Ethan, has vuelto para ocuparte de tu hijo, bueno... aquí ya no somos necesarios.

—¡Claro que sois necesarios! —ruge Ethan—. ¡Nicky os adora! ¿Cuándo tenéis previsto verlo? ¿Se os ha ocurrido siquiera pensar en vuestro nieto?

—Ethan —intercedo en voz baja, pero él me ignora.

—Haremos que venga a vernos —asegura Marie—. Y tú también, Lucy, cariño. Y volveremos por aquí de vez en cuando. Es que... es que ya no nos apetece seguir más por aquí.

—Parte del motivo por el que acepté ese puesto en Providence fue para estar más cerca de vosotros, mamá, papá —insiste Ethan.

—¿Y? No nos necesitas. Te va muy bien. Nosotros estamos, esto, muy orgullosos de ti, eso es —contesta Marie mientras destroza un trocito de mi pan—. Será mejor que le eche un vistazo a tu padre.

Y sin más, ella también se levanta de la mesa, dejándome con Ethan.

Yo muevo la silla para mirarlo mejor. Su mandíbula está encajada y un músculo salta sin parar bajo su ojo izquierdo. Alargo una mano y le doy una palmadita en la pierna.

—¿Te importaría dejar de tocarme la pierna? —espeta.

—¡Lo siento! Lo siento, Eth —mi mano regresa a mi

propio regazo–. Pero escucha, tus padres tienen derecho a jubilarse. ¿Por qué estás tan enfadado, tío?

Él me dedica una mirada que podría cortar el cristal.

–Lucy, en ocasiones puedes ser de lo más obtusa.

–¿Qué? ¿Qué se me ha pasado?

Él sigue mirándome desapasionadamente, como una maestra miraría a un alumno no demasiado brillante.

–Si Jimmy estuviera vivo, ellos jamás se irían. Morirían en esa cocina –sacude la barbilla hacia donde han huido sus padres.

–Bueno, pero Jimmy murió –murmuro mientras mi mano sale en busca de su pierna de nuevo. Menos mal que mi mano y yo decidimos que es mejor que no.

–Soy muy consciente de ese detalle, Lucy –contesta en un tono de voz que me resulta poco familiar por su dureza.

–Y deberían jubilarse. Ya han cumplido los setenta, ¿no?

–Sí. Y no me quejo de que se jubilen. Pero ¿por qué no a Newport, o Cape, o alguno de esos sitios? ¿Por qué Arizona? Queda un poco lejos, ¿no te parece? Acabo de volver a vivir aquí permanentemente, y esperaba…

–¿Esperabas estar más unido a ellos? –pregunto.

–Supongo –Ethan se encoge de hombros.

Durante unos minutos se dedica a mover la comida por el plato. Yo me meto otra porción en la boca y, en cierto modo, me siento desleal por comer mientras mi amigo está destrozado. Masticar sin mover la boca, sin embargo, no resulta fácil, de modo que me pongo en serio a comer y dejo que Ethan se quede rumiando a mi lado. Y funciona.

–¿Sabías que Jimmy se llamaba así por nuestros abuelos? –pregunta unos minutos después–. Los dos se llamaban Giacomo.

Yo sonrío. Desconocía ese detalle. De hecho supe

que Jimmy no se llamaba James, tal y como había supuesto, cuando estábamos encargando las invitaciones de boda.

—¿Qué quieres decir con eso? —pregunto con dulzura.

—¿Sabes por qué yo me llamo como me llamo? —Ethan sujeta el tenedor en alto.

—Por el médico —anuncia Marie.

Al parecer Angelo ya ha sido reprendido suficientemente porque mis suegros regresan a la mesa y se sientan, Marie sonriente, Gianni furioso.

—Estábamos tan seguros de que serías una niña, cielo —le explica Marie a su hijo pequeño—. Lucy, ni siquiera habíamos elegido nombre para niño, ¡estábamos tan seguros! Se suponía que debías llamarte Francesca. ¿No te parece un nombre precioso?

—Lo es —asiento mientras miro a Ethan.

—Incluso cuando el doctor anunció que eras un niño, yo no me lo creí. ¡Estaba segura de que eras niña!

—Justo lo que todo hijo quiere oír de labios de su madre, mamá —murmura Ethan.

Pero Marie continúa sin alterarse.

—Y entonces tuvo que mostrarme tus diminutas partes íntimas —Ethan cierra los ojos y yo me río—, ¡y nos quedamos perplejos! Y entonces tu padre, aquí presente —Marie le da un codazo a Gianni—, entonces tu padre va y dice: «¿Y cómo vamos a llamar al pequeño cabrón?». Y yo me quedo completamente en blanco, de modo que miro al doctor Tavendish y le pregunto: «¿Cuál es su nombre de pila, doctor T?». Y él contesta, «Ethan». ¡Y eso fue todo!

Gianni y ella se sonríen con cariño al recordar la anécdota.

—Y así fue como este pequeño paisano consiguió un nombre de blanco anglosajón y protestante —concluye Ethan antes de sonreír a sus padres, aunque la sonrisa no consigue abrirse paso hasta los ojos–. Contadnos algo más sobre Valle de Muerte.

Terminada la cena, Ethan y yo caminamos hasta casa. La calle está desierta, ya que las aceras parecen cerrar antes de las nueve los días laborables. Ethan sabe cómo me siento con respecto a los cementerios y resulta agradable que no intente convencerme para atravesarlo, como si fuera un perrillo al que quisiera hacer salir de su jaula. Las estrellas brillan en el cielo y el aire sabe a sal, haciéndome pensar en pan de masa madre.

–¿Tanto te preocupa que te pusieran el nombre del médico? –pregunto.

–En realidad no. Es que, bueno, no importa –contesta Ethan con voz suave.

Yo sospecho que sí importa, pero ahora que ya no estamos con sus padres, no va a volver a sacar el tema.

–¿Qué tal el nuevo trabajo? –pregunto.

–Está bien.

–¿Qué haces durante todo el día?

–Reuniones –él suspira–. Planificaciones a largo plazo, investigación sobre nuevos mercados.

Nada que ver con lo que solía hacer, básicamente, socializar con unos y con otros. Fue el número uno en ventas de Estados Unidos de Norteamérica, bastante impresionante, dado que solo tiene veintisiete años. En lugar de trabajar en Gianni's durante su etapa en la facultad, en verano, Ethan hizo prácticas en International, y a los jefes les gustó tanto que le ofrecieron un trabajo. Sé por Parker que el nuevo puesto es un ascenso y que Ethan gana más dinero ahora, pero también sé que planificar a largo plazo e investigar nuevos mercados no es para Ethan. Cierto, sin embargo, que no es tan peligroso como volar por todo el país y practicar todos esos deportes de aventura.

—¿Te gusta? –pregunto.
—No especialmente.
—Entonces, ¿por qué lo aceptaste?

Hemos llegado al puente y nos detenemos un rato, contemplando el río Mackerly, que fluye desde el lado oceánico de la isla hacia la bahía. Las luces del mucho más exclusivo Newport brillan a lo lejos, pero en nuestro pequeño pegote de tierra todo está tranquilo, salvo por el murmullo de la ría y alguna ocasional ave nocturna. Una brisa revuelve el perpetuamente revuelto cabello de Ethan.

—Pensé que debería estar aquí más tiempo, por Nicky –contesta mientras me mira, aunque enseguida baja los ojos hasta el agua.

—Claro –afirmo–. Es un buen motivo.

—El mejor –Ethan sonríe al pensar en su hijo, y, como siempre, mi corazón se encoge casi dolorosamente. Ethan es un padre maravilloso y pocas cosas hay más atractivas que un padre que adora a su hijo tan ostensiblemente.

—Venga, cuéntamelo. ¿Qué problema hay en que te pongan el nombre del obstetra? –pregunto mientras observo pasar el río junto a los juncos de las orillas.

—No hay ninguno. Solo que Jimmy consiguió los nombres de los abuelos, y ni siquiera se habían molestado en elegir uno para mí.

—Claro que lo hicieron. Solo que tú decidiste ponérselo un poco difícil y naciste niño.

—Es verdad.

—¿Entonces?

—Bueno –Ethan se vuelve hacia mí–, cualquiera diría que defraudé a mis padres desde el minuto cero siendo yo. Ya tenían un hijo. Querían una hija. Me consiguieron a mí, y yo no era tan bueno como Jimmy –lo dice como si estuviera presentado un artículo sobre la historia de la suciedad. Estos son los hechos y, si bien son ciertos, no resultan tan interesantes.

—¡Oh, Ethan! Tío, nadie piensa así —protesto.

—¿Nunca te han dicho, Lucy, que eres increíblemente ingenua? —Ethan arruga los ojos, divertido. Como yo no contesto, él continúa—. He pasado mi vida básicamente siendo No-Jimmy. Él era el heredero forzoso. Él era mayor, más alto, más divertido, más atractivo, mejor en la cocina. Tenía los ojos de papá, el corazón de mamá, el nombre de los abuelos. Tenía el restaurante, tenía las recetas familiares, tenía... bueno. Haga lo que haga con mi vida, jamás estaré a la altura de Jimmy —me mira de reojo—. Al menos a los ojos de mis padres.

Siento un tremendo impulso de abrazarlo, aunque seguramente no debería.

—¿Te preocupa? —pregunto con delicadeza.

—Ya no tanto. Me he acostumbrado. Y mis padres perdieron un hijo, de modo que intento darles una oportunidad. Si algo le sucediera a Nick, no sé lo que haría, y espero por Dios no tener que descubrirlo jamás.

Yo trago saliva. Me niego a pensar en esa posibilidad.

—Tú eres tan bueno como Jimmy, Ethan —y lo digo sinceramente—. Eres diferente, eso es todo.

Me mira un instante y tengo la sensación de que quiere decir algo más. Pero no lo hace.

—Vamos, empieza a refrescar —es lo único que comenta.

Echamos a andar de nuevo, dejando el río atrás y no hablamos hasta llegar al edificio Boatworks. Nos paramos a la entrada, uno de los mayores encantos de este edificio. En lugar de colgar del techo, la mitad de un velero Herreshoff sale directamente de la pared. Las puertas del edificio fueron rescatadas de un naufragio y restauradas. Es evidente que los dos conocemos la clave para entrar en el edificio, pero nos quedamos allí parados un momento, cobijados bajo el viejo velero de madera.

—¿Te apetece subir? —pregunto—. He preparado profiteroles. Y no solo eso... también una salsa caliente de avellanas y moca para acompañar –Ethan no me contesta–. Podríamos jugar al Guitar Hero, ¿no? –mi voz destila cierta desesperación y no creo que le haya pasado desapercibida a Ethan–. No suena mal, ¿eh?

–Suena muy bien –contesta él con una considerable falta de entusiasmo–. Pero no creo que sea buena idea, Lucy. Gracias de todos modos.

–¿Por qué? ¿Ya no te gustan mis postres? –pregunto–. ¿Intentas perder unos kilillos? –mi chiste fracasa por completo porque:

A) Ethan está tan delgado como un galgo, y B) Conozco de sobra el verdadero motivo, pero no quiero que sea cierto.

–No hace falta que comas nada –añado–. Podemos ver una película –mi corazón palpita en el pecho como un pájaro moribundo, y me siento peligrosamente al borde de las lágrimas.

–Lucy –comienza Ethan mientras mira calle abajo–. Escucha. Sabes muy bien que me pareces estupenda y todo eso, pero quizás deberíamos poner un poco de distancia entre los dos.

–¿Por qué? –pregunto con voz chillona.

–Bueno, tú buscas un nuevo marido. Y no creo que le vaya a gustar que tu examante siga por aquí, siendo tu mejor amigo para siempre.

–Pero es que eres mi mejor amigo, ¿no? –consigo preguntar a pesar de la piedrecita en mi garganta.

Él duda un instante y ese odioso pájaro de mi pecho comienza a sufrir espasmos.

–Claro. Pero tampoco quiero ser un sustituto de lo que te falta en la vida.

–¡Tú no eres ningún sustituto! –protesto enérgicamente.

–Lo que tú digas, Luce.

—Eth —lo vuelvo a intentar—, ¿ya no somos amigos?

—Lucy, me pediste un poco de distancia. Te la estoy dando.

En su voz hay una nota de irritación, y ese pequeño músculo debajo del ojo empieza a contraerse de nuevo.

—Bueno, pues discúlpame entonces —le espeto—. Yo creía que éramos amigos. Supongo que podíamos serlo mientras nos acostábamos, pero ya no, ¿verdad?

—¡No, Lucy! —salta él—. Tú has decidido pasar página, bien por ti, deberías hacerlo y toda esa mierda. Pero no puedes tenerme de relleno cada vez que te sientas sola. No si estás a punto de abandonarme cualquier día de estos cuando encuentres un marido.

—¿Abandonarte? Nosotros no somos... no éramos... —mi voz se pierde.

—No. Nosotros no somos, y no éramos. No pasa nada. Sal con Charley Spirito. Encuentra a alguien, pero déjame a mí al margen de todo esto.

—Pero...

—Lucy —insiste con cierta impaciencia—. No puedes tenerlo todo, ¿de acuerdo? De modo que déjame en paz.

—¡Yo no estoy pidiendo todo! Yo solo quiero que tú... que seas mi mejor amigo. Como eras —ante la frialdad de su mirada, me apresuro a reformular la frase—. Bueno, sin lo de acostarnos. Solo como amigos.

—Amigo —él arquea una ceja—. De acuerdo, amiga. Estoy cansado y tengo una reunión a primera hora, de modo que vamos a dejarlo por hoy.

Y sin añadir nada más, pulsa la clave y sujeta la puerta abierta para que yo pase. Cuando entramos en el ascensor, pulsa el botón de la cuarta planta, la mía, y el de la quinta, la suya.

Aparte de «buenas noches», no nos decimos nada más.

Capítulo 9

−¿Qué tal tu cita con Charley Spirito la otra noche? −pregunta Parker−. Nicky, no tan alto, cielo.

Yo miro a Nicky empujar sus piernecitas con más fuerza en un intento de que el columpio se dé la vuelta alrededor de la barra de la que cuelgan las cadenas. Parece que ha heredado el gen temerario de su padre.

Corinne, la pequeña Emma, Parker, Nicky y yo estamos en el parque Ellington, a unos convenientes ciento ochenta y dos metros de la entrada al cementerio. Es uno de esos días perfectos de septiembre, el cielo tan deslumbrantemente azul que conmueve. El agradable olor a levadura del pan de la mañana de Bunny's flota en el aire. Aún me quedan unos cuarenta minutos hasta que esté lista la siguiente hornada, pero ahora mismo estoy disfrutando de mi pausa de mediodía. Emma golpea alegremente el pecho de Corinne. Mi hermana lleva dibujado en la cara el sereno rostro del dolor que empiezo a reconocer como «madre lactante». O «santa muriendo en su martirio». La misma idea.

−¿Saliste con Charley Spirito? −pregunta Corinne, saliendo de su ensoñación para mirarme con recelo−. ¡No me lo puedo creer!

−Pues sí −contesto−. Fue, bueno, es Charley. Ya sabes.

—¿No te pegó chicle en el pelo una vez?

—Vaya, qué buena memoria —observo yo—. Estuvo bien. No sé.

—¿Un montón de simplemente nada? —sugiere Parker.

—Más o menos —asiento, levantando el rostro hacia el sol.

—Y eso era lo que querías —añade mi amiga—. Nick, no, no saltes. Estás demasiado alto. Buen chico. Gracias —Nicky saluda con la mano y salta. Parker suspira mientras su hijo se acerca corriendo—. Nick, ¿qué le voy a decir a tu padre si te rompes los dos tobillos, eh? ¿Es que te apetece ir a urgencias?

—No deberías asustar al niño con la posibilidad de tener que ir al médico —le aconseja Corinne con la voz cantarina que utiliza cuando quiere dar lecciones a alguien que no tiene todas las respuestas sobre la vida.

Parker pone los ojos en blanco.

—¿Podemos ir a urgencias, mami? —pregunta Nicky—. Me encanta urgencias.

Parker intenta reprimir una carcajada.

—Cuando fuimos estabas herido, ¿te acuerdas? Fue cuando te cosieron la mano.

—Fue divertido —insiste el crío—. Me dieron un globo, Ducy.

—Lo recuerdo —contesto mientras le doy un golpecito con el dedo en la punta de su adorable naricilla.

—Ducy, ¿me has visto saltar del columpio?

—Claro que sí, cielo —le digo mirándole a esos preciosos ojos marrones. Sinceramente, los chicos siempre consiguen las mejores pestañas, ¿a que sí?—. Parecía como si estuvieses volando, pero sabes que mamá tiene razón. Podrías hacerte daño si cayeras mal.

—Pero no caí mal. ¡Caí bien! ¡Adiós! —de nuevo corre hacia el columpio.

—Es tan bonito —comento. El sobrino de Jimmy.

Es una pena que Nicky sea lo más parecido a un hijo de Jimmy que tendré jamás. Creo que habríamos hecho unos bebés preciosos. La idea ya no es más que un reflejo, el dolor desgastado por exceso de uso.

—Bueno, volvamos a la cita —interviene Corinne—. ¿Es Charley un posible candidato?

Yo reflexiono unos minutos. Lo cierto es que Charley no está tan mal. Pero no es el cuchillo más afilado del cajón. Sinceramente cumple con unos cuantos de mis requisitos. Un empleo considerablemente estable. Como profesor de educación física, está en muy buena forma, lo cual no solo resulta agradable desde el punto de vista estético, sino que le añade puntos en el apartado de Bajo Riesgo de Muerte Temprana. Charley parece tener un buen corazón, supongo. Es obvio que le gustan los niños (aunque siendo profesor de educación física, uno podría pensar que, precisamente, odia a los niños). Pero la idea de practicar sexo con Charley...

La noche del sábado, Charley me llevó al Cuckoo's Grille, en Kingstown. La camarera era la madre de una compañera nuestra del colegio, de modo que resultó la típica velada de Rhode Island con dos grados de separación. Cuando terminamos con los saludos y de ponernos al día, y pedimos nuestras almejas rellenas, o rellenitas como a nosotros nos gusta llamarlas, Charley y yo nos miramos incómodos. Entonces él se lanzó a un discurso sobre los Red Sox, defendiendo apasionadamente la tesis de que sin el «condenado ligamento roto», de Varitek, no habría manera posible de que esos «condenados Yankees», estuvieran en el «condenado primer puesto», y, sobre todo, lo que le sucedía al nuevo parador en corto de Boston era que el tipo era un «condenado zombie».

Ante la mención de los Yankees, recordé mi fantasía sobre Joe Torre siendo mi padrastro. De haber sido el caso, no estaría celebrando esa cita con Charley, no cuando el bueno de Joe podría haber arreglado la unión de su adorada hijastra con un jugador de béisbol millonario y soltero, que no tomara esteroides, ni frecuentara a prostitutas, ni saliera con Madonna, ni arrojara el casco, ni mascara tabaco, ni se rascara la entrepierna en público. Suponiendo que una criatura como esa existiera en la realidad.

Cuando llegó la comida, Charley se centró en su filete y no alzó la cabeza hasta que el plato estuvo limpio. Fueron detalles como ese los que me hicieron pensar que podría quedarme dormida durante el sexo con Charley y que él ni siquiera se daría cuenta.

La última vez que Ethan y yo tuvimos, eh... relaciones, fue unos diez minutos después de que regresara de un viaje a Montreal, y yo salté sobre él en cuanto entró por mi puerta. Lo hicimos de pie en el pasillo, yo contra la pared, mis piernas abrazándolo y, si no recuerdo mal, todo resultó bastante ruidoso. Una de las fotos enmarcadas cayó al suelo, rompiéndose el cristal, pero no paramos hasta que, pues eso, hasta que paramos.

Ninguno de los dos se quedó dormido.

–¿Sabes una cosa? –Parker interrumpe mis recuerdos.

–¿Qué? –yo reacciono con voz chillona y culpable. ¡Cielos! ¿Me estoy sonrojando?

–Ethan vino a casa anoche –me anuncia.

–¿Y? –mis mejillas cada vez arden más–. Es el padre de tu hijo. Suele pasarse a menudo por tu casa –todo esto lo digo con la cabeza agachada y mirándome las manos.

–Bueno, si te callas podré terminar –Parker me mira con una expresión extraña.

–Lo siento –murmuro.

Corinne le da una palmadita en la espalda a Emma provocándole un eructo impresionantemente fuerte para un cuerpo tan diminuto.

–Yo le pregunté si le apetecía salir. En una cita. Y me

contestó que quizás deberíamos intentar mantener una relación de verdad en lugar de ser simplemente los padres de nuestro hijo. Nicky, bájate, cielo. Está demasiado alto. Buen chico.

—Eso estaría bien —observa mi hermana.

—Bien —repito yo. Siento un cosquilleo de adrenalina en las rodillas, aunque no sé por qué (el pequeño recuerdo del pasillo seguramente tiene mucho que ver).

«Deja de hacer el tonto, Lucy», me digo a mí misma con firmeza. Siempre he pensado que entre Parker y Ethan había más posibilidades de lo que ellos creían.

—¿Y bien? —pregunto—. ¿Lo vais a intentar?

—No lo sé —ella hace una mueca—. Sobre el papel suena bien. Pero es que... no lo sé.

—Deberías. Deberías casarte con él —le aconsejo.

Dios sabe que me gustaría tener a alguien que me gustara, a quien respetara y admirara, que fuera el padre de unos adorables hijos y que no me hiciera temblar las rodillas. Y si bien mi voz suena normal, mi corazón está convulsionando como una lubina rayada recién sacada del agua.

—Quizás debería —Parker suspira y asiente, aunque con una considerable falta de entusiasmo—. Pero...

Justo en ese momento suena el móvil de mi hermana y ella salta como si se tratara del teléfono rojo de la Casa Blanca.

—¿Hola? ¿Chris? ¿Estás bien? ¿Cielo? —durante unos segundos permanece callada—. ¡Claro! ¡Estoy bien! ¡Ella es maravillosa! ¡Hermosa! ¡Perfecta! ¿Y tú cómo estás, cariño? Te amo.

—Por el amor de Dios, hay medicamentos para eso —murmura Parker.

Aliviada por el cambio de tema, siento que mis hombros se relajan ligeramente.

—Las últimas palabras que mi madre dirigió a mi padre, y cito textualmente, Parker, fueron: «Sal ya de una vez del cuarto de baño, Rob, tengo la regla y estoy sangrando como un cerdo degollado» –mi amiga casi se ahoga de la risa y yo sonrío–. Así que deja en paz a la pobre Cory. Simplemente está como una cabra, igual que las demás.

–Eres demasiado buena, Lucy –Parker sonríe.

–Cierto. Debería haber más gente como yo. Tú, por ejemplo.

Nicky, que parece tener él solo más energía que una manada de hurones, cuelga de una mano de las cuerdas trenzadas. Corinne, que ya ha terminado de asegurarle a Chris que el mundo es un lugar maravilloso, sencillamente maravilloso, cuelga el teléfono.

–Parker –opina–. ¿No deberías controlar un poco más su juego?

–Ni siquiera sé qué significa eso –contesta Parker–. ¡Es un niño, Corinne! Se está divirtiendo.

–Bueno, es tu hijo –Corinne le dedica una mirada dubitativa–. Lucy, voy a acercarme a la tumba de papá. ¿Quieres venir?

Es costumbre de mi hermana invitarme a sus excursiones a la tumba para arrancar malas hierbas. Algún día, está segura, mi pequeña fobia desaparecerá y la acompañaré. Quizás tenga razón, pero hoy no será ese día.

–No, gracias, Cory. Hoy no –contesto–. ¿Qué te parece si me llevo a mi sobrinita de paseo mientras tú haces tus cosas allí?

Mi hermana duda, nerviosa ante la idea de dejarme a mí, una ignorante portadora de la muerte, tener a su hija en brazos sin supervisión.

–¿Por favor? –le suplico–. ¿Porfi, porfi, porfi?

–Bueno, de acuerdo –contesta a falta de una idea para salir airosa de la situación–. Pero asegúrate de que siempre tenga la cabeza cubierta para que no se queme. Pero como no le gusta sentirse sudorosa, asegúrate de que sienta la brisa. Además, sujétale el cuello. Y asegúrate de que respire bien.

—Nada de asfixiarla, Lucy, ¿lo has entendido? —bromea Parker.

—Lo he entendido —tomo el pequeño fardo de amor de brazos de mi hermana, que me dedica una sonrisa forzada.

—Lo siento —me dice—. Sé que contigo está a salvo.

—Gracias —contesto mientras respiro el dulce y salado olor de la infancia.

—Nicky parece que se ha atascado —observa Parker—. Enseguida vuelvo.

Mi amiga corre hacia su hijo que cuelga boca abajo en lo alto del nido de cuervos de la estructura de cuerdas.

—¿Quieres que riegue la tumba de Jimmy? —se ofrece mi hermana.

—Eso estaría bien. Gracias —yo sonrío a Corinne. Mi hermana es un cielo, a pesar de sus neurosis. Y yo no soy quién para tirar la primera piedra.

¿Quién regará la tumba de Jimmy cuando sus padres se hayan mudado? Supongo que Ethan. O yo. Podría llegar a suceder.

Emma vuelve su carita hasta pegarla contra mi cuello, el achuchón más dulce que alguien pueda imaginarse. Su escaso peso descansa tranquilo contra mi hombro, su mejilla muy suave. Le coloco mejor la manta para que esté protegida del sol. Ella suspira y mi corazón se expande de amor.

Los encantadores y amplios senderos del parque Ellington reciben la sombra de los olmos y los arces.

—¿No te parece agradable esta sombra? —pregunto mientras caminamos y beso la cabecita cubierta de pelusa—. Ahí hay un pájaro, un cuervo. Son bonitos, y muy listos —nunca es demasiado pronto para empezar a enseñarles cosas. Al menos eso he leído. Hay que hablarle al bebé. Leerle. Eso haría yo si fuera mamá.

Aunque me he resistido a ello, cedo a la tentación y, por unos segundos, finjo que Emma es mía. Mi hija. Que ese milagro de células creció en mi interior, que fue mi barriga la que creció redonda y tensa, haciendo que Jimmy y yo casi estallásemos de orgullo. Que yo me había convertido en una persona deslumbrante y madura, una feliz futura mamá, jamás quejándose, jamás hinchada, jamás agotada. Y que, llegado el momento, había aguantado heroicamente los dolores del parto sin ninguna medicación. Había empujado y empujado, y cuando el médico había anunciado «¡es niña!», yo me había vuelto hacia mi marido, que me sonreía con sus alegres ojos marrones llenos de...

Esperad.

Los ojos de Jimmy no eran marrones.

Y tampoco era el rostro de Jimmy el que había aparecido en mi mente.

De repente me siento aterrorizada, las piernas flojas, inútiles. De repente me castañetean los dientes. Por Dios santo, estoy sufriendo un ataque de pánico, uno como los que no había vuelto a sufrir desde la muerte de Jimmy. Voy a desmayarme. Llevo a un bebé en los brazos y voy a desmayarme. Hay un banco cerca y, de algún modo, consigo tambalearme hasta allí y dejarme caer pesadamente. «No te desmayes, no te desmayes, no te desmayes», me repito en silencio. Tomo aire y lo mantengo antes de soltarlo lentamente, como me explicaron que hiciera en el grupo de duelo al que me apunté tras la muerte de Jimmy. Mi corazón se estremece y se lanza al vacío.

–No te dejaré caer, Emma –susurro.

Hablar con el bebé me ayuda. Soy su tía. No puedo permitir que le suceda nada malo. La quiero demasiado. Mi corazón acelerado se calma un poco y mis dientes dejan de castañetear.

—La tía está bien —le aseguro con la voz más fuerte—. La tía te quiere, ángel mío —el bebé hace un ruidito y mis ojos se llenan de lágrimas.

Ya estoy recuperada. Esa imagen en mi mente no significaba nada. El rostro que me imaginé, de acuerdo, sí, era el de Ethan, pero eso no significa nada. Mi respiración entra y sale a golpes, poco a poco calmándose.

No tendré hijos con Ethan, bien lo sabe Dios. Seamos sinceros. No es la relación de Ethan con Parker, ni con Jimmy, lo que me impide estar con él.

Es saber que podría enamorarme de Ethan. Que podría llegar a amarlo de un modo que me partiría por la mitad si algo le sucediera. Que perder a Ethan como perdí a Jimmy me destrozaría, y que esta vez quizás no conseguiría superarlo.

Y sea lo que sea que pudiera sentir por Ethan, por mucho que esté hecho para mí, nada merece esa clase de dolor.

—La tía está bien —susurro de nuevo mientras acaricio la cabeza de Emma con una mano—. La tía está bien.

Capítulo 10

–¿Preparadas para entrar? –pregunto, de pie en el aparcamiento.

Quedarme allí de pie en el aparcamiento forma parte de un ritual que celebramos cada vez que voy a alguna parte con las Viudas Negras. Veréis, existe un orden, una jerarquía, en cuanto a quién sale primero y cómo. En primer lugar, la tradición dicta que la más joven de entre nosotras conduce. Esa soy yo, y me siento agradecida por ello, ya que la técnica de Iris y Rose para conducir consiste en colocar el coche en la dirección deseada y pisar el acelerador. Apartarse es cosa de los demás conductores, peatones, ciervos, árboles y edificios.

Una vez llegadas al destino la tradición dicta que yo salto del coche y me quedo de pie esperando mientras Iris se da un retoque de Brillo de Coral, que fue retirado del mercado allá por 1978, pero del que ella tuvo la precaución de abastecerse masivamente antes de que eso sucediera. No necesita espejo para pintarse los labios, una habilidad que debían enseñar en la escuela cuando Eisenhower era presidente, ya que jamás he visto a una mujer menor de sesenta años conseguirlo.

La siguiente tradición, fase en la que nos encontramos actualmente, es que Rose da un respingo horrorizada porque ha perdido el monedero, empieza a revolver en su enorme bolso negro, los labios moviéndose en una plegaria silenciosa. Unos minutos más tarde, San Antonio, patrón de las cosas perdidas, le devuelve milagrosamente el susodicho monedero, colocándolo junto al sobre cerrado con una goma que contiene la tarjeta médica de Rose, la lista de sus medicamentos, varias docenas de cupones y sus instrucciones en caso de fallecimiento.

Tras la pequeña intervención divina, mi madre debe quitarse el pañuelo del cuello. Nunca va a ninguna parte sin pañuelo, ya sea invierno o verano. Hoy ha elegido una preciosidad en tonos naranja y rosa y, a pesar del hecho de que hemos salido de la pastelería hace apenas diez minutos, hay que honrar la tradición.

–¿Te parece arrugado mi cuello? –pregunta mamá mientras yo la miro.

Me empiezan a doler los brazos de sujetar la bandeja de brioches de albaricoque que cociné anoche en la clase de repostería. Mis alumnos, cuyas edades oscilan entre los diecisiete y los ochenta y cuatro años, los habían puesto por las nubes.

–Para nada –contesto–. Estás estupenda, mamá.

–No es verdad –contesta con cariño.

Es otra de nuestras tradiciones, rechazamos los cumplidos. Entonces posa su mirada sobre mis vaqueros descoloridos con el bajo deshilachado, y mi absolutamente anodino jersey de lana marrón.

–¿Eso llevas puesto? –pregunta.

–No. Llevo un vestido de gala, pero es invisible –me doy la vuelta con mucho cuidado de no dejar caer los bollos–. ¿Te gusta?

–No te mataría si te vistieras un poco mejor –me reprende mientras se ajusta la falda, un bonito ejemplar de seda.

Por supuesto tiene razón. Ayer mismo me compré otro

jersey más de cachemir, el decimoséptimo (imposible resistirse a este, un precioso jersey en color melocotón con un cuello ancho y los botones más bonitos que os podáis imaginar). A mi mente acude una imagen de mi armario, sus puertas abriéndose suplicantes. «Ven, Lucy», suplican las prendas sin estrenar. «Estamos aquí para ti».

—¿Ya estamos listas? —pregunta Iris y, sin esperar respuesta, encabeza la comitiva de viudas húngaras al interior del edificio.

High Hopes Convalescent Center es un mal llamado centro de reposo para ancianos, ya que la mayoría de sus residentes se está muriendo. Uno de esos residentes es mi tía abuela Boggy (su nombre en realidad es Boglarka, que significa «ranúnculo», en húngaro). Visitarla es un acto que practicamos con regularidad las Viudas Negras y yo. Nosotras honramos a nuestros mayores, incluso a aquellos que no se dan cuenta de nuestra presencia. Ese es el caso de la tía abuela Boggy, de ciento cuatro años, muda desde mi segundo año de facultad, una persona que solo se despierta para comer, antes de hundirse de nuevo en el nebuloso lugar en el que vive desde hace años.

—¿Qué es eso? —pregunta Iris recelosa mientras me sujeta la puerta abierta.

—Brioche de albaricoque —contesto levantando el paño de tela que cubre la bandeja.

Boggy se comerá uno o dos, y la agradecida plantilla el resto.

Mi tía entorna los ojos y hunde la punta del dedo en uno de ellos, allí donde la masa hojaldrada se escama obedientemente.

—¿Cómo consigues que queden tan ligeros?

—Ese es mi secreto, querida Iris —contesto con dulzura—. Sin embargo, si me dejaras venderlos en Bunny's, estaría encantada de compartirlo contigo.

—¿Mantequilla sin sal? —intenta adivinar.

—Por supuesto, pero ese no es el secreto —contesto.

—Déjame probar uno —interviene Rose mientras toma un trocito. Su paladar es legendario—. Has puesto vinagre en la masa, ¿a que sí, chica lista?

—Desde luego que no —miento. Maldito paladar.

—Vamos chicas, llegaremos tarde —nos apremia mamá desde la segunda puerta.

Ella también va armada con comida, paprikas de pollo picado, que básicamente contienen pollo, mantequilla, crema agria y pimentón. Mamá también ha traído otra delicia húngara: *galuska*, un repollo picado y salado, frito en mantequilla salada, mezclado con fideos salados aderezados con mantequilla salada y cubiertos de mantequilla salada antes de ser sazonados con abundante sal. Terroríficamente delicioso, casi mortal por su contenido en grasa. Es increíble que las mujeres de mi familia consigan vivir tantos años. Uno pensaría que nuestra sangre tendría hace tiempo la textura de un lodo mantecoso.

—¡Oh, Boggy, mírate! Qué guapa estás hoy —exclama Rose cuando entramos en la habitación de nuestra apergaminada pariente. Iris expresa su acuerdo con su atronadora voz, y las dos colocan a Boggy, que, como de costumbre, mira al vacío y no se resiste. Mamá se dirige pasillo abajo para calentar la comida. Yo suelto la bandeja de bollos y me siento en el pequeño sofá de la habitación de Boggy a escuchar a Iris y a Rose discutir sobre si será bueno o malo abrir la ventana.

Recuerdo el glamour que exhibía Boggy cuando, siendo yo niña, venía de visita. Se había casado con el dueño de un concesionario de coches y era relativamente acaudalada. Se sospechaba que el tío abuelo Tony «tenía conexiones», aunque casi todo el mundo en Rhode Island poseía algún primo o vecino que pertenecía a la «familia». Boggy y Tony no tuvieron hijos y por tanto se dedicaban a malcriar a mi madre y a sus hermanas mayores cuando eran niñas. Las llevaban de viaje por Providence o a la costa de Connecticut para almorzar. En una ocasión incluso llevaron a mi madre a París una semana, hecho que aún consigue despertar los celos de Iris y Rose cada vez que se menciona. Mucho después de quedar viuda a los cuarenta y ocho años (se rumorea que a Tony lo mató una familia rival, pero la autopsia solo reveló que se había ahogado), Boggy seguía con la tradición de no volverse a casar, de no volver a salir con nadie. Sin embargo no perdió su alegría de vivir, y siguió mimando a las Viudas Negras y a sus sobrinas nietas y sobrinos nietos. En una ocasión, me llevó al casino Indian, en la interestatal 395, me entregó cinco billetes y me dijo que me divirtiera. Yo tenía diez años.

Pero cuando yo tenía dieciséis años, Boggy sufrió un ictus, y lleva en High Hopes desde entonces. Solo sus sobrinas (y yo) la visitamos, y lo hacemos con gran devoción, qué os creéis. Pero de todos modos… no hay caricias de nietos, ni bisnietos, solo nosotras cuatro.

¿Y conmigo qué sucederá?, me pregunto de repente en un ataque de pánico. ¿Será Emma la única que se acuerde de la pobre tía Lucy? Dios, si es así, espero que Corinne tenga más hijos. Quizás podría tener siete, y cada día de la semana vendría uno a verme, aunque si acabo como Boggy, ni me iba a dar cuenta.

Descubro que estoy sudando y respiro agitadamente. No, me niego a acabar sola. Voy a volver a casarme. Pronto tendré un maridito, un tipo agradable, estable, ligeramente anodino, que me cuidará realmente bien. Tendré unos críos divertidos y cariñosos que me adorarán. No tendré que tomar prestados a Emma o a Nicky para tener un niño al que amar.

—¿Qué tal va tu búsqueda de marido? —pregunta mi madre, como si leyera mi mente.

Está elegantemente sentada a mi lado con un cuenco

de paprika de pollo en sus manos de manicura perfecta. Su aspecto, a lo Barbara Walters, es de total «¿no somos fascinantes?».

—Bien —contesto mientras jugueteo con los puños de mi jersey—. Bien.

—¿Has vuelto a salir con Charley? —insiste mientras revuelve la salsa.

Junto a la cama de Boggy, Iris y Rose siguen discutiendo los beneficios para la salud versus peligro mortal de abrir la ventana.

—Pues no. No creo que sea lo que estoy buscando —contesto mientras arranco un trocito de brioche para comprobar la textura.

Está perfectamente hojaldrado, el glaseado dulce y brillante. Apuesto a que está buenísimo. Mi garganta se cierra ante la mera idea de probarlo, y trago con dificultad. Maldita piedrecita.

—¿Y qué es lo que estás buscando? ¿Otro Jimmy? —pregunta mamá—. Porque no vas a encontrarlo, cielo.

—Eso ya lo sé, mamá —hago una pausa—. Puede que Ethan y Parker vuelvan a salir juntos —añado y aguardo, con la esperanza de que se le ocurra algo brillante y maternal que decir al respecto.

—Qué bien —contesta mientras sopla la paprika.

—Ethan y Parker deberían salir juntos —interviene Rose desde la cama de Boggy—. Y deberían casarse. El pobre Nicky no debería ser criado como un bastardo.

—¡Rose! —exclamo—. ¡No digas eso del niño! La mitad de los niños de este país no tienen padres casados.

—Y por eso me pregunto por tu interés en buscarte otro marido —dice mi madre mientras me mira a los ojos.

—Yo nunca tuve interés en volverme a casar —afirma Iris—. Mi Pete fue el Amor de mi Vida. ¿Y qué es eso que he oído de que los Mirabelli se marchan? ¿Qué hay en Arizona que no tengamos aquí en Rhode Island?

—Bueno, para empezar el desierto —contesto—. Y Jimmy también fue el amor de mi vida, pero no quiero estar sola el resto de mi vida. Quiero tener hijos.

—Pues adopta —dice mamá.

—Nos han invitado a la fiesta de despedida de los Mirabelli —anuncia Rose—. Me encantan las fiestas.

—Boggy, la comida está lista —anuncia mamá a voz en grito—. Paprika de pollo con extra de crema agria, como a ti te gusta. Y galuska también.

—Lo siento mucho, pero no deberíais darle eso —nos advierte una enfermera que asoma la cabeza por la puerta—. El médico acaba de ponerle una dieta baja en grasa y en sal.

Mi madre y mis tías dan un paso atrás como si acabaran de abofetearlas.

—¿Qué doctor? —exige saber Iris—. Mi hija no dijo nada sobre la sal. Y es médico lesbiana.

—¡Pobre Boggy! —exclama Rose—. ¿No es ya bastante malo que esté...? —la voz de Rose desciende hasta un melodramático susurro—. ¿En coma?

—No está en coma —le explica la enfermera—. Técnicamente no. En cualquier caso, deber ajustarse a la dieta.

—Jolines —intervengo yo—. La tía Boggy tiene ciento cuatro años. Debería poder comerse unas paprikas, ¿no cree?

Sonrío apelando al sentido de humanidad de la enfermera. Privar a una anciana de comida empapada en grasa y sal es en mi familia el equivalente moral de someter a alguien a la tortura del ahogamiento simulado. Lo siguiente será una llamada a Amnistía Internacional.

—Es verdad —interviene Iris—. Lucy, tienes razón. De modo que, ¡al diablo con la enfermera! —mi tía le arranca el cuenco de las manos a mi madre y se acerca a la tía Boggy, pulsa el botón de la cama para elevar a la anciana hasta que quede sentada y empieza a servirle cucharadas del lodazal de pollo en la boca.

La enfermera suspira y se marcha. No estoy segura, pero creo que Boggy está sonriendo. Y si bien resulta un poco asqueroso ver abrirse y cerrarse la boca de Boggy como si fuera un pajarito, me atrevo a decir que el olor es delicioso. Rose le limpia la boca a la anciana mientras Iris se la llena de un poco más de esa deliciosa, salada y grasienta comida.

–Mamá –me vuelvo hacia mi madre con la esperanza de reanudar nuestra conversación–, ¿echas de menos estar casada?

–¿Por qué? –ella me mira con una impaciencia apenas disimulada–. ¿Has visto a Joe Torre en televisión? –al parecer mamá no ha olvidado mi tímida sugerencia años atrás de que debería encontrar a alguien como «ese agradable señor Torre».

–No –contesto–. Pero...

–Lucy, prométeme que nunca volverás a llevar ese jersey en público, ¿de acuerdo, cielo? –se levanta y extiende una manta a los pies de la cama de Boggy, dejándome a oscuras en lo referente al consejo materno.

Más tarde ese mismo día, y para mi sorpresa, mi madre se acerca a mí mientras estoy preparando los pedidos de pan de la tarde.

–Acabo de hablar por teléfono con Gertie Myers –me anuncia, refiriéndose a su peluquera, que también fue la jefa de mi unidad de los Scout cuando yo era pequeña–. Su sobrino, Fred, se ha divorciado y le dije que tú buscabas a alguien.

–¡Oh! –siento que mi estómago se encoje–. Pues, de acuerdo, gracias –hago una pausa–. ¿Es agradable? ¿Lo conoces?

–¿Los dientes son suyos? –interviene Rose con absoluta sinceridad mientras sale del congelador donde ha estado guardando, un día más, una bandeja de galletas poco apetitosas que no han sido vendidas.

–No tengo ni idea –contesta mi madre–. Pero esta noche asistirá a tu partido de béisbol. Buena suerte.

–Hola, soy Fred Busey.

¡Arrg! Mi boca se abre, pero no sale ningún sonido de ella.

Puede que Fred Busey conserve todos sus dientes, pero el resto no pinta tan bien. Apenas mide metro sesenta y debe pesar alrededor de ciento trece kilos. Desde lo alto de mis siete centímetros de diferencia, tengo una buena, e inquietante, vista de su calva. ¿Alguna vez habéis visto uno de esos publirreportajes en los que se cubre la calva de un tipo con una lata de pintura en spray? Bueno. Pues eso. Y el resultado es, tristemente, muy obvio.

Por descontado, el punto número cuatro de mi lista de códigos de color es «No demasiado atractivo», para evitar la lujuria, parte de la química, por supuesto, que pueda llevarte al enamoramiento, incluso al amor. Pero Fred se pasa un poco en ese sentido.

–Hola –saludo tras recobrar mis modales–. Soy Lucy Mirabelli. Mi madre se corta el pelo donde tu tía.

–Encantado de conocerte, Lucy –Fred me sonríe y me estrecha la mano.

Mierda. Parece agradable.

–Hola a todos –saluda mi hermana con el bebé firmemente sujeto contra su pecho. Yo me inclino para echarle un vistazo–. No tan cerca, Lucy, estás sucia –me advierte mi hermana antes de dirigirse a Fred–. Hola, soy Corinne, la hermana de Lucy, y te estrecharía la mano, pero como ves estoy sujetando a mi bebé. Tiene dieciocho días y medio.

–Felicidades –contesta Fred mientras echa un vistazo al bebé–. Qué bonita es. Se parece a ti.

Fred sonríe a mi hermana, sumando de golpe unos mil puntos con ella. Este tipo es encantador, a pesar de su parecido externo con Jabba el Hutt.

–¿Tu marido también juega al béisbol? –le pregunta a mi hermana.

–¡Oh, no! El béisbol es demasiado peligroso –contesta Corinne, los ojos desmesuradamente abiertos de horror–. No, no. Él es árbitro. Segunda base.

Y allí, en efecto, está Christopher, llevando el habitual equipo de protección de los árbitros. Y debajo, un chaleco antibalas. No bromeo. Corinne está convencida de que un golpe directo podría matarlo.

–¡Luce! –Charley Spirito brinca alegremente hacia mí–. Luce, ¿te apetece tomar una cerveza después del partido? –me propone, pero al ver a Fred Busey, la sonrisa se cae de su cara–. ¿Quién es este? –pregunta con actitud mafiosa.

–Charley, te presento a Fred Busey. Fred, este es Charley, uno de mis compañeros del equipo y un viejo amigo.

Charley me dedica una mirada cargada de indignación moral y un profundo, profundo, dolor.

–¿Viejo amigo? Supongo entonces que lo de la semana pasada quedó en nada.

Fred, entendiendo muy bien que el atractivo Charley cree que lo he dejado tirado por él y su rotundidad, sonríe resplandeciente y yo cierro brevemente los ojos.

–Charley y yo cenamos juntos la semana pasada –le explico a Fred antes de volverme de nuevo hacia Charley–. Las almejas estaban estupendas, Charley. Y me lo pasé bien.

–Bien es de culo. Lo he pillado. De acuerdo. No pasa nada, Luce –le dedica a Fred una mirada malhumorada y se aleja hacia el campo derecho, donde colocamos a todos los tipos incapaces de atrapar una bola.

–Qué divertido es esto –observa Fred–. Hace mucho

tiempo que no voy a un partido. Quizás podríamos tomar algo después.

–Eh, pues claro –contesto después de tragar nerviosamente–. Veamos cuánto, lo que dura, el partido.

–Estupendo. Te estaré animando –me guiña un ojo y anadea con Corinne hacia las gradas. Estupendo. Genial. Parker y Nicky también están allí. Jugamos otra vez contra el equipo de Ethan.

Todavía no he visto a Ethan, ya van unos cuantos partidos a los que llega tarde últimamente. Pero me quedo de piedra al ver al nuevo *pitcher* de International. Doral-Anne Driscoll. Oh, oh.

Aparte de ser una matona moralmente floja, de hablar obsceno, mala y no siempre limpia, Doral-Anne también era la capitana del equipo de béisbol del instituto de Mackerly. El año que ganamos a States. Yo no estaba en el equipo por aquel entonces, mis dotes para el béisbol aún en estado durmiente, hasta que empecé a jugar de adulta.

–Bueno, bueno, bueno –saluda Doral-Anne antes de escupir.

Yo me cuadro de hombros. Esa ya no me asusta. Soy una adulta. Una adulta que batea a .513.

–Hola, Doral-Anne. ¿Qué haces aquí? –pregunto.

–Ethan Mirabelli me invitó a venir –contesta–. Le vi el otro día. Le dije que no me importaría volver a jugar, y él contestó que a su equipo le vendría bien un buen *pitcher*, de modo que aquí estoy –hace un gesto expectante, desafiándome a que proteste.

–Pues bienvenida –le digo mientras mi mente trabaja frenética.

¿Para qué iba Ethan a invitar a Doral-Anne? Sin duda no puede estar... interesado en ella. ¡Ni hablar!

–¡A batear! –grita Stuey Mitchell, nuestro árbitro de *home plate*. Yo tomo mi bate, le doy un golpecito a mis talones y me dirijo hacia la base.

Tres lanzamientos más tarde estoy eliminada. Algo perpleja, me escabullo hasta el banquillo.

—Así se hace, D.A. —grita alguien.

Es Ethan que se dirige al campo desde el aparcamiento mientras se remete la camiseta de International Foods en los pantalones. No puedo evitarlo, sé que resulto inmadura, pero ¡demonios! Se supone que Ethan es amigo mío. No se supone que debe alegrarse cuando me humillo bate en mano. Sin duda se ha percatado de mi expresión de disgusto porque sonríe.

—Buen intento, Lucy —añade.

Doral-Anne no parece haber perdido su toque durante los años transcurridos desde el instituto. Uno a uno nos va eliminando y yo no puedo evitar fijarme en las risas que se echan Ethan y ella en el banquillo.

Aturdida, agarro mi guante y me dirijo al montículo.

Ethan se levanta el primero... privilegios de su cargo cuando está por aquí. Doral-Anne le mira descaradamente el culo mientras se dirige a la caja de bateo. Genial.

Mi primer lanzamiento sale un poco interior. De acuerdo, de acuerdo, muy interior. Ethan salta hacia atrás y sus zapatos levantan una polvareda.

—Primera bola —grita Stuey.

—Contrólate, Lang —grita Doral-Anne antes de escupir en el suelo.

Por Dios. Martha Stewart la habría asfixiado con un almohadón de plumas, ¿a que sí?

Intento ignorar a Doral-Anne y agarro la bola que me lanza Carly Espinosa, nuestra *cátcher*. Me hace la señal de un lanzamiento exterior. Yo sacudo la cabeza. Me hace otra señal, una bola rápida por el centro. Yo asiento y, centrándome en el lanzamiento arremolinado, dejo volar la bola.

El lanzamiento es salvaje. Ethan se echa atrás, pero la bola rebota en su casco.

—¡Jesús, Lang! —grita Doral-Anne—. ¿Siempre lanzas así?

—¡Lo siento, Ethan! —le digo mientras ignoro a la otra—. ¿Estás bien?

—Estoy bien —contesta.

Le arroja el bate con delicadeza al hijo de Carly, de ocho años, que ejerce de *batboy* y corre hacia la primera base.

International Foods consigue tres tantos en esa entrada. Es evidente que no tengo mi mejor día. Todos me alcanzan, incluyendo la princesa debutante, Doral-Anne, cuya madre, según la leyenda, le puso el nombre por los Doral, su marca favorita de cigarrillos.

En algún momento del partido consigo llegar a la primera base tras un flojo golpe que no consigue atrapar el parador en corto de International Foods. Por fin.

—¡Hurra, tía Ducy! —grita mi sobrino.

Yo miro hacia él y me paro en seco. Fred Busey. Caramba, me había olvidado de él. Agito una mano. Él hace lo propio y luego se pasa esa mano por sus cabellos pintados. Parker hace un comentario y se ríen.

—¡Machácalos, Lucy! —grita mi amiga.

—¡Vamos, Bunny's! —la secunda Fred.

Aunque no estoy del todo segura de que quiera que se sepa que el hombre con la calva pintada está conmigo, mi magullado ego se siente algo reconfortado. Contemplo la distancia hasta la segunda base y doy un sutil paso en esa dirección. Otro. Otro. A fin de cuentas soy conocida por robar una base o, ejem, ciento veintidós para ser exactos. Récord de la liga, damas y caballeros. Y, además, eso sí que fastidiaría a Doral-Anne, que está lanzando demasiado bien. Si queremos tener la más mínima posibilidad, debo situarme en posición de marcar.

Doral-Anne me mira desde el otro lado de su excesivamente largo flequillo y decide que no merece la pena vigilarme. Se pone a mover el brazo para un nuevo lanzamiento y yo arranco. Mi casco sale volando mientras corro hacia la segunda, cada paso una pura felicidad, la alegría de robar electrificándome las piernas. Ethan ni siquiera me ve, pero de todos modos me deslizo en el preciso instante en que baja el guante.

—¡Fuera! —anuncia Christopher—. Lo siento, Luce.

—¿Disculpa? —pregunto mientras jadeo, me levanto, el pie firmemente posado en la base.

—Estás fuera —repite.

—¿Lo estoy? —boquiabierta miro a Ethan que levanta las cejas y sonríe con esa sonrisa de elfo. Levanta el guante y, en efecto, tiene la bola.

—Ni siquiera te has acercado —me dice—. Amiga —me guiña un ojo.

—¿Podemos seguir jugando o se va a quedar la princesa a vivir allí? —pregunta Doral-Anne.

Sin ninguna otra opción, todavía aturdida porque, por primera vez en mi vida, me han penalizado al robar una base, regreso al banquillo.

Bunny's pierde 9-2. Peor aún, Ethan se ofrece a invitar a ambos equipos a tomar algo, de modo que iremos a Lenny's para seguir comentando el partido.

—Una dura derrota —me dice Fred Busey, jadeando por el esfuerzo de recorrer los nueve metros desde la grada.

—A mí me lo vas a decir —contesto con una sonrisa forzada.

Lo cierto es que sigo perpleja por lo mal que he jugado. Tres miserables *strikeout*. Solo una vez en la base, y eso por un error. Y me pillaron robando... ¡Cielos!

La mayoría se dirige al bar por el camino más lógico, atravesando el parque Ellington. Y eso significa atravesar el cementerio también. Lo cual, como bien sabemos a estas alturas, yo no estoy dispuesta a hacer.

—¿Tomamos algo? —pregunta Fred.

—Claro —contesto.

Estaría bien tomarme algo con Fred. Es un tipo agradable. Además, Ethan está parloteando con Doral-Anne y, ¿sabéis qué más? Voy a cruzar el cementerio. Porque ya es hora de que deje de ser una imbécil en ese aspecto. Debería ser capaz de cuidar de la tumba de Jimmy como toda buena viuda. Los Mirabelli se marchan, su fiesta de despedida está a la vuelta de la esquina, y solo pensar en ello hace que se me encoja el corazón. De modo que sí, debería acabar con este problema mío. Debería poder cruzar el cementerio. Pero eso no significa que deba forzosamente caminar deprisa.

Todos los demás del equipo nos adelantan. Fred no puede moverse demasiado deprisa, y a mí me va bien, porque necesito un poco de tiempo para armarme de valor. Intento seguir el relato de Fred sobre su reciente divorcio, su hija de ocho años, pero el cementerio se alza ante mí como las fauces abiertas de un tiburón. Yo respondo a Fred con los sonidos adecuados, pero mi corazón empieza a galopar mientras nos acercamos al final del parque y... a la entrada del cementerio.

Cada vez estamos más cerca. Me falta el aliento. Y, ¿por qué ya no oigo a Fred? ¿Sigue hablando? Sus labios se mueven, pero un zumbido llena mis oídos, y mis manos están sudorosas. Adelante, bien adentro del cementerio, veo la espalda de Ethan con «Mirabelli», escrito sobre el número 12. Camina junto a Doral-Anne, se ríe, ignorante de mi desazón. Si se volviera, si me viera, a lo mejor me ayudaría. «Por favor, Ethan». Mi grito psíquico falla su objetivo. Ethan y Doral-Anne desaparecen al tomar la curva.

—Esto... ¿Fred? —digo con la voz rota. Estamos justo fuera de los pilares de piedra.

—¿Sí? —él me mira y frunce el ceño.

—Yo... podemos... esto... —me cuesta respirar, mi pecho sube y baja erráticamente. Mierda, me voy a desmayar.

—¿Estás bien? ¿Quieres sentarte? —Fred, que también jadea, aunque no por el mismo motivo, me toma del codo con su mano regordeta y me conduce hasta una roca. Me siento con toda la elegancia de un hipopótamo moribundo y agacho la cabeza entre las rodillas. Intento relajarme, intento que la brisa empuje el aire al interior de mis pulmones. «Todo va a ir bien, todo va a ir bien, todo va a ir bien».

—¿Lucy? ¿Quieres que llame a alguien? ¿Al 911? —pregunta Fred dándome una palmadita en el hombro.

Yo sacudo la cabeza. El pánico parece ceder poco a poco, como la bajamar. No hace falta que entre en el cementerio. Nadie lo sabrá. Al agradable Fred no le importará. Se nota.

—Mi marido está enterrado ahí dentro —susurro y, ¡qué triste suena!

Mis ojos se llenan de lágrimas y yo me las seco, casi enfadada. A estas alturas ya debería ser capaz de decir estas cosas sin llorar.

—Cuánto lo siento —murmura Fred.

—¿Podríamos simplemente dar un rodeo? —pregunto—. Lo siento, no sé si tiene lógica…

—No hace falta que la tenga —me interrumpe Fred—. Por supuesto que podemos dar un rodeo. Cuando te sientas preparada.

Y así, sintiéndome como el culo, me levanto y tardo veinte minutos más de lo necesario en llegar al pub de Lenny.

—¡Hola, Luce! —saludan a coro unos cuantos compañeros del equipo de Bunny's.

Ellen Ripling está dando buena cuenta de una piña colada mientras coquetea descaradamente con Leeland Huckabee. Tom Malloy, nuestro primera base, ya parece medio borracho, llegado a su límite. El hombre no aguanta el alcohol y tomo nota mentalmente de quitarle las llaves del coche. Carly Espinosa, responsable de las dos carreras de nuestro equipo, con un cuadrangular en la novena, habla por el móvil. Roxanne, la malhumorada camarera, gruñe a los parroquianos para que se den prisa y pidan lo que quieran mientras estampa las bebidas contra la mesa.

Y Ethan está divirtiéndose con Doral-Anne.

–¿Qué te apetece beber? –pregunta Fred.

–Bueno, pues, tomaré… lo que tomes tú –contesto, mi mente de repente en blanco. Cuando se da la vuelta me permito soltar un suspiro mezcla de culpabilidad y alivio.

–¿Qué ha pasado hoy, Lucy? –pregunta Tommy Malloy.

–Solo ha sido un mal día –respondo–. No hay de qué preocuparse. Mi magia estará de vuelta cuando juguemos contra Nubey –a fin de cuentas nunca hemos perdido contra la ferretería Nubey's Hardware.

¡Aja! Ethan se dirige hacia mí.

–Hola, Luce.

–Hola. Siento haber tardado tanto en llegar –me excuso.

–¿Has llegado tarde? –pregunta mientras su mirada se dirige hacia el bar.

–Tuve un pequeño… problema. Nada más –espero a que se interese por mí. No lo hace–. ¿Y bien, Eth? –continúo–. ¿Estás tomando esteroides? Estuviste bastante agresivo en esa segunda hoy. Es la primera vez que me penalizas desde… siempre, ahora que lo pienso –le ofrezco una sonrisa y él me la devuelve.

–No son esteroides, Lucy. Solo te estaba tratando como a un igual. ¿Por qué lo dices? ¿Debería dejarte llegar hasta la base la próxima vez? –sus alegres cejas se levantan, y su sonrisa ha adquirido la máxima amplitud.

—Tú no me dejas nada —protesto.

—Sí, claro, Luce.

—¿Qué insinúas?

—Lucy, Lucy —él se ríe, no con maldad sino de puro divertimento—. ¿En serio te crees tan buena?

—¡Sí! —lo miro boquiabierta—. Soy muy buena en béisbol. Bateo a .513.

—Sí, es verdad —Ethan asiente—. Incluso más que Tommy Malloy, que jugó para Arizona State. Impresionante —me guiña un ojo.

—Entonces, ¿a qué te refieres? —mis hombros caen—. ¿Que no soy tan buena? ¿Que la gente solo está siendo amable?

—Sip.

—¡De eso nada! —¿va a resultar que no soy estupenda?—. ¿Por qué iban a hacer algo así?

—Porque eres la viuda de Jimmy, nena. ¿Quién va a echar del campo a la pobre Lucy Mirabelli?

—¿Has tenido tú algo que ver con todo esto? —pregunto mientras lo miro con los ojos entornados.

—Bueno —Ethan vuelve a sonreír—, puede que les haya aconsejado que no se pasen con mi cuñada. Por lo menos cuando empezaste a jugar. Supongo que se acabó por convertir en costumbre —me da una palmadita en el hombro y yo percibo un ligero olor a su colonia, un olor tan familiar y confortable que me lleno de nostalgia. Y puede que también de celos, porque él está... mierda. «Espabila», me reprendo a mí misma.

Miro a mi alrededor. Fred, rodeado de clientes más altos, aguarda pacientemente, ignorante, al parecer del método clásico de «ábrete paso a empujones», para conseguir una copa en este selecto establecimiento. Después miro hacia donde Doral-Anne está sentada, en un reservado junto a la pared del fondo. Justo donde yo suelo sentarme. A menudo con Ethan, cada vez que estaba aquí para un partido. A pesar del hecho de que la faceta más íntima de nuestra relación siempre se había mantenido en secreto, Ethan se mostraba muy protector conmigo. Bastante atento, y todo el mundo le alababa por cómo trataba de bien a la viuda de su hermano. Me pedía una cerveza, elogiaba mis habilidades en el campo (¡arrg!) y solía acompañarme a casa. A menudo también me echaba un polvo.

Mierda, mierda, mierda.

Doral-Anne me mira con la calidez de un tiburón blanco.

—Deberías regresar con tu cita —le digo a Ethan, incapaz de ocultar del todo la amargura en mi voz.

—¿Quién? ¿Doral-Anne? No es una cita, solo hemos paseado juntos —mi cuñado mira a Doral-Anne, que aparta bruscamente su furiosa mirada de mí y finge estar leyendo la carta.

—¿Y de qué hablabais? —pregunto.

—Está interesada en lo que hace International Foods —mi cuñado me observa detenidamente—. Nuestra nueva línea de productos. Cosas así.

—¿Vuestra nueva línea de productos? —yo suelto un bufido—. Ethan, querido, Doral-Anne está interesada en ti.

—No, Lucy, está interesada en mi empresa. Los dos trabajamos en la industria de la alimentación, por si no te habías dado cuenta. Hay rumores de que Starbucks va a cerrar la tienda de Mackerly. Puede que envíe su currículo a International, eso es todo.

—No es lo bastante buena para ti —la frase sale de mi boca sin permiso, pero ahí está. La verdad.

—De manera que, ¿ahora eres una experta en con quién debería salir, Lucy? —pregunta Ethan con gesto tenso—. A lo mejor no deberías andar por ahí juzgando a personas a las que apenas conoces.

Yo trago nerviosamente. Lo que faltaba. Ahora la defiende.

−Yo solo... da igual. Siento haber dicho nada. Estoy segura de que es perfectamente maravillosa.

Por suerte en ese momento se abre la puerta y entra Parker oliendo a J'Adore y no a sudor pegajoso como yo.

−¡Hola, chicos! −saluda, dándonos un apretón a Ethan y a mí en el hombro, y consiguiendo que parte de la tensión desaparezca.

−¿Qué tal está nuestro chico? −pregunta Ethan mientras su rostro adquiere esa expresión tonta y de adoración que se le pone cada vez que piensa en su hijo.

−Está aterrorizando a la niñera, como todo niño de cuatro años que se precie −Parker sonríe a Ethan y este le devuelve la sonrisa y, una vez más, me los imagino casados.

Aunque Nicky, desde luego, no fue planificado sino el resultado de un fallo en los métodos anticonceptivos, ninguno de los dos lamenta haber tenido al muchacho. Si se casaran podrían tener más como Nicky. A fin de cuentas es evidente que no se encuentran repugnantes el uno al otro, y en mi opinión eso es base más que suficiente para el matrimonio.

Parker chasquea los dedos delante de mi rostro y yo salto.

−Lucy, acabo de preguntarte que qué tal te está yendo la cita. Apenas he tenido oportunidad de hablar con él... tu hermana le ha estado explicando el horario de cacas y pises de Emma, y, debo admitir, se lo ha tomado como un hombre.

−¿También le ha enseñado el pezón agrietado? −pregunto con una sonrisa.

−¿Estás teniendo una cita? −Ethan inclina la cabeza−. ¿Con quién?

−No es una cita. En realidad no. Solo estamos... es el sobrino de Gertie Myers. Fred Busey.

—¡Fred! —lo llama Parker. La voluminosa cabeza de Fred se vuelve de inmediato—. Fred, sé mi mejor amigo y pídeme un Jägermeister, ¿quieres? Lenny, vejestorio, ¡presta atención! ¡Ese hombre necesita que lo atiendan!

—Deduzco entonces que lo de Charley Spirito no funcionó —observa Ethan mientras ese músculo que tiene bajo el ojo empieza a contraerse—. Pasamos a la siguiente opción.

—No se trata de una cita exactamente —insisto yo.

En ese momento, Doral-Anne se abre paso hasta nuestro pequeño grupo, justo cuando Fred se reúne con nosotros dejando cuidadosamente sobre la mesa un chupito de Jägermesiter para Parker y dos cervezas para nosotros.

—Hola —saluda, estrechando primero la mano de Doral-Anne y luego la de Ethan—. Soy Fred Busey, un amigo de Lucy.

—Amigo, ¿eh? —dice Doral-Anne con un gesto de burla. En algún momento del partido se había remangado la camiseta, atándola con un nudo, para que todo el mundo pudiera ver su tatuaje (una serpiente naranja y verde que se enrosca alrededor de su ombligo con *piercing*, la lengua bífida hacia fuera... adorable)—. Encantada de conocerte. Bueno, Ethan, si quieres que sigamos con esa conversación...

—Doral-Anne, te presento a Parker Welles, la madre de mi hijo —Ethan ignora educadamente la grosería de Doral-Anne.

—Hola, ¿qué tal? Trabajas en el Starbucks, ¿verdad? —pregunta Parker.

—Soy la encargada —contesta Doral-Anne.

—Yo me paso la vida ahí —murmura mi amiga antes de dirigirme una mirada cargada de culpabilidad—, pero solo para tomar café —añade.

—Bueno —interviene Fred—. ¿Pedimos una mesa para los cinco?

—No queremos interrumpir vuestra cita —contesta Parker—. Que os divirtáis. Eth, ¿te importa si me uno a vosotros dos?

Así que me quedo sola con Fred, una persona muy agradable que da la impresión de ser un buen padre y cuya pintura para calvas parece que empieza a correrse, ya que un churretón negro se está deslizando por su frente.

—Tu hija debe ser un encanto por lo que cuentas —opino en un momento de pausa del relato que me está haciendo Fred sobre el recital de ballet de su hija.

Pasamos una larguísima hora charlando antes de que yo consulte mi reloj, finja sorpresa ante la hora y recuerde a Fred que tengo que levantarme a las cuatro de la mañana y que necesito dormir. Lo cual, por supuesto, es mentira. Por mí seguiría levantada durante horas.

—Escucha —me dice mientras yo rebusco en mi mente una buena excusa para rechazar una segunda cita—. Eres todo un encanto, Lucy, pero tengo la sensación de que entre nosotros no hay química.

«Que Dios te bendiga, Fred».

—Pareces un buen tipo —observo con sinceridad—, pero... creo que tienes razón.

—No estoy a la altura de tu marido, ¿eh? —pregunta amablemente.

—Creo que tienes razón —repito yo tras tragar nerviosamente—. Te deseo mucha suerte con todo, Fred.

Me acerco a la barra para recordarle a Lenny que le quite las llaves a Tommy Malone y luego me marcho. El alegre sonido del bar se apaga cuando llevo media manzana recorrida. Si fuera capaz de atravesar el maldito cementerio, llegaría a casa en diez minutos. Sin embargo, me va a llevar treinta y dos.

Los insectos de finales de septiembre o se han marchado o ya han muerto, y el único sonido que se oye es el de un valiente grillo y el persistente golpeteo de las olas contra la rocosa orilla dos bloques más allá. Deslizo mis dedos por la pared del cementerio.

—Hola, papá —saludo al llegar al punto exacto—. Espero que vaya todo bien por el cielo —el viento agita las hojas de los árboles y una o dos cae al suelo.

Quizás Fred tenga razón. Quizás aún no estoy preparada. Quizás mi destino sea ser una Viuda Negra, que Grinelda me depile el bigote y canalice a mi difunto marido. Pero lo cierto es que quiero más, en serio, aunque no estoy segura de poder conseguirlo.

Una vez en casa, Gordo Mikey enrosca toda su masa alrededor de mis tobillos. Tropezándome, lo tomo en brazos y froto mi cara contra la suya.

—Hola, pedazo de bruto —murmuro.

Me soporta durante unos minutos, me dedica un ronco ronroneo y salta al suelo.

Yo suspiro y me dejo caer en el sofá, situado justo enfrente del espectacular televisor de plasma que Ethan me ayudó a elegir el año pasado. Podría jugar al Guitar Hero, supongo, o desafiar a mi ordenador a una partida de Scrabble. Podría irme a la cama. Las cuatro de la madrugada es muy temprano, desde luego.

Contemplo la foto de boda que cuelga de la pared, una encantadora escena de veinte por veinticinco tomada mientras Jimmy y yo nos reíamos de algo. Estamos de perfil, los dos contemplando a Ethan, que no sale en la foto. El discurso del padrino fue, como no, muy divertido y todo el mundo reía a carcajadas. Sobre todo Jimmy. Su risa era una de las cosas que más me gustaban de él, una risa grave y obscena que me hacía toda clase de cosas por dentro. Mi Jimmy era más grande que la vida. El alma de las fiestas. El amor de mi vida. Nuestro matrimonio fue algo más que dos personas viviendo juntas… era todo lo que yo había querido tener.

Entro en la cocina y abro el armario de la repostería. ¿Tarta de chocolate negro fundido con un centro de chocolate con leche? Mejor no, olvidaos de eso, tarta de chocolate con leche con el centro de chocolate negro de moca. Sí. Un poco de expreso, pasta de almendra en la ganache. Lo llamaré «Tarta Gloria de Java».

El sonido de la repostería es como música para mi alma. Nací para ser repostera. El pan tiene sus recompensas, pero el postre es mi lugar en el mundo. El entrechocar de los cuencos en los que preparo la mezcla contra la fría encimera de granito, el crujir de las cáscaras de huevo al golpear el borde del cuenco con ellas, el repiqueteo de mis movimientos al batir. ¡Y esos colores! El amarillo limón de los huevos bien batidos, el seductor brillo del chocolate amargo al fundirse con la mantequilla. Las muchas tonalidades de blanco, el más mate de la harina, el más puro de la levadura, el más brillante del azúcar. Mis cuencos de mezclar, de estilo *vintage*, también son blancos, cada uno estampado con lunares de diferente color, verde para el más grande y luego naranja, rojo y azul huevo para el más pequeño. Ethan me los regaló por Navidad hace unos años. Uno de los mejores regalos que me han hecho nunca.

Mientras mido los ingredientes, el punzante olor de la vainilla mexicana llena la cocina. Lo aspiro y luego me froto un poco sobre la muñeca. En mi opinión se trata del mejor perfume del mundo.

A las once de la noche, una de las tartas más bonitas que he elaborado jamás descansa ante mí. Es fabulosa, las dos capas salieron perfectas, sin torcerse ni hundirse, no señor. El glaseado resplandece, el tono marrón tan profundo y bonito que me encantaría vivir en él. Café y chocolate, mantequilla y vainilla, y el inexplicablemente reconfortante olor de la tarta llena mi cocina. Aunque seguramente se trate solo de mi imaginación, tengo la sensación de que la pequeña estatua de San Honorio, que descansa sobre la balda encima de la ventana, me sonríe.

Por gratificante que pueda ser, por bueno que sea mi pan, que lo es, me encantaría volver a ejercer de chef de repostería.

Corto una porción de la tarta y lo transfiero cuidadosamente a uno de mis bonitos platos antes de envolverlo en film plástico. En el borde escribo una pequeña nota: *que lo disfrutes*. Luego salgo de mi apartamento y subo las escaleras para dejar el plato ante la puerta de Ethan.

No se oye ningún ruido en el interior. Quizás esté en casa de Parker. Es bien sabido que de vez en cuando se queda a dormir allí. Una vez lo hizo cuando Nicky sufría faringitis y la fiebre le provocaba pesadillas, otra vez cuando el crío tuvo que recibir puntos tras estrellar el triciclo contra un árbol. A veces lo hace solo por estar allí, y dado que hay diecisiete dormitorios en Grayhurst, ¿por qué no? O quizás esté allí por algún motivo de índole romántica. La imagen de Ethan besando a Parker, llevándola de la mano hasta el dormitorio, hace que se me encoja el estómago. No debería sentirme celosa. Ethan se merece toda la felicidad del mundo, quizás más que nadie que yo conozca. Si está con Parker, debería alegrarme.

Sin embargo, la imagen de Ethan con Doral-Anne es demasiado fuerte para considerarlo siquiera.

Suspiro, me doy la vuelta y regreso por donde he venido hasta mi casa. Estoy cansada.

Pero en lugar de irme a la cama, me descubro admirando de nuevo mi tarta. Y entonces me dirijo a la alacena, revuelvo en la caja de cartón blanco, saco un bollito industrial y espero a que acabe la noche.

Capítulo 11

—¿Quieres que le prenda fuego y me lo beba?

Stevie, mi primo comedor de hiedra venenosa y lanzador de cadáveres, está ante mí, con una copa de whisky en la mano y un encendedor en la otra.

—No Stevie, no le prendas fuego. No seas idiota.

—¡Jesús! Ya no eres divertida —observa Stevie—. Oye, me han dicho que buscas a un tío. Conozco a alguien, un amigo mío...

—No, gracias, Stevie.

—Vamos, deja que te lo cuente todo de él. Es un buen tipo. Muy divertido.

—Stevie, cielo, si es amigo tuyo y tú lo encuentras divertido, entonces tengo la impresión de que le gustará robar coches, hacerse tatuajes y disparar a los peces. ¿Tengo razón?

—Pues sí, ¿y qué? —Stevie parece dolido.

Yo le doy una palmadita en el brazo y me alejo para socializar con los demás. A fin de cuentas soy la nuera, y estamos en la fiesta de despedida de los Mirabelli antes de su marcha al Valle de Muerte... esto, Puerte.

Gianni's está atestado, hasta arriba de gente. Media ciudad está aquí, el alcalde, el gobierno municipal, el padre Adhyatman, de St. Bonaventure, el reverendo

Covers de St. Andrew's, justo al otro lado de la calle (a menudo celebran competiciones de asistentes a misa. El ganador deber invitar a una cena en Lenny's, todo muy cordial. Y mucho mejor que una guerra santa). Ash también está aquí, vestida con su habitual indumentaria negra y llena de cadenas. Mi madre la mira como si fuera un bicho muerto en mitad de la carretera, y ni siquiera se da cuenta de que el capitán Bob, a su vez, la mira a ella. Ahí está mi extraordinaria prima Anne, la médico lesbiana y su «amiga especial», como Iris la llama. De hecho, Iris está intentando obligar a Laura, que tiene el aspecto de una esbelta supermodelo, a comer algo.

Gianni's Ristorante no va a echar el cierre, mi suegro no sería capaz de ir tan lejos. El hermano del marido de su prima se hará cargo del establecimiento y «ya verán qué tal le va», antes de decidirse a vender. Sinceramente ha supuesto un alivio, pues perder algunos restaurantes podría obligar a las Viudas Negras a repensarse el futuro de Bunny's. Pero, además, no estoy preparada para perder el negocio en el que Jimmy y yo nos conocimos y donde él era tan feliz trabajando.

–¡Hola, tía Ducy! –mi sobrino se abraza a mis piernas antes de limpiarse la boca con mis pantalones.

–Hola, precioso –saludo mientras le revuelvo los cabellos. Él me sonríe, sus labios curvándose exactamente igual que los de su padre. Tomo al crío en brazos y le beso la mejilla–. ¿Qué hay de nuevo Superpegamento?

–Nada –Nicky se ríe–. He comido calamar.

–¿En serio? ¿Y estaba rico?

El niño asiente y hunde la mano en el bolsillo de su camisita rosa.

–Toma, te he traído uno.

Y en efecto, en su mugrienta manita sujeta un calamar rebozado.

—¡Gracias, cielo! —le digo besándolo de nuevo—. ¿Te importa si me lo guardo para más tarde?

—De acuerdo. ¿Ya me puedo bajar? Quiero buscar a papá. También llevo un calamar para él.

En cuanto lo dejo en el suelo, sale pitando.

—Hola, Lucy —saluda mi hermana. Emma está, como siempre, pegada a su pecho, un bulto del tamaño de un bebé, cubierto con una mantita rosa.

—¿Puedo echarle un vistazo a Emma? —pregunto—. Me encantaría tomarla en brazos. ¿Puedo?

—Esto... bueno —Corinne se pone rígida—, es que hay mucha gente aquí.

—Por favor. Hace día y medio que no la tengo en brazos —le suplico.

—Es que si se te cae...

—No se me va a caer, Corinne. ¿Puedo por favor tener a mi sobrina en brazos? No la mataré, te lo prometo.

Mi hermana me contempla con expresión herida. Y como si lo hubiera invocado, Christopher se materializa a su lado.

—Hola, Luce —saluda afable.

¡Por fin! Un aliado.

—Hola, Chris. ¿Te parece bien si tomo a tu hermosa hija en brazos? Aún no he tenido la oportunidad.

—Claro —contesta mi cuñado mientras toma al bebé de brazos de Corinne, ignora su Mirada Significativa, y se dispone a pasármela.

—¡Un momento! —ruge mi hermana.

Hunde la mano en la bolsa de los pañales y saca su bote de antiséptico. Tras observar los preceptivos treinta segundos de lavado de manos en seco, se me permite al fin tomar a mi sobrina en brazos.

La niña duerme. Yo ajusto la mantita bajo su barbilla y Corinne empieza a aconsejarme que no respire encima del bebé, pero al ver por el rabillo del ojo que Christopher ha tomado de una bandeja un canapé de *mozzarella* y tomate, se interrumpe.

—¡Chris! ¿Tienes idea de cuánto colesterol lleva eso? —gimotea lastimera mientras prácticamente se lo arranca de un manotazo.

Yo me aparto unos cuantos metros. Las puertas de la cocina están ocultas del comedor mediante una pequeña pared y alguien ha dejado allí una silla. Es un buen sitio para sentarme y disfrutar.

Emma tiene una piel impresionante... de porcelana y sin un solo poro, suave como el interior de un pétalo de tulipán. Sus diminutos labios poseen el más adorable arco de Cupido, y sus pestañas son rubias y sedosas. Está tan calentita y resulta tan agradable sentirla contra mí, su ligero peso más precioso que cualquier otra cosa que pueda imaginar. Dibujo el contorno de una pequeña ceja con mi esterilizado dedo índice, y Emma suspira en sueños.

Una oleada de amor y nostalgia tironea de mi corazón provocándome un maravilloso y doloroso anhelo. Mis dudas sobre la conveniencia de buscar un nuevo marido parecen triviales cuando la recompensa podría ser algo así.

—Qué bien te queda un bebé en brazos —afirma una voz.

Levanto bruscamente la cabeza. Ethan está delante de mí, junto a la puerta de la cocina. Su mirada es tierna y mis pulmones se quedan sin aire. Mi corazón se paraliza poco a poco en largos y rugientes latidos mientras los labios de Ethan se curvan hacia arriba. Mis rodillas flaquean.

—Gracias —contesto con voz ronca. Me aclaro la garganta y ajusto la manta de Emma.

—¡Papi! ¡Te he encontrado! —Nick corre hacia nosotros y se estampa contra las piernas de su padre.

Ethan lo toma en brazos y le dedica una enorme sonrisa a su hijo.

—¡Hola, piojito! —saluda mientras estampa un sonoro beso en el cuello del niño.

—¡Soy un piojo! —Nick ríe encantado abrazando a su padre con brazos y piernas—. ¿Lo ves? No puedes deshacerte de mí. ¡Soy un piojo! ¡Estoy pegado a ti! ¡Te estoy bebiendo la sangre!

—¡Qué asco! —exclama Ethan haciendo que su hijo estalle en carcajadas.

—¡Te he traído un calamar, papá! ¡Tienes que comértelo! ¡Cómetelo, cómetelo!

—¿Un calamar? —Ethan sonríe—. Dámelo —mi cuñado abre la boca sin importarle la mugre de la mano que lo alimenta—. Delicioso. Gracias, niño piojo.

—Te quiero, papá —asegura Nicky con esa sinceridad y naturalidad que solo poseen los niños. Apoya la cabeza sobre el hombro de su padre y entonces me ve—. ¿Ese es tu bebé, Ducy?

—No, cielo. Esta es Emma, el bebé de Corinne. ¿Recuerdas? —yo sonrío—. Es mi sobrina.

—Y yo soy tu sobrino —afirma, confirmando su estatus.

—Sí, lo eres. Mi único sobrino —miro a Ethan—. ¿Cómo estás, Eth?

—Bien, Lucy —contesta—. ¿Qué tal lo llevas? ¿Bien?

Ante su pregunta miro hacia abajo, a Emma, para ocultar el hecho de que lo cierto es que no, no lo llevo nada bien. Durante toda la noche he estado evitando pensar en el motivo por el que nos encontramos aquí. Voy a perder a mis suegros, por no mencionar ese enorme vínculo con Jimmy. Mis ojos escuecen y acaricio la orejita de Emma, rozo su aterciopelada mejilla.

—¿Podría recuperar a mi hija? —el tono de mi hermana es cortante—. Tengo que darle de mamar. Lo siento, Lucy —y sin más me arranca al bebé de los brazos, dejando una sensación de frío allí donde Emma había estado tan dulcemente acurrucada.

—Hola, Corinne —saluda Ethan.

—Hola, Corinne —saluda Nicky.

—Ah, hola, chicos —Corinne les sonríe sin demasiado entusiasmo—. Siento haber interrumpido. Mis pechos están tan hinchados que tengo la sensación de que van a reventar.

—¡Ay! —murmura Ethan.

—¿Reventar? —pregunta Nicky.

—«¡Ay!», ha sido una expresión acertada. Ni te imaginas lo que duele. Resulta agónico —dicho lo cual, Corinne se marcha para darle de mamar al bebé.

—Nicky —Ethan deja a su hijo en el suelo—, ¿puedes traerme otro calamar?

—¡Lo haré, papi! Y luego volveré y seré otra vez tu piojo, ¿de acuerdo?

—De acuerdo, nene —contesta su padre, la expresión tan dulce y adorable que me duele el corazón.

Nick sale zumbando y Ethan se vuelve hacia mí. La piedrecita de mi garganta corta como si fuera un cristal de cuarzo.

—Ven conmigo —ordena mi cuñado mientras me toma de la mano.

Una sacudida eléctrica recorre mi brazo de arriba abajo. Ya había olvidado lo cálidas y fuertes que son sus manos. Jimmy también tenía las manos así. Es en lo único en lo que se parecían los hermanos.

Ethan me conduce hasta la cocina. La fiesta empieza a decaer y la cocina está milagrosamente vacía, ya que toda la comida ha sido servida a modo de bufé en el salón.

Ethan me observa prolongadamente, sin soltar mi mano. Sus cejas se juntan en el entrecejo.

—¿Estás bien, cariño? —susurra, y el apelativo cariñoso duele como si me hubiera clavado un clavo en el corazón.

¡Por Dios cómo lo echo de menos!

—Ethan —contesto con la voz quebrada. Le aprieto la

mano y trago con dificultad. Él abre ligeramente la boca, y me mira con la pregunta reflejada en esos ojos marrones con vetas de oro–. Ethan –vuelvo a intentarlo, pero mi garganta se cierra.

Unas lágrimas ardientes de impotencia llenan mis ojos y yo aparto la vista, localizando automáticamente el altar dedicado a Jimmy. El atractivo Jimmy Mirabelli con sus ojos azules, alto y fuerte. Y muerto. Nada más que un recuerdo ya.

Suelto a Ethan y me seco las lágrimas con los talones de las manos.

–Aquí fue donde os conocisteis –murmura mi cuñado y yo asiento, dejando pasar el momento en que podría haber dicho algo. No puedo tenerlo todo. Ethan tenía razón.

La puerta de la cocina se abre y entran tres camareros con las bandejas llenas de platos y vasos. Gianni los sigue de cerca.

–Hola, papá –saluda Ethan–. ¿Qué tal va todo?

–Ese idiota de Carlo ha permitido que el pollo se pase de cocción y ahora parece un jodido pedazo de goma –ruge mi suegro–. Lucy, nena, discúlpame por el lenguaje. ¿Estás bien? ¿Estás comiendo lo suficiente? –el padre de Ethan se mete entre nosotros dos y me rodea los hombros con su brazo–. Vendrás a visitarnos, ¿sí? Aquello es hermoso. Muchas flores. Un campo de golf –sus ojos, al igual que hicieron los míos hace un rato, se desvían hasta la foto de su hijo, y su rostro se contrae en un espasmo.

–Puedes estar seguro –contesto mientras abrazo a mi suegro.

Al sentir cómo intenta controlar un sollozo, lo abrazo con más fuerza y cierro los ojos ante la tristeza que ese hombre tendrá que sobrellevar el resto de su vida. Pobre Gianni. Pobre, pobre, hombre.

Cuando levanto la vista, Ethan se ha marchado.

Capítulo 12

—La doctora la recibirá ahora —me anuncia la recepcionista, consiguiéndome la mirada furiosa de una habitación llena de mujeres en diferente fase de embarazo.

—Es mi prima —les explico—. Solo tardaré un minuto. Lo siento—. Ninguna se digna a contestar.

Salgo por la puerta de cristal esmerilado hacia el pasillo y me dirijo a la consulta de mi prima.

—Hola, Anne —saludo mientras golpeo la puerta con los nudillos—. Gracias por recibirme.

—¡Claro, pequeña! ¿Qué tal te va? —me pregunta Anne.

La prima Anne me ofrece una silla. Su consulta está en Newport y, al igual que Newport es la elegante ciudad frente a las opciones más humildes de Mackerly, Anne es lo mismo comparada conmigo. Tiene diez años más que yo, es extremadamente guapa y muy lista, como indican los diplomas de Harvard y Johns Hopkins que cuelgan de la pared. Lleva los cabellos canosos cortados muy cortos y con un estilo moderno, y su piel es el vivo reflejo de los protectores solares y la buena genética. Va vestida con ropa cómoda y elegante, en tonos calmantes y sus joyas son fantásticas. Su despacho es de lo más guay, el escritorio de cristal, las sillas de cuero verde, una hermosa vista del puente de Newport. También hay una estantería, que contiene docenas de libros sobre medicina, una bonita foto de ella con Laura, y una preciosa escultura de cristal de un bebé dentro del útero.

—No estoy embarazada —le anuncio de inmediato para quitarnos eso de encima—. Y te he traído unos bollitos rellenos de crema de arándanos, a modo de soborno —dejo la cajita atada con una cuerda sobre su escritorio.

—Me encanta que me sobornen —contesta ella amigablemente mientras levanta un poco la tapa—. Qué rico.

—¿Qué tal está Laura? —pregunto dando un rodeo.

—Está estupendamente —contesta Anne—. Ocupada con el nuevo curso escolar y todo eso. Este fin de semana nos vamos a Bar Harbor.

—Suena divertido —opino.

—Eso espero —ella asiente. Y espera.

Debe ser algo que enseñan en la facultad de medicina. Te quedas sentada en silencio hasta que el paciente no lo soporta más y lo suelta todo.

—Bueno. ¿Va todo bien con la medicina lesbiana? —pregunto mientras trago con dificultad.

—¿Te lo puedes creer? —ella suelta una carcajada—. Me encantaría oír a mi madre decir siquiera una vez, «mi hija, la obstetra».

—Bueno, pero está muy orgullosa de ti —yo sonrío—. A la menor oportunidad habla de tus logros.

Yo tengo mi médico habitual. Pero es que de joven solía hacer de canguro de los hijos del doctor Ianelli. Y la señora Farthing es la recepcionista de su clínica, y la madre de mi antigua compañera de clase del instituto. La enfermera, Michelle, es habitual de la pastelería (dos daneses de queso todos los lunes, miércoles y viernes que, francamente, empiezan a notársele en el peso). La ayudante del doctor, Caroline, estuvo en los Scouts con Corinne. Lo normal en Mackerly.

—¿Y qué te trae por aquí, Lucy? —mi prima asiente.

–¿Confidencialidad entre médico y paciente? –pregunto tras titubear.

–Por supuesto –contesta ella.

–Vuelvo a sufrir ataques de ansiedad –Anne asiente–. Quiero decir que tuve unos cuantos tras la muerte de Jimmy, por supuesto. Hiperventilaba, mi corazón se aceleraba, cosas así, pero hacía dos años que no sufría ninguno. Hasta hace unas semanas.

–¿Ha cambiado últimamente algo en tu vida? –pregunta mi prima.

–Bueno, mis suegros se marcharon ayer –le explico.

Anne asiente y sigue esperando.

–Y yo… bueno, he empezado a tener citas de nuevo. Más o menos –trago nerviosamente.

–Eso sí que es un gran cambio, cielo –observa con una amable sonrisa.

–Sí, eh, mmm, ajá –murmuro mientras mi nariz empieza a picar ante las inminentes lágrimas.

–¿Y qué tal te va? –pregunta.

–Ni muy mal ni muy bien –yo moqueo un poco y mi prima me pasa una caja de pañuelos de papel sin hacer ningún comentario.

–¿Qué tal duermes?

–No he dormido bien desde el accidente –reconozco–. Unas cuantas horas por la noche, unas pocas más por la mañana después de haber terminado de preparar la masa del pan.

–El sueño tiene mucho que ver con tu estado anímico, gansito –observa utilizando el apodo por el que me llamaba cuando era pequeña–. ¿Qué tal el ejercicio? ¿Haces algo?

–Monto mucho en bicicleta. Alrededor de la isla. Hoy he venido aquí en bicicleta. Y en mi última revisión médica, el doctor dijo que estaba muy sana.

Mi prima asiente, abre el cajón del escritorio y saca un recetario.

—Te voy a hacer una receta para un tranquilizante suave —me dice mientras escribe algo—. Pruébalo, a ver si te ayuda. También debería ayudarte a dormir. La primera vez que lo tomes, procura estar en casa y no acercarte a hornos encendidos y esas cosas, ¿de acuerdo? —arranca la receta del bloc y me la entrega antes de levantarse y rodear el escritorio.

—Tú aguanta ahí, cariño —me dice mientras me da un abrazo—. Los cambios son un asco y seguramente te asustarás un poco. Empezar a salir después de tanto tiempo. Cinco años, ¿no?

—Y medio —añado yo.

—Mierda —Anne suspira y me revuelve el pelo—. No te pasa nada, Lucy —yo le sonrío para demostrarle que soy intrépida y valiente, y ella me devuelve la sonrisa—. Escucha, la médico lesbiana tiene que volver con sus pacientes. Las embarazadas se ponen bastante irritables si les hago esperar. Llámame si necesitas algo más. Y, oye, ven a cenar uno de estos días. A lo mejor a Laura y a mí se nos ocurre algún tío indicado para ti.

—Gracias, Anne —y lo digo con absoluta sinceridad.

La buena de Anne. Laura y ella casi me hacen desear ser gay yo también.

Después de comprar el medicamento, me dirijo a High Hopes Convalescent Center para ver a la tía abuela Boggy. Anoche preparé un montón de bollitos y a los empleados les encanta que lleve cosas. Quizás Boggy también se coma alguno. Son ricos y suaves, supongo que no hará falta masticarlos demasiado, lo cual está bien dado que Boggy ya no tiene dientes.

Imagino que ya os habréis dado cuenta de que yo nunca me como mis propios postres. Es una pena ya que, a juzgar por el olor, son fantásticos y estupendamente maravillosos. No comerlos seguramente me está impidiendo ser una repostera aún mejor, porque es evidente que me ayudaría mucho saber a qué saben mis postres.

Veréis, la noche que Jimmy murió yo había preparado un maravilloso postre impulsada por mi fervor de recién casada. Jimmy y yo no nos habíamos separado ni un solo día desde nuestra boda y lo había echado muchísimo de menos todo el día, el ardor del amor joven latiendo agradablemente. A pesar de haber trabajado toda la jornada como una esclava en el elegante hotel Newport, regresé a casa y decidí preparar algo para Jimmy. Me lo imaginé entrando por la puerta a última hora de la noche, cansado, pero dispuesto, lleno de historias que contar sobre el día que había pasado en Nueva York. Y yo le presentaría el más hermoso postre que nadie hubiera visto jamás, sonreiría, y le escucharía atentamente hasta que él se hubiera relajado lo bastante como para irnos a la cama, donde mi plan era echarle un polvo hasta dejarlo sin sentido y que se sintiera infinitamente agradecido por tener una esposa tan ardiente.

Y así eché toda la carne en el asador para demostrarle lo mucho que lo había echado de menos. Para hacerle saber hasta qué punto lo adoraba. Y también para presumir un poco, porque a pesar de que mi suegra era una excelente repostera, yo aspiraba a ocupar su lugar como chef pastelero en Gianni's algún día.

Las siguientes maravillosas horas las pasé escaldando unos melocotones dorados, pelándolos y cortando la fruta en rodajas finísimas. A continuación se me ocurrió pasarlos ligeramente por la plancha y echar un chorrito de vino blanco por encima. Tosté casi cuarto de kilo de pistachos y los trituré con un poco de jengibre caramelizado y lo añadí a un poco de mantequilla sin sal para elaborar una masa. En lugar de hacer una gran tarta, hice cuatro pequeñas tartaletas, horneé la masa y cuando se enfrió, añadí una generosa capa de nata y ralladura de limón, y lo cubrí todo con las finísimas rodajas de melocotón, el profundo color dorado oscurecido hasta adquirir un seductor color rojo en el centro. Coloqué las rodajas de modo que parecieran pétalos de flores, herví unos pocos arándanos en el vino y los dispuse como el centro de la flor. Cuando terminé ante mí tenía probablemente el postre más bonito del mundo. Y porque no me sentí capaz de esperar a que Jimmy regresara a casa, me comí uno. Justo después de que me hubiera llamado para contarme que estaba saliendo de New Haven, me comí otro y guardé los dos restantes para mi amor.

Evidentemente, Jimmy no llegó a probarlos y desde esa horrible noche los postres que yo elaboro han perdido todo el gusto para mí. Me sigue gustando elaborarlos, pero no me siento capaz de probarlos. Si alguna vez tomo un pellizco de pastel, de tarta o pudin, o incluso una galleta de pepitas de chocolate, me sabe a serrín, sin gusto, vacío, gris. Y si me lo intento tragar, me entran arcadas. Los motivos son bastante evidentes.

Así pues recurro a la bollería industrial. Mis favoritos son los Twinkies, de Hostess, con ese toquecillo a conservantes químicos que le proporcionan su impresionantemente prolongada longevidad, el bizcocho esponjoso y pegajoso, el pequeño túnel de crema blanca en el centro. Los *cupcakes* de Hostess también están muy bien, con su glaseado que se despega y el alegre remolino blanco por encima, el relleno de crema no láctea que me gusta sacar con la lengua. Y luego están los Sno Balls de color rosa, más parecidos a un objeto sacado de una película de ciencia ficción. Los Ho Ho's, los Ding Dongs... Suspiro. Mis profesores de Johnson & Wales borrarían mi nombre del registro de alumnos si lo supieran.

–Hola, querida –me saluda la recepcionista de High Hopes en cuanto entro por la puerta.

—Hola —contesto sonriente mientras dejo la segunda caja de bollos sobre el mostrador—. ¿Qué tal está hoy mi tía?

—Es un amor, como siempre —miente Alice amablemente. ¿Qué va a decir? «Ha estado babeando todo el día como una campeona... durmiendo. Con una siestecita aquí y allá entre dos períodos de sueño más prolongado...».

—He traído unos dulces —anuncio—. Le llevaré uno a mi tía y el resto para vosotros.

—¡Gracias, querida! —exclama Alice—. Qué amable por tu parte pensar en nosotros.

Y es verdad que lo soy, reconozco con una humilde inclinación de cabeza. Luego tomo el bollo más grande para mi tía y me dirijo pasillo abajo.

Como de costumbre, Boggy está en la cama, durmiendo.

—¡Hola, Boggy! —saludo—. Te he traído un bollo. Arándanos y crema. Creo que es espectacular, aunque esté mal que yo lo diga.

Pulso el botón para levantar la cama hasta una posición de sentada. Boggy solo se despierta cuando está sentada y hambrienta.

—¿Verdad que huele bien? —pregunto mientras le acerco el dulce.

La buena de Boggy abre los ojos. Qué bien que no haya perdido ese apetito.

—¿Tú quién eres? —pregunta.

Yo doy un brinco casi hasta el techo y dejo caer el bollo sobre su regazo. Tiene la voz rota, y balbucea, pero ¡por Dios santo! ¡Ha hablado! Hacía quince años que no le oía hablar.

—Yo... eh... yo soy tu sobrina nieta. Lucy. Lucy Lang. La hija de Daisy —mi corazón se acelera y me sudan las manos—. Tu sobrina, Daisy Black.

—¿Daisy? —la anciana entorna los ojos y en su rostro aparecen un millón de arrugas.

—Es la hija de tu hermana.

—¿Mi hermana Margaret?

—¡Sí! —exclamo yo—. Boggy, esto es... ¿Cómo te encuentras? ¿Estás bien? Has estado, bueno, un poco fuera de juego últimamente —hundo la mano en el bolsillo y saco el móvil—. Voy a llamar a mamá, ¿de acuerdo? Para decirles que estás, esto, despierta.

—¿Puedo comerme esto? —pregunta Boggy antes de toser un poco. Toma el bollo de su regazo y lo huele con expresión de sospecha.

—¡Pues claro! Es un bollo. Adelante.

Le da un mordisco con las encías y levanta la vista para sonreírme, inocente y feliz como un cachorrito.

—Bunny's —suspira mi madre al otro lado de la línea telefónica.

—¡Mamá! Estoy en High Hopes. ¡Boggy está despierta y hablando!

—¿Qué?

—¡Ven aquí ahora mismo! Está sentada en la cama, comiéndose uno de mis bollitos y, bueno, pues resulta que, ¡ven ya! ¡Date prisa!

Seis minutos más tarde (nuevo récord de velocidad en tierra), las Viudas Negras entran en la habitación, sus expresiones incrédulas y esperanzadas al mismo tiempo. Yo tiemblo de la emoción.

—Tía Boggy —anunció con la voz tomada por las lágrimas de felicidad—. ¿Te acuerdas de Iris, Rose y Daisy?

Mi madre y mis tías se acercan despacio, tomadas de las manos, un gesto que me conmueve más de lo que puedo expresar.

Boggy las mira atentamente.

—Bueno —cruje su voz—. Espero que no esperéis que haga yo la comida.

Y sin más las tres sobrinas se echan a llorar ante la imagen y los sonidos de Boggy, despierta después de tanto, tanto tiempo. La rodean, la miman, la toman de la mano, la besan y todas hablan a la vez de su adorada tía, a la que han ido a visitar fielmente durante todos estos años.

Yo intento respirar hondo, feliz, y salgo al pasillo para llamar a Corinne. Sin embargo, solo consigo oír su buzón de voz, y le dejo un mensaje para que acuda a High Hopes lo antes que pueda.

Después echo un nuevo vistazo a las cuatro mujeres y llamo a Ethan. Le va a encantar. Querrá conocer toda la historia, incluso puede que salga antes del trabajo. Él no conoce a la tía Boggy, pero adora a las Viudas Negras.

Contesta al cuarto tono.

—¡Ethan jamás adivinarás lo que acaba de suceder! —exclamo.

—Hola, Lucy. ¿Va todo bien?

—¡La tía Boggy ha despertado! ¡Y está hablando!

—Un segundo, Luce —su voz suena amortiguada—. Lo siento, solo será un minuto —le dice a alguien—. Lucy, estoy en medio de una reunión, lo siento mucho. Lo de tu tía es estupendo.

—¡Lo sé! Le traje un bollito y ahí estaba...

—Luce, lo siento. Ahora no puedo hablar. Luego me lo cuentas.

—¡Oh! —contesto mientras me desinflo como un globo pinchado.

—Lo siento —insiste—. Me alegro de veras por lo de tu tía. Luego hablamos.

Y sin más cuelga el teléfono.

Bueno, es que estaba ocupado, por supuesto. Su nuevo trabajo consiste, por lo que he oído, en reunirse sin parar. Aun así... tengo la sensación de que hace un mes habría dejado lo que estuviera haciendo para conocer los detalles de esta increíble noticia.

A estas alturas todo el mundo sabe ya que Boggy ha despertado hecha una charlatana después de casi dos décadas sumida en un coma parcial. Tres médicos y dos enfermeras están con ella en la habitación, comprobando las constantes vitales y haciendo preguntas.

–¿Quedan más bollitos? –pregunta estirando su delgado cuello.

Con una enorme sonrisa, corro por el pasillo hasta el mostrador de recepción para conseguirle algunos más.

Capítulo 13

Más tarde, esa misma tarde, estoy de vuelta en mi apartamento, preparándome para salir, aplicándome rímel en las pestañas mientras Gordo Mikey me observa desde su atalaya de la parte trasera del inodoro. En realidad, y con la emoción de los sucesos del día, casi me había olvidado. Me habría rajado gustosamente, pero había llegado a casa a las seis y se suponía que habíamos quedado a las siete. No me pareció bien cancelar la cita una hora antes.

Había pasado la mayor parte del día en la residencia, explicándoselo todo a mis primos y telefoneando a mi hermana para contarle lo del Milagro del Bollito, como yo lo llamo. Debería venderlos en la pastelería. Bollitos Lázaro.

El regreso de Boggy es todo un milagro. Los médicos están estupefactos y encantados y, aparte de «son cosas que suceden a veces», no le encuentran otra explicación, no tienen nada más que añadir.

Gracias a una llamada de Stevie, incluso llegó un equipo de las noticias locales. Mi primo pensó que podría conseguir un poco de publicidad gratis (tiene intención de utilizar su monopatín para saltar por encima de cinco vacas y cree que el mundo debería saberlo). Otra que apareció también fue Grinelda, la gitana, asegurando que anoche mismo había recibido el mensaje de que las Viudas Negras podrían recibir la visita de alguien a quien creían perdido desde hacía tiempo.

Por fin nos marchamos todos. Boggy estaba cansada. Yo había tenido que regresar corriendo a casa en busca de otros seis bollitos, ya que se había comido tres esa tarde. Tras prometerle que le prepararía lo que quisiera, le besé la marchita mejilla y me despedí de ella. No estoy segura del todo de que me recuerde, pero en realidad tampoco importa.

Compruebo que llevo el móvil en el bolso. Mi cita parecía bastante prometedora, aunque solo nos hemos comunicado mediante correo electrónico, y por teléfono en una ocasión. Tiene un empleo fijo. Nunca ha estado casado. Parece aterradoramente normal.

Ante la idea de ir a Lenny's con otro candidato más a ser mi esposo, la piedrecita en mi garganta parece hincharse. Pero aquí tengo la bolsa de la farmacia con mi nueva medicación. Anne me aseguró que las pastillas eran suaves... quizás debería tomarme una. Al recordar mis más recientes ataques de pánico, decido probarlas. Leo las instrucciones impresas en el envase, tomo un pastilla, me como un Twinkie para cumplir con el requisito de «preferentemente con comida», y compruebo si tengo bigote. Le soplo un beso al gato y le prometo regresar pronto. Y me marcho.

Mientras espero el ascensor me pregunto qué tal le irá a Ethan. Al final no apareció por High Hopes. Ni me devolvió la llamada. Tampoco nos hemos vuelto a ver desde la fiesta de despedida de los Mirabelli, ya que yo preferí ausentarme de la despedida física de mis suegros. Gianni, Marie y yo ya tuvimos nuestra sesión de lágrimas el día anterior a su marcha, y ya no soportábamos otra despedida más.

Fuera hace un poco de frío y del mar llega una cortante brisa. Ya casi estamos en octubre, mi mes preferido, los días más cortos resultan más compasivos, en cierto modo más delicados, animando a la gente a meterse en casa y comer algo caliente. El olor del mar es denso mientras me dirijo por la calle Park, bordeando el cementerio y fijándome en que los arces empiezan a ponerse rojos y dorados, y las hayas de un alegre amarillo.

Al pasar a la altura de la tumba de mi padre, me detengo un segundo y miro por encima de la pared. Es una suerte que esté enterrado tan cerca del muro, así no tengo que pasar por la misma sensación de culpabilidad que tengo por no visitar la tumba de Jimmy.

–Hola, papá –digo.

Durante un segundo hago aparecer la imagen de mi padre en mi mente, con la intención de encontrar un verdadero recuerdo y no solo algo que he visto en algún video casero o una foto. ¡Ah! Allá vamos. Uno de mis favoritos, desgastado, aunque las muchas veces que lo he invocado no lo ha disminuido. Papá me empuja en el columpio, sus grandes manos impulsándome muy alto, el cosquilleo en mi estómago, el viento en mis cabellos, las grandes risotadas de mi padre a mis espaldas.

Una ligera melancolía desciende sobre mí como la niebla. Si mis Bollitos Lázaro consiguieran hacer regresar a papá. Solo un día. Incluso solo una hora. Oye, diez minutos. Tampoco soy tan egoísta. Si pudiera preguntarle qué tal lo estoy haciendo, o qué debería hacer. Si pudiera sentir sus brazos en torno a mí, oler su acogedor olor a papá, que juro casi percibo en ocasiones. Si mi padre pudiera decirme que todo va a salir bien, me resultaría más fácil creérmelo.

Pero, bueno, ya basta de sensiblera autocompasión por hoy. Además, puede que me empiece a hacer efecto la pastilla porque me siento un poco… ligera. Quizás no debería habérmela tomado justo antes de una cita, pero por otra parte, ¿qué mejor momento podría haber?

Llego a Lenny's y saludo. Allí está Tommy Malloy jugando al billar con Obie Chisholm. Carly Espinosa también está aquí, con su marido, Ted o Todd, nunca me acuerdo. Tienen una cita fija todos los jueves.

Echo un vistazo por el bar. Vaya, qué raro, tengo la sensación de que mi cabeza sigue moviéndose, aunque no es así. ¿Cómo se llamaba mi cita? Algo raro. Ah, sí, ya me acuerdo. Corbin, como Corbin Dallas, el personaje interpretado por Bruce Willis en *El quinto elemento*. Adoro esa película.

—Corbin Dallas —digo en voz alta.

Ups, sí, yo diría que definitivamente la pastilla me está haciendo efecto. Lo cierto es que la sensación resulta bastante agradable, como si me acabara de tomar una enorme copa de Chardonnay.

Bueno, en cualquier caso no parece estar aquí. Me siento en un reservado vacío y de inmediato se me acerca Stevie.

—¿Te puedes creer lo de la tía Boggy, joder? —pregunta.

En la mano sujeta una copa de Martini llena de un líquido morado y una nube de humo por encima. Yo doy un respingo. Dios sabrá qué hay ahí dentro. Conociendo a Stevie, podría ser cualquier cosa desde hielo seco hasta formaldehído.

—Es bastante impresionante —contesto.

—Oye, supongo que esta noche vendrás a lo mío, ¿verdad? —pregunta—. Voy a batir el récord.

—¿Existe un récord de salto de vacas, Stevie? ¿En serio? —pregunto.

—No tengo ni idea —gruñe antes de darle otro trago a lo que sea que contenga su copa—. Pero si no existe, lo estableceré yo.

—Claro, allí estaré —contesto—. Suena divertido.

—Mira esto, Luce —mi primo echa la cabeza atrás y sujeta la copa en equilibrio sobre la frente—. Guay, ¿a que sí? —pregunta.

—Terriblemente genial —le concedo yo.

—Bueno, tengo que irme —Stevie toma la copa y se salpica el pelo con un poco de líquido—. Ahí está Craig Owens. Luego te veo, prima.

Stevie, que nunca fue un muchacho demasiado constante, se dirige hacia su más viejo amigo, el que lo retó a que comiera hiedra venenosa.

—¿Lucy?

Yo levanto la vista.

—Sí. ¿Eres Corbin?

Él asiente, sonríe y se sienta.

Corbin y yo no nos habíamos visto cara a cara, aunque sí había visto su foto en eCommitment. Un tipo bastante normal, el clásico rostro de Nueva Inglaterra, cabellos castaños, ojos azules y pequeños, dientes rectos, la nariz chata de los irlandeses de Boston. Cumple bastantes criterios para ser mi próximo marido: ejecutivo de una empresa de seguros, le gusta correr y jugar al golf (trabajar en un despacho y hacer ejercicio con frecuencia encaja en el apartado de «Bajo Riesgo de Muerte Temprana»). Trabaja en una empresa antigua y bien asentada (tan segura ante la recesión como se puede ser hoy en día). Hace voluntariado con chavales problemáticos en un campamento dos semanas en verano, de modo que su «Potencial para la Paternidad», es elevado. Y no hace que la sangre me hierva en las venas. Otro punto a favor.

Aun así no me siento tan encantada como quizás debería. Además, tengo frío en los ojos. Qué raro.

—Bueno —digo.

—Gracias por quedar conmigo —me dice—. ¿Has pedido ya?

Lenny se acerca para anotar nuestro pedido.

—Bueno, Luce, ¿vuelves a estar en el mercado?

—No exactamente, Len, no exactamente. Lenny, te presento a Corbin... eh, lo siento, no recuerdo tu apellido.

—Wojoczieski —contesta.

—Ah, ya. Me pareció que tenías aspecto de irlandés —observo.

—Mi madre es irlandesa —me explica visiblemente satisfecho.

Wojo-algo. Ese apellido requiere un poco de análisis. Wojo-etcetera. Uf. Lucy Wojo... No. Lucy Lang, definitivamente el mejor. Incluso mejor que Lucy Mirabelli. Quizás debería volver a utilizar el apellido Lang. Quizás podría inventarme un nuevo apellido. Cuando era niña quería cambiar mi apellido por Ingalls Wilder. Tenía mis buenas razones. Quizás todavía pueda hacerlo.

—¿Luce? ¿Quieres tomar algo? —pregunta Lenny mientras me da un empujoncito.

—Ensalada de pollo y una soda, ¿de acuerdo, Lenny?

Incluso en mi estado soy muy consciente de que esta noche no debería tomar ni una gota de alcohol. Porque es evidente que estoy un poco... bueno, me niego a pensar en «colocada», porque eso implica tomar drogas ilegales, pero sí «afectada», por el medicamento. Sí. Sin embargo, y ahí tengo que darle la razón a Anne, no siento ni pizca de ansiedad. Más bien siento como si flotara, y es bastante divertido, la verdad.

—Hoy ha pasado una cosa increíble —le cuento al bueno de Corbin mientras Lenny se aleja—. Mi tía abuela Boggy ha despertado de entre los muertos. Bueno, de los casi muertos. Se ha despertado de entre los al borde de la muerte. Tiene ciento cuatro años.

—Impresionante —opina Corbin con una resplandeciente sonrisa—. ¡Cielo santo! ¡Increíble!

–Sí que lo fue, Corbin, desde luego que lo fue –yo asiento mientras me pregunto qué pasaría si mis ojos se congelaran como el hielo. ¿Sería capaz de ver de todos modos? ¿Podría mover los ojos? ¿Se me romperían como un cubito de hielo?–. ¿Wojoczieski? ¿Lo he dicho bien?

–¡Sí, lo hiciste! Bien hecho –añade sonriendo con orgullo. Y, en efecto, es todo un logro–. Y ahora cuéntame algo más sobre esa impresionante mujer.

–Claro. Fue por un bollito o algo así –me lanzo a contarle la historia y Corbin se muestra encantado.

–Qué maravilla –murmura, interrumpiéndose cuando Lenny nos trae las bebidas.

–Lo es. Lo es de verdad. Oye, ¿alguna vez has tenido frío en los ojos?

–Pues no puedo decir que me haya pasado –contesta amigablemente–. Salud.

Brindamos. ¡Jopé, qué bonitas son las burbujas de mi soda! Qué hermosura flotante.

–Eres pastelera, ¿verdad? –pregunta Corbin.

–Eso es, Corbin Dallas –contesto–. Hago pan. De muchas clases. Trigo con miel, centeno, mármol, italiano, francés, pasas con canela. Es un pan realmente bueno –ladeo la cabeza y sonrío, pero sigo teniendo la sensación de que mi cabeza se mueve.

¿Se me mueve la cabeza? Acerco una mano para comprobarlo. No. La cabeza está estabilizada, Houston. Todos los sistemas en funcionamiento. Oye, qué gracioso. Houston y Dallas en la misma idea. Qué guay.

–Y también dijiste que eres viuda –continúa Corbin–. Siento mucho tu pérdida.

Alarga un brazo y me aprieta la mano, sus diminutos ojos azules de cerdito llenos de compasión. Yo me aparto.

–Eres muy amable, Corbin –contesto–. Tienes buenos modales –asiento, y allá va otra vez la sensación de «la cabeza se sigue moviendo»–. Eh, escucha, Corbin. Antes de venir aquí me tomé un medicamento –le explico–. Y me siento un poco rara.

–Vaya por Dios, ¿te encuentras bien? ¿Puedo hacer algo?

–No. Estoy segura de que me encontraré mejor en cuanto coma algo más, aparte del Twinkie que me he tomado.

Corbin me dedica una amplia sonrisa, encantado. ¿Por qué no? ¿Acaso no soy encantadora?

Y hablando de falta de encanto, la puerta se abre y entre Doral-Anne Driscoll. Enseguida me ve y hace un gesto de desprecio. Bastante me cuesta no sacudirla. Se dirige hacia una mesa y, ¡mierda! Allí esta Ethan. Mi cuñado se levanta, le besa la mejilla y se sientan.

Ethan está aquí. No me llamó. No quiso saber nada de Boggy o los Bollitos Lázaro. Pero aquí está con esa asquerosa basura de Doral-Anne. Quiero decir que no pasa nada, pero aun así, ¿no puede elegir nada mejor que Doral-Anne? ¿Qué pasa con Parker?

–Sobre gustos no hay nada escrito –suelto en voz alta. Ups, pero al parecer mi respuesta le resulta lógica a Corbin.

Pues ya está. Es un tipo agradable y no para de hablar y de sonreír, pero empiezo a tener problemas para oírle.

Roxanne se acerca con la comida y estampa los platos sobre la mesa con su habitual gesto de fastidio.

–¡Gracias! –le digo con voz cantarina.

De repente me muero de hambre y le doy un gran mordisco al sándwich. Cuesta un poco hacerlo pasar por el sitio adecuado, pero sí me siento un poco mejor después de haberlo engullido. Rico. Bastante rico. Lenny le echa un poquito de curry al pollo y unas uvas rojas. Un toque muy rico.

–Bueno, Lucy –dice Corbin. Mierda, casi había olvidado que estaba aquí–. Perdóname la pregunta, y desde luego no tienes que contestar si no quieres, pero... ¿cómo murió tu marido?

—En un accidente de coche —contesto con la boca llena de patatas fritas.

—¡Oh, no! —murmura.

—Se quedó dormido al volante. A casi diez kilómetros de casa —me trago las patatas y le doy otro mordisco al sándwich de ensalada de pollo.

—Oh, no, pobrecilla —y allá que va de nuevo a apretarme la mano—. ¿Cuántos años tenías?

—Veinticuatro, y Jimmy veintisiete. Hacía muy poco que nos habíamos casado. Ni siquiera un año.

—Qué triste —esos ojillos azules parecen húmedos y no estoy segura si eso hace que me guste Corbin o que no.

—Sí que lo es —contesto mientras asiento. Y lo es. Claro que es triste. Pero hay algo que no va bien, como si no lograra registrar o algo así. Miro mis manos. Los dedos parecen muy, muy, largos—. ¿Te parecen mis manos muy grandes, Corbin? —flexiono los dedos.

Yo las veo raras. Como aletas. Como ese chico olímpico que ganó todas esas medallas. ¿Michael Phelps? Eso es. Como sus pies. Ese chico tiene aletas en lugar de pies o algo así, ¿verdad? Y mis manos tienen exactamente ese aspecto. Muy raro. Miro a Corbin para confirmar que comparte mi preocupación.

Pero Corbin no me mira. No. Corbin se está tapando los ojos con una mano. Corbin parece estar llorando.

—¿Estás bien? —pregunto—. ¿Corbin Dallas?

Sip, está llorando. Deja la servilleta a un lado y se pinza la nariz con las manos.

—Lo siento —se disculpa mientras las lágrimas ruedan por su cara—. Es que... oh, Lucy, no sabía... lo siento tanto —respira entrecortadamente, intenta sonreír, y falla. Lenny nos mira raro y en la barra del bar varias cabezas empiezan a girarse hacia nosotros—. Lo siento, no pretendía hacer esto. Verás... mi perro... tengo un perro. Biffy. Y hace poco, bueno, hay que operarlo. De un quiste encima del ojo. Y supongo que estoy preocupado, y cuando has dicho que tu marido se durmió al volante, bueno, se me ha despertado toda esta... emoción. Ya sabes, cuando amas a alguien, el nivel de preocupación es el mismo. Biffy es tan...

Su voz continúa. Por supuesto no puede estar comparando el quiste de su perro con mi marido. Pero sí, eso está haciendo. ¡Jopé! Creo que debería llamar a Anne, y rápido. Pero mis dedos parecen demasiado grandes para caber en mi cartera. ¿O no lo son? Manipulo el bolso, incapaz de abrir el cierre. Quizás el frío de mis ojos está anulando mi percepción de la profundidad. No tengo ni idea, en serio. Mientras tanto, Corbin está en plena crisis de llanto.

—¿Va todo bien por aquí?

Levanto la vista y ahí está Ethan.

—¿Me están creciendo los dedos? —pregunto mientras los agito en el aire. Giro las manos para ver si están raras por el otro lado también. Lo están—. ¡Son enormes!

Ethan mira a Corbin y una profunda ira empieza a cubrir sus rasgos. Parece... mierda. Parece caliente, de verdad, con el ceño fruncido, protector. Adoro esa incipiente barba de Ethan. Le va que ni pintado. Sí señor. Una lástima que Doral-Anne acabe de unirse a nuestro pequeño grupo. Cierro uno de mis ojos fríos para no tener que verla y me empapo de la visión del señor Ethan Enfadado.

—¿Qué has hecho? —ruge mientras alarga una mano para agarrar a Corbin de la camisa—. ¿Qué le has dado?

Los ojos de mi cita se abren desmesuradamente, mojados. Ethan lo arranca del asiento, volteando ligeramente la mesa. Mi soda salpica la mesa.

—¡Oh, no! Esas bonitas burbujas —exclamo yo.

—¿Qué le has hecho? —grita Ethan, y ahora está agitando a Corbin como si fuera un trapo.

El bar está en completo silencio. Casi soy capaz de sentir ese silencio. Como si fuera un silencio azul y cálido. Ojalá pudiera envolver mi ojo frío con ese silencio y...

–¡Contesta!

Bueno, el bar está en silencio, salvo por los gritos de Ethan.

–¡No me pegues! ¡Yo no he hecho nada! Lucy, ¡cuéntaselo! –aúlla Corbin.

–Llamad a la policía –ruge Ethan por encima del hombro–. Le ha puesto algo en la bebida –agarra a Corbin del cuello–. Será mejor que me digas exactamente qué le has dado o voy a despedazarte aquí mismo.

¡Ups! Creo que debería decir algo.

–Esto, Ethan, hola, compi. Escucha, como-se-llame, aquí presente, él no me ha dado nada. Ha sido Anne. ¿Mi prima médico lesbiana? Me dio una medicación.

–¿Qué medicación? –Ethan me mira.

Yo parpadeo. Las manos siguen raras.

–¿Una medicación tipo droga? Cielos, no me acuerdo de cómo se llama. Algo que rima con cine. ¿Listerine? No lo recuerdo. Es para los ataques de pánico –Ethan arquea las cejas sorprendido–. Creo que estoy sufriendo una reacción –continúo–. ¿Te parecen grandes mis dedos? ¿Crees que con estos podré nadar a toda velocidad?

Ethan suelta a Corbin con total desprecio.

–¿Está colocada y ni siquiera te has dado cuenta? ¡Por Dios santo!

Corbin se acurruca en su asiento del reservado, pálido y agitado.

–Vamos, Lucy –me dice Ethan–. Te llevo al hospital.

–La tía Boggy ha despertado hoy de entre los muertos –le cuento mientras me toma del brazo y me ayuda a levantarme. Mis piernas se doblan de inmediato y lo siguiente que sé es que Ethan me ha tomado en sus brazos, sin hacer el mínimo esfuerzo. Su agradable olor, ese cálido y especiado aroma masculino, me envuelve como una manta–. Qué agradable –murmuro con la cara pegada contra la suave piel de su cuello–. Pero puede que quizás vaya a vomitar.

–Llama al 911 –le dice él a alguien.

–Idiota –murmura Doral-Anne mientras levanta la tapa de su móvil y hace lo que le han dicho.

Capítulo 14

—¿Estás enfadado conmigo?
—No estoy enfadado contigo —contesta Ethan con evidente cansancio.

Es la una de la madrugada y estamos esperando a que me den el alta de urgencias.

La buena noticia es que estoy bien y, también, que he viajado en el interior de una ambulancia, una experiencia muy enriquecedora.

La mala noticia es que también he vomitado dentro de la ambulancia. Y sobre Ethan. Y sobre Mikey Devers, del que fui niñera una vez, y al que tuve que atar a una silla para que no me mordiera. Ahora es paramédico. Ah, y media ciudad me ha visto sufriendo un mal viaje, tipo ácido, mientras parloteaba alegremente sobre mis dedos Phelps y le pedía a todo el mundo que me quitara los zapatos para poder comprobar si tenía los pies palmeados.

No estoy muy segura de qué le habrá sucedido a Corbin. Ethan me acompañó en la ambulancia mientras yo vomitaba encima de él y Mikey y, entre arcada y arcada, les contaba todo lo sucedido con la tía Boggy.

Los médicos de urgencias anotaron mi historia, básicamente de labios de Ethan, ya que yo, al parecer, intentaba darles la receta de mis Bollitos Lázaro, convencida de que los buenos doctores comprenderían que se trataba de una nueva cura para el coma. Una enfermera llamó a Anne para comprobar la autenticidad de mi receta y otra había llamado a Ash para que entrara en mi casa y contara las pastillas que quedaban en el envase, como si hubiera intentado tomarme una sobredosis. Eso dolió y, por tanto, decidí castigar a esa panda de calumniadores, negándome a abrir la boca para que me metieran el termómetro, hasta que Ethan me ordenó que dejara de comportarme como una imbécil y les obedeciera. Y lo hice.

Dado que ya había vomitado todo lo que había en mi estómago, el único tratamiento que recibí fue tiempo y humillación. Mis dedos recuperaron su tamaño normal y mis ojos alcanzaron otra vez la temperatura de mi cuerpo.

Y eso nos trae al presente.

—Siento de veras todo esto —repito, quizás por la centésima cuadragésimo tercera vez.

—No hay nada que sentir —me asegura Ethan sin siquiera mirarme. Su pierna se mueve sin parar y tiene los brazos cruzados sobre el pecho.

—¡Muy bien! —el médico de urgencias irrumpe en la sala. Su aspecto es de un crío de doce años y exuda la adorable sinceridad de Paris Hilton—. ¿Cómo se encuentra?

—Mucho mejor —contesto. Pero el doctor me ignora. Por lo visto me odia pues, creo recordar, también vomité encima de él, y aguarda la confirmación de Ethan.

—Mucho mejor —Ethan asiente.

—¿Tiene a alguien que pueda quedarse con ella esta noche? —pregunta el médico mientras garabatea en una hoja. Es evidente que no me cree capaz de contestar por mí misma.

—Sí —contesta Ethan tras mirarme de reojo y desviar la mirada a su reloj.

El mensaje es claro: «lo haré yo porque tengo que hacerlo, a pesar de que me hayas jodido la noche por completo».

Mi garganta se estrecha. Si Corinne no amamantara a su bebé cada veinte minutos, le pediría a ella que se quedara conmigo. Si Parker no tuviera un niño de cuatro años con tendencia a despertarse antes del amanecer, se lo pediría a ella. Si no fuera la una de la madrugada, se lo pediría a mamá. ¡Demonios! De todos modos se lo voy a pedir a mamá. Mejor eso que obligar a Ethan a hacer de canguro.

–Llamaré a mi madre –contesto mientras sonrío al doctor. Que ni siquiera se digna a mirarme.

–No seas tonta –me dice Ethan–. Yo me quedaré contigo –me mira y, casi de inmediato, sus ojos saltan de nuevo sobre el doctor.

No está siendo malo, Ethan no es malo, pero tampoco está resultando muy agradable.

Si Jimmy estuviera aquí, aparte de que yo no tendría necesidad de tener una cita, de tomar medicación para la ansiedad, o de tener niñera, si Jimmy estuviera aquí nos estaríamos riendo. Partiéndonos el culo. Él haría chistes y se tumbaría conmigo en la camilla y me acurrucaría contra él y juguetearía con mi pelo, ignorando el hecho de que yo olía a vómito. No tendría ninguna sensación de culpa, ni de ser una carga o un grano en el culo o algo así. En momentos como este, echo tanto de menos a Jimmy que me duele físicamente el corazón.

–Pues entonces ya puede marcharse. Aquí están sus instrucciones –el doctor Odioalasmujeres se vuelve hacia mí–. Es evidente, señorita –me dice muy despacio, como si estuviera hablándole a una niña atontada–, que necesita tirar esas pastillas. Todas. No se quede ni una. No vuelva a tomar ese medicamento nunca más. Es usted sumamente alérgica a él, y debería quedar anotado en su ficha médica. ¿Lo ha entendido?

—Sí, yo...

Interrumpiéndome, se vuelve hacia Ethan.

—Llámeme si no es capaz de despertarla, o si empieza a alucinar de nuevo.

—Lo haré. Gracias —se estrechan la mano y el buen doctor se da media vuelta y se marcha sin mirarme.

—Vámonos —Ethan me ofrece una mano mientras yo arrastro el culo hasta el borde de la camilla para bajarme. Ignoro la mano y me quedo de pie. Más o menos firme.

Ya en el aparcamiento, Ethan me acompaña hasta su Audi y abre la puerta del acompañante. Alguien, puede que Doral-Anne, o quizás Tommy Malloy, o el propio Lenny, debe haber llevado el coche de Ethan hasta el aparcamiento del hospital. Espera a que yo entre, cierra la puerta, se sienta al volante y enciende el motor.

—¿Todavía tienes tu motocicleta? —pregunto, solo por mantener una amistosa conversación.

—Sip —al parecer, y comprendiendo que está siendo muy poco amable con la pobre paciente, se vuelve hacia mí y me mira—. ¿Cómo te encuentras?

—No muy mal —contesto—. Solo cansada.

—De acuerdo, entonces habrá que llevarte a casa y a la cama.

Avanzamos por las tranquilas y oscuras calles de nuestra pequeña ciudad, y me alegro de que Anne aconsejara a Ethan que me llevaran al hospital local y no a algún otro más lejos de casa. Solo tardamos unos minutos en llegar a Boatworks. Ethan aparca en su plaza, salta del coche y se desliza sobre el capó, estilo Starsky y Hutch, para abrir mi puerta. Una sombra de sonrisa aparece en su rostro y, de nuevo, mi garganta, irritada por la aventura nocturna, se cierra. Echo de menos esa sonrisa.

Camina pegado a mi espalda, preparado, no me cabe duda, para agarrarme del brazo si me tambaleo. Pero no lo hago.

En el ascensor no hablamos, aunque me pilla mirándolo y me sonríe fugazmente, pero la sonrisa no llega a sus ojos.

El rostro de Ethan posee unos rasgos perfectos, normales y corrientes. La nariz es recta, los ojos adecuadamente separados y de tamaño medio. La boca bien proporcionada, los pómulos simétricos. Nada especial… hasta que sonríe, y esos labios se curvan hacia arriba de esa manera tan inusual, tan inesperadamente encantadora. Nunca he visto un rostro transformarse tanto con una sonrisa. Ni tan vacío cuando no sonríe.

Tras una pequeña eternidad, llegamos a la cuarta planta. Ethan me precede por el pasillo y gira la llave en la cerradura de mi puerta, pues tiene llave desde que me mudé allí. Ash asoma la cabeza.

—¡Hola! ¿Estás bien? —pregunta. Sin el maquillaje negro parece tremendamente joven—. He esperado levantada para verte.

—Estoy bien, cielo. Una reacción alérgica. Mucho vómito.

—Hola, Ash —saluda Ethan con una sonrisa.

Ella se sonroja.

—Te veo mañana —le digo.

—De acuerdo —contesta ella—. Que te mejores. Buenas noches, Ethan.

—Buenas noches, enana —se despide él.

Abre mi puerta y se hace a un lado para que yo pase mientras Gordo Mikey acude a saludarnos.

—¿Tienes hambre? —pregunta Ethan, siguiéndome al interior. Se dirige a la cocina y abre la nevera para comprobar su contenido.

—No —le aseguro

Gordo Mikey se restriega contra mi pantorrilla y me ofrece un ronco maullido. Yo me agacho y lo tomo en brazos, gruñendo ante el esfuerzo que me supone, y luego froto mi mejilla contra la suya. Me da un cariñoso topetazo y clava sus uñas en mi hombro. Como de costumbre, yo me siento agradecida por su arisco afecto.

Ethan se dirige por el pasillo hasta mi dormitorio, abre la puerta como si quisiera comprobar algo (hoy no he hecho la cama ya que suelo dejar esa tarea para después de mi siesta, y hoy, hace una eternidad, se produjo la increíble recuperación de la tía Boggy). Mi cabeza da vueltas por el cansancio y lo que queda de medicación en mi sangre. Cierro los ojos, dispuesta a quedarme dormida allí mismo.

—¿Te apetece lavarte un poco, Lucy? —pregunta Ethan.

Yo abro los ojos y lo veo de nuevo con los brazos cruzados sobre el pecho, la camisa ajustada sobre los bíceps. Lo conozco lo bastante como para saber que se muere de ganas de acabar conmigo. Y no puedo culparle por ello.

—Buena idea —contesto mientras dejo al gato en el suelo.

El espejo del cuarto de baño me confirma que tengo el aspecto de una mujer que se ha pasado la noche vomitando y alucinando, es decir, no muy bueno. Mi rostro está pálido, mi pelo aplastado a un lado y el rímel un manchurrón bajo los ojos. Parezco una decadente cantante pop después de una juerga. Suspiro y abro el grifo de la ducha, me desnudo y entro.

Después de ducharme reconozco que huelo mucho mejor, pero estoy tan cansada que apenas me tengo en pie. Me pongo el pijama que cuelga de la puerta y me cepillo los dientes.

En cuanto abro la puerta del baño, Ethan se levanta del sofá, en el que Gordo Mikey le tenía aprisionado, y avanza por el pasillo.

—Te he cambiado las sábanas —me informa—, y he dejado un vaso con agua en la mesilla de noche. Tendré que despertarte un par de veces para asegurarme de que estás bien. ¿De acuerdo?

–De acuerdo –él, por supuesto, dormirá en el sofá, o en el cuarto de invitados.

Lo cierto es que no me importaría que durmiera conmigo, rodeándome con sus brazos, cálido y tranquilizador, pero no estoy tan fuera de juego como para pedírselo.

Ethan me vigila mientras me subo a la cama. No sonríe, ni siquiera cuando Gordo Mikey salta a mi lado y empieza a mullir la cama como es su costumbre, algo que siempre solía arrancarle una carcajada. Hace tiempo. Cuando nos acostábamos juntos. Claro.

–¿Necesitas algo más, Lucy? –me pregunta.

–Siento que tengas que cuidarme esta noche, Ethan –le digo mientras trago saliva con dificultad. Intento mantener la voz neutra, pero me escuecen los ojos ante la inminente llegada de las lágrimas.

–No pasa nada.

–Pues a mí me parece que sí –hago una pausa–. Ethan, ¿ya no somos amigos?

Ethan abre la boca como si fuera a decir algo, pero se lo piensa mejor y baja la vista al suelo mientras hunde las manos en los bolsillos.

–Lucy –me dice al fin con voz cansada–. No sé qué esperas de mí. Me dices que estás preparada para pasar página, pero dejas postres ante mi puerta. Me pides que venga a tu casa a ver una película. Me adviertes contra Doral-Anne…

–¡Es que es muy mala, Ethan!

–Y mientras tanto, te veo tocar fondo en el mundo de las citas delante de mis narices. Y de repente tomas medicamentos para tus ataques de pánico y acabas en el hospital –respira hondo y deja escapar el aire lentamente–. Simplemente es que no entiendo qué intentas hacer, Lucy.

Le rasco a Gordo Mikey la cabeza para no tener que mirarlo allí, de pie junto a mi cama, como un padre decepcionado.

—Yo solo... intento recuperar mi vida, Ethan. Una vida que me sienta capaz de manejar —trago saliva y vuelvo a tragar.

—¿Qué quieres decir con una vida que te sientas capaz de manejar? —su voz es dulce.

—No lo sé —surge de mis labios como un susurro mientras una lágrima se estrella contra la oreja deforme de Gordo Mikey, y él sacude su enorme cabezota en respuesta.

Ethan suspira, y un segundo después el colchón se hunde por su peso al sentarse en mi cama.

—Debes estar hecha polvo —me dice.

Y yo asiento sin mirarlo todavía.

—Duérmete, cielo —me ordena y yo cierro los ojos obedientemente para no tener que ver su cara.

Me sube las mantas hasta la barbilla y se inclina sobre mí para apagar la luz. Y entonces me besa la frente, una fugaz presión de sus labios y el roce de su barba.

—Volveré en un par de horas para echarte un vistazo —anuncia con delicadeza antes de levantarse y salir del dormitorio, cerrando la puerta.

Lo cual está muy bien, porque un segundo más y le habría suplicado que se quedara.

Capítulo 15

En cuanto despierto por la mañana sé que algo va mal. Entorno los ojos y me siento. Me duele un poco la cabeza, pero aparte de eso, no parezco sufrir ninguna secuela de mi alucinación Michael Phelps.

Un momento… estoy entornando los ojos. Hace sol. Y eso significa…

–¡Arrg! –chillo. El reloj sobre la mesilla de noche me lo confirma. Son las ocho y cuatro minutos de la mañana.

Salto de la cama y corro por el pasillo. Ethan está sentado a la mesa de la cocina con un periódico desplegado ante él.

–Hola –me saluda mientras se levanta–. ¿Cómo te encuentras?

–¡Tengo que irme! La pastelería. Mi madre me va a…

–Siéntate y tranquilízate –mi cuñado se acerca al armario de la cocina, saca mi taza favorita y me sirve una taza de café–. He llamado a la pastelería hace un rato. Le he explicado a Iris que anoche estuviste enferma y que necesitabas tomarte el día libre.

–¡Oh! –exclamo y hago una pausa–. ¿Cuántas veces han llamado desde entonces?

–Cuatro. Iris sospecha que sufres la enfermedad de Lou Gehring. Rose cree que parece más un cáncer. Tu mamá dijo que te mejores y que te verá mañana –Ethan sonríe tímidamente mientras añade un poco de leche al café y me pasa la taza–. ¿Has dormido bien? –pregunta.

Con no poca sorpresa me doy cuenta de que sí.

–Sí, gracias –me interrumpo–. ¿Has entrado a echarme un vistazo de vez en cuando? No lo recuerdo –de repente descubro que me gustaría tener algún recuerdo de Ethan cuidando de mí. Eso me gustaría mucho.

–Sí –contesta, su expresión imperturbable–. Parecías estar bien. ¿Te preparo el desayuno?

–No, no hace falta. Pero gracias de todos modos –nos miramos durante un minuto.

Ethan y yo hemos compartido muchas horas en esta cocina. Numerosos fueron los fines de semana en los que yo horneaba algo mientras él me contaba historias sobre la gente que había conocido, los aeropuertos que más le gustaban, la alegría de conseguir un nuevo contrato o la emoción de las locuras que hacía para vender Instead.

Y también hicimos otras cosas en esta cocina, aparte de hablar y hornear. En una ocasión lo hicimos sobre la isla, el gélido granito, el ardiente Ethan. ¡Jesús! No debería estar pensando en esas cosas.

–Tengo que irme, Luce –me anuncia Ethan mientras deja su taza en el fregadero–. ¿Estás segura de que te encuentras bien? Pareces un poco acalorada –me mira y frunce el ceño.

–No, no, estoy bien. Gracias, Ethan. Estuviste genial –hago una pausa–. Como siempre.

–Ningún problema. Por cierto, he llamado a Parker. Se pasará por aquí en cuanto deje a Nicky en la guardería.

–De acuerdo. Gracias.

Y allá que se va, deteniéndose para decirle algo a Gordo Mikey, que contesta con su maullido gutural. Existe algo terriblemente encantador en un hombre amado por un gato gruñón. Entonces se cierra la puerta, y estoy de nuevo sola. Sola de nuevo, naturalmente (o mejor dicho *alone again, naturally*), como en esa cursi canción que descubrí en la colección de cintas de mis padres. ¡Cómo me gustaba esa canción! Pasé muchas lacrimógenas horas llorando y cantando junto a mi reproductor de cintas, hasta que un día mamá irrumpió en mi habitación, sacó la cinta del aparato y la partió en dos.

Bebo un sorbo de café y cierro los ojos, presa de una simultánea sensación de apreciación y horror al reconocer el oscuro, casi quemado, sabor inconfundiblemente delicioso. Starbucks. Por supuesto que no ha salido del armario de mi cocina. Y eso significa que Ethan lo ha debido traer. Y eso significa, probablemente, que lo ha conseguido de Doral-Anne. Por Dios cómo espero que no estén saliendo juntos. Me muerdo el labio y tomo otro sorbo, incapaz de resistirme al canto de sirenas del dios del café.

Suena el timbre del telefonillo y troto al salón para pulsar el botón del intercomunicador.

–¿Hola?

–Soy Parker, maldita drogata. ¡Déjame entrar!

Sonrío y le doy al botón y, un minuto después, Parker irrumpe en mi apartamento, toda rubia y vestida con ropa de aspecto caro. Me mira a conciencia y arquea una ceja.

–¿Nos divertimos anoche o qué?

–Si por diversión te refieres a vomitar sobre el padre de tu hijo, entonces sí. Me divertí de lo lindo.

–¡Por Dios! Ethan ha conseguido que me parta de risa esta mañana. ¡Pobrecita! ¿Y tenías una cita además? ¡Pobre tipo! ¿Qué dijo?

–No lo sé –reconozco–. Ethan lo asustó bastante. Supongo que pensó que me había echado alguna droga en la bebida o algo. ¿Te apetece un café?

–Pues sí, me apetece. Nicky ha adquirido la horrible costumbre de despertarse a las cinco de la mañana para acurrucarse junto a mí. Lo de acurrucarse está muy bien, pero lo de las cinco de la mañana no tanto.

—A las cinco de la mañana yo ya tengo preparada la masa para más de seis docenas de hogazas de pan —le advierto mientras le sirvo una taza.

—O sea, que eres un raro fenómeno de la naturaleza. Eso ya lo sabíamos —Parker toma la taza y se acomoda en la silla. Sus ojos verdes gatunos se vuelven sombríos—. En serio, Lucy. Ethan dijo que te había sentado mal una medicina. ¿Estás bien?

—Claro. Eso sí, fue todo un viaje. Creía que me estaban creciendo los dedos.

—Me refería a por qué te estás medicando —mi amiga sonríe—. No estarás enferma, ¿verdad?

—¿Ethan no te lo ha contado? —yo la miro sorprendida.

—No.

—Bueno —me muerdo el labio—, he estado sufriendo ataques de pánico. Ya tuve unos cuantos después de la muerte de Jimmy, y han vuelto desde que he empezado a buscar otro marido. Y anoche, Ethan ya me explicó muy clarito el desastre en que me he convertido. De modo que puedes ahorrarte el sermón.

Parker suspira muy melodramática.

—¿Qué? —pregunto.

—¿Tú qué crees, so tontaina?

—Creo que las amigas no deberían llamarse tontainas, tontaina.

Parker le da un buen trago al café sin dejar de mirarme.

—¿Qué? —repito yo—. ¿Te ha contado algo Ethan? ¿Vosotros dos habláis de mí?

—No, no lo hacemos —admite ella tras dejar la taza sobre la mesa—, pero, querida, sí me gustaría señalar una cosa —la voz de Parker adquiere ese tono de profesora de preescolar–. Cuando Ethan y tú manteníais ese acuerdo superespecial, los dos parecíais más felices.

–Bueno –murmuro mientras jugueteo con el dobladillo del top de mi pijama–, ¿a qué tío no le gusta el sexo sin ataduras?

–Supongo que tienes razón –me concede ella–. Pero frotarse mutuamente las articulaciones con un poco de linimento dentro de cincuenta años también tiene su encanto.

Apuro mi taza de café y la dejo sobre la mesa.

–Mira quién habla –la censuro con voz suave–. ¿Y vosotros dos qué? Yo creía que estabais considerando volver juntos.

–Qué curioso que preguntes –Parker echa la cabeza hacia atrás y sonríe–. La semana pasada apareció una noche, ¿de acuerdo? Cenamos todos juntos y luego acostamos a Nicky –toma otro sorbo de café y siento que los dedos de mis pies se encogen, impaciente por conocer el resto.

–Continúa –le apremio.

–De acuerdo. Pues ahí estábamos, solos Ethan y yo, y yo le digo «bueno, Eth, ¿preparado? Vamos a intentarlo». Y entonces lo besé. Y él me devolvió el beso.

Siento que mi estómago se encoge. La espectacularmente rubia Parker Harrington Welles, metro setenta y seis, con un cuerpo como el de Heidi Klum. Me los imagino perfectamente besándose, las deliciosas manos de Ethan tomando el rostro de Parker, el roce de su barba contra su piel, el calor de su cuerpo...

Consciente de que Parker aguarda a que yo me reenganche a la conversación, pregunto:

–¿Y? ¿Qué tal fue?

–¡Oh, Lucy, fue...! –ella se interrumpe y arquea una sedosa ceja para torturarme–. Fue asqueroso. Como besar a mi hermano.

El aire que no era consciente de estar reteniendo, sale disparado de golpe.

—¿En serio? —pregunto incrédula.

—Sí. Es que no sé —Parker se echa a reír y mira fijamente su taza de café—. Cuando estábamos juntos años atrás era muy divertido, ya me entiendes. Y tengo muy buenos recuerdos de aquella época, Lucy, unos recuerdos muy bonitos —se pone seria—. Pero todos estos años de relación platónica y de ser adultos y compartir a Nicky... no sé. La química ha desaparecido. Acabamos jugando al Scrabble.

Una cálida oleada de satisfacción llena mi estómago, para mi vergüenza.

—¿Y qué pasa con Doral-Anne? Sé que está interesada en él.

—¿La chavala de Starbucks? —pregunta Parker y yo asiento—. Pues no lo creo. La ha mencionado una o dos veces... creo que busca trabajo en International, o algo.

—Yo diría más bien «o algo» —insisto mientras miro por la ventana.

Siguiendo su costumbre de adorar a quienes lo odian, mi gato salta sobre el regazo de Parker, solo para ser bruscamente rechazado. Profundamente dolido, Gordo Mikey reacciona de su manera habitual, es decir, levanta la pata y se empieza a chupar los genitales.

—Lucy —Parker parece dudar—, ¿puedo hacerte una pregunta?

—Claro —contesto yo, no muy segura de quererlo.

—¿Por qué Ethan no? En serio.

Mi estómago se encoge. Debería haberlo visto venir.

—Bueno, verás —empiezo a contestar lentamente. Gordo Mikey termina de asearse y frota su cabeza contra mi tobillo, y yo agradezco el consuelo que me proporciona—, Ethan es... —trago nerviosamente—. Es el hermano de Jimmy, y eso es importante.

—Pero podrías superar ese detalle, ¿verdad? De hecho ya lo superaste para poder acostarte con él.

—Sí, es verdad —yo asiento.

—Entonces no es solo eso —sus hermosos ojos me miran con cariño.

—Eso también es verdad —susurro antes de aclararme la garganta—. Ethan... Ethan podría causar un gran daño, ¿sabes a qué me refiero?

—¿Y por qué iba a hacerte daño? Él te quiere, Lucy. Eso ya debes saberlo.

—Ha sido como un príncipe, lo sé. Pero, jopetas, Parks —balbuceo—. ¿Y si me enamoro de él? ¿Y si me permito a mí misma, sencillamente, amarlo? ¿Y si acabamos juntos y yo lo amo y él me abandona?

—Bueno, no veo por qué...

—¿Y si muere? —la interrumpo—. ¿Y si es verdad que soy una Viuda Negra y mato a otro de los chicos Mirabelli, eh? ¿Y si se mata haciendo una de esas cosas estúpidas que hace? ¿Y si sufre un accidente de moto? ¿Y si algún imbécil cruza el puente Newport en un camión y no lo ve y lo aplasta? ¿Y si lo lanza volando sobre la barandilla del puente y se rompe todos los huesos del cuerpo y se hunde como una piedra? ¿Y si sale a navegar y la botavara le golpea en la cabeza y lo lanza al agua y se ahoga, o mientras flota en el agua esperando a que alguien lo ayude, un tiburón lo devora y lo descubrimos gracias a que su pierna llega flotando hasta la orilla?

—Supongo que nunca te has imaginado que vaya a suceder nada de esto —observa Parker secamente.

—¿Sabías que se llevó a un imbécil de la empresa a practicar paracaidismo el año pasado, Parker? —pregunto elevando el tono de voz—. ¡Saltó de un avión! ¿Y si no se le hubiera abierto el paracaídas? ¿Y si se le hubieran enredado las cuerdas? Y esa estupidez de esquiar desde un helicóptero. Te dejan en la cima de una montaña tan alta que no se puede acceder a ella de ninguna otra manera, ¿y si...?

–De acuerdo, de acuerdo, para. Cielo. Para. Te estás poniendo histérica –mi amiga se levanta y, en un raro gesto de afecto, apoya una mano sobre mi hombro y luego se llena la taza con ese café traidor–. En primer lugar, Ethan ya casi no hace esas cosas.

Yo no contesto.

–En segundo lugar, Jimmy no hacía ninguna de esas cosas, ¿a que no? Y aun así consiguió morirse.

–En eso tienes razón –mis ojos se llenan de lágrimas.

–Todavía no has mencionado el principal –ella se sienta de nuevo y me mira–, el gran «¿y si?».

–Bueno, ya que lo sabes todo, podrías decirlo por mí –murmuro.

Parker me sonríe y hace una mueca.

–Bueno, se diría que ya amas a Ethan. La gran pregunta debe ser, ¿y si no lo amaras tanto como a Jimmy?

Oírlo en voz alta, aquí mismo, en la cocina, con el sol entrando a raudales por la ventana, mis violetas africanas en flor sobre el alféizar de la ventana, es como recibir una bofetada en el corazón.

–Realmente no quiero hablar de esto, Parker –susurro.

–De acuerdo –Parker suspira–. Lo siento –hace una pausa y yo consigo tragar saliva a pesar de la piedrecita.

Sé que no ha terminado. Y acierto.

–Pero, Lucy, nunca lo sabrás a no ser que le des una oportunidad, ¿verdad? Y si no lo haces, acabarás con algún perdedor que te dejará fría. ¿Es eso lo que quieres?

–Lo que yo quiero... –me interrumpo. Lo que yo quiero es que Jimmy estuviera vivo, que Ethan conociera a alguien maravilloso y acabara felizmente casado. Casi oigo a las Parcas riéndose de mí–. Parker, tiene que haber un término medio donde esté la felicidad. Alguien a quien pueda amar, aunque no demasiado.

–¿Tú te oyes? –pregunta con cariño como si estuviera hablando con un niño no muy espabilado–. Perdóname por decirle esto a la pobre viuda, pero creo que te estás mostrando un poco… obtusa.

–Es un mecanismo de defensa –reconozco mientras miro por la ventana.

–De acuerdo. Pues entonces escúchame. Eres mi amiga, nena. Y Ethan también. Os quiero a los dos y solo quiero que seáis felices, eso es todo.

–Y te lo agradezco –tomo un sorbo de café, pero no la miro a los ojos.

–De acuerdo, bueno, tengo que revisar esos horribles Holy Rollers.

Siento que mis hombros se relajan.

–¿Cómo se llama el último? –pregunto.

–*Los Holy Rollers y el pobre gatito* –ella sonríe–. El gatito es aplastado por un tractor y los engreídos bastardos acaban teniendo que explicarse ante el cielo. De modo que ándate con ojo, Gordo Mikey.

Sin añadir una palabra más, Parker se levanta, me da una palmadita en el hombro y se marcha.

–Y aquí tenemos el famoso montículo conocido como Dead Man's Shoal –anuncia el capitán Bob por el micrófono a bordo del barco turístico.

Ya que he hecho novillos en la pastelería, se me ha ocurrido ayudar a mi viejo amigo y, por suerte, tenía una excursión programada. La idea de tener ante mí un día entero sin nada que hacer significa dos cosas: gastar más dinero en ropa que no me pondré, o echar una mano al capitán Bob.

–En 1722, el capitán Cook, de las Antillas, llevó a su esposa en uno de sus viajes y, como bien saben las señoras –el grupo está formado por una congregación eclesiástica de Maryland que ha decidido tomarse un respiro de los casinos–, llevar mujeres a bordo trae mala suerte –las señoras ríen–. La tripulación se rebeló y dejó a la señora Cook en ese mismo banco de arena, aprovechando la marea baja. Ella intentó llegar a nado a la costa de Mackerly, pero por desgracia aquella noche el mar estaba muy movido y la pobre mujer se ahogó. Todavía se oye gemir a su fantasma en las noches de niebla.

–¿Es verdad eso? –me pregunta una de las damas.

–No –susurro mientras maniobro el barco de vuelta al puerto.

–¡Y con esto, señoras, concluye el recorrido! Si les apetece probar la mejor pastelería de la Costa Este, les animo fervientemente a que se acerquen a la pastelería Bunny's, a dos manzanas hacia el norte –les informa Bob mientras le da un trago a su café irlandés y me guiña un ojo. Ambos sabemos muy bien lo que Bunny's ofrece y lo que no, y yo le devuelvo la sonrisa–. Es más, las acompañaré gustoso. ¡Gracias por elegir Captain Bob's Island Adventure!

Bob se hace con el timón y completa la maniobra de entrada al muelle.

–Gracias, Lucy –me dice–. Ha sido agradable tenerte conmigo esta mañana.

–No hay de qué –contesto mientras me hago a un lado para que las pasajeras puedan desembarcar–. Ha sido un placer.

–¿Crees que tu madre aún estará trabajando? –me pregunta esperanzado.

–Aquí o en el centro de reposo –contesto–. ¿Te has enterado de lo de mi tía abuela Boggy?

–Desde luego que sí –murmura Bob–. Increíble.

–Yo seguramente me vaya allí ahora –le informo. Justo en ese momento suena mi móvil y lo saco del bolsillo–. Vaya, es mamá. Hola, mamá –contesto.

—¿Lucy? ¿Dónde estás? ¿Sigues enferma? He intentado localizarte por todas partes.

—Estoy a dos manzanas de la pastelería —un sudor frío cubre mi cuerpo—. ¿Qué ha pasado?

—¿Estás bien? —mamá hace una pausa—. ¿Has dejado ya de vomitar?

—¡Estoy bien, mamá! ¿Qué sucede?

—Es Boggy, cariño —mamá suspira—. ¿Estás sentada? —y sin esperar respuesta, deja caer la bomba—. Murió esta mañana.

Capítulo 16

—No sé. Parecía estar bien y de repente empezó a toser y se murió —Stevie, poco acostumbrado a llevar corbata, tira del cuello de la camisa mientras estamos de pie ante el féretro, en la funeraria Werner's Funeral Home, contemplando a nuestra diminuta tía abuela—. Quizás fuera por uno de tus bollitos.

Yo lo miro con horror y una sensación de culpabilidad me sacude un puñetazo en el estómago con su puño helado.

—¿Estaba comiéndose un bollito cuando empezó a toser? —susurro.

—Ella no, pero yo sí. A lo mejor aspiró una miga o algo. De lo que sí estoy seguro es de que culpa mía no fue.

—Por supuesto que no, cielo —la tía Rose moquea y le da una palmadita en el brazo a su hijo antes de sonarse la nariz con un considerable estruendo—. Pero sí que es verdad que esos bollitos eran tremendamente quebradizos, Lucy. La próxima vez deberías añadirles un poco de crema.

—¿Boggy se ahogó con un bollito? —Iris me fulmina con la mirada.

—¡No! Ella no se ahogó con nada, ¿verdad, Stevie? Tú estabas allí con ella.

Stevie se encoge de hombros y se rasca la oreja.

–Estábamos viendo Matlock. Ella dijo que ese tío raro seguía siendo atractivo, yo me estoy comiendo el bollito, ella empieza a toser y entonces… –Stevie abre mucho los ojos y saca la lengua–. Muerta. Yo pensé que podría darle un bollito. A fin de cuentas la trajo de vuelta la primera vez, ¿verdad, Luce?

–No le darías uno, ¿verdad? –pregunto horrorizada ante la idea de que mi primo fuera capaz de meterle un bollito en la boca a nuestra anciana tía esperando una extraña forma de resurrección. Por descontado, su coeficiente intelectual es el mismo que el de un pollo y podría ser posible.

–No, Luce, no soy estúpido –protesta Stevie–. Pero tú fuiste la que aseguró que le habían devuelto la vida.

–En su momento fue alucinante, Stevie.

–¿Queréis parar de discutir? –interviene Iris–. Estáis estropeando este bonito velatorio.

Yo cierro los ojos. El empalagoso aroma a lilas hace que mi cabeza dé vueltas, por no hablar de la edulcorada música de órgano que suena continuamente. Personalmente preferiría los Conciertos de Brandemburgo, o los Smashing Pumpkins, o algo así. Cualquier cosa menos lo que suena.

Mi madre aparece envuelta en su habitual nube de Chanel 5 y su *look* a lo Audrey Hepburn: vestido negro de seda con un gran lazo blanco en la cintura, unos Manolo Blahnik negros y con tiras, que dan la impresión de que a sus pies les gusta ser obscenamente atados.

–Estás impresionante –me susurra mientras alarga una mano para tocar mi hombro.

Sí, amigos, me he puesto una falda, un jersey y unos zapatos decentes (son solo unos Nine West, nada que ver con los de mi madre. Me pareció poco apropiado utilizar el velatorio de Boggy como escaparate de mi calzado más obsceno).

—¡Es maravilloso verte bien vestida! ¡Ese color te queda fantástico!

—Mamá, cálmate. Estamos en un velatorio —le digo.

—¡Mi niña! —continúa ella con afecto—. ¡Esos pendientes son un amor!

Os lo voy a explicar. A las Viudas Negras no hay nada que les guste más que un velatorio bien organizado, las flores, la gente, las lágrimas. Ellas atienden a todos y, para ser justos, conocen a todos, siendo la segunda generación de locales en una ciudad de dos mil habitantes. Existe un complejo sistema de puntuación para eventos como este, teniéndose en cuenta el número de asistentes, el coste de los arreglos florales, la elegancia de la organización elegida por los familiares del difunto para las pequeñas cuestiones, flores aparte, quién se encarga de la comida en la recepción posterior al funeral. Iris proclama con su potente voz lo hermosa que está la muerta, Rose, con su vocecilla de ratón, lo considerados que han sido quienes enviaron flores, y mamá anuncia lo amable que ha sido menganito, o fulanito, por venir.

Yo, por mi parte, no me divierto tanto en las funerarias, aunque no me generen el mismo grado de ansiedad que el cementerio. Sin embargo, Stevie se aferra a su idea de que una miga, llevada por una aspiración profunda de Boggy, se alojó en su esófago y le causó la muerte. Más aún, le está explicando su teoría a quien quiera escucharlo. Y por último, bueno, por último ninguno estábamos preparados para que la pequeña vieja Boggy muriera tan pronto.

—Yo había pensado ir a verla hoy —se queja mi primo Neddy, el hijo de Iris.

—Si de verdad querías verla podrías haber venido en cualquier momento durante los últimos quince años, Ned —señala su madre a todo volumen—. Esto te pasa por esperar hasta el último momento. Por supuesto que no sabíamos que era su último momento. Estaba tan bien. Un milagro médico. El programa *Dateline*, iba a contar su historia. ¡Pobre Boggy!

—¡Ha sido una tragedia! —llora Rose—. Debería haber permanecido con nosotros unos cuantos años más.

Años. ¿Y durante cuánto tiempo se suponía que iba a seguir viva la tía Boggy?

La buena de la prima Anne intenta erigirse en la voz de la razón.

—Tía Rose, mamá —interviene con firmeza—. Boggy tenía ciento cuatro años. Le llegó su hora. Tuvo una larga vida y morir a los ciento cuatro años no puede considerarse una tragedia, ¿verdad que no?

—¡Claro que lo es! —solloza Rose. A esta mujer le encanta llorar—. ¿Cómo puedes ser tan insensible, Anne? Durante años no hizo más que estar ahí tumbada como un perro muerto, y cuando por fin despierta, Lucy va y le lleva algo con lo que podía ahogarse. Lucy, ¿no se te ocurrió llevarle helado? En serio, un poco de sentido común…

—¡No se ahogó con mis bollitos! —protesto a voz en grito antes de obligarme a sonreír a la siguiente persona en la fila.

—¡Reverendo Covers! —canturrea mi madre—. ¡Qué amable por venir! ¡Qué considerado!

Iris y Rose hablan sobre la trágica muerte de Boggy con todo el que aparece, o sea toda la ciudad, ya que las noticias del milagro médico y consiguiente muerte ha despertado la curiosidad de todo el mundo. La fila es muy larga y mis pies me están matando.

Y allí, al fondo de la sala, está Ethan, vestido con un traje azul marino y corbata roja. Nuestras miradas se encuentran y mi corazón se encoge bruscamente. No lo había visto desde la mañana después de mi incidente Michael Phelps, y no estoy muy segura de lo que opina de mí estos días. Agito la mano tímidamente a modo de saludo y él asiente. No hay sonrisa. Mi garganta se cierra. Ethan y yo necesitamos sentarnos un rato. Necesitamos hablar. Por algún lado tiene que salir.

—Eh, Luce, siento mucho tu pérdida —tengo a Charley Spirito ante mí, la chaqueta de los Red Sox sobre una camisa con corbata.

—Gracias, Char... —mis palabras son interrumpidas por los fuertes brazos del profesor de gimnasia que engullen mi cuerpo. Entierra el rostro en mi cuello y me da un húmedo beso en la clavícula—. ¡Agh! —mierda, me está metiendo mano—. ¡Suéltame ya, Charley! —espeto.

—No puedes culpar a un tío por intentarlo —me dice—. Además, me estaba preguntando si te apetecería volver a salir conmigo en otra ocasión, ya que al parecer lo tuyo con ese tipo gordo no funcionó.

—¡Estoy en el velatorio de mi tía Boggy, Charley! —exclamo mientras me estiro el jersey.

—¿Eso ha sido un sí? —él sonríe.

—Eso ha sido un no. ¡Lárgate de aquí! ¡Fuera!

—Lucy, ¿estás saliendo con ese chico? —gorjea Rose.

—No, no estoy saliendo con nadie —mi rostro arde tenso mientras Charley se aleja, estúpidamente orgulloso de haber conseguido tocarme algo. Descubro a Ethan mirándome, su expresión impasible, y desvío bruscamente la mirada.

Necesito un respiro. Aviso a mi madre, que se comporta como Ryan Seacrest en la alfombra roja de los Óscar, y me dirijo hacia el fondo de la sala. Sin duda mañana por la mañana tendré una ampolla en los talones. Tomo asiento agradecida y respiro hondo. Mi corazón late un poco demasiado deprisa. Casi desearía poderme tomar otra de esas pastillitas que me hacen flotar.

El velatorio de Jimmy también lo hicimos aquí y, por supuesto, fue surrealistamente horrible. Una parte de mí no paraba de repetir «esto no está sucediendo. En cualquier momento va a aparecer». Había tantos invitados a la boda allí que me resultaba casi confuso. Unos pocos meses antes esas mismas personas habían estado felices y contentas. ¿Cómo era posible que Jimmy se hubiera ido de verdad? ¿Para siempre? Era como uno de esos sueños que empiezan bien, pero poco a poco te vas dando cuenta de que te has perdido y de que alguien te persigue con un enorme cuchillo, y no hay ningún sitio en el que esconderse.

Y hablando de invitados a la boda. Debbie Keating, mi mejor amiga de la infancia, se acerca al féretro y se pone a charlar con Rose. Ella fue una de mis damas de honor, pero cuando Jimmy murió, me dejó tirada. No vino ni al velatorio ni al funeral. No envió ninguna tarjeta de condolencias. Fue su madre, temblorosa y aturdida, la que me comunicó allí mismo, conmigo allí de pie ante el cadáver de mi esposo, que la muerte de Jimmy era algo muy duro y muy triste. No volví a saber nada de Debbie. Cuando se casó dos años después, yo no fui invitada.

Sucede más a menudo de lo que os creéis. La gente no sabe qué decir, de modo que no dicen nada, te ignoran, fingen no verte, y, cuando no tienen más remedio, hacen lo que está haciendo Debbie ahora mismo, sonreírme y fingir que seguimos siendo amigas, y luego desviar la mirada rápidamente antes de que nuestras miradas se fundan de verdad.

Alguien se sienta a mi lado. Es Grinelda, y huele a carne cruda.

–Hola, Grinelda –saludo–. ¿Cómo estás?

–No estoy mal, niña. ¿Y tú?

–Estoy bien –miro de reojo su indumentaria, una falda bailarina de tul rosa sobre unos pantalones de pana y por arriba una camisa de terciopelo rojo y un chaleco negro–. ¿Y bien? ¿Viste la muerte de Boggy, Grinelda? –no puedo evitar preguntarlo.

–Pues resulta que en ocasiones los cables digamos que

se cruzan. Puede que lo viera, y puede que no. Además –añade bajando el tono de voz y no olvidando parecer una gitana–, no se me ha concedido el verlo todo.

–¿Y exactamente qué se te ha concedido ver? –murmuro.

La mujer suspira ostensiblemente.

–Lo que elijan contarme los que han muerto –me mira con los ojos entornados–. ¿Has vuelto a dejarte encendida la tostadora?

–No. Comprobé la tostadora. No he quemado ni una tostada desde que me transmitiste el mensaje.

–Me alegro, supongo. Y ahora necesito fumar –me dice antes de que le dé una ataque de tos y flemas.

Yo le doy palmaditas en la espalda e intento no poner cara de asco mientras echa flemas y resuella. Al final gruñe e intenta levantarse dificultosamente. Yo me pongo de pie y le echo una mano.

–Cuídate, Grinelda –le aconsejo.

–Tú también, Lucy –echa a andar hacia el reverendo Covers y le ofrece una tarjeta morada de visita.

–Siento que haya muerto tu tía, Ducy –dice una vocecilla junto a mi cadera.

–Ah, hola, Nicky –mi corazón se hincha de amor y lo tomo en brazos para darle un beso–. Gracias, cariño. ¿Has venido con papá?

–No. He venido con mamá –me rodea el cuello con un bracito y yo le doy otro beso. Su mejilla es suave como el terciopelo y descubro una nueva peca bajo su oreja–. Ducy –me dice mientras juguetea con mi collar–, ¿la tía Boggy verá al tío Jimmy en el cielo?

La pregunta me golpea en el estómago como un puñetazo. Lentamente yo me dejo caer en la silla y siento a Nicky sobre mi regazo.

–No lo sé, cielo –susurro–. A lo mejor. No veo por qué no.

—A lo mejor le puede preparar la cena. Papá dice que era buen cocinero.

La imagen de mi marido en la cocina es tan clara que casi puedo oler la salsa de tomate, ver a Jimmy, los rizos de color rubio oscuro bajo el pañuelo rojo, las grandes manos cortando habilidosamente perejil, oír el chisporroteo del pollo en el aceite de oliva caliente.

—Sí que era buen cocinero —murmuro ante la expectante mirada de mi sobrino—. Apuesto a que te habría preparado todas tus comidas favoritas.

—Eso dice papá. ¿Puedo comer un caramelo? —pregunta Nicky mientras se escurre de mi regazo—. Allí hay caramelos. Un enorme cuenco al lado de la puerta.

—Pregúntale a tu mamá —le digo.

—¡Adiós! —Nicky corre hacia Parker, que le acaricia el pelo distraídamente mientras charla con Ellen Ripling. El niño se agarra a su pierna en un evidente intento de no interrumpir. Sus ojos son idénticos a los de Ethan, marrones y traviesos, con un destello de sonrisa siempre preparado para saltar.

Salvo que últimamente no he visto sonreír a Ethan. Incluso en este mismo instante su aspecto es de cansancio mientras aguarda en la fila para ofrecer sus condolencias a mis parientes. El rostro de Rose se ilumina al verlo, y él sonríe como siempre hace en presencia de las Viudas Negras, agachándose para besarle la mejilla. Toma sus dos manos en las suyas y dice algo que le hace sonreír. Tiene un don con las mujeres mayores este Ethan. Algo revolotea en mi pecho al recordar cómo besó mi frente la otra noche.

Pasa a Iris y le susurra algo al oído… algo, al parecer, muy travieso, ya que ella poner una cara de horrorizado placer y le da una palmadita en la cabeza. A continuación se sitúa frente a mamá, que lo toma del brazo sin dejar de hablar con su mejor amiga, Carol. Ethan parece tan…

formal. Asiente a Carol sin interrumpir a mi madre, con aspecto de ser lo que es en realidad: un buen hijo. Es una lástima que carezca de esa facilidad para relacionarse con sus padres.

Yo bajo la mirada y me imagino a Jimmy haciendo más o menos lo que hace su hermano en esos momentos. Seduciendo a mi madre, diciéndoles cosas bonitas a mis parientes, y por último acercándose y sentándose a mi lado para darme un beso. Me tomaría de la mano, murmuraría unas cuantas palabras y se levantaría para ocuparse de los niños, íbamos a tener cuatro, cuando empezaran a alborotar. Y si alguien insinuara que habían sido las migas de mis bollitos las que habían matado a Boggy, Jimmy acabaría con esa tontería en un abrir y cerrar de ojos. Su presencia me protegería de las superficiales Debbie Keatings y de los imbéciles primos Stevies del mundo.

Es a la vez la carga y la bendición de las viudas. Durante el resto de mi vida, allá adonde esté, me imaginaré la presencia de Jimmy. Me quería muchísimo. Y Dios sabe que yo a él también.

–Hola, Lucy.

Miro a Ethan y durante un fugaz instante tengo la sensación de que es a él a quien he echado de menos durante todos estos años.

–Hola –susurro a través de la niebla de emoción que me envuelve.

–Me han contado que esos bollitos eran mortales –susurra antes de soltar una silenciosa risotada, dejándose caer en la silla a mi lado y cubriéndose el rostro con una mano.

La ternura que invadía mi corazón desaparece de golpe. Ha sido la última pajita. Es increíble que se me hubiera ocurrido arreglar las cosas con él, hacerle sonreír de nuevo. Sin decir una palabra me levanto y echo a andar.

–Lucy, lo siento –me dice agarrándome una mano–. No te enfades.

Yo me suelto. No estoy de humor. Las emociones me retuercen el corazón, las buenas, las malas, las feas, y necesito un poco de espacio.

Al fondo de la sala está Stevie y, por sus gestos, está escenificando los últimos instantes de Boggy, las manos alrededor de la garganta, la lengua fuera, mientras el padre Adhyatman lo contempla con horrorizada fascinación. «Las migas no tuvieron nada que ver», le transmito mentalmente al cura antes de pasar ante ellos. Avanzo por el pasillo hacia el cuarto de baño, la garganta cerrada, un tremendo escozor en los ojos.

Y del cuarto de baño sale Debbie, la que fue mi amiga. Me ofrece una sonrisa vacua, esa que ha conseguido perfeccionar, desvía la mirada a un lado de mi cabeza e intenta seguir su camino.

–Hola, Debbie –saludo mientras le bloqueo el paso. Quizás mi voz haya surgido un poco demasiado fuerte.

–¡Oh! Eh, ¡Lucy! –me dice como si acabara de reconocerme. De nuevo su mirada me evita, como un ciervo atraído por las luces de un coche. No, como una comadreja atraída por las luces de un coche. Siempre tuvo cara de comadreja–. ¡Hola! ¿Qué tal te va?

–Bueno, pues tiene gracia que lo preguntes, Debbie. Mi marido murió hace cinco años. Sé que estabas muy triste, pero, ¿sabes qué? Yo también lo estaba. Habría sido agradable que me llamaras, aunque fuera solo una vez, ya que se suponía que eras mi amiga y eso.

Ella me mira fijamente, su rostro contraído en una expresión de sorpresa. Abre la boca, pero no pronuncia sonido alguno. En cualquier caso no tengo ganas de oír lo que podría o no decirme. Me hago a un lado y le permito escabullirse. Respiro aceleradamente y con dificultad, y miro a mi alrededor en busca de un lugar donde esconderme, muy consciente de que estoy irritantemente al borde de las lágrimas.

El ropero me vale. No hay nadie allí. Entro y cierro la puerta, respiro hondo y cruzo los brazos sobre el pecho. Estoy rodeada de tres largas filas de abrigos, las perchas vacías tintineando suavemente en la corriente de aire que se ha formado con mi llegada.

—¿Lucy? ¿Estás ahí dentro? —por supuesto es Ethan.

Decido no contestar. La puerta del ropero no tiene cerrojo. Ethan entra y cierra la puerta sin hacer ruido.

—Primero te lo haces con Charley Spirito, luego le cantas las cuarenta a Debbie Keating —reflexiona en voz alta—. Una noche muy ocupada.

—Por favor, no —susurro.

—Lo siento —mi cuñado asiente y baja la mirada al suelo—. El comentario sobre los bollitos fue de muy mal gusto. ¿Me perdonas?

Yo asiento. El nudo en mi garganta me impide hablar.

—Pues entonces vuelve ahí fuera. Tu madre te está buscando.

—Ethan —intento hablar, pero mi voz se rompe, los labios empiezan a temblar y los aprieto con fuerza.

—¡Eh! —Ethan enarca las cejas, sorprendido, da un paso hacia mí y me agarra de los brazos con esas manos cálidas y fuertes—. ¿Qué te pasa, cariño?

Mis ojos se desbordan y de repente tengo la cara pegada al hombro de Ethan, mis brazos alrededor de su fina cintura, y estoy llorando. Mucho.

—Estaba tan orgullosa, Ethan —consigo decir medio ahogándome—. Por ser la primera cara que vio después de tanto tiempo. Que quizás fuera por algo que dije, o por esos malditos bollitos… que a lo mejor desaté algo. Ella hablaba y sonreía y todo eso, y de repente era como en los viejos tiempos, ¿sabes a qué me refiero? Las Viudas Negras estaban tan contentas, y todo era una fiesta porque todo el mundo estaba maravillado, y de repente… es estúpido lo sé, pero ¿por qué tienen que morirse todos? –yo hipeo ante un nuevo sollozo.

–Cielo, tenía ciento cuatro años –susurra Ethan contra mi pelo, rodeándome con sus brazos y frotándome la espalda, entre los omóplatos, allí donde tengo unos nudos como piñas de grandes. Qué agradable sensación. Qué bien huele–. Ella simplemente… se apagó. Eso es todo. Pero tú pasaste con ella un día maravilloso, ese último día en que volvió a ser ella misma –continúa con voz dulce–. Deberías estar contenta, cariño. Fue un regalo. Conseguiste hablar con ella por última vez. Ni te imaginas lo que yo daría por…

Se interrumpe bruscamente, pero no importa. Sé lo que estaba a punto de decir.

Me aparto un poco y lo miro, y sus ojos, esos ojos tan risueños, están tan tristes.

Jamás he visto llorar a Ethan, ni en el entierro de Jimmy, ni en esos horribles días que siguieron, jamás. Y me pregunto qué cúmulo de emociones tendrá comprimido en su corazón.

Ethan también se aparta. Muy delicadamente desliza los pulgares bajo mis ojos, secándome las lágrimas.

–No llores, cielo. No lo soporto –susurra.

Y de repente lo beso. La hermosa y carnosa boca cálida, familiar. Durante tres eternos segundos él no se mueve ni un milímetro. Y entonces me devuelve el beso, solo un poco, los labios apenas moviéndose, y yo deslizo mis dedos entre sus cabellos y lo atraigo un poco más hacia mí. ¡Cielo santo, cómo lo he echado de menos! Cómo he echado de menos esto.

Sus brazos se cierran en torno a mi cuerpo y las perchas vuelven a tintinear cuando tropezamos con ellas. Sus labios están sobre mi cuello, la deliciosa rugosidad de su barba en contraste con la sedosidad de sus labios.

Mis rodillas flaquean ante una urgencia casi dolorosa. Y entonces su boca encuentra de nuevo la mía, y el beso es tan dulce... desesperado, hambriento, ardiente y prohibido y absolutamente bienvenido. Su lengua acaricia la mía y un ardor incandescente corre por mis venas. Mis manos se deslizan hasta su pecho. Su piel arde y casi me quema a través de la tela de la camisa, y siento el fuerte latido de su corazón. Sin pensar, tiro de la camisa y deslizo las manos por debajo.

–Lucy –murmura Ethan contra mi boca–. Cielo, espera.

Pero yo sigo besándolo y deslizo mis manos sobre la suave piel de su espalda, los costados, y lo atraigo hacia mí, deseando sentirlo contra mí. Él se mueve para pegarse más, su boca dura y ardiente. Lo de esperar ha quedado olvidado.

De repente la puerta se abre y yo suelto a Ethan a tal velocidad que me tambaleo una vez más contra las perchas. Él me agarra del brazo y los dos nos volvemos para ver quién es.

–Por Dios, chicos, ¿no podéis ir al asiento trasero de una limusina como hace todo el mundo?

Es Parker. Sonríe y arquea una ceja mientras apoya las manos sobre sus finas caderas. Mi rostro arde, las llamas de la lujuria avivadas por una sensación de culpa. Mi garganta se cierra y casi me ahogo.

–Hola, Parker –murmura Ethan con calma, sin soltar mi brazo.

Ella chasquea la lengua.

–¿Haciéndooslo en un velatorio? ¡Debería daros vergüenza! –mira por encima del hombro y sonríe–. Ya los he encontrado, señora Lang –horrorizada, siento que mi estómago da un vuelco y me tapo la boca con una mano. Parker se vuelve hacia nosotros–. Era broma, chicos –nos anuncia con una resplandeciente sonrisa–. De momento estáis a salvo. Pero, en serio, arreglaos un poco y salid de aquí, niños malos.

Y sin más cierra la puerta del ropero y, supongo, se va.

Y yo me quedo con Ethan. Me aparto de él un poco tambaleante. Tiene los cabellos revueltos, las mejillas sonrojadas, el faldón de la camisa fuera del pantalón. Trago nerviosamente varias veces. Menuda categoría, hacérselo en una funeraria. Al parecer lo bastante afrodisíaco para nosotros, pervertidos, que disfrutamos echándole un polvo a nuestros cuñados.

–Lucy –Ethan no se ha movido del sitio. Su voz es baja.

–Lo siento –susurro con la vista fija en la alfombra y los puños cerrados con fuerza.

–Mírame.

Yo asiento y me obligo a obedecer.

La expresión de Ethan es tranquila. Me sujeta la barbilla y la levanta un poco más. Madre mía lo que cuesta mirar a esos ojos marrones. Pero lo hago.

–Dame una oportunidad –me dice con calma. Y un gélido puño me aprieta el corazón–. Dame una oportunidad de estar contigo. Pero esta vez haciéndolo bien.

Yo abro la boca, la cierro, y vuelvo a intentarlo.

–Ethan, ya sabes que yo…

–Tienes que hacerlo –su mirada es firme y serena.

Mi corazón, que hace unos minutos latía un poco errático, empieza a golpearse con fuerza contra mi pecho. Tengo que hacerlo. Y lo sé. Pero…

–De acuerdo –susurro al fin.

Él me toma el rostro entre las manos ahuecadas y se limita a mirarme. Entonces sonríe y mi estúpido corazón salta a su encuentro, a pesar de que tengo el estómago encogido.

–Todo saldrá bien. Ya lo verás.

Mis rodillas vibran dolorosamente y mis manos parecen entumecidas. La piedrecita de mi garganta ya ha adquirido a estas alturas el tamaño de un puño.

Ethan me besa la frente, y yo cierro los ojos y poso una mano sobre su corazón antes de apartarla y colocarle el cuello de la camisa. Él sonríe, se vuelve a remeter la camisa por dentro del pantalón, abre la puerta y se asoma.

–Todo despejado –anuncia con su vieja mirada traviesa.

–Hasta luego, vaquero –murmuro antes de trotar por el pasillo sobre mis piernas de madera para reunirme con mi familia. Durante el resto de la noche, apenas consigo oír nada. Y me siento un poco enferma.

Creo que me he metido en un lío.

Capítulo 17

Finalizado el velatorio, regreso caminando a mi casa, con idea de descansar. Mi estómago está hecho un asco desde que Ethan me besó, bueno, para ser justos, desde que yo besé a Ethan.

No sé muy bien lo que hago. Ethan no es la clase de hombre que busco. Es muy, demasiado, demasiado, adorable. Trago con dificultad y sigo calle abajo. Paso frente a la ferretería Nubey's, la tienda de deportes Zippy's Sport Memorabilia. No he visto entrar en esa tienda a ningún cliente desde hace meses, y me pregunto distraídamente cuándo pasará Zippy's a mejor vida, y si las Viudas Negras encontrarán otro inquilino. Son las ocho y media, y Mackerly está en calma, el velatorio erigiéndose en el centro social. Y ahí está Bunny's. «Hasta dentro de un rato», pienso, disfrutando ya ante la perspectiva del cálido bálsamo que para mí supone la elaboración del pan, el dulce olor a levadura de la masa, el calor del horno. Curioso que me sienta tan encariñada con un lugar, pero adoro esa pastelería. Ojalá no estuviera agonizando lentamente.

Rodeo el parque mientras deslizo mi mano por el muro de piedra arenisca, su superficie rugosa arañándome los dedos. La temperatura está descendiendo y siento las puntas de las orejas enfriarse. Una gaviota grita, plañidera y estridente, y el olor de la marea baja empapa el aire. El viento se agarra al espacio hueco bajo el puente y un solitario y suave aullido surge de allí. O quizás sea la mujer del capitán Cook, como nos contó Bob.

Me dirijo directamente a casa de Ethan. Me abre la puerta al primer golpe de nudillos.

–Hola –saluda. Se ha quitado la chaqueta del traje y desabrochado dos botones de la camisa. Sonríe antes de hacerse a un lado para dejarme pasar. Yo me quedo quieta, mi cabeza el equivalente emocional de un ciclo de centrifugado–. Pasa, Lucy. ¿Te apetece una copa de vino?

–Claro –contesto, bruscamente obediente–. Gracias.

Ethan se dirige a la cocina para servirme esa copa y yo echo un vistazo al salón. La distribución de su apartamento es idéntica a la del mío, pero al estar una planta más arriba, sus vistas son mejores. Ahora, sin embargo, no se ven más que unas pocas luces salpicadas por la ciudad, y el profundo negro del mar a continuación. En el horizonte se ve un pequeño destello, es un barco de pesca. Alguien ha salido esta noche desafiando las olas para comprobar los sedales. Un brillo azul proveniente de la casa de los Aronson indica que están viendo la televisión. Rose les preparó el mes pasado la tarta para la fiesta de su cincuenta aniversario. Cincuenta años.

Me doy la vuelta y casi doy un brinco al ver a Ethan allí de pie con dos copas de vino en las manos.

–Toma –me dice mientras me ofrece una. Nuestros dedos se rozan, los míos fríos contra su cálida piel–. Por la tía Boggy –añade, y brindamos.

–Por Boggy –repito yo antes de darle un trago al vino.

Es un cabernet tinto, creo, y sin duda tendrá un buen cuerpo y una intrincada maraña de sabores, pero jamás podré percibirlo porque me lo he tragado todo de golpe. Dejo escapar el aire y Ethan enarca una ceja.

–¿Coraje líquido? –sugiere mientras las comisuras de sus labios se elevan.

–Puede –le concedo y me siento en el sofá.

Es un sofá bonito. De cuero marrón. Ethan amuebló su apartamento de un solo golpe en una tienda de restauración. En su mayor parte los muebles son oscuros, bonitos, sólidos. Aparte de las numerosas fotos de Nicky (y unas cuantas de Nicky y Parker, incluso algunas de los tres), su casa parece un catálogo. Se acerca y se sienta en un sillón a juego con el sofá.

–No tienes ninguna foto de Jimmy –observo. Ya me había dado cuenta de ello, incluso creo que se lo había comentado alguna que otra vez.

–Tendré que pedirle alguna a mi madre, ya que estoy aquí de continuo.

–Debes echarlo de menos.

Ethan me mira durante unos segundos antes de responder.

–Así es –deja la copa de vino sobre la mesita de café, de cristal, y entrelaza los dedos de las manos–. ¿Quieres hablar de Jimmy o te gustaría hablar de ti y de mí?

–Bueno, las dos cosas están más o menos relacionadas, ¿no? –pregunto mientras mi corazón se desliza lentamente por un tobogán.

–Supongo que sí –Ethan asiente.

–Soy la mujer de tu hermano, Ethan. ¿Estás seguro de querer estar conmigo? Por fuerza hay mucho equipaje.

–Eres la viuda de mi hermano, Lucy –me corrige en un tono algo brusco–. No estamos cometiendo adulterio ni nada de eso.

–Ya lo sé, Ethan –contesto con la misma brusquedad–. Pero tampoco es la típica situación.

Durante un segundo no se mueve, pero luego se levanta y se sienta a mi lado, girándose para poder mirarme de frente, aunque en estos momentos yo soy incapaz de mirarlo a él. Desliza una mano por mi cuello.

—¿Cómo te gustaría que fuera esta cosa entre nosotros? —pregunta con voz dulce.

«No quiero que sea, Ethan, estoy aterrorizada».

Me atrevo a mirarlo, a esos cálidos ojos marrones.

—Tienes que jurarme —susurro—, que seguiremos siendo amigos, Ethan. Pase lo que pase. Si sale bien, genial. Pero si no, yo no podré... te he echado mucho de menos estas semanas —mis ojos se llenan de lágrimas. Sé que la exigencia no es nada razonable, pero no puedo evitarlo.

—De acuerdo —asiente con delicadeza—. Yo también te he echado de menos —me besa en el hombro y yo trago nerviosamente—. ¿Algo más?

—No lo sé —reconozco. Sus manos siguen en mi cuello y no estoy segura de si me gusta o de si preferiría un poco de espacio—. No quiero decírselo ya a tus padres. Ni a mi familia tampoco. No hasta que sea algo... más definitivo. ¿De acuerdo?

—De acuerdo —un destello asoma a los ojos de Ethan.

—Y puede que debamos esperar un poco antes de, bueno, ya sabes, acostarnos.

—De acuerdo —Ethan asiente—. Seguramente sea una buena idea.

—¿Ya está? —pregunto yo, irracionalmente irritada porque sea tan condenadamente complaciente—. ¿Sí a todo? ¿No te gustaría añadir algo?

—Gracias —me dice mientras inclina la cabeza y esa malditamente atractiva sonrisa curva su adorable boca.

—¿Por qué? —yo parpadeo perpleja.

—Por darme una oportunidad. Sé que estás asustada, y sé que no estás convencida al cien por cien, y te estoy agradecido. Eso es todo.

—Mierda, Ethan —susurro—. Eres un amor.

Y no puedo evitarlo. Lo beso, dulce y lentamente, y tengo la sensación de caer al vacío y que lo único sólido a lo que puedo agarrarme es Ethan, que me rodea con sus brazos y apoya una mano en mi nuca. Lo siento fuerte y seguro, y huele muy bien, y sabe a vino. Y como hace un rato, de repente me descubro hambrienta, como una yonqui al conseguir su dosis. Tiro de él hacia mí mientras me recuesto en el sofá, y lo rodeo con mis brazos para atraerlo un poco más y, Dios, qué agradable sensación. Sus manos se deslizan debajo de mi jersey, me queman la piel, y yo contengo la respiración. El cosquilleo de su barba, la suavidad de sus labios, el calor de su boca…

De repente interrumpe el beso y se aparta, acalorado, respirando entrecortadamente, los ojos turbios y duros, y tengo la sensación de estarme ahogando, pero sin querer subir a la superficie.

–Nada de acostarnos –murmura mientras me acaricia la mejilla con un dedo–. ¿Tienes hambre?

Y sin más se levanta de encima de mí, dejándome toda floja y cachonda, y se tambalea hasta la cocina.

Capítulo 18

—¿Estás bien, cariño? ¿Eres feliz?
—Voy bastante bien, mamá —hablo por el teléfono móvil y acabo de ganarme una furiosa mirada de mi propia madre, a la que nunca le gustó que me dirigiera ocasionalmente a Marie Mirabelli del mismo modo que a ella—. ¿Qué tal por ahí?

Casi la oigo encogerse de hombros en ese gesto tan típico, perfeccionado por generaciones de italianos, una especie de «a saber, tú no puedes hacer nada, estoy sufriendo, pero no me quejo».

—Hace calor —reconoce al fin.
—Es Arizona —puntualizo mientras abro la puerta del horno para echar un vistazo a mis hermosas hogazas. Dos minutos y medio más deberían bastar, tanto para el pan como para mi suegra—. ¿Cómo está Gianni? ¿Juega al golf?

—Ah, él —contesta Marie—. Golf. Uno pensaría que podría relajarse, pero no, se pasa el día en la tienda comprando comida suficiente para un ejército. Aquí la gente no come, Lucy, hace ejercicio —es evidente que para ella es como una palabrota—. ¡Una vergüenza! Quieren que yo vaya a clase de yoga. ¡Yoga! ¡Yo! Como si tuviera alguna gana de retorcerme como una serpiente.

—Pues no suena mal —contesto con una sonrisa—. Son cosas que has estado demasiado ocupada para hacer.

—¿Y quién ha dicho que yo quiera practicar yoga? —mi suegra suspira y hace una pausa—. ¿Cómo está Nicky? Fuiste un ángel al mandarnos esas fotos. ¿Ha crecido?

—Está estupendamente —le digo—. Es el niño más dulce del mundo. Y sí, está pegando un estirón. Cuando le llames, pídele que te cante la canción de Halloween. Es una monada.

—Cuánto echo de menos a ese hombrecito —Marie vuelve a suspirar—. ¿Y Ethan? ¿Cómo está?

Yo hago una mueca. Ojalá Ethan llamara a sus padres más a menudo, ya que me encuentro demasiado a menudo dándoles información sobre su propio hijo.

—Está bien.

—¿Crees que va a volver con Parker? Esos dos, no lo entiendo. Tienen juntos un hijo precioso, pero no quieren casarse. Y ahora que Ethan vive allí permanentemente, ¿qué se lo impide?

Yo desvío la mirada hacia mi madre que sigue con la oreja pegada a la conversación, sin ninguna vergüenza.

—Yo, pues, yo, no estoy segura —miento.

Este seguramente sería el momento perfecto para decir algo. «Pues lo cierto es que Ethan y yo nos hemos estado viendo. Un poco...».

Pero no digo nada. Es demasiado pronto. En cambio le recuerdo a Marie que la quiero, le pido que abrace a Gianni de mi parte y le aseguro que los echo mucho de menos a los dos. Después cuelgo, evito la mirada de mi madre y echo otro vistazo a mi pan.

Ethan y yo cenamos juntos la otra noche, y fue una agónica incomodidad. Habíamos estado en Lenny's y estoy casi segura de que nadie se dio cuenta de que teníamos una cita. A fin de cuentas, Ethan y yo hemos salido a comer juntos muchas veces. Cierto que desde hace un par de años íbamos menos, coincidiendo con la época en que pasábamos nuestro tiempo juntos disfrutando de un tórrido sexo, pero estoy segura que para el ojo no entrenado, esta cena no ha debido parecer nada raro. Sin embargo, Ethan estaba que prácticamente saltaba de energía, hablaba sin parar, con demasiado énfasis, para entretenerme. Yo estaba tan nerviosa que apenas pude comer. Fue mucho más que tenso. No se me ocurría nada que decir, y mencionar a Jimmy me parecía vedado, aunque evitar el tema tampoco me parecía natural. Todas las anécdotas de los clientes de la pastelería se esfumaron mientras yo intentaba pensar en algo, lo que fuera, sobre lo que pudiéramos hablar. Y lo único que pudimos hacer fue hablar del tiempo y la comida. Patético.

Cuando regresamos a Boatworks, Ethan me acompañó hasta mi puerta, se apoyó contra la pared y esperó a que encontrara mis llaves mientras Gordo Mikey aullaba desde el interior.

—Bueno, pues gracias, Eth —le digo y me sonrojo.

No quería que me besara. Solo quería meterme en mi casa, a salvo con mi gato. Aunque sí quería que me besara y, si lo hacía, todos sabemos lo que iba a pasar. Yo me abalanzaría sobre él allí mismo, en el pasillo. Gordo Mikey empezó a sacudir topetazos contra la puerta como si pudiera derribarla. Ethan me miraba con calma, esperando. Yo miraba al suelo.

—No hay de qué —contesta al fin antes de besarme la mejilla—. Nos vemos.

Y antes de que hubiera desaparecido a la vuelta del pasillo ya lo estaba echando de menos.

Al final terminé llamando a la puerta de Ash para preguntarle si quería practicar un poco preparando una tarta de queso con calabaza cacahuete, la que teníamos prevista hacer en la siguiente clase. Por suerte para mí, sí quería. Y todo el tiempo fui incapaz de quitarme a Ethan de la cabeza, y así ha seguido. Cuando está conmigo tengo la sensación de estar a la que salta. Cuando no está, lo echo de menos.

–¿Qué te pasa, Lucy? –pregunta Iris mientras ladea la cabeza con preocupación.

–Ah, nada. Supongo que estoy algo preocupada –contesto a mi rígida tía con una sonrisa.

Aunque Rose es la tía más afectuosa, Iris es un poco más perceptiva, a pesar de su personalidad de bulldog.

–¿Lo de las citas no te está yendo bien? –sugiere.

–Es… es que no sé. Es más difícil de lo que pensaba –le explico.

–Pues yo también he pensado en empezar a salir un poco –anuncia Rose, casi haciendo que se me caiga la bandeja de hogazas que estoy sacando del horno.

–Es verdad –me asegura Iris con sarcasmo–. De repente a esta se le ha ocurrido comprobar qué hay por ahí fuera. Deberías haberla visto en el centro de mayores cuando fuimos a vacunarnos contra la gripe. Cuatro hombres revoloteando a su alrededor, ignorándome a mí. Como cuando éramos jóvenes. Yo era la lista y ella la guapa.

–¡Yo también soy lista! –pía Rose indignada–. Y sí que eres guapa, Iris. Pero no sabes coquetear.

–Tengo setenta y seis años, Rose –Iris pone los ojos en blanco–. Y tú no eres mucho más joven que yo. Coquetear. Deberíais estar intercambiando recetas médicas y asegurándote de si van a querer RCP cuando se les pare el corazón.

Yo suelto una carcajada mientras Rose cloquea con desaprobación, y Jorge, que se ha materializado detrás de un saco de harina, sonríe. Los dos nos ponemos a embolsar el pan, todavía caliente, con la eficacia que da la práctica.

–¿Lucy? –mi madre me llama desde la parte delantera de la pastelería–. Alguien ha venido a verte.

—De acuerdo —contesto antes de volverme hacia Jorge—. ¿Te podrás ocupar tú del resto? —él asiente—. Por cierto, Jorge, ¿qué te parece Rose? Por lo visto está interesada en volver a salir con hombres.

—¡Oh, me meo, Lucy! —Rose suelta una risita tonta—. Jorge no es más que un buen amigo.

Jorge le dedica una sonrisa resplandeciente, el diente de oro brillando.

Yo empujo las puertas batientes que dan a la tienda en el preciso instante en que mi madre entra en la cocina.

—Lucy, cielo, espera...

Yo me paro en seco al ver al hombre de pie junto al mostrador.

Es Jimmy.

Mis rodillas se doblan y mamá me sujeta antes de que caiga.

Por supuesto no es Jimmy, pero casi, y yo no soy la única que opina así. A Rose se le han saltado las lágrimas, e Iris apoya una mano contra su corazón.

Matt DeSalvo, en algún momento consiguió decirnos su nombre, es alto y de hombros anchos. Lleva el pelo, color rubio oscuro, corto. Su sonrisa es amplia y sincera, y su rostro es anguloso y fuerte. Matt tiene un hoyuelo, pero Jimmy no. Los ojos de Matt son azules, no de ese impresionante color azul verdoso de Jimmy, sino de un color más azul. Y lleva traje, cosa que Jimmy casi nunca hacía.

Aun así, la semejanza es impresionante.

Nos sentamos uno frente al otro a la mesa de la cocina de la pastelería. Mamá prepara té, sin parar de cacarear, y Rose no para de decirme lo pálida que estoy, lo cual es lógico dado que tengo la sensación de haber visto un fantasma. Me tiemblan las manos y me siento algo sudorosa.

Desde la muerte de Jimmy, lo he visto por todas partes.

Por mis tías, mi madre y el grupo de viudas al que pertenecí, sé que ver a tu esposo fallecido no es raro. En una ocasión iba yo conduciendo por New London y un hombre cruzó la calle delante de mí. Se parecía tanto a Jimmy que di media vuelta y regresé para buscarlo, y lo busqué durante media hora con el corazón encogido y las lágrimas anegando mis ojos. En otra ocasión, cuando abandonaba el hospital tras el nacimiento de Nicky, oí reírse a Jimmy, sin lugar a dudas. Esa risa baja y obscena tan propia de él, y estuve segura de que su alma había regresado a la tierra para conocer a su sobrino recién nacido.

Pero ver al doble de Jimmy al otro lado de la mesa resulta abrumador. Ante mi amago de desmayo, mamá le había explicado al pobre hombre lo de su semejanza, y Matt me había acompañado amablemente a la cocina, donde me había dejado caer en una silla para que yo agachara la cabeza entre las rodillas.

–Lo siento –repito por enésima vez tras sonarme la nariz y secarme las lágrimas.

–Lo entiendo perfectamente –me dice amablemente Matt.

Su voz, desde luego, no se parece en nada a la de Jimmy, lo cual ayuda. De cerca tampoco se parecen tanto. La nariz de Matt es un poco más larga, y su barbilla es más redonda que la de Jimmy, que era cuadrada y ridículamente masculina. Aun así… se parece más a Jimmy que cualquier persona que haya visto. En realidad se parece más a Jimmy que Ethan, su propio hermano.

–¿Cuánto tiempo hace que murió? –pregunta.

–Cinco años y medio –contesto mientras me fijo un poco más en su rostro.

–Fue una tragedia –anuncia Iris.

–Una enorme tragedia –trina Rose al mismo tiempo.

–¿Por qué no os acercáis a Starbucks, chicas? –sugiere mamá con severidad–. A Lucy no le iría mal un café.

Una de esas cosas absurdas y carísimas. Vamos. Fuera de aquí.

Con expresión dolida por la expulsión, mis tías obedecen a mi madre y Matt se levanta educadamente mientras ellas chascan la lengua y se ponen las chaquetas. Yo aprovecho la interrupción para recobrar la compostura, aunque mis manos todavía tiemblan.

—¿Y cómo murió tu esposo? —pregunta Matt.

Mi madre siente que la pregunta es demasiado personal para resultar aceptable y hace sonar ruidosamente sus llaves. Aunque se ha deshecho de las tías, no hay fuerza en el mundo capaz de hacerle marcharse de allí también.

—Un accidente de coche —contesto distraídamente.

—Lo siento mucho —me dice él educadamente mientras me mira a los ojos sin pestañear. Es simpatía, no piedad, lo que hay en esos ojos. Y os diré que hay una gran diferencia, como nosotras las viudas sabemos bien—. Debías ser tremendamente joven.

—Veinticuatro años —murmuro.

Mi madre ya no aguanta más y suelta las llaves con gran estruendo sobre la bandeja del té.

—¿Y bien? ¿Qué le trae a Bunny's, señor DeSalvo? —pregunta mientras se sienta a mi lado, tira de la chaqueta de su traje a medida, cruza las piernas y hace danzar el pie de manera que el zapato de tacón cuelga precariamente de la punta.

—Bueno, este puede que no sea el mejor momento para hablar del tema, si te encuentras demasiado agitada —observa Matt—. Puedo volver en otro momento.

—Pues yo creo que se encontraría menos agitada si nos explicara el motivo de su presencia aquí —contesta mi madre.

Yo la miro sorprendida. No es propio de ella mostrarse tan grosera. Eso es más típico de Iris.

Aun así, Matt hace una pausa, me mira y, debo admitir, que me gusta que espere a que yo dé mi aprobación.

–Estoy bien, Matt. Adelante.

–Represento a NatureMade –es una cadena de productos de alimentación orgánicos que salpica nuestro bonito estado–. ¿La conocéis?

–Demasiado cara para la gente normal, pero sí –contesta mi madre.

–Bueno –Matt asiente levemente–, cierto que la comida orgánica es más cara –reconoce–. A nosotros nos gusta pensar que nuestros clientes entienden el valor de la buena salud –mamá suelta un bufido y yo le doy un codazo de advertencia mientras Matt ríe–. De acuerdo, os ahorraré los reclamos de venta. He venido porque, en nuestra opinión, el pan de Bunny's es el mejor de toda esta región, y nos gustaría ser su distribuidor en exclusiva para Rhode Island.

–¡Guau! –exclama mi boca que se abre por sí sola.

Matt me ofrece un esbozo de la idea. NatureMade quiere vender cuatro tipos del pan de Bunny's en su departamento de panadería y pastelería. Nosotros seguiríamos suministrando nuestro pan a los restaurantes que tenemos ahora, siempre y cuando no interfiera con la cuota de ventas de NatureMade. Si el pan se vende bien, nos pedirán más variedades y podremos considerar distribuir el pan de Bunny's a las tiendas de Connecticut y Massachusetts también.

Como buen vendedor, Matt sonríe mientras habla. Su voz es tranquila y segura, y mantiene muy bien el contacto visual. ¡Por Dios cómo me recuerda a Jimmy! No solo por su aspecto sino también por esa actitud tan eficiente. Tiene un plan, es bueno, y lo sabe.

–¿Y qué pasa con vender el pan aquí? –pregunta mamá con expresión de sospecha–. Por supuesto no estamos dispuestas a dejar de vender nuestro pan aquí.

—Bueno, sí os pediríamos que limitarais el número de hogazas y los tipos de pan disponibles aquí —contesta—. Y, por supuesto, haremos una campaña publicitaria en todos los periódicos de Rhode Island y también algunos anuncios de radio para que se sepa que nosotros vendemos el pan Bunny's. Seguramente notaréis una mayor afluencia de clientes, gracias a la publicidad.

Mamá vuelve a soltar un bufido, pero no contradice a Matt.

Matt saca una tarjeta del bolsillo y la deja sobre la mesa.

—Sé que tenéis mucho de qué hablar —comenta—. ¿Puedo llamar dentro de unos días?

—Claro —contesto yo—. Eso estaría muy bien.

Estrecha primero la mano de mamá, ganándose así unos cuantos puntos en la sección de buenos modales, y luego la mía, sujetándola un poco más tiempo del debido.

—Siento haberte sobresaltado —se disculpa con una media sonrisa.

Mi estómago da un vuelco, y no precisamente de desagrado.

—No es culpa tuya —contesto, y puede que me esté sonrojando.

—Encantado de conoceros a las dos y, si no es mucha molestia, me gustaría llevarme unos cuantos de esos pasteles daneses de queso.

—Yo se los pongo —gruñe mamá mientras se levanta de la mesa.

Todavía desconcertada, permanezco sentada a la mesa, el té enfriándose mientras le doy vueltas a la tarjeta de Matt. Una distribución del pan por todo el estado sería un enorme impulso para Bunny's. Enorme.

Pero en realidad no es en el pan en lo que estoy pensando.

—No me ha gustado —anuncia mamá cuando irrumpe un minuto después en la cocina.

—¿Por qué? —pregunto.

—Demasiado refinado —contesta mientras se sacude una imaginaria mota de polvo de la solapa—. ¿Has visto ese traje? Yo diría que es un Armani.

—Y lo dices tú, que vas vestida como Michelle Obama, mamá —señalo, pero no recibo respuesta—. Se parecía muchísimo a Jimmy, ¿verdad? —añado.

—Bueno, tampoco tanto.

—Mamá, podría pasar por el hermano de Jimmy.

—¿Y?

—Y nada en realidad. Solo que se parecía —permanezco en silencio durante un minuto—. Me ha resultado en cierto modo… reconfortante ver un rostro tan parecido al de Jimmy. Eso es todo.

Los ojos de mi madre se llenan de lágrimas y se inclina para ofrecerme uno de sus rarísimos abrazos.

—Es verdad. Era idéntico a Jimmy —se sienta y se seca las lágrimas.

—¿Alguna vez conociste a alguien que te recordara a papá? —pregunto.

Ella mira por encima de mi hombro, perdida en sus recuerdos.

—¿Te acuerdas de ese actor?

—¿Cuál, mamá?

—Ese tan atractivo, con los ojos marrones.

—¿George Clooney? —sugiero. Mi padre tenía unos bonitos ojos marrones, y me gusta pensar que yo los he heredado.

—¿Así se llama? ¿El que mira con los ojos entornados?

Yo asiento. Solo que mamá no conoce a George Clooney.

—A veces alquilo alguna película suya, solo para… bueno.

Mamá se sonroja ligeramente ante la revelación.

Yo sonrío y le aprieto la mano antes de tomar un sorbo de mi té templado.

—¿Qué te ha parecido la oferta?

—No lo sé —mamá titubea y se encoge de hombros—. En gran medida tú decides, ya que eres la encargada del pan.

—Pero solo poseo un diez por ciento del negocio —le recuerdo.

—¿Lucy? —me pregunta mientras mira por la ventana.

—¿Sí?

Mamá suspira y le da vueltas al anillo de boda, que nunca se ha quitado.

—Sé que no soy la mejor madre del mundo —empieza sin mirarme.

—¡Mamá!, yo no diría eso —le digo.

—La cuestión es —ella me sonríe y baja la mirada—, cuando pierdes a alguien como nos ha pasado a nosotras, es como si te arrancaran una parte del corazón. Y siempre te preocupas por cuánto más puedes permitirte perder. Puedes convertirte en una persona bastante, digamos, atrofiada.

Yo no digo nada. Ella, por supuesto, acaba de manifestar en voz alta mis peores temores. La piedrecita se hincha.

—Es que... es que no quiero que te sientas defraudada, cielo. Quizás encuentres a alguien, eres más joven de lo que era yo, y sin hijos a cargo quizás lo tengas más fácil. Pero que no te sorprenda si no funciona como lo habías imaginado —suspira—. Bueno. Ha sido agradable mantener esta charla. Hazme saber lo que decides sobre el pan.

Tras apretar mi mano se dirige a la tienda.

Terminado mi trabajo en la pastelería, decido dar un paseo en bicicleta y me dirijo hacia el norte por la carretera Newport. El viento helado pincha y mis cabellos golpean mi rostro. El aire está lleno de sal y del olor de las hojas de otoño, punzante, triste y solitario. Giro tierra adentro por la calle Mickes. Allí está la vieja casa de Doral-Anne. Sigue siendo el mismo cuchitril que era cuando íbamos a la escuela, un rancho pequeño y cutre con tres coches herrumbrosos en el patio. La hierba está crecida y hay muchas malas hierbas.

Doral-Anne y yo íbamos en la misma ruta escolar. Su parada estaba unos diez minutos antes que la mía. En una ocasión, yo tendría unos siete años, al bajarse del autobús ella se volvió y en su delgado rostro atisbé algo parecido a la soledad. Sorprendida, agité una mano para saludarla. Y ella me respondió con un corte de mangas. Todavía recuerdo el calor en mis mejillas, cómo deseé no haberla saludado con esa estúpida ingenuidad, tan rápida y gráficamente rechazada. Fue la primera vez que Doral-Anne me dedicaba su atención, pero no sería la última.

En fin. La niebla empieza a descender y debo prestar atención al asfalto que empieza a estar resbaladizo. Después de recorrer casi dos kilómetros, giro por la calle Grimley Farm. El viento ahora me da de frente, ralentizándome, como si me estuviera advirtiendo en contra.

Cuando llego a mi destino, apoyo la bicicleta contra el poste telefónico y camino hacia el número 73. La entrada sigue sin pavimentar, la arena suavizada por las recientes lluvias. Mis pisadas producen un agradable crujido mientras me acerco a la casa en la que Jimmy y yo no llegamos a vivir.

Nuestra casita está ahora pintada de color blanco. Cuando Jimmy y yo la compramos era gris, pero el blanco queda bien. Las contraventanas siguen siendo verdes. Las pinté yo misma.

Jimmy me había dado una sorpresa con la casa. Me dijo que nos íbamos de picnic, me trajo aquí, me dijo que conocía a los dueños. Yo pregunté por qué íbamos a celebrar un picnic en el patio de otra persona. La casa no tenía vistas al mar y la propiedad no parecía gran cosa. Pero Jimmy no quiso responder a mis preguntas. Se limitó a sonreír, tomarme de la mano y hacerme entrar por la puerta principal. La casa estaba sin amueblar, salvo por una pequeña mesa en el salón. Sobre la mesa descansaba una cajita de una joyería, y en la cajita estaba la llave de la puerta.

Quizás no fuera la casa que yo hubiera elegido, pero nos la podíamos permitir, y los precios de la vivienda en Mackerly limitaban nuestras posibilidades. Si bien sentí una punzada de alarma ante la idea de ser la propietaria de una casa en cuya elección no había participado, el orgullo y la emoción de Jimmy la había borrado. Era un gran gesto y a él le gustaba hacer esas cosas. A fin de cuentas hablábamos del tipo que envió cuatro docenas de rosas a mi habitación de la residencia universitaria el día después de nuestra primera cita. El que me sorprendió con una luna de miel en Hawái cuando yo pensaba que íbamos a Bar Harbor, en Maine. El que era incapaz de pasar una sola noche alejado de mí, aunque eso supusiera conducir de vuelta a casa después de un largo día.

No estoy segura de qué hago aquí ahora. A lo largo de los años, he venido unas cuantas veces, incapaz de ignorar por completo este lugar que iba a ser nuestro. La vendí enseguida, a una familia, y eso estuvo bien. Un columpio cuelga en el patio trasero y un pequeño coche de plástico descansa en el camino de entrada.

Me doy la vuelta y me encamino hacia mi casa. La niebla se ha convertido en lluvia, y para cuando llegue estaré empapada. Mi clase de pastelería comienza a las cinco y decido llevarle a Ethan un poco del sabayón de amaretto que vamos a preparar hoy, en lugar de permitir que la clase se lo coma todo, como suelo hacer. Supongo que me siento un poco culpable por suspirar por Jimmy después de casi desmayarme al ver a su doble. Sí. Ethan se merece, más que nadie, un poco de dulzura de mi parte.

Terminada la clase, regreso a mi apartamento. Ethan aún no ha vuelto a su casa, aunque ya son las ocho y media. Intento ignorar la preocupación y enciendo el ordenador. Cuando aparece Google, escribo «NatureMade», y me dispongo a leer.

NatureMade es, por lo que parece, una empresa sólida. En lenta expansión, aguantando los malos momentos de la economía, buena con sus empleados. Matt DeSalvo es mencionado un par de veces, en anuncios de ascensos y como persona de contacto y cosas así. Tras dudar un momento, me decido a buscar imágenes suyas mientras me pregunto si de verdad se parece tanto a Jimmy, pero no aparece nada.

Me acerco a la ventana y contemplo la oscuridad. ¿Dónde está Ethan? Sigue lloviendo y con la carretera llena de hojas caídas, el firme debe estar resbaladizo. Su coche es nuevo, y eso es bueno, pero ¿y si aún no se ha acostumbrado a conducirlo? ¿Y si ha sufrido un accidente? Antes dejé un mensaje en su teléfono de casa para invitarle al postre, si le apetecía. De momento me he resistido a la urgencia de llamarlo al móvil ya que no quiero que conteste mientras conduce, otra de sus cosas que me pone de los nervios, aunque utilice Bluetooth.

Por fin suena un golpe de nudillos en mi puerta y yo doy un salto antes de correr hacia la entrada. Y allí está Ethan.

—¿Dónde estabas? —pregunto, con la cara ardiendo al verlo.

—Hola —contesta y frunce el ceño—. Tuve una reunión.

—Bueno, pues me alegra saberlo —espeto—. Pensé que habías muerto.

—Bueno, pues yo diría que estoy vivo —su expresión se suaviza y sonríe tímidamente.

Casi lo beso. Casi lo abrazo. Pero el momento en que resultaría natural ha pasado y nos quedamos allí, mirándonos mientras Gordo Mikey se ocupa de una bola de pelo debajo de la silla.

—He preparado sabayón —murmuro—. Pasa.

Ethan me sigue hasta la cocina y se sienta en su lugar habitual a la mesa.

—Gracias —me dice cuando le sirvo un cuenco antes de sentarme para verlo comer.

—¿Te apetece un poco? —pregunta acercándome una cucharada.

—Sería un desperdicio —contesto. En realidad, ya lo he probado en clase. El olor a huevo y crema, vainilla y ralladura de limón tan tentador que he probado una cucharada. Y, como de costumbre, no me ha sabido a nada.

—¿Has tenido un buen día? —pregunta Ethan y yo le hablo sobre la oferta de Matt DeSalvo y NatureMade.

Por algún motivo, no menciono que Matt se parece a Jimmy.

—Menuda noticia —opina él mientras rebaña el cuenco. Se levanta de la silla y se sirve otro cuenco antes de regresar a mi lado—. ¿Crees que vas a aceptar?

—No lo sé —yo reflexiono antes de continuar—. Seguramente —contesto lentamente.

Gordo Mikey le sacude un topetazo a la pata de la mesa, exigiendo pudín. Ethan cede y deja el cuenco vacío en el suelo para que Gordo Mikey pueda limpiarlo.

—Parece un buen modo de mejorar el negocio —observa Ethan.

—Lo sé —asiento—. Pero no estoy segura de que quiera dedicarme el resto de mi vida a hacer pan. Aunque sea una panadera de mucho éxito.

—Ya, entiendo —concede él sin dejar de comer y me mira expectante.

—Supongo que sigo queriendo ser chef pastelera —yo me encojo de hombros.

—¿Y por qué no lo eres? —Ethan se agacha y deja el segundo cuenco en el suelo para disfrute de mi gato, que ronronea en agradecimiento.

—Pues, para empezar, no puedo marcharme de Bunny's —frunzo el ceño.

—¿Por qué no? A las Viudas Negras ya les iba bien antes de que tú llegaras, ¿no?

—Bueno, en primer lugar, las echaría de menos. Adoro Bunny's. Y en segundo lugar, no. El negocio se estaba yendo al traste poco a poco. Jimmy prácticamente nos salvó al encargarnos la elaboración del pan.

—Ah, San Jimmy —Ethan sonríe y me mira con ojos burlones. Yo frunzo el ceño, malhumorada, aunque me alegra no haber sacado a Jimmy a relucir antes—. Pero todo eso fue antes de que tú empezaras a trabajar en la pastelería, Lucy —insiste él—. Podrían contratar a alguien que elaborara el pan. Con tus recetas, por supuesto. No estoy diciendo que tu pan no sea impresionante.

—Entonces, ¿qué estás diciendo? —pregunto, un poco molesta.

—Estoy diciendo que deberías hacer lo que quieres hacer, eso es todo.

—Claro —murmuro, todavía irritada.

Y allá vamos. La inevitable comparación. Jimmy se habría sentado con un cuaderno y esbozado un plan. «Lo que deberías hacer es esto», y sin más me marcaría con sumo entusiasmo los diez siguientes pasos a dar. Ethan... Ethan no me está ayudando.

Lo que está haciendo es mirarme con su media sonrisa antes de ponerse en pie, acercarse a mí y tomarme de la mano.

—Vamos —me dice—. Vamos a darnos un abrazo, so gruñona.

Mis mejillas se incendian mientras hago lo que me han mandado hacer. Que Dios me ayude, pero cómo me gusta su olor. Sus manos juegan con mis cabellos, su corazón late con firmeza contra el mío. Recuerdo que poco antes me había estado preguntando si estaría herido, o peor.

Sin pensármelo más, beso el cálido cuello de Ethan, deslizo mis manos por su espalda, el almidonado algodón de su camisa, tan terso bajo las palmas de mis manos, el calor de su piel tostada irradiándose a través de la tela. Su barba me araña ligeramente la mejilla cuando vuelve la cabeza y, por fin, la suave y cálida perfección de su boca está sobre la mía. Gordo Mikey se enrosca entre nuestras piernas y yo percibo la sonrisa de Ethan y ahí está de nuevo ese doloroso y maravilloso apretón en mi corazón. Él no hace más que devolverme el beso, permitiéndome a mí establecer el ritmo, tomando mi rostro entre sus manos ahuecadas.

En esta ocasión es diferente, esto no es un calentamiento para el sexo, y no es el ardiente y desesperado beso de dos personas solitarias. Simplemente nos estamos besando con dulzura, las manos delicadas y castas, pero el corazón de Ethan late con más fuerza contra mi pecho y siento que empiezan a flaquearme las rodillas. El puro placer de las sensaciones que su tacto me produce supera la ligera y distante llamarada de alarma al fondo de mi mente. Intensifico el beso, deslizando mis manos por sus costados, sintiendo los firmes músculos que cubren sus costillas, saboreando la sutil mezcla de amaretto y Ethan, y de repente se me ocurre que estoy preparada...

El sonido del teléfono detiene mis pensamientos. Vuelve a sonar, y una tercera vez. Yo no me aparto del calor de Ethan, de su boca, de la pequeña sonrisa que siempre está allí cuando nos besamos. Pero de repente la voz de mi hermana surge en el contestador.

—¡Lucy! ¡Por favor! ¡Christopher ha sufrido un infarto! ¡Ven al hospital ahora mismo!

Capítulo 19

Los cabellos de Corinne, que suele ir siempre perfectamente peinada, están revueltos, y Emma llora desconsolada en sus brazos.

–¿Cómo está? –pregunto, pero mi hermana solloza con tanta fuerza que lo que dice no tiene ningún sentido.

–Voy a buscar al médico –propone Ethan mientras abandona la sala de espera donde hemos encontrado a Corinne.

Me siento a su lado. Corinne tiembla violentamente.

–No me lo puedo creer –consigue balbucear–. Después de todo este… yo pensé… él nunca…

–Tranquila, cielo, cálmate –murmuro mientras le froto el hombro–. Déjame a Emma –tomo al bebé de brazos de mi hermana y lo acurruco contra mi hombro. Emma deja de llorar al instante y hace una de esas respiraciones entrecortadas suyas que indica que ya ha terminado. Corinne, sin embargo, continúa.

–¿Cuándo habéis llegado aquí? –pregunto.

–Hace dos horas –me contesta.

–¡Cariño! Deberías haberme llamado de inmediato.

–Había demasiadas cosas que hacer –se excusa mientras se seca las lágrimas con la manga. Yo le sigo frotando la espalda con mi mano libre mientras Emma suspira contra mi cuello, calentita y dormida.

—¿Llamo a mamá? —pregunto, sorprendida de que aún no esté aquí.

—¡No! —solloza de nuevo Corinne y el bebé da un salto dormida—. ¡Ya es bastante malo que estés tú!

Yo la miro perpleja y suspiro. Tiene razón. Se me había olvidado que soy un presagio de la muerte.

—Está bien, cielo, está bien. Y ahora intenta tranquilizarte y cuéntame qué pasó.

Poco a poco, sollozo a sollozo, consigo escuchar la historia. Christopher y Corinne habían estado discutiendo sobre el hecho de que Chris no había comido verdura de hoja verde en todo el día, y ella le estaba insistiendo en que se terminara las espinacas. Chris se frotó el pecho, dijo que notaba una ligera presión y ella le hizo tumbarse en el suelo, «para poder practicarle la RCP, ¿entiendes?», y había llamado al 911, convencida de que estaba exhalando su último suspiro. Al parecer, Chris empeoró mientras ella hablaba por teléfono y en cuanto llegaron a urgencias, los médicos se lo llevaron.

—¡Podría estarse muriendo! —aúlla mi hermana—. ¡Muriéndose solo!

Yo la abrazo torpemente por culpa de Emma, y mis ojos se llenan de lágrimas. «Por favor, papá», rezo, «por favor, Jimmy», no permitáis que esto le pase también a Corinne.

—Está muy sano, Cory —murmuro intentando sonar tranquila y sensata—. Seguro que no es nada —y es verdad que Chris está sano, por el amor de Dios. Su colesterol está a 142, un valor considerado «poco estadounidense», por el médico y que Corinne me reveló orgullosamente hace unos días cuando me ofreció la actualización de su estado de salud.

Pero por mi cabeza ya están pasando imágenes del entierro de Christopher. De Emma creciendo sin padre, como hicimos Corinne y yo, pero sin el colchón de los recuerdos que, al menos yo, tengo y atesoro como diamantes desde entonces.

–Hola –saluda Ethan que entra por la puerta y sonríe a Corinne–. Está bien.

–¡Gracias, Dios mío! –balbuceo mientras le doy palmaditas a mi sobrina en la espalda.

«Tu padre está bien, cariño. Gracias, Jimmy, gracias, papá».

Ethan se sienta al lado de Corinne y le rodea los hombros con un brazo.

–El médico dice que puedes reunirte con él y así hablará con Chris y contigo a la vez. ¿Necesitas beber primero un poco de agua?

Ella se apoya en Ethan durante un segundo, esforzándose por mantenerse siquiera mínimamente entera, y sacude la cabeza antes de volverse hacia mí.

–Acompáñame, por favor –me suplica con una débil vocecilla y yo siento que se me encoge el corazón.

–Está bien, ¿lo has oído, cielo? Está bien –yo le beso la mejilla y me pongo de pie con Emma aún dormida.

Ethan también se levanta y le ofrece una mano a Corinne, mano que ella agarra agradecida.

–¿Seguro que está bien? –le pregunta a Ethan.

–Eso dijo la enfermera –le asegura él.

Nos dirigimos por el pasillo hacia el ajetreado servicio de urgencias.

–Es ahí –indica Ethan mientras señala hacia una cortina.

–Ethan, ¿te importa quedarte con el bebé? –pregunta Corinne–. No quiero que esté cerca de todos esos gérmenes.

–Claro. Me la llevaré al vestíbulo, ¿te parece bien?

Ethan toma delicadamente a Emma de mis brazos. Sus manos y tranquilidad denotan la experiencia que tiene. Le da un beso a la niña en la cabeza y me mira. Sus labios se curvan en esa sonrisa y yo siento cómo mi estómago se encoge.

—Gracias, Ethan, vamos, Lucy —apremia mi hermana.

Ella misma descorre la cortina y vuelve a prorrumpir en sollozos al ver a su marido que, a mi parecer tiene un aspecto de lo más sano, sentado en la cama llevando puesto un camisón de hospital.

Corinne se abalanza llorando sobre él.

—¡Christopher! ¡Cariño! ¡Pensé que habías muerto!

Las palabras resuenan en mi cabeza, pues yo le he dicho exactamente lo mismo a Ethan esta noche.

—Hola —saluda una voz.

Genial. Es el doctor Odioalasmujeres. Frunce el ceño al verme y le da la mano a Corinne.

—Soy el doctor Porter. Su marido se va a poner bien. Su electro es completamente normal, y los dos análisis de sangre están bien.

—¡Le dolía el pecho! —protesta Corinne—. Mi padre murió de un infarto cuando solo tenía cuarenta y dos años.

—Claro, claro —contesta el doctor en tono condescendiente—. Bueno, pues su marido está bien, como le he dicho. No ha sido más que estrés.

—¿Estrés? ¡Él no tiene estrés! —vuelve a protestar Corinne.

—Pues claro que lo tengo, ¡maldita sea! —ruge Christopher haciendo que tanto Corinne como yo peguemos un bote—. ¡Me estás matando, Corinne! ¡Todos los malditos días esperas que yo me muera! Como un pedazo de queso y te pones lívida. Me retraso cinco minutos y ya has llamado a la policía. Todo en nuestra casa es tan jodidamente perfecto que me siento como un elefante en una cacharrería. Y el bebé, ¡cielo santo, el bebé! Me haces sentir como si estuviera a punto de dejarla caer de cabeza, siguiéndome a todas partes cada vez que la tomo en brazos. ¡Tanto, que tengo miedo de tocar a mi propia hija!

Corinne parece como si la hubieran aporreado. Lo cierto es que no puedo decir que haya oído a Christopher soltar nunca un juramento.

—Chris... —intento intervenir.

—No, Lucy. Tú no lo entiendes. Está aterrorizada por si acaba como tú, y está matando la alegría en nuestras vidas, normal que haya acabado en urgencias.

—En eso hay algo de verdad —puntualiza el doctor Odioalasmujeres—. Por supuesto que aconsejamos una vida sana y la práctica regular de algún ejercicio, pero me ha contado cómo lo cronometra en la bicicleta elíptica, y cómo no le permite elegir su propia comida en los restaurantes, señora... eh... —el doctor consulta la ficha—, señora Duvall. Resulta un poco excesivo.

—Y ya estoy harto. Me echaré crema en el puñetero café si me apetece, Corinne —grita Christopher—. ¡Sí, lo has oído bien! ¡Crema! ¡Y ni siquiera desnatada! —lanza las piernas a un lado de la cama, se quita el camisón de hospital y agarra su camisa—. Esta noche me quedaré en casa de Jerry Mitchell —informa a mi hermana, cuyos ojos parecen a punto de caerse de su cara y rodar por el suelo—. Te llamaré mañana.

Y sin más se levanta y mira al doctor.

—¿Puedo irme ya? —exige saber.

—Claro —contesta el doctor Odioalasmujeres—. Intente mantener el nivel de estrés bajo.

—Un gran consejo —observo yo sin poder evitarlo mientras Corinne se retuerce las manos.

Y, entonces, el buen doctor se vuelve hacia mí.

—¿La conozco de algo?

—Bueno... estuve aquí hace poco —mis mejillas empiezan a arder.

—Ah, sí. Alucinaciones. Ya me acuerdo. *Ciao*.

La bata del doctor ondea al viento mientras se da la vuelta y se marcha.

—Chris, cielo, no puedes... yo no... —intenta mi hermana mientras las lágrimas ruedan por sus mejillas.

—Corinne, necesito un poco de espacio, ¿de acuerdo? Ya hablaremos —mi cuñado me mira—. Quizás pueda quedarse contigo esta noche —propone con una voz más dulce.

—Claro —contesto.

Christopher se marcha, y Corinne se desmorona del todo.

Unas horas más tarde, Corinne duerme en mi sofá, envuelta en una manta. Está dopada, gracias en parte a la dosis de Valium que el doctor Odioalasmujeres le prescribió al oír sus aullidos cuando Chris se marchó. Ethan hizo una rápida incursión en casa de mi hermana para recoger la cuna de viaje, pañales y las otras treinta y seis cosas que Corinne citó como absolutamente imprescindibles para pasar una noche fuera de casa.

Yo estoy en la cocina con Emma, que está tomando su primer biberón como una campeona. Corinne siempre lleva un envase de leche maternizada en el bolso de los pañales, por si acaso fuera ella la que muriera, y Emma la está engullendo con los ojos cerrados. Su piel es milagrosamente hermosa, en todos los tonos de rosada perfección, y sus uñitas me tienen completamente seducida. Mientras come, me agarra el dedo meñique y tengo que decir que estoy locamente enamorada de mi sobrinita.

—Hola —saluda Ethan con dulzura.

Con no poco esfuerzo arranco mis ojos de Emma y lo miro a él.

—He colocado la cuna de viaje en tu dormitorio. Me imaginé que Corinne necesitaba descansar.

—Estupendo —contesto—. Gracias, Ethan —vuelvo a contemplar a Emma y saco cuidadosamente la tetina de su boca. Ella frunce los labios, pero sus ojos permanecen cerrados.

–Vas a ser una mamá estupenda –murmura Ethan, pero yo ni lo miro.

Mi corazón se retuerce dolorosamente, temiendo que vaya a añadir algo más. En estos momentos sencillamente no puedo pensar en ello, no después de haberme imaginado tan claramente la muerte de otro marido. Me concentro en el bebé y la arropo con su mantita.

–Creo que subiré a mi casa –observa Ethan.

–De acuerdo –yo asiento y vuelvo a mirarlo–. Gracias, Ethan. Has estado genial.

–Duerme bien –él me sonríe.

Yo suspiro y me levanto de la silla para llevar a Emma a mi cuarto. Ethan ha preparado la cuna con una sábana y una mantita rosa, bien remetida a los pies. También ha colocado una jirafa rosa de peluche. Un bonito detalle. Desde luego su instinto paternal está muy arraigado.

Tumbo a mi sobrina en la cuna y la tapo, apartando la jirafa de su cara. Emma hace unos ruiditos, y de nuevo me emociono. Permanezco unos segundos con la mano apoyada en su hombro para tranquilizarla y lentamente me estiro. Los músculos de mi espalda se quejan ruidosamente. Ha sido un día muy, muy, largo.

–¿Está bien? –pregunta Corinne, que se ha despertado, en cuanto salgo del dormitorio.

–Está estupendamente –la tranquilizo–. Durmiendo como un angelito.

Mi hermana sonríe ligeramente al oírlo, pero enseguida se pone seria de nuevo.

–¿Ha llamado Christopher? –susurra.

Yo le indico con un gesto que se siente en el sofá y me acomodo en un sillón frente a ella.

–No, cielo, todavía no.

–Nunca nos hemos peleado –me asegura mientras dos lágrimas escapan de sus ojos.

–¿Después de tres años casados? –yo parpadeo.

—Tres años, seis meses y nueve días —puntualiza.

Mi corazón se rompe en mil pedazos, porque yo también contaba hasta el minuto el tiempo que Jimmy y yo llevábamos juntos.

—Eso es mucho tiempo sin pelearse —murmuro.

—Yo solo quería que todo fuese perfecto —me dice mientras se seca los ojos–. ¿Y si nos peleamos y él muere? ¿Y si lo último que le digo es «odio a tu madre»? O: «¿Es que no eres capaz de acordarte de sacar la basura?». ¿Y si, yo fuera como mamá, gritándole para que salga del cuarto de baño? Jamás me lo perdonaría —Corinne llora de nuevo.

Yo me levanto y voy a buscar una caja de pañuelos y un vaso de agua.

—Gracias —balbucea antes de sonarse la nariz.

Las dos permanecemos un minuto o dos en silencio. Fuera, el viento sopla racheado desde el mar, con ese característico aullido al llenar el hueco bajo el puente, un aullido lastimero, irreal.

—Tengo tanto miedo de ser como tú —me explica Corinne con delicadeza y labios temblorosos–. Y lo siento tanto por ti, Lucy.

Yo suspiro y me siento como si tuviera cien años.

—Fue horrible —reconozco–. Pero, Corinne, yo… yo disfruté de la vida, ¿sabes? —miro a mi hermana a la cara–. ¿Y sabes qué es lo que más echo de menos? —ella sacude la cabeza y sigue secándose los ojos–. Echo de menos, pues, las cosas cotidianas. Todas esas cosas que no son perfectas.

De repente mis ojos se llenan de lágrimas.

—Tuvimos una pelea —le confieso con voz temblorosa–. Era sobre la posibilidad de que yo me ocupara de los postres en Gianni's. Marie era la encargada, ¿recuerdas? —Corinne asiente–. Yo solo quería que sirvieran uno de los míos, la tartaleta de *limoncello* con frambuesas. Bueno, da igual. El caso es que él se puso de parte de su madre y estuvimos peleando toda la noche, y yo estaba doblando la colada y le lancé un par de calcetines a la cabeza.

Todavía veo claramente la expresión aturdida de Jimmy cuando los calcetines rebotaron en su frente. De repente un centenar de estúpidos y adorables recuerdos me revientan el corazón como una ráfaga de metralla... la costumbre de Jimmy de entrar en el cuarto de baño, sin importarle que yo estuviera dentro, ni lo que yo estuviera haciendo allí. Su manía de hacer cien abdominales antes de irse a la cama, y luego admirar sus bíceps e intentar convencerme de que yo hiciera lo mismo. Su incapacidad de comenzar el día sin comprobar tres predicciones meteorológicas, como si fuera un marinero dependiente de los vientos.

–Lo que echo de menos son las cosas del día a día –susurro–. No estropees esos momentos intentando que cada minuto sea especial, Cory. No podrás aguantarlo. Estás hecha un asco.

Ella asiente y las lágrimas comienzan a rodar silenciosas por sus mejillas.

–Ha sido muy duro –reconoce–. Y estoy tan cansada, Lucy. Mis tetas me están matando, y no tengo ni idea de lo que hago con el bebé, y a veces me siento tan culpable cuando llora que pienso: «Oh, Emma, otra vez no, por favor, ya no lo aguanto más». El otro día estaba en el supermercado y Emma estaba molesta y yo solo había dormido una hora la noche anterior, y esa vieja va y me dice que esta es la época más feliz de mi vida. ¡Sentí ganas de apuñalarla con un cuchillo!

Yo suelto una carcajada al imaginarme a la dulce Corinne matando a una anciana en el lineal de la comida preparada. Después de un rato, Corinne también empieza a reírse.

–Por tanto, y es solo una sugerencia, quizás te hayas

estado reprimiendo. ¿Sabes qué creo? Creo que Chris te querrá aún más cuando dejes de comportarte como la esposa perfecta.

Ella me mira. Las ojeras le dan el aspecto de una niña pequeña asustada.

—¿En serio? —pregunta.

—Sí. Confía en mí. Soy tu hermana mayor —le digo mientras la abrazo—. Ahora, lo que más necesitas es dormir. La cama está preparada en la habitación de invitados. Si Emma se despierta con hambre, le daré el biberón. El otro se lo ha tomado estupendamente. ¿De acuerdo?

Corinne empieza a decir algo, sin duda un consejo que necesita darme, pero se lo piensa mejor.

—De acuerdo. Gracias, Lucy —se levanta del sofá y se dirige al cuarto de invitados—. ¿Luce? —me llama en un tono dubitativo—. Siento haber dicho que tenía miedo de ser como tú. Sabes a qué me refería, ¿verdad?

—Claro, cielo —la tranquilizo—. Y ahora acuéstate.

Compruebo una vez más cómo está Emma. Duerme, sus párpados se contraen y su boquita se mueve como si estuviera soplando besos en sueños. Le rozo la cabeza con un dedo.

«Vas a ser una mamá estupenda», me ha dicho Ethan hace un rato. Durante un segundo me imagino subiendo a su apartamento para informarle sobre el estado de Corinne, para darle un beso de buenas noches antes de volver junto a Emma. Para agradecerle una vez más por acudir al rescate. Quizás incluso para decirle que opino que es un papá estupendo.

Pero no lo hago. Lo que hago es besar a Emma y regresar al salón para ver el DVD de mi boda tras quitarle el sonido.

Capítulo 20

–Quizás le apetezca probar el pastel de queso danés, señor Dombrowski –sugiero.

Ha sido un día largo. Corinne vino a comer para que pudiésemos adorar a Emma. Chris había dicho que le apetecía pasar el fin de semana fuera, ir de camping a los Adirondacks, y Corinne necesitaba que la tranquilizaran sobre las posibilidades que tenía su marido de ser devorado por un oso o de caerse de una montaña. Yo cumplí con lo que se esperaba de mí, y pensé, ya de paso, que sus probabilidades de sufrir un accidente de coche eran mayores que de sufrir el ataque de un oso, pero conseguí mantener la boca cerrada.

El señor Dombrowski reflexiona sobre mi consejo con considerable seriedad y al final asiente.

–Creo que sí me gustará, querida –me dice–. Gracias.

Yo miro el reloj. Son las tres y media.

–Me apetece tomar una taza de té, ¿le apetece, señor D? –sugiero.

–Eso sería estupendo –su rostro severo se ilumina–. Podríamos dar un pequeño paseo y tomar algo en ese lugar calle abajo.

–¿Starbucks? –yo doy un respingo.

—Sí. Tengo entendido que está muy de moda. La cultura del café.

—Claro —asiento.

A fin de cuentas este es un gran momento para el señor Dombrowski. Va a salir acompañado de otro ser humano. Cualquier sentimiento mezquino que albergue hacia Doral-Anne no puede comparársele.

—Enseguida vuelvo —aviso a mis tías—. El señor Dombrowski y yo nos vamos a tomar un café.

—Qué bonito —contesta Rose con voz melosa—. ¡Que disfrutéis! —mientras yo me quito el delantal, ella corre a mi lado—. Averigua si está interesado en una cita, Lucy. No me importa que se trate de un hombre más mayor.

—De acuerdo, Rose —yo sonrío—. ¿Quieres que te traiga algo de Starbucks?

—Oh, no —contesta ella mientras consulta la hora—. Es casi la hora feliz.

Es verdad. Es viernes. Tomo al señor D del brazo y abro la puerta. Tengo que recordarme que debo caminar despacio. Nos arrastramos calle abajo mientras a nuestro alrededor caen algunas hojas. El señor Dombrowski va vestido con una chaqueta de *tweed* y gorra.

—Está usted impresionante, señor D —yo sonrío.

—Compré esta chaqueta cuando mi hijo se graduó —contesta riéndose—. Y esta gorra... mi esposa me la regaló cuando estuvimos en Irlanda.

—Pues tenía un gusto excelente —contesto mientras abro las puertas del Starbucks. Es idéntico a todos los demás, colores neutros, música de rock saliendo de los altavoces, unas cuantas plantas aquí y allá. Tres adolescentes se sientan a una mesa junto a la ventana. Hay muchas sacudidas de melena y yo, la mujer mayor y más sabia, sonrío. «Claro que os hemos visto», pienso. «Sois hermosas, brillantes y jóvenes. No os esforcéis tanto».

—¿Qué haces aquí?

Ahí está mi némesis.

–Hola, Doral-Anne –contesto amablemente–. Al señor Dombrowski y a mí nos apetecía darnos un capricho, ¿verdad, señor D?

–¿Es tu nuevo novio? –pregunta ella con desprecio tras echarle un vistazo al anciano que llevo del brazo.

–No tengo tanta suerte –contesto decidida, como siempre sorprendida ante la maldad de esa mujer.

El señor D sonríe y echa un vistazo a la carta.

–¿Qué es un Americano? –pregunta.

–Expreso y agua –gruñe Doral-Anne.

–Creo que tomaré el chocolate caliente con caramelo salado. ¿Qué opina, señor D?

–Suena misterioso y delicioso –el señor Dombrowski asiente–. Yo tomaré lo mismo.

–¿Alto, grande, venti o corto? –pregunta Doral-Anne.

–Pequeño, por favor –contesto yo solo por rebelarme contra esa ridícula jerga.

–Pequeño para mí también –me secunda mi viejo compi.

–¿Desnatado, dos por ciento, entera o soja?

–¿Qué ha dicho? –pregunta el señor D.

–Ha preguntado que qué clase de leche queremos –le informo con una sonrisa–. ¿Qué le parece al dos por ciento?

–Supongo que no importa –murmura él–. Al fin y al cabo tengo noventa y siete años.

–Pues entonces, Doral-Anne, que sea con leche entera –le indico, saboreando el hecho de que sé que odia servirme–. Solo se vive una vez, ¿verdad?

–¿Nata montada? –masculla ella.

–Desde luego –contesto, y el señor D asiente.

–Llevará unos minutos –murmura mientras permanecemos expectantes–. Podéis esperar allí.

–Mejor nos sentamos, señor D –sugiero, recibiendo de inmediato la mirada fulminante de Doral-Anne.

Nos sentamos alejados de las adolescentes y el señor D mira a su alrededor.

—Este sitio es muy bonito —se pronuncia—. Muy agradable. Gracias, Lucy.

—Es un placer —contesto con sinceridad.

—¿Qué tal estás? —me pregunta—. Tus tías me contaron que estás volviendo a salir.

—Bueno, supongo que sí —reconozco.

Desde detrás de la barra surge el sonido de la máquina de capuchino.

—¿Y has encontrado a alguien agradable? —insiste el anciano.

—Pues, sí, lo cierto es que sí —hago una pausa—. Pero no estoy segura de que vaya a salir bien —me muerdo el labio. ¡Qué demonios! El señor D lo entenderá. La máquina del capuchino suelta sus últimos estertores—. Me temo que siempre lo voy a comparar con mi primer marido y...

—Y Dios sabe que era un príncipe —interviene Doral-Anne en voz alta.

De nuevo me sorprende su grosería, pero mi pareja no parece haberla oído siquiera.

—¿Y qué, querida?

Yo bajo el tono de voz, aunque no tanto como para que no pueda oírme.

—Nunca podré amarlo como amé a Jimmy.

—Supongo que ese es un temor de lo más natural —el señor Dombrowski asiente con expresión de tristeza.

—¿Alguna vez pensó en volver a salir con alguien, señor D? —pregunto.

—No creo que haya muchas mujeres por ahí que quieran salir conmigo, Lucy —el anciano sonríe.

—Mi tía Rose sí —contesto con una amplia sonrisa.

—¿En serio? —sorprendido, él suelta una carcajada—. Qué halagador. Es una mujer encantadora, esa Rose.

—Sí que lo es —asiento.

—¡Tu pedido está listo, Lang! –ruge Doral-Anne.

—Esa chica es un poco grosera, ¿no? –observa el señor D con el ceño fruncido.

—Sí que lo es –repito.

Acompaño al señor D hasta su casa con el corazón ligero. Saber que cuarenta y cinco minutos de mi tiempo pueden alegrar tanto la vida de alguien resulta embriagador, y de regreso a la pastelería voy canturreando, algo ebria por la falta de sueño y el exceso de azúcar. Por Dios que el chocolate caliente estaba impresionante. No me extraña que la gente acuda a ese condenado lugar en manadas.

Un nerviosismo, no del todo desagradable, recorre mis piernas mientras abro la puerta trasera. Ethan está aquí, midiendo la dosis de vodka.

—Hola –saludo.

—Hola, Luce –me devuelve el saludo–. Hoy toca Martini Sucio. ¿Te apetece uno?

Siento que mis mejillas arden, y los labios de Ethan se curvan en una sonrisa torcida.

—Claro –contesto–. Gracias.

—Será un placer –contesta y mi estómago se encoge de ese modo tan incómodo y, a la vez, maravilloso.

—Ethan –anuncia Iris mientras le da vueltas a la copa antes de tomar un sorbo–. Lucy debe haberte contado que busca otro marido. ¿Conoces a alguien?

Él me mira durante un instante. «¿Aún no se lo has contado?», y luego sigue echando un poco de salmuera de aceituna en la coctelera.

—Pues la verdad es que no –murmura.

—Iris –intervengo yo–. ¿Te importaría…?

—Ethan, querido –me interrumpe Rose, la nariz brillante por el alcohol. Debo asegurarme de que no conduzca–. ¿Te molesta que Lucy deje atrás el recuerdo de Jimmy?

–No –contesta él mientras agita el cilindro de metal y vierte el Martini en una copa vacía–. Opino que Lucy debería ser feliz. Jimmy querría que pasara página –me mira detenidamente.

Esta sería una oportunidad fantástica para contarles a mis tías y a mi madre que Ethan y yo estamos juntos...

–Pues no sé –interviene Iris–. Me pregunto qué le parecería a Pete si yo decidiera volver a salir. Siempre fue muy celoso. Rose, ¿recuerdas aquel baile de Knights of Columbus cuando Tom O'Reilly intentó meterse por medio y él le sacudió un puñetazo en la nariz? Aunque debo admitir que eso me hizo sentir como la mujer más bella del mundo.

–La violencia produce ese efecto en algunas personas –murmuro yo antes de pegarle un trago a mi copa y dar un respingo.

Rose se dispone a tomar otro sorbo de la suya, pero frunce el ceño al encontrarla vacía. Ethan le sirve otra.

–¿Y tú qué, Daisy? –continúa mi tía–. ¿Crees que a Robbie le habría importado?

Mamá tamborilea sobre el mostrador de madera con una mano de perfecta manicura.

–Me da igual que le importara o no. Fue el amor de mi vida, y no me interesa salir con nadie, o casarme de nuevo. Él fue suficiente para toda una vida –me mira–. Pero cada persona es diferente.

Yo miro de reojo a Ethan que tiene los labios apretados. Bueno, él ya sabe cómo son las Viudas Negras. Y me prometió ser paciente. Se da cuenta de que lo estoy mirando y yo le sonrío tímidamente. El músculo bajo el ojo se contrae, pero me devuelve la sonrisa.

–Pues yo sí volvería a casarme, si no tuviera que practicar el sexo –reflexiona Iris con su atronadora voz–. No me apetece practicar sexo con un viejo.

—Y lo dices delante de mí, joven, sano, heterosexual e ignorado —apunta Ethan mientras mueve una traviesa ceja arriba y abajo y, como de costumbre recibe un coro de risitas tontas de sus mayores fans.

—No me tientes, jovencito —Iris le da una afectuosa palmadita.

—Si tuviera veinte años menos, Ethan —Rose continúa riendo.

—Adoro a las mujeres mayores, ya deberíais saberlo —Ethan besa la mejilla de mi tía y le rodea los hombros con un brazo, ella mide unos treinta centímetros menos que él, y luego se vuelve hacia mí—. Lucy, ¿te apetece subir a cenar esta noche? —me propone, con lo que me parece, cierta brusquedad.

—Eh, pues, esto, claro —balbuceo—. Suena bien, Eth. Yo llevo el postre.

—Eso sí que suena bien —Ethan recoge sus aparejos de camarero y besa una por una a las Viudas Negras—. Buenas noches, bellezas húngaras.

—Buenas noches, Ethan —contestan a coro.

Y las cuatro lo contemplamos mientras se marcha por la puerta trasera.

—A lo mejor podrías casarte con Ethan, Lucy —sugiere Rose.

—¡Qué tontería! —truena Iris de inmediato—. Va contra la ley.

—¿Disculpa? —suelto yo—. No va contra ninguna ley. Y lo cierto es que…

—Bueno, contra la ley de Dios sí —me interrumpe Iris—. Anoche estuve viendo en Showtime la serie *Los Tudor* —añade como si eso lo explicara todo.

—¿Tienes Showtime? —pregunta mamá—. Es muy obscena.

—¡Lo sé! —exclama alegremente Iris—. Salían los *mellbimbók* de Ana Bolena, ¿os lo podéis creer?

—Estoy segura de que no va en contra de la ley de Dios, ni de nadie —vuelvo a insistir tímidamente.

—Bueno, pues a Enrique VIII le pareció que sí, señorita Sabelotodo —continúa Iris—. Por eso se divorció de Catalina la Grande.

—Para empezar lo hizo porque era un cerdo, y en segundo lugar era Catalina de Aragón —le corrijo.

—Qué gruñona está últimamente, Daisy —la regaña Rose, como si la culpa fuera de mi madre.

—Lo sé —mamá asiente e ignora mi suspiro—. ¿Y qué más cosas ves en Showtime?

—Pues hay un programa que se llama Dexter —Rose respira hondo—. Iris me hizo verlo. ¡Tremendo!

De nuevo dejo pasar la ocasión para decirles algo sobre Ethan y yo. Ellas ni siquiera se dan cuenta de que he recogido mis cosas y me he marchado a casa.

La cena en casa de Ethan está bien. En realidad, deliciosa: berenjenas a la parmesana, uno de mis platos preferidos de siempre. Ensalada. Vino tinto. Una hogaza de pan italiano, hecho hoy mismo con mis dos manitas, servido con un aceite de oliva delicioso aromatizado con ajo y guindilla que casi podría beberme. Ethan acaba en un abrir y cerrar de ojos con el crujiente de arándanos que he preparado, un sencillo y agradable postre. Al menos por su aspecto y por el olor que invadió la cocina.

—¿Cuál es el ingrediente secreto? —pregunta Ethan mientras rebaña lo último de su segunda y enorme porción. Ese chico sí que sabe comer.

—Añadí unos arándanos rojos. Y yo misma he molido la nuez moscada —añado, encantada de que haya notado ese algo especial.

—Maravilloso —observa.

Ethan se esfuerza por aparentar normalidad, pero al

igual que la mayoría de mentirosos cuando juegan al póker, hay algo que lo delata. Ese pequeño músculo bajo el ojo no para de dar saltitos. Me habla acerca de un libro que han escrito Nicky y él. Bueno, en realidad, Nicky dictaba y Ethan tecleaba. Yo me río cuando me cuenta las batallas con espadas y las extremidades amputadas que constituyen la fuente de inspiración de mi sobrino.

Con nuestra actitud de «todo va bien», conseguimos llenar el lavavajillas. Pero cuando nos sentamos en el salón las cosas se ponen realmente incómodas. Ethan nos sirve una segunda copa de vino, que, junto con los traguitos de Martini que he conseguido tomar, se me ha subido a la cabeza... nada malo, dado lo tensa que estoy.

–Bueno, Lucy –arranca él mientras se sienta en el sillón junto al sofá, donde yo estoy abrazada a un cojín intentando parecer relajada.

–Sí, Ethan –contesto.

Él contempla sus propias manos, entrelazadas frente a él, y luego me mira a mí.

–Luce, creo que deberíamos intentar dar un pasito más.

Yo me trago el vino que tengo en la boca con rapidez, haciendo un gesto ante el ligero ardor que me produce.

–Esto... ¿te refieres al sexo?

–No necesariamente –contesta bajando de nuevo la mirada a sus manos.

El musculito vuelve a saltar y yo contengo el impulso de presionar ese punto con un dedo y aliviar su preocupación. Pero permanezco sentada, tensa, atenta a sus palabras.

–Es evidente que no les has hablado a tus tías o a tu madre sobre nosotros. Ni a Corinne. Ni a mis padres, ya que hoy me han vuelto a preguntar que cuándo voy a hacer de Parker una mujer decente –me mira y arquea una ceja–. Pues eso.

—Correcto —digo yo mientras me giro en el sofá de cuero—. Bueno, esto, supongo, yo, me siento aún un poco recelosa. Por si las cosas no salen bien.

—Creo que antes de decidir si las cosas salen bien o no, hay que intentar algo, cielo.

Ethan lleva siglos llamándome «cielo», pero la palabra se clava en mi corazón como una flecha. Su mirada es tierna, sus manos están quietas.

—¿Qué quieres decir con «intentar»? —susurro antes de aclarar mi garganta.

Él sonríe y su rostro se transforma de serio en travieso en un abrir y cerrar de ojos.

—Bueno, soy un tío, el sexo siempre será bien recibido —su risa es cálida y traviesa, y yo la siento en el estómago.

Me sonrojo y aprieto el cojín un poco más contra mi estómago.

—Pero cualquier otra cosa servirá, Lucy. Simplemente contarle a la gente que estamos juntos. O dejarnos ver juntos en público.

—Ya nos hemos dejado ver juntos en público —protesto—. En Lenny's.

—Sí, pero no me dejaste tomarte de la mano ni darte un beso de buenas noches.

—Lo siento —yo respiro hondo y asiento.

—No tienes por qué disculparte, Luce —Ethan se levanta del sillón y se sienta a mi lado, rodeándome los hombros con un brazo. Yo apoyo la cabeza en su hombro, agradecida de no tener que ver su cara, agradecida por el consuelo físico que siempre me proporciona—. Sé que da miedo —murmura, su aliento cálido contra mi pelo—. Pero si no quisieras algo de mí, Lucy, creo que no me besarías como lo haces.

—En eso tienes razón —contesto mientras trago nerviosamente. Ojalá pudiera decirle la verdad, que si no lo amo lo suficiente, como amaba a Jimmy, acabaría por odiarme, y no lo soportaría–. Es que yo no sé cómo... No estoy segura de cómo comportarme, Ethan –susurro mientras una lágrima se escapa por el rabillo del ojo–. Pero tienes razón. Sí que siento... algo por ti. Pero estoy hecha un lío.

–Lo sé –él se aparta y me sonríe mientras me seca la lágrima de la mejilla–. Lo sé.

–¿Sabes que estoy hecha un lío?

–Absolutamente –asiente.

Y entonces me besa y, como siempre, su maravillosa y sonriente boca consigue que olvide mis preocupaciones. Cuando su mano se desliza bajo mi camiseta, un pequeño gemido escapa de mi garganta. Ethan jamás me haría daño. Lo sé. Claro que lo sé.

Y por eso cuando se levanta y me pide que me vaya a la cama con él, voy.

Y esta es la cuestión:

El sexo con Ethan siempre ha sido un delicioso y pecaminoso placer, en ocasiones urgente, siempre ardiente. Mi compañera de habitación en la facultad tenía diabetes y, de vez en cuando, cuando le bajaba el nivel de azúcar en sangre, irrumpía en nuestra habitación, abría el bote de Nutella de emergencia y se tomaba una enorme cucharada antes de derrumbarse agradecida sobre la cama. Y eso era Ethan para mí. Mi Nutella de emergencia.

Pero ahora las cosas son diferentes. El placer hedonista, mierda, ha desaparecido. Tampoco es que esté ahí como una virgen de la época de la Regencia, no os equivoquéis, pero las expectativas están muy altas. Y mi cerebro se niega a callarse. «Ethan desabrocha la camisa de Lucy, besando la piel que ha quedado expuesta. No hay otra boca como la suya, ¿verdad, damas y caballeros? Bonito efecto con esas rasposas cosquillas de su barba».

–¿Tienes una cuchilla especial o algo así? –pregunto. Sí, en voz alta.

—¿Qué? —él se aparta y me mira.

—Da igual. Es que yo... que da igual.

Ethan arquea una ceja y me besa la comisura de los labios. Yo suspiro y deslizo mis manos por la fresca seda de sus cabellos. Me pregunto qué clase de champú utiliza, y pongo los ojos en blanco, deseando poder relajarme y simplemente disfrutar.

«Chicos, ¿no es un bonito detalle que Ethan se tome su tiempo en desnudar a Lucy, sabiendo que está a punto de saltar de los nervios y regresar gritando junto a su gato?».

—Relájate —murmura Ethan contra el encaje de mi sujetador. No es ningún modelito de La Perla, de esos que me han costado una ridícula fortuna, solo una cosilla que compré en Target, nada especial, aunque sí tiene unas monísimas rayas en el... ¡por el amor de Dios! ¿Me estáis oyendo?

—Eth, ¿podrías moverte un poco? Estás encima de mi pelo.

En otra época, Ethan podría haberme tomado contra la pared y yo ni me habría enterado si allí había una multitud de cincuenta mil personas. Al recordar la pared, me hundo un poco más en la cama. Es verdad, la pared. Eso sí que fue ardiente.

—¿Mejor? —pregunta él mientras se recoloca un poco.

—Perfecto —le digo yo.

Ethan me sonríe y me besa el cuello mientras me desabrocha el sujetador. Se le da muy bien. «Ethan es un experto en desnudar mujeres. Desde luego a Lucy la ha desnudado unas cuantas veces, ¿verdad amigos?». Me imagino el aplauso del público en el estudio. Desde el piso de abajo me llegan los aullidos del Gordo Mikey. ¡Miauuuuu! ¡Miauuuuu! ¿Le he dado de comer? ¿Es que no puede quedarse callado durante, digamos, veinte minutos más para que pueda acabar con esto? ¿Y dónde está Corinne? Dijo que quizás pasaba otra noche en mi casa porque no le gusta estar en la suya sin Christopher. ¿Le dará ella de comer a Gordo Mikey? ¿Estará dando el pecho?

Me recuerdo a mí misma que estoy casi desnuda, en realidad, sí, ahora lo noto, y deslizo una mano por la espléndida piel de la espalda de Ethan, disfrutando con la suavidad de la piel en su nuca, los suaves y finos cabellos que siempre están de punta en la parte trasera de su cabeza.

—¡Ay! —murmura Ethan—. Cielo, se ha enganchado tu pulsera.

—Lo siento —me disculpo. Es verdad, la cadena de oro se ha enganchado en el cabello de Ethan. Pobrecillo. Giro la muñeca y él grita al perder unos cuantos cabellos—. Lo siento —repito, aunque siento que voy a soltar una risita tonta. Aprieto los labios, ¡mecachis!, justo en el instante en que me besa, bueno allá va, filtrándose por las comisuras, y no puedo evitarlo. Suelto una carcajada. Y de las grandes. La respiración sibilante, mis rasgos retorciéndose en una desesperada hilaridad. Agarro una almohada y me tapo la cara. «Para, Lucy, esto resulta de lo más inapropiado, ¿cuánto más va a soportar este tío?». Resoplo como un cerdo, lo que me hace reírme más fuerte, y vuelvo a resoplar. Las lágrimas ruedan por mis mejillas mientras yo estoy peligrosamente al borde de la histeria y le doy un puñetazo al colchón en un intento de parar.

—Tengo la impresión de que no estamos del todo preparados para el sexo —observa Ethan secamente.

—Lo siento —vuelvo a disculparme mientras otra oleada de carcajadas me asalta.

—No es verdad, no lo sientes —me dice apartándose de mí.

Sin embargo en su voz percibo una sonrisa, y cuando agarra la almohada, me mira, sonríe y me la lanza con no poca fuerza.

—Mujer, me voy a dar una ducha fría —me comunica bajándose de la cama—. Espero que te sientas tremendamente culpable.

Capítulo 21

—Y ante nosotros, Grayhurst, el encantador hogar de la familia Welles —anuncia el capitán Bob mientras reprime un eructo. Hoy está más rosa que de costumbre y yo me alegro de ser la encargada de tripular el barco frente al embarcadero de Parker—. La casa fue construida en 1904 como regalo para la segunda esposa de Lancaster Welles, que encontró a su marido en la cama con una criada. Fue la primera de una larga lista de esposas en conseguir una casa como pago por la infidelidad de Lancaster —continúa el capitán Bob antes de tomar un sorbo de su café «enriquecido». Al menos en esta ocasión su relato de la historia es verídico.

—Es preciosa —observa una señora de Nebraska. Su sudadera lleva impreso un gato siamés con sus ojos verdes rasgados. El resto de los pasajeros visten de manera parecida. Una señora va vestida de chándal rosa y parece como si se hubiera caído en una tinaja de Pepto-Bismol. Otra lleva unos bermudas con goma en la cintura y una sudadera que proclama que es la *Mejor Abuela del Mundo*. Mi madre se moriría si las viera. O las asesinaría a todas.

—¡Mirad! —grita Pepto-Bismol—. ¡Una persona rica!

El capitán Bob, que tiene la vista más aguda que la

de un águila, por mucho alcohol que haya consumido, asiente.

–Esa es la bisnieta de Lancaster, la encantadora Parker Welles –anuncia.

Y en efecto, Parker, Nicky y Ethan están dando un paseo en familia por el jardín. Las de Nebraska se arremolinan a un lado del barco para hacer fotos de los tres contra el impresionante telón de fondo del patio trasero, más o menos del tamaño de un campo de fútbol y bordeado de arbustos con formas de animales. Yo hago sonar con fuerza la sirena del barco tres veces. Nicky corre hasta el borde del patio y saluda con la mano, al igual que Parker y Ethan. Creo, como me sucede a menudo, que hacen una hermosa pareja. Los cabellos oscuros y la bonita vestimenta de Ethan encajan a la perfección con el elegante aspecto de Parker y sus cabellos rubios.

Cuando termine esta excursión voy a ir a Grayhurst a cenar. Ethan, Parker, su hijo y yo. «Uno de ellos no forma parte del conjunto». «Uno de ellos no pertenece».

–Mis hermosas damas, si se fijan en ese grupo de rocas –continúa el capitán Bob–, verán el lugar en el que se produjo el famoso ataque pirata sobre Mackerly en 1868. Muchas doncellas entregaron su corazón, y su virtud, al capitán Jack Sparrow durante las semanas que siguieron.

Yo pongo los ojos en blanco, pero, al parecer, las señoras de Nebraska no han visto *Piratas del Caribe*, porque suspiran con los ojos muy abiertos. Bob me guiña un ojo y yo sonrío y sacudo la cabeza.

Una hora después estoy en la bodega de Grayhurst, temblando de frío.

–¿Este te parece bien? –pregunta Parker.

–Cualquier cosa que no sea muy cara –contesto mientras me imagino a su padre descubriendo que falta su preciada botella de Château Lafite (que al parecer perteneció a Thomas Jefferson), engullida por una pastelera húngara, amiga de su hija. Desde el piso de arriba nos llega el sonido de los golpes amortiguados de Ethan y Nick, inmersos en un ruidoso juego de Star Wars.

–¡Libera tu ira y siente el poder del Lado Oscuro! –grita Ethan provocando unas incontrolables carcajadas en Nicky.

–¿Afrutado o seco? ¿Con matices de roble con un toque de vainilla y retrogusto a melocotón y mango? –pregunta Parker con una sonrisa.

–Pues, cielos –es lo único que puedo contestar.

Mi amiga, consciente de la incomodidad que me genera su despliegue de riqueza, echa un vistazo a las filas de botellas, que brillan bajo la tenue luz.

–Bueno, este se vende por solo cien dólares la botella –me asegura mientras finge ignorar mi mueca y estudia la etiqueta–. ¿Y bien? ¿Qué tal van las cosas con Ethan? –pregunta sin levantar la vista de la botella.

–Bueno, pues verás, no... no mal del todo.

–Eso no suena muy alentador –me dice–. ¿Qué sucede?

–Nada –contesto mientras miro hacia las escaleras–. Lo estamos intentando. Resulta un poco raro.

Ella me mira y suspira con exagerada paciencia.

–¿Vosotros dos os estáis acostando de nuevo? –pregunta.

–Pues no exactamente –murmuro mientras mi vista recorre la bodega. Allí no hay nadie que pueda rescatarme de esta conversación, como no sea un fantasma o dos.

–¿Por qué no?

–No lo sé –reconozco–. Es como si la magia hubiera desaparecido o algo así.

Tras mi festival de risitas de la otra noche, corrí a mi apartamento después de una buena sesión de disculpas. Y anoche, tras ir a ver la última de Matt Damon en South Kingstown, él me acompañó hasta mi puerta y me besó.

Agradable. Muy, muy, agradable. Tanto, tan maravillosamente agradable, esa boca tan perfecta, la rugosidad de su barba, su cuerpo cálido y tan cerca, que yo me dejé llevar hasta ese vórtice donde lo único que podía hacer era pensar en lo que me estaba haciendo Ethan y cómo me sentía.

Y de repente oí la voz de Corinne dentro de mi apartamento y aproveché la excusa.

—Será mejor que entre —susurré contra su boca—. Corinne... ella y Chris aún no lo han solucionado.

Ethan dudó un instante y los dedos de mis pies se agarrotaron.

—De acuerdo —dijo al fin, aunque una evidente decepción se reflejaba en su mirada.

—¿Y por qué no está funcionando? —pregunta Parker.

Tengo la impresión de que no podré abandonar la bodega hasta que ella haya obtenido sus respuestas y miro a mi alrededor, casi esperando que aparezca Fortunato, el tipo que quedó emparedado en esa terrorífica historia de Edgar Allan Poe. Desafortunato, lo llamaría yo, abandonado para morir tras esos ladrillos.

—Es que es un poco... raro —contesto—. ¿Podemos subir?

Al igual que Ethan, mi amiga domina a la perfección la mirada de decepción. Deben enseñarla en la escuela de padres.

—Claro —dice al fin y, dándose media vuelta, dirige la marcha pasando junto a las hileras de tinto, los barriles de whisky puro de malta, y la sala de cata donde el señor Welles disfruta presumiendo ante sus amigos en las raras ocasiones en que regresa a Rhode Island.

Subimos la escalera de piedra, y casi estamos en el rellano, cuando Parker se detiene.

—Deberías darle una oportunidad, Lucy —me aconseja.

—Y se la estoy dando —contesto—. En serio que sí, Parker.

—Una oportunidad de verdad. No solo una muestra.

—Te digo que lo estoy intentando. Pero a lo mejor no estoy preparada.

—Han pasado casi seis años, Lucy —me recuerda—. ¿No crees que ya deberías estar preparada?

Noto cómo me sube la tensión. Chicos, a no ser que lo hayáis vivido en vuestras propias carnes, nunca, nunca, jamás le digáis a una viuda que ya es hora de que pase página. Parker jamás había cruzado ese límite, pero desde luego acaba de hacerlo.

—No necesito que me recuerdes cuánto tiempo ha pasado desde que murió mi marido, ¿de acuerdo? —le espeto—. Tú no eres viuda, y espero que nunca lo seas, Parker, pero dado que no tienes ni idea de cómo es, quizás deberías guardarte tu opinión para ti misma.

—Yo solo decía... —ella suspira.

—Y no deja de ser curioso tanto empeño por emparejarme con Ethan —continuo con cierto nerviosismo en mi voz—, dado que tú pasaste antes por él. Quizás deberías ser tú quien se acostara con él.

Y porque tengo esta maldita suerte, justo en ese momento Ethan abre la puerta, llevando a su hijo a caballito sobre los hombros. Por la expresión en su rostro, sé que me ha oído.

Menos mal que Ethan y yo vinimos por separado, se me ocurre mucho después, mientras lo veo marcharse en su moto. Lleva el casco colgando de la parte trasera. No se lo pone.

—¡El casco! —grito mientras él arranca la moto.

A Dios gracias, la moto de Ethan es una BMW con un motor ronroneante, no una de esas ensordecedoras Harley, típica de la crisis de la mediana edad.

Ethan me mira, se da la vuelta, agarra el casco y se lo

pone. Acelera con suavidad y se dirige por el largo camino de grava hacia la carretera.

La cena ha sido, a ver cómo lo digo, una pesadilla. Ethan apenas me dirigió la palabra, algo totalmente comprensible. Parker, quizás en un intento de disculparse por forzar la conversación en la bodega, se esforzó por ser supermaja y divertida, hablándonos de su último libro *Los Holy Rollers y el cachorrito paralítico*. Ethan apenas habló. Al menos Nicky estaba allí para distraer a su padre, pero en cuanto el crío fue llevado a la cama, tras requerir de los tres adultos presentes un montón de besos y canciones, Ethan se encaminó hacia la salida.

—La has jodido a base de bien, ¿eh? —observa Parker con delicadeza detrás de mí.

—Pues verás —yo me vuelvo y la miro—, yo estaba pensando que había sido culpa tuya.

Ella sonríe.

—Hora de besarse y hacer las paces, supongo. Márchate. Sal de aquí. Haz que su mundo se tambalee. Le has hecho daño, está dolido, a ti te encanta esa mierda. Adelante.

—¡A mí no me encanta hacerle daño a Ethan! —protesto—. Jopé, si eso es lo último que quiero hacer.

—Ya —murmura ella—. Y, sin embargo, llevas años haciéndolo.

—¡Eso no es verdad! Caramba, Parker, eres como un grano en el culo, ¿lo sabías? —tomo aire—. Por favor, dale las gracias al chef por la cena, y a tu padre por el vino. Y gracias a ti, Parker, por tu maravillosa hospitalidad.

—*Ciao* —se despide mi amiga con una carcajada.

Yo suspiro y me subo a mi pequeño y fiel Mazda para dirigirme hacia la carretera. No se ve a Ethan por ninguna parte y, por pura rutina, yo repaso la cuneta de la carretera, aproximadamente cada nueve metros, en busca de su cuerpo retorcido. El casco reventó, incapaz de protegerlo. Las piernas, rotas y paralizadas, dobladas en una posición imposible. Una afición muy divertida la mía.

Encuentro la moto de Ethan aparcada en su sitio cuando llego a casa y siento cómo mis hombros se relajan. No está muerto. No está herido. Solo dolido, como ha dicho Parker. Voy a dar de comer a Gordo Mikey y luego subiré a hacer las paces con Ethan.

Pero cuando abro la puerta, veo a mi hermana lloriqueando mientras da el pecho a Emma. El televisor está encendido y, mierda, Corinne está viendo el DVD de mi boda. Justo en la parte en que Jimmy baila con su madre. Por motivos evidentes tuvimos que suprimir el tradicional baile padre-hija, pero Jimmy bailó con su madre al son de la lacrimógena canción de Celine Dion, *Because You Love Me*. En la casa, damas y caballeros, no hay ni un solo ojo seco. El alto y fuerte Jimmy, erguido sobre la sollozante Marie. A pesar de su bajo centro de gravedad y rotunda figura, al término de la canción, Jimmy la había inclinado hacia atrás, arrancándole un pequeño grito que ahogó felizmente la edulcorada letra de la canción.

—Hola —saludo a mi hermana.

—No sé cómo consigues levantarte de la cama siquiera —solloza ella.

—Ya, bueno. ¿Y tú cómo estás?

—Christopher no ha llamado —me informa mientras las lágrimas llueven sobre la suave cabecita de Emma.

Corinne despega al bebé de su pecho izquierdo y la coloca en posición de eructar.

—Lo siento —le digo—. ¿Puedo hacer algo? —aparte de, claro está, mirar fijamente esa enorme y desnuda teta. Por el amor de Dios, ¿ese pezón sigue agrietado? ¡Jesús!

—No —me contesta—. Eres estupenda —Gordo Mikey apoya sus patas delanteras en las rodillas de mi hermana y ella sonríe—. Los animales notan cuando estás triste —me asegura, y yo decido no sacarla de su error y explicarle que Gordo Mikey seguramente está a punto de adueñarse de la cena de Emma, si Corinne no se tapa.

De modo que tomo a mi gato y le hago unos cuantos mimos, ganándome un maullido de fastidio por interrumpir sus planes de mamar. Y entonces mi sobrina suelta un eructo que avergonzaría a los Fainway Faithful, el grupo de fans de los Sox, y mi gato se sobresalta.

—¿Corinne?

La puerta de mi casa se abre y ambos apartamos la vista del televisor para ver a Christopher, de pie, indeciso, ante la puerta. Su aspecto es horrible. Cory se levanta, al parecer sin darse cuenta de que su pecho sigue desnudo, bamboleándose como una boya señalando la entrada del canal.

—¡Chris! —exclama sin aliento—. ¿Cómo estás? —Emma emite un pequeño gruñido y empieza a buscar por el cuello de su madre. Necesita otra ronda.

—Soy un idiota —Christopher sonríe con timidez y muestra un ramo de rosas.

A mí me parece una buena señal.

—¡Oh, Corinne! Te quiero. De verdad, y siento mucho no haberte dicho nunca cómo me sentía.

—No, bebé, soy yo la que lo siente —susurra mi hermana con los ojos anegados en lágrimas—. Yo solo quiero que estés bien. Quiero pasar el resto de mi vida contigo. No quiero terminar como mamá, o como Lucy.

—¿Por qué no me llevo a Emma a la cocina? —sugiero mientras pongo los ojos en blanco.

Pero ellos ya se están abrazando, con Emma y la teta desnuda en medio.

—Eres el amor de mi vida, Corinne —susurra Chris mientras siento en mi garganta un nudo de mirona emocionada—. Pero, cielo, vas a tener que relajarte y confiar en el destino y en que vamos a disfrutar de una larga vida juntos.

—Yo también te quiero —lloriquea ella—. Nunca fue mi intención que acabaras en el hospital.

De nuevo Gordo Mikey apoya las patas en su pierna mientras olfatea el aire.

Diez minutos después, Corinne me abraza, la teta por fin cubierta.

—Gracias por todo —susurra.

—Tranquila —contesto yo devolviéndole el abrazo—. Déjale comer bacon de vez en cuando. Hace que la vida sea más alegre.

—Lo intentaré —me asegura.

—Gracias, Lucy —dice Christopher mientras le coloca el gorrito a su hija.

—No hay por qué darlas —insisto.

Después de eso se marchan arrastrando por el pasillo las pertenencias del bebé, pertenencias por valor de unos mil dólares. Un segundo más tarde suena el timbre del ascensor y todo queda en silencio, salvo por el video de la boda que muestra a todos los invitados sentándose para la cena. Y allí está Ethan, de aspecto mucho más joven sin la barba, hablando con el DJ mientras el tipo parece estarle explicando cómo utilizar el micrófono para que pueda comenzar su discurso de padrino de boda.

Apago el DVD y suspiro profundamente mientras me pregunto qué hacer con Ethan Mirabelli.

Durante un diminuto instante siento un impulso tan fuerte de llamar a Jimmy que mis manos se crispan y casi agarro el teléfono. Y durante ese breve segundo me sorprende no haberlo llamado antes, dado que es el único capaz de entender lo aterrador que resulta estar en mi situación.

Gordo Mikey da un topetazo con la cabeza contra mi zapato. Yo bajo la vista, agradecida, y allí, en la alfombra, hay una moneda.

Me quedo sin aire. Hacía tiempo que ya no me encontraba monedas. Un par de años, en realidad. Con dedos ligeramente temblorosos, recojo la moneda y la examino. Se trata de una moneda de diez centavos, normal y corriente que, por supuesto, podría haberse caído de cualquier bolsillo, monedero o de la enorme bolsa para pañales de Corinne.

O no.

Cuando Jimmy murió, al principio me llevó un tiempo darme cuenta del extraño fenómeno de las monedas, pero en cuanto lo hice, empecé a guardarlas en un tarro en mi dormitorio. Voy al cuarto y, apoyada contra la cómoda, contemplo las monedas.

Desconozco si son o no de Jimmy, pero tampoco es lógico pensar que yo vaya sembrando la alfombra de monedas de diez centavos. Nunca son de veinticinco, ni de cincuenta, no son peniques, solo monedas de diez centavos. No tengo ni idea de lo que puede significar, pero sí sé que creo, y quiero seguir creyendo, que son una señal de que el espíritu de Jimmy sigue conmigo.

Beso la moneda y la echo al tarro con sus once hermanos y hermanas. Y un minuto después estoy llamando a la puerta de Ethan, no muy segura de lo que voy a decir.

Contesta, sin abrir la puerta del todo. Tampoco se hace a un lado para que yo pueda entrar.

—Ethan, siento muchísimo lo que dije —balbuceo.

Él suspira, mira al suelo y se cruza de brazos. El lenguaje de signos italiano para, «tenemos un problema».

—Llévame a navegar mañana —le pido, sorprendiéndome a mí misma y, al parecer, a Ethan también, ya que levanta bruscamente la cabeza y arquea las cejas—. Pasemos el día fuera de la ciudad.

—¿En serio? —pregunta mirándome con expresión inquisitiva, y también un poco esperanzada.

Parker me había dicho que llevaba años haciéndole sufrir. Eso no puede ser verdad, pero mi garganta aún se cierra ante la familiar oleada de lágrimas.

—En serio —contesto con la voz cargada de emoción.

—De acuerdo —accede, tal y como yo esperaba que hiciera.

Aun así, no parece precisamente exultante de felicidad ante mi propuesta de vivir una pequeña aventura, y por eso me pongo de puntillas y lo beso fugazmente en la mejilla.

—Lo siento muchísimo —susurro—. Mi intención no era que sonara como lo hizo.

—Está bien —me dice, haciendo que me sienta aún peor.

—No, Ethan, no está bien. Si vamos a mantener una relación de verdad, tienes que ser capaz de enfadarte conmigo —le digo—. Sobre todo cuando me comporto como una imbécil.

—En lo que a ti respecta, estoy bastante desarmado, Lucy —me explica con calma.

Y yo me quedo sin aliento.

—Bueno, pues defiéndete, muchacho —casi le grito con voz chillona.

Ethan me mira, todavía con los brazos cruzados.

—De acuerdo. Quiero estar contigo, Lucy. No con Parker. No intentes juntarnos nunca más.

—De acuerdo, muy bien, lo entiendo, y lo siento —titubeo antes de continuar—. Es que, bueno, ya sabes, cuando vosotros dos...

—Lucy. Cierra el pico.

—Lo siento —me disculpo y procedo a obedecer.

La sonrisa de Ethan nace en sus ojos, como una vela que se enciende en una noche oscura y, por supuesto, la comisura de los labios se curva hacia arriba.

—¿A las diez de la mañana en la marina? —sugiere.

—Estupendo. Yo llevo el almuerzo, ¿de acuerdo?

—De acuerdo.

Permanecemos allí parados un segundo o dos más, simplemente mirándonos.

–Bueno, pues entonces buenas noches –me despido con cierta torpeza.
–Buenas noches –repite él.
Sin embargo, se queda en la puerta, la mirada fija en el suelo hasta que yo desaparezco a la vuelta de la esquina.

Capítulo 22

El día siguiente nos trae una fuerte brisa y los barcos se bambolean en sus amarres, el sonido del crujir de la madera y el golpeteo del agua mezclándose con los gritos de las gaviotas mientras yo me acerco al Marie, un velero de madera de casi cinco metros de eslora. El casco verde termina en una franja granate y la cubierta es de color caramelo. Las velas están enrolladas y el viento canta entre las cuerdas.

–Hola –la cabeza de Ethan asoma por la pequeña cabina–. Sonríe.

–¡Ah del barco! –contesto yo, sintiéndome algo tímida.

–Bienvenida a bordo –la sonrisa de Ethan se hace más ancha cuando sale de la cabina y me ofrece una mano.

Nunca había estado en el barco de Ethan. Lo compró cuando Jimmy y yo llevábamos un par de meses casados y, ahora que recuerdo, hubo una cierta rivalidad entre hermanos en ese asunto. Jimmy, que no navegaba, nunca había navegado y al que no le gustaba demasiado estar en el agua, había afirmado que él también tendría un barco algún día. Marie se había sentido halagada cuando Ethan le había puesto su nombre al velero y no paraba de hablar de ello en el restaurante. Fue una de las escasas ocasiones en las que, supongo, Jimmy había sido superado por su hermano pequeño.

Pero aunque Ethan me ha invitado a acompañarlo en numerosas ocasiones, nunca había accedido y, al subir a ese barco que se tambalea con precariedad, ahora me parece que siempre fue una decisión muy sabia. El Marie es mucho menos sólido que la roca de doce metros de eslora del capitán Bob, y se hunde mucho más en el agua.

—Aquí está la comida —anuncio mientras le entrego a Ethan la pequeña nevera portátil. Dentro hay dos enormes bocadillos de mi mejor pan de centeno con pavo, aguacate, bacon y mayonesa, aderezado con eneldo y cebollino. Dos pequeñas bolsas de patatas fritas de Cape Cod. Cuatro paquetes de limonada Del's Lemonade, y un pedazo de tarta de chocolate con una indecente cobertura glaseada de avellana y capuchino, de más de un centímetro de grosor, que preparé anoche.

—Gracias —me dice Ethan.

—¿Puedo cotillear por dentro? —pregunto.

—Claro —contesta.

Y lo hago. La cabina es recogida y adorable. Dispone de unos ojos de buey allí donde el techo se curva hacia arriba, unos armarios diminutos cerrados con fijaciones de latón. Una mesa, un fregadero y una pequeña puerta que, supongo, conduce a la proa. Apoyado contra la pared hay un sofá.

—¿Alguna vez has pasado la noche en esta cosa? —grito desde dentro mientras Ethan se dispone a desatar las cuerdas que sujetan las velas.

—Últimamente no, pero sí solía hacerlo —me dice—. El sofá se convierte en cama. Pero desde que nació Nicky no he vuelto a hacerlo.

—Menos mal —opino. Ethan ya es demasiado aficionado a las actividades de riesgo sin tener que añadir una más.

Él arquea una ceja, pero no dice nada.

Un minuto después nos alejamos del muelle en dirección al canal. Ethan me invita a sentarme e iza la primera vela. El viento la llena de inmediato y el barco avanza de un salto.

—¡Caramba! —exclamo y suelto una carcajada.

—Es muy rápido —él sonríe con orgullo.

Lleva el timón flojo y el viento le revuelve los cabellos. Parece talmente un anuncio para ricos ociosos, vestido con su grueso jersey de pescador irlandés, pantalones vaqueros descoloridos y zapatos de lona.

Ethan agita una mano para saludar cada vez que nos cruzamos con otros navegantes, y en ocasiones se aparta para dar paso. El horizonte está salpicado de velas blancas y las gaviotas vuelan sobre nosotros.

—¿Adónde vamos? —pregunto mientras me agarro a una cornamusa cuando el velero salta al ser adelantados por una moto de agua.

—¿Adónde te gustaría ir? —pregunta.

—A ninguna parte —contesto—. Me gusta estar simplemente aquí fuera contigo.

Siento que mi cara se pone roja. No me resulta sencillo decir estas palabras, pero a modo de recompensa recibo una sonrisa de mi capitán.

Durante un rato navegamos hacia Point Judith, no muy alejado de la costa, acompañados por la alegre melodía de las olas y el viento. El sol cada vez calienta más y yo me quito la sudadera. Mi corazón late alocado, pero no tiene nada que ver con estar en el mar. Le estoy dando una oportunidad a Ethan. Una oportunidad de verdad, no una muestra. Y también me la estoy dando a mí misma, y eso me aterroriza. De vez en cuando siento un cosquilleo en las manos y la piedrecita parece bien atascada en mi garganta. Miro a Ethan, que me sonríe. Yo le devuelvo la sonrisa y, un segundo después, el gesto se vuelve genuino.

No hablamos mucho y, al fin, dejo de visualizar su muerte (la cual, imagino, vendría de la mano de una gran ola que nos lanzaría del velero al gélido Atlántico, donde flotaríamos desesperados hasta que vinieran los tiburones para darse un festín con la hermosa piel tostada de Ethan mientras yo grito frenéticamente). Bueno, de acuerdo, no consigo dejar de imaginármelo del todo, pero mis hombros se relajan un poco, y mi corazón empieza a latir más pausadamente.

Pasado Point Judith, Ethan vira el barco, poniéndolo contra el viento y arría las velas, dejándolas colgar relajadamente. El barco se bambolea suavemente sobre las olas.

–¿Tienes hambre? –pregunta–. Yo estoy famélico.

–Claro –contesto mientras me levanto para ir en busca de la comida.

En el armario hay platos y tazas. Yo preparo dos vasos de Del's y desenvuelvo los bocadillos. Ethan extiende una manta sobre la cubierta. El viento se ha calmado convenientemente y yo le paso los platos antes de sentarme con él. De nuevo siento esa timidez.

–Esto está estupendo –exclama él mientras toma un bocadillo y lo examina.

–Gracias –contesto mientras abro y cierro las manos.

–¿Estás bien? –pregunta.

–Sip –le aseguro tragando nerviosamente. Y entonces decido ser sincera–. Estoy un poco nerviosa –reconozco.

–¿Tienes miedo de enamorarte? –pregunta con una sonrisa.

–No.

No añado nada más, limitándome a mirarlo fijamente mientras siento un intenso hormigueo en las manos.

–Solo soy yo, Lucy –Ethan intenta tranquilizarme con dulzura, inclina la cabeza y el viento le revuelve los cabellos.

—Ese es el problema —yo sonrío—. Lo superaré. No te preocupes. Esto es genial. Hablemos de otra cosa.

—Claro —él sonríe.

—¿Qué tal va tu trabajo? —le doy un mordisco al bocadillo, que, debo decir, está buenísimo.

—Bien —contesta—. Aunque no es que me apasione.

Ethan se quita el jersey y deja a la vista una camiseta blanca de algodón que contrasta fuertemente con su piel bronceada.

—¿Y por qué sigues trabajando en eso? —le pregunto.

Ethan no contesta de inmediato. Le da otro mordisco al bocadillo y posa la mirada en el horizonte.

—Quiero estar cerca de Nicky —me explica al fin—. Y me pagan muy bien. Eso me convierte, según mi padre, en un desalmado monstruo corporativo —se ríe—. Pero está bien poder ingresarle a Nicky un buen cheque todos los meses en su cuenta de ahorros.

—Él no lo necesita, y lo sabes —se me escapa antes de poder morderme la lengua.

En una ocasión, Parker me contó que, nada más nacer, Nicky había heredado diez millones de dólares del fondo de la familia.

—Lo sé —contesta Ethan—, pero de todos modos quiero darle algo. Aunque no sea nada comparado con lo que tiene la familia de Parker.

—Bueno, lo mejor que le estás dando es a ti mismo —esta estupenda frase me hace merecedora de otra sonrisa. Mi estómago da un vuelco y mis mejillas arden de nuevo—. Además, Ethan, no deberías trabajar en algo que no te gusta.

—Bueno, hay un punto en torturar a los padres —explica alegremente—. Eso es algo que no podemos obviar.

—Torturar a los padres no puede hacerte sentir bien —protesto.

Ethan toma un trago de limonada.

–Te sientes bien, créeme –insiste–. A fin de cuentas ellos también me han torturado lo suyo durante años.

–¿Cómo? –le pregunto.

Antes de contestar me mira y reflexiona durante unos segundos.

–Comparado con San Jimmy, yo siempre fui el segundón.

–Estoy segura de que no es así, Ethan –le digo mientras siento un nudo en la garganta–. Tienes que dejar de pensar así porque no es verdad.

–Bueno –él le da otro mordisco al bocadillo–. Puede que tengas razón. Tú hablas con ellos más que yo –hace una pausa–. ¿Les has hablado de nosotros?

De nuevo siento la presión en la garganta, una presión que parece haberse instalado allí últimamente.

–Pues, esto, no. No lo he hecho. ¿Y tú?

–No. Dijiste que querías esperar, así es que estoy esperando.

–Quizás debería ser yo quien dijera algo –asiento y respiro hondo–. Puede que resulte más fácil si viene de mí.

–Seguramente –la brisa vuelve a revolverle los cabellos y Ethan ya no dice nada más.

Me doy cuenta de que he terminado mi bocadillo y ataco la bolsa de las patatas. Una gaviota vuela en círculos por encima de nosotros, al parecer ha reconocido la marca de las patatas. Y yo lanzo una patata al agua justo antes de que el animal se zambulla.

–Ahora sí que la has hecho buena –me reprende Ethan.

Por supuesto, cuatro aves más aparecen de la nada volando en círculos y chillando. El velero se mece suavemente y yo me apoyo contra el mástil.

–¿En qué te gustaría trabajar? –le pregunto–. ¿Quieres volver a viajar y saltar de los aviones y charlar con todo el mundo?

Ethan suelta una carcajada antes de contestar.

–No. Eso ya lo he hecho durante mucho tiempo –tras un momento de silencio, Ethan lanza una de sus patatas al agua mientras las gaviotas cada vez nos sobrevuelan más cerca del barco–. No me importaría trabajar como chef –me asegura con voz tan baja que casi no lo oigo.

–¿En serio?

–Pues claro –insiste–. No olvides dónde nos conocimos, Lucy.

–Ya lo sé –yo asiento–. Pero lo dejaste. Te marchaste antes de terminar.

–Tienes razón –admite él.

–¡Pero eso sería estupendo! –exclamo–. Podrías hacerte cargo de Gianni's. Ya sabes que tu padre opina que el hermano del marido de la prima es un completo desastre.

–Mejor el hermano del marido de la prima que yo, Luce –me asegura mientras me mira con gesto serio.

–¡Pero si tú eres un cocinero estupendo! ¡Serías perfecto! Y se trata del negocio fam...

–Nunca seré Jimmy –me interrumpe Ethan–. Y eso es lo que quieren mis padres realmente.

Le sigue un incómodo silencio. Ya no nos quedan patatas y las decepcionadas gaviotas se han cansado y se van. Ethan desenvuelve la tarta. La sujeta en alto ofreciéndome un poco, pero yo sacudo la cabeza y observo, embelesada, mientras él le da un mordisco. Durante un segundo cierra los ojos, su rostro el vivo reflejo del placer, y yo sonrío.

–¿Y qué hay de ti? –pregunta Ethan–. ¿Algún progreso en el tema de la tienda de alimentación? –le da otro mordisco a la tarta.

–Todavía no –reconozco. La semana pasada hablé dos veces con Matt DeSalvo, pero me sentí decepcionada porque no se ofreció a que nos viésemos cara a cara. Así podría comprobar si de verdad se parece tanto a Jimmy como me pareció la primera vez–. Todavía hay muchas cosas de las que hablar. Pero seguramente acepte.

–Pensaba que no estabas segura de querer se panadera –comenta Ethan.

–Y no lo estoy. Pero es mejor que arruinarse –en la pernera de mis vaqueros hay un pegote de mostaza, y yo lo rasco distraídamente–. Y –añado–, es una manera de ser alguien, ¿sabes a qué me refiero? Sería bonito aparecer en la revista de alumnos de Johnson & Wales diciendo que mi pan se distribuye por todo el estado. Y Matt dijo que quizás podríamos venderlo también en Connecticut y Massachusetts. Así que... –miro a Ethan–. Es una buena oferta.

–Esta tarta está fantástica –observa él mientras asiente–. Prueba un poco.

–Yo no...

Mi intento de explicárselo se ve interrumpido cuando me mete un trozo en la boca. La deliciosa y suave textura del chocolate negro se funde en mi lengua, y el glaseado de avellana es lo más parecido a la perfección divina. Ha sido una idea genial tostar... tostar las...

–¿Y bien? –pregunta Ethan antes de percatarse de mi expresión–. ¿Lucy?

–Está... está buena –balbuceo. Y lo está. Y soy capaz de saborearla. Trago. Sí, ahí está el toque de café y el ligerísimo suspiro de canela.

–Toma –Ethan sonríe y me mete en la boca el último trozo.

Yo cierro los ojos y me concentro. La tarta está buenísima, Ethan tiene razón. Y no me puedo creer que al fin sea capaz de disfrutar de mis propias creaciones después de tanto tiempo. Algo que había perdido ha regresado, algo que formó parte de mi vida diaria durante mucho, mucho, tiempo, algo que había echado muchísimo de menos. Pero hoy, de repente, hoy soy de nuevo capaz de apreciar algo que he hecho con mis propias manos, que he hecho con atención y esmero para el hombre que tengo ante mí, y ser capaz de recuperarlo...

Cuando abro los ojos, están anegados en lágrimas. La sonrisa de Ethan se esfuma.

—¿Estás bien, cielo? —pregunta.

Y no hace falta más para que le rodee el cuello con mis brazos y lo bese, saboreando el chocolate y a Ethan, esa delicada y hermosa boca, su calor. Él me rodea con sus brazos, una mano sujetándome la nuca. Y yo lo beso y lo beso y lo beso, sintiendo su corazón latir contra el mío.

Me aparto y lo miro a los ojos. Su mirada desciende hasta mi boca y me aparta de la cara un mechón de cabellos.

—Hazme el amor, Ethan —susurro.

Y él se levanta y me toma de la mano.

El sol entra tamizado por las ventanitas que rodean la cabina. Ethan saca el sofá y se endereza, sin decir nada. Yo me siento y él se arrodilla delante de mí. Le toco la mejilla y empiezo a desabrocharle la camisa con dedos temblorosos. Tiene una piel preciosa, bronceada, tostada y suave, sobre unos fuertes músculos. Apoyo la palma de mi mano sobre su corazón y siento el tranquilizador latido, constante y uniforme. Igual que Ethan. Y entonces lo miro, a esos ojos hechos de oro y marrón, como las hojas caídas flotando en un arroyo cristalino.

Ethan se acerca a mí hasta que nuestras frentes se tocan.

—¿Estás segura, cielo? —pregunta.

—Sí —susurro.

Y sin más su boca está sobre la mía. Sus manos se deslizan bajo mi camiseta y toman mis pechos, y yo me quedo sin aliento. Su sabor es delicioso, sus caricias divinas y yo no me puedo creer que haya esperado tanto tiempo. Su boca se desliza hasta mi cuello y una descarga ardiente me atraviesa. Me hundo en la cama, el ardiente sol sobre mi piel, y me dejo ir.

Y comprendo que, a pesar de mis intenciones, resulta que me he enamorado.

Capítulo 23

Cuando nos dirigimos de vuelta hace mucho más frío, el cielo se ha cubierto mientras hemos estado dentro de la cabina y el mar se ha picado y adquirido el color de la pizarra. No hablamos mucho. Ethan, básicamente, está ocupado con las olas alrededor de Point Judith y ajusta la vela continuamente. Vamos a toda pastilla saltando sobre las olas y yo observo a mi capitán con cierto recelo mientras me agarro a una cornamusa y la espuma de las olas me salpica en la cara, y me preocupa que mis sombrías fantasías sobre la muerte de Ethan se hagan realidad mientras nos golpeamos contra las olas.

«Todo va a salir bien, todo va a salir bien, todo va a salir bien», o en la versión original de Bob Marley *Everything is gonna be all right*. No es extraño que esta estrofa de la canción se convirtiera en mi mantra cuando Jimmy murió. Pero cada vez que Ethan me mira, tan condenadamente feliz, el miedo sacude mi corazón. «Por favor, Jimmy, no permitas que le haga daño», rezo. De repente a mi mente acude la idea de que a Jimmy, quizás, no le haga tan feliz que le haya abierto mi corazón a otra persona. Que quizás quiera ser el primero, el mejor, el único. «Renunciando a todos los demás para toda la vida», eso decían nuestros votos matrimoniales. Y quedarte viuda no es lo mismo que te hayan engañado. Jimmy no hizo nada para que yo dejara de amarlo. Simplemente murió.

Intento imaginar cómo sería si mi alma tuviera que ver a Jimmy lidiar con la vida sin mí. Por supuesto que yo querría que encontrara a otra persona, y que fuera maravillosa, pero reconozco, mientras me sujeto el estómago al saltar tras la estela de un barco pesquero de langostas, que también querría permanecer siendo el amor de su vida. Ser la persona por la cual evaluara a todas las demás.

—¿Qué tal vas? —grita Ethan para hacerse oír por encima del viento.

—Estupendamente —contesto, decidida a que así sea.

Cuando al fin entramos en la marina, me muero de ganas de pisar de nuevo tierra firme. Ethan me mira mientras ata el cabo alrededor de una cornamusa.

—Estás un poco verde —observa tomándome de la mano mientras yo me levanto—. ¿Quieres que te lleve a casa?

—Casi que me apetece ir andando —respondo con sinceridad.

—De acuerdo —contesta mientras salta del barco y me ayuda a desembarcar.

Nos quedamos de pie allí en el muelle de madera, que se balancea desagradablemente. Unas nubes de lluvia oscurecen el cielo al oeste y las hojas caen de los árboles.

—Pásate luego —le propongo.

—De acuerdo —accede Ethan de inmediato, y de nuevo mi corazón se agarrota ante la sonrisa que se refleja en su mirada.

—Hasta luego, cocodrilo —me despido y dándome la vuelta me dirijo hacia tierra firme.

—¿Lucy? —me llama. Yo me vuelvo y observo su rostro que se ha puesto muy serio—. Gracias —me dice.

—Gracias a ti también, Ethan —contesto nerviosa mientras mi corazón se ablanda peligrosamente.

Agacho la cabeza contra la fuerte brisa y me dirijo hacia mi casa.

Ethan parece haber comprendido que necesito un poco de tiempo a solas, o eso o él también tiene lo suyo en que pensar. Sea cual sea el motivo, no baja a mi casa hasta las nueve de la noche. Gordo Mikey, disgustadísimo por haber visto tan poco a su persona favorita, aúlla hasta que Ethan lo toma en brazos y le rasca vigorosamente las maltrechas orejas.

—¿Cómo te va, Gordo Mikey? —le pregunta al gato, dando una imagen calcada de un gánster—. ¿Cómo va nuestro amigo?

Yo llevo en la cocina desde que he regresado a casa. Estoy haciendo dulces solo para comprobar si lo de la tarta de chocolate ha sido una falsa alarma. Pero, gracias a Dios, no lo ha sido, y por fuerza tiene que ser una señal de que Ethan es bueno para mí. Mi melancolía empezó a desaparecer cuando probé la crema catalana... rica y suave, la dura costra del azúcar quemado a la perfección. Después seguí con un lote de *crème au chocolat*, el chocolate negro matizando a la perfección la dulce cremosidad. Después, una hornada de banana Foster, tan sencilla, divertida y deliciosa. Río mientras las prendo fuego aunque, tras probarlas unos minutos más tarde, debo admitir que me he pasado con la nuez moscada. Después le ha seguido una tarta de zanahorias, que sigue en el horno mientras la batidora prepara un lote de glaseado de queso en crema.

—Veo que has estado ocupada —observa Ethan arqueando una ceja al contemplar mi cocina.

Todos los cuencos que poseo están sobre la encimera, el granito negro salpicado de harina, los cacharros se apilan en el fregadero y toda la cocina huele divinamente. Como una pastelería.

—¿Tienes hambre? —pregunto.

—Desde luego —contesta él mientras le sirvo una crema catalana y una buena ración de banana Foster. Lo observo comer y, cuando me ofrece una cucharada, abro obedientemente la boca—. Qué bien que puedas volver a comer tus propios postres —observa mientras me limpia un pegote de nata de la comisura de los labios.

—Más que bien —yo asiento.

Ethan no me pregunta cuándo se ha producido el cambio. A lo mejor no le hace falta. A lo mejor sabe qué significa.

—Esto está tremendo —es lo único que dice, concentrado en su plato.

—Gracias —yo sonrío.

Me lavo las manos y me quito el delantal. Al pasar junto a su silla, revuelvo los cabellos de Ethan y él me agarra la mano y tira de mí para darme un beso. Tras un instante de titubeo, yo le devuelvo el beso. Solo necesito un poco de tiempo para acostumbrarme, me digo a mí misma.

Nos sentamos en el salón y nos miramos. Yo trago nerviosamente y sonrío. Él me devuelve la sonrisa.

—¿Te apetece jugar al Scrabble? —pregunto asaltada por una oleada tras otra de lujuria y nerviosismo.

—Claro —contesta Ethan con una sonrisa que lo dice todo—. Oye, ¿qué es esto?

Apoyado contra el sofá hay un paquete rectangular, todavía envuelto en su papel marrón. Mierda. Me olvidé. Ash lo había recogido por mí y me había dejado una nota.

—Pues, en realidad es para ti —respondo y empiezo a morderme la uña del pulgar.

—¿De verdad? —las cejas de Ethan dan un salto hacia arriba—. ¿Puedo abrirlo? —pregunta con una sonrisa de felicidad dibujada en el rostro.

Y de repente se me ocurre que hoy quizás no sea el mejor momento para este regalo en concreto. Por otra parte, puede que sí lo sea.

—Claro.

Ethan se sienta en la butaca y toma el regalo. Arranca el papel marrón, quita el papel de seda que protege el marco y lo gira para ver la foto. Su rostro se congela. Espero su reacción, pero no hay ninguna. Simplemente se queda ahí sentado, mirando fijamente el regalo, paralizado.

La foto de arriba me la dio Marie hace unas semanas mientras recogían sus pertenencias. Es de Jimmy y de Ethan en la playa. Jimmy tenía doce años y Ethan siete. Los dos están en la orilla, el brazo de Jimmy sobre los hombros de su hermano mucho más pequeño. Ya se ve que Jimmy va a ser alto, sus hombros han empezado a ensanchar y su cara ya posee ese amigable atractivo que conservó durante toda su breve vida. Su pelo está dorado por el sol y la nariz cubierta de pecas. Ethan, por el contrario, es un tipejo flacucho, moreno como un gitano, lo bastante delgado como para que se le noten las costillas. Se está riendo y le faltan los dos incisivos de arriba. Su pelo está mojado y la piel cubierta de arena.

La foto de abajo también es de Ethan y Jimmy. Pertenece al día de nuestra boda y, una vez más, Jimmy rodea los hombros de Ethan. Jimmy está resplandeciente. Ethan tiene un aire un poco más burlón, sus cejas de elfo elevadas como si quisiera decir: «No os perdáis a este tontorrón». Adoro esa foto. Y a Jimmy también le gustaba.

Pero Ethan sigue sin abrir la boca.

—¿Ethan? —susurro.

Él levanta la vista y se aclara la garganta.

—Gracias —me dice de una manera que suena como si lo dijera por cumplir.

—Yo... Dijiste que no tenías ninguna. Fotos, quiero decir. De Jimmy.

De repente se me encoge el estómago y desearía no haberme tomado tres postres esta noche.

—Sí, claro. Es muy amable por tu parte, Lucy —la voz de Ethan suena extrañamente formal. Vuelve a contemplar la foto y se frota la frente.

En la cocina suena el timbre del minutero y yo me disculpo, agradecida por la interrupción. El pastel está hecho y huele de modo increíble. Me muero por comer ese estúpido postre y que le den al dolor de barriga.

No me doy cuenta de que estoy llorando hasta que una lágrima produce un chisporroteo sobre la puerta del horno. Me seco los ojos con una manopla y saco la tarta del horno, dejándola delicadamente sobre la rejilla. De repente siento a Ethan detrás de mí. Me rodea la cintura con sus brazos.

—Lo siento —mi voz resulta chillona.

—No, cielo —él agacha la cabeza hasta apoyar la frente sobre mi hombro—. Gracias.

—No ha sido el momento más adecuado —reconozco.

Ethan me gira y me mira. La lluvia se estrella contra la ventana y el viento aúlla bajo el puente a una manzana de aquí. Tengo tiempo de sobra para fijarme en esas cosas porque Ethan tarda un buen rato en hablar.

—No hace falta que me recuerdes que él estuvo aquí primero, Lucy.

—Es que estuve casada con él —yo trago dolorosamente—. Él fue el primero. Y eso no se puede borrar, Eth. Ni tampoco querría hacerlo.

—Pero quizás no haga falta que esté aquí todo el rato —Ethan asiente.

Me está pidiendo un imposible. Jimmy está conmigo todo el rato, su recuerdo me acompaña constantemente, y no creo que eso vaya a cambiar nunca.

—El tipo del pan se parece mucho a él —digo bruscamente.

—¿Qué tipo del pan?

—El de NatureMade —le explico.

—Vaya —Ethan arquea una ceja.

—Sí. Se parece muchísimo a Jimmy.

—Gracias por advertírmelo —él desliza las manos por mis brazos y me suelta.

De repente me doy cuenta de que Gordo Mikey está subido a la mesa, comiéndose la última ración de crema catalana, y decido dejar vivir un poco a mi gato. Otra racha de lluvia golpea la ventana. El musculito bajo el ojo de Ethan se contrae, y no por primera vez. Me pregunto cuánto se está guardando.

—Ethan —comienzo lentamente—. No pretendía hacer un alegato —siento que se me cierra la garganta—. Solo quería que tuvieras una foto de él, y mira por dónde ha llegado hoy. Debería haberla guardado unos días. Lo siento.

Ethan asiente y me toma una mano, examinando con interés un pegote de masa en el dorso.

—Gracias.

—¿Te apetece comer algo? —susurro.

—No —contesta sin levantar la vista de mi mano y su boca se tuerce.

—¿Y qué tal una partida de Scrabble? —le ofrezco casi con desesperación.

—Después. A lo mejor.

Me besa, allí mismo, en medio de la desordenada cocina, entre el olor del pastel recién hecho, y mi corazón canta aliviado. Y en lugar de contar recuadros y consultar ortografías dudosas en el diccionario, acabamos en la cama, con Gordo Mikey mirándonos asqueado mientras desordenamos su lugar preferido para dormir.

Capítulo 24

Unos días más tarde, Ethan tiene que irse de viaje a Atlanta, donde está la sede central de la fábrica de International Food Products, de modo que tengo mucho tiempo para pensar en mi situación. Las cosas han ido bien entre Ethan y yo, aunque seguimos teniendo mucho cuidado el uno con el otro, sobre todo en lo que respecta al tema de Jimmy.

El otro día, monté a Nicky en mi coche, bien acomodado en su sillita, y conduje hasta Providence para darle una sorpresa a Ethan en su trabajo. Mientras los empleados mimaban a Nick, subiendo y bajando con él en el ascensor, fotocopiando su mano, y llenándole un vaso tras otro de agua del dispensador, Ethan me presentó a sus compañeros, sin especificar rango, simplemente, «os presento a Lucy», pero yo lo tomo de la mano todo el rato y espero que él lo interprete como una señal de mi actitud. Se le veía tan feliz, tan orgulloso presumiendo de hijo, mientras que yo no paraba de recibir miradas indiscretas que me hacían sonrojar.

—Esto ha significado mucho para mí —me dijo Ethan mientras esperábamos el ascensor y Nicky no paraba de pulsar el botón.

Y yo le sonreí y lo besé, en la boca, para despedirme, mis manos vibrando.

Estamos en ello. Desde que se marchó a Georgia no hemos parado de enviarnos correos electrónicos, al menos un par de veces al día, y las noches han estado monopolizadas por largas conversaciones telefónicas. Cada vez que oigo su voz mi corazón da un brinco, y tengo la sensación de que voy a sufrir un ataque de pánico, aunque quizás sea de otra cosa. Y, bendito sea Dios, sigo inflándome de mis impresionantes postres.

Precisamente postre es lo que tengo en mente porque el próximo fin de semana se celebra la feria de degustación de Mackerly, una ocasión para atraer a algunos turistas más antes de dar oficialmente por terminada la temporada. Lenny's, Catering by Eva, Cakes by Kim y, por supuesto, Starbucks estarán allí, junto con algunas contribuciones de Lions Club, The Exchange Club y el grupo de mujeres polacas, que pregonan sus *Pierogi* como si el fin del mundo fuera inminente.

Hasta ahora, Bunny's siempre ha acudido al evento con las mismas galletas, de calabaza y un glaseado tan duro que, hace tres años, la pequeña Katie Rose Tinker se rompió un diente. El año pasado hicimos cuatro docenas y al final de la jornada nos quedaban cuarenta y seis galletas, y eso porque Ethan compró una galleta para él y otra para Nicky. Los dientecillos de mi sobrino fueron incapaces de atravesar el glaseado y Ethan había arrojado discretamente la galleta a la basura, si bien la suya se la había comido, sonriéndome mientras yo le ofrecía mi simpatía por su elección culinaria.

El miércoles, todo el personal de Bunny's se sienta para celebrar una inusual reunión. Jorge permanece al fondo, bebiéndose ese barrizal que él llama café, y se pasa una mano por la calva, preparándose mentalmente para la terrible experiencia que se avecina.

—De acuerdo —digo dando así comienzo a la reunión—. Pronto se celebrará la feria de degustación, el Día de la Raza, de modo que…

—Me ha salido una verruga —anuncia Rose mientras se inclina hacia delante. Aquí —se empuja el pecho derecho hacia arriba y señala—. Carmella Bronson dijo que se puede cortar con una tijera para las uñas, pero tengo miedo de que no deje de sangrar.

—Pues pide cita con el cirujano plástico —le aconseja mi madre—. Yo estaba pensando en inyectarme un poco de Botox.

—Muy bien, y en cuanto al fin de semana —insisto—. Creo que este año deberíamos liarnos la manta a la cabeza. He estado horneando estas…

—¿Botox? Eso está hecho de veneno de araña —interrumpe Iris—. Hay que ser imbécil para inyectarse veneno de araña en la cara.

—Es una bacteria. La bacteria del botulismo. No es ningún veneno —le explico yo—. De todos modos, he pensado que podríamos…

—Ya sé lo que es, sabihonda —me censura Iris mientras agita una mano con desprecio—. A fin de cuentas, mi hija es médico lesbiana —se vuelve hacia mi madre—. ¿Por qué quieres clavarte en la cara una aguja llena de bacterias, Daisy? ¿Te has vuelto imbécil de la noche a la mañana?

—Quiero tener buen aspecto —explica mi madre, ajustándose el pañuelo.

—Y también tenemos que hablar de la oferta de NatureMade —lo intento de nuevo mientras Jorge sonríe.

—La vanidad es un pecado —continúa Iris y se ajusta la camisa que, por su aspecto, debió pertenecer a su largo tiempo difunto Pete.

—¿Y qué pasa con mi verruga? ¿Se supone que voy a ir por ahí con el aspecto de una cabra con colgajos por todo el cuerpo? —pregunta Rose en tono quejumbroso—. ¿O pillar el ébola por cortarme yo misma la piel?

—Eso sería tétanos, Rose —la tranquilizo—. Pero no te

la cortes tú misma. Vete a ver a un médico, ¿de acuerdo? Y ahora, volvamos a...

—Hablando de inyecciones, ¿os pusisteis las vacunas contra la gripe? —pregunta mamá a sus hermanas mayores.

Yo suspiro, me dejo caer en la silla y espero a que terminen. Unos veinte minutos más tarde, al fin consigo llevar la conversación de vuelta a la feria de Mackerly y, como de costumbre, pierdo la votación sobre el candente tema de las galletas de calabaza que, según Iris, todo el mundo adora.

Después les doy algunos detalles de la oferta oficial de NatureMade, la cantidad de hogazas que podremos suministrarles, cómo cambiará el horario de trabajo en Bunny's, algunas inspecciones por parte de la empresa para asegurarse de que nuestro pan es consistente.

—¿Y bien? ¿Qué os parece? —pregunto.

Mamá se examina la manicura, como siempre con aspecto de desapego hacia la pastelería en la que ha trabajado la mayor parte de su vida. Iris y Rose, por el contrario, parecen dos trolls enfurruñados, sus rostros luciendo expresiones ariscas, los brazos cruzados sobre sus amplios pechos. Jorge, todavía agazapado al fondo, por puro entretenimiento, se ríe por lo bajo y se sirve más café.

—No me gusta que unos forasteros nos digan cómo hacer las cosas —anuncia finalmente Iris.

—Debo mostrarme de acuerdo con Iris —trina Rose mientras se tapa la verruga.

—Bueno —yo asiento—, también estaría la opción de no hacer nada y seguir ignorando el hecho de que cada mes que pasa ingresamos menos que el anterior —Iris carraspea—. Y al final nos arruinamos y cerramos la pastelería, vendiendo el local a McDonald's. ¿Qué os parece eso? ¿Todo el mundo de acuerdo?

—El sarcasmo provoca arrugas —observa Rose.

—Mamá —hago un nuevo intento—, a ti te pareció una buena oferta, ¿verdad?

Pero en ese momento suena la campana sobre la puerta y la cabeza de mamá gira bruscamente como la de un labrador que ha atrapado el rastro de un faisán.

—¡Ha llegado Grinelda! —anuncia en el mismo tono que emplearía un niño de cinco años para decir que ha llegado Papá Noel—. Lucy, ¿quieres que se ocupe de tu bigote?

—¡Yo no tengo bigote! —exclamo mientras mis dedos se lanzan a comprobarlo. Nada de bigote. Que se fastidien.

Las Viudas Negras ya se han levantado de la mesa en estampida, prácticamente atropellándose unas a otras para llegar la primera.

—¿Qué pasa con la oferta? —grito.

Iris asoma la cabeza por las puertas batientes.

—Si lo que quieres es que una franquicia te mande, adelante. El pan es cosa tuya —su cabeza desaparece y oigo su atronadora voz dándole la bienvenida a Grinelda.

—¿A que ha sido divertido? —le pregunto a Jorge. Él me guiña un ojo y empieza a apilar las bandejas de los pasteles de esta mañana.

Yo respiro hondo y llamo a Matt DeSalvo a Nature-Made.

—Hola, Matt, soy Lucy Mirabelli, de Bunny's —me presento cuando descuelga al otro lado.

—¡Hola, Lucy! —me contesta con calidez—. Estaba pensando en ti. ¿Has tenido un momento para estudiar nuestra oferta?

—Sí —le digo—, y tenemos algunas preguntas —bueno, las tengo yo, a mis parientes no podría importarles menos—, pero en principio la cosa tiene buena pinta.

—¿Te apetece que cenemos juntos esta noche? —pregunta–. Me gustaría volver a Mackerly. Es una ciudad muy bonita.

–De acuerdo –accedo algo indecisa–. Claro. Hay un lugar a la vuelta de la esquina de la pastelería. Se llama Lenny's –por algún motivo no quiero ir a Gianni's, aunque mis suegros estén ya en Arizona. No me parece bien llevar allí a Matt.

–¿Las siete de la tarde es buena hora para ti?

–Estupenda –contesto.

–Me muero de ganas –me dice en un tono que me resulta sincero.

Cuelgo el teléfono con una sensación incómoda en el estómago, y me lleva un minuto ponerle nombre. Culpabilidad, comprendo que es. Me siento culpable porque voy a cenar con Matt. Aunque no sea más que negocios, no puedo evitar mirar de soslayo a Jorge para comprobar si me está fulminando con una mirada de descontento y decepción. Pues no. Está lavando las sartenes.

Echo un vistazo al reloj, son las dos de la tarde. Ethan sigue en Atlanta, seguramente ocupado ahora mismo en una reunión, pero esta noche vuelve a casa en avión. Decido enviarle un mensaje:

Voy a cenar con el tipo del pan a las siete de la tarde en Lenny's. Pásate si te da tiempo, ¿de acuerdo?

Tras dudar un instante, añado: *Besos y abrazos, Lucy*, y mi pecho se llena de una repentina y dulce calidez que expande mi corazón. A Ethan le gustará eso, lo de los besos y abrazos.

En la tienda, Grinelda está devorando un *brownie* del día anterior y regando a las Viudas Negras con las migas.

–Estoy percibiendo a alguien cuyo nombre empieza por «L». ¿Es Larry? –se mete una galleta rosa neón en la boca–. Es Larry.

—¡Oh, Larry! —susurra Rose.

—Larry desea tu felicidad. Adelante y sal con alguien, dice. Comparte tu luz con el mundo.

Una cosa debo concederle a Grinelda: conoce bien a su público, porque Rose se ha emocionado toda y su rostro adquiere un tono rosado de placer.

—¿Y yo qué? —exige saber Iris—. ¿Pete también quiere que encuentre a otra persona?

Grinelda le da una profunda calada al purito.

—Déjame ver. Dame un minuto —lentamente exhala y luego toma un ruidoso sorbo de café—. Alguien está llegando. Un hombre. Su nombre empieza por... veamos... su nombre empieza por «P». ¿Alguien conoce a algún hombre cuyo nombre empiece por «P»?

Yo suspiro profundamente y, como de costumbre, ellas me ignoran.

—Pete dice que hagas lo que sientas que necesites hacer —Grinelda le da otro mordisco al *brownie*—. Pero que no hagas nada que no sientas que necesites hacer.

—Entiendo —asegura Iris—. Pues la verdad es que tiene sentido. Lo cierto es que ya no me apetece salir con nadie.

De nuevo suspiro, ruidosamente y pongo los ojos en blanco para darle mayor énfasis.

—¿Y qué más, Grinelda? —insiste Iris tras fulminarme con la mirada—. No te olvides de aquí la jovencita.

Pero Grinelda sigue mirándome a través de la columna de humo acre de su cigarro.

—Tú —anuncia con el ceño fruncido—. Jimmy te está diciendo que no pierdas de vista la tostada.

La gitana frunce el ceño de nuevo y su rostro parece romperse con miles de arrugas. Mis tías también fruncen el ceño, claramente molestas porque no he seguido el consejo del más allá.

—¿No puedes mejorar eso, Grinelda? ¿Algo como que el amor verdadero nunca muere?

De repente Rose suelta un grito.

—¡Atenta a la tostada! ¡El hombre del pan! El que se parece tanto a Jimmy. ¡Oh! ¡Dios! ¡Mío!

—¡El hombre del pan! ¡Cielo santo! —ruge Iris—. ¡Se refería a eso! No pierdas de vista la tostada, ¿verdad, Grinelda?

Incluso mi madre parece pasmada.

Por descontado, mi fe en Grinelda es insignificante, pero en el estómago se empieza a formar una sensación helada. Las Viudas Negras están fuera de sí. «¡El hombre del pan, sí, sí, el hombre del pan!». Y yo debo reconocer que resulta un pelín espeluznante. Matt DeSalvo se parece mucho a Jimmy, y no soy la única que opina así. Y Matt trabaja en el negocio de las tostadas. Más o menos.

—Es una señal —ronronea Rose—. Jimmy quiere que te cases con el hombre del pan.

—No voy a casarme con el hombre del pan —aseguro con firmeza, aunque mi voz suena un poco lejana.

—¿Por qué no? Eras tú la que quería un nuevo marido —observa Iris en el mismo tono que emplearía para decir, «eras tú la que quería mear en la calle».

—El hombre del pan se parece mucho a su difunto marido —le explica Rose a Grinelda.

—Lo cual ella, siendo psíquica y todo eso, ya lo sabe —afirmo automáticamente. Aun así no puedo evitar preguntarme si no habrá algo de verdad en todo eso. ¿Y si Jimmy intenta decirme que no salga con su hermano?

—¿Y bien? ¿Cuál es el plan entonces? —pregunta Iris—. ¿Vas a pedirle que salga contigo?

—Deberías hacerlo, Lucy —la apoya Rose.

—Dejemos el tema, ¿de acuerdo? —contesto tras sacudirme mentalmente.

—Pero hoy vas a cenar con el hombre del pan, ¿no? —pregunta mi madre—. Te oí hablar por teléfono.

Yo me muerdo el labio y trago nerviosamente. Este es el momento perfecto para hablar de Ethan, pero me cuesta que las palabras salgan de mi boca. La piedrecita ha vuelto.

–Pues lo cierto es –comienzo a explicar con voz temblorosa–, en realidad he estado...

–Estoy recibiendo una «R» –interrumpe Grinelda con su voz ronca–. ¿Ronnie? No. Robbie.

–¡Es tu Robbie! –exclaman a coro Iris y Rose mientras vuelven simultáneamente las cabezas hacia mi madre.

Cualquier interés que yo hubiera podido despertar es rápidamente desechado ante la llegada de mi padre desde el más allá.

–Robbie se alegra de que sigas teniendo tan buen aspecto –le asegura Grinelda a mi madre, que se pavonea descaradamente y le ofrece a Iris una mueca de satisfacción.

–¿Y le parece bien que quiera inyectarse veneno de serpiente en la cara? –pregunta Iris.

Yo echo a andar hacia la cocina para ocuparme del pedido de pan para esta tarde.

–Estoy saliendo con Ethan –le anuncio a Jorge.

Él arquea las cejas y asiente.

–¿Lo sabías ya, Jorge? –pregunto.

Él sacude la cabeza.

Tamborileo con los dedos sobre el mostrador.

–¿Qué opinas? Me refiero a que esté saliendo con el hermano de mi marido –pregunto–. ¿Raro? ¿Lacrimógeno? ¿Asqueroso? ¿O acaso para ti tiene sentido?

Jorge se encoge ligeramente de hombros y me ofrece un fugaz destello de su diente de oro. Por enésima vez me gustaría que, si de verdad es mudo, me escribiera lo que piensa. Pero, quizás no sepa escribir. Los misterios de Jorge son profundos.

–Bueno, pues gracias por tu aportación –le digo y él

me da una palmadita en el hombro y sube la temperatura del horno.

Llego a Lenny's dos minutos antes de las siete. Matt DeSalvo ya está allí, de pie en la entrada y, como manda la tradición, ignorado por los empleados.

–¡Hola, Lucy! Gracias por aceptar mi invitación –me dice en cuanto me ve. Luego se agacha un poco y me besa en la mejilla, provocándome un monumental sonrojo–. Lo siento –se disculpa con una sonrisa–. Mejor así –extiende una mano y estrecha la mía con firmeza–. Me alegro de verte.

–Yo también. Vamos a buscar una mesa.

–En el cartel pone: *Por favor esperen a ser atendidos* –observa.

–Ese cartel miente. Nos ignorarán hasta que muramos de hambre –le aseguro mientras lo conduzco a una mesa al fondo. Y me vuelvo a sonrojar cuando me sujeta la silla.

Roxanne nos arroja unos cubiertos envueltos en servilletas de papel mientras nosotros nos sentamos.

–¿Qué queréis? –pregunta.

–¡Hola! ¿Cómo estás? –saluda Matt, ingenuo como un gatito recién nacido ante los modales de la malhumorada empleada de Lenny's. Al no recibir respuesta, continúa–. Esto... ¿tenéis carta de vinos para echarle un vistazo?

–No –gruñe ella–. Blanco, tinto, rosado. El bar está lleno. ¿Qué queréis?

–¿Qué tal dos Martini sucios? –sugiero al recordar la última hora feliz de Ethan con mis tías. Suena de lo más sofisticado, y lo cierto es que estoy un poco nerviosa. Además, llevo uno de mis conjuntos de braguita y sujetador de La Perla (no preguntéis el precio, es vergonzoso). Pero me pareció que ya era hora de que me pusiera algo más bonito, aunque el encaje me pica un poco. Y lo cierto es que me siento guapa, incluso he cortado la etiqueta de una preciosa rebeca de cachemir rosa clarito con botones negros, que he combinado con una falda corta negra de vuelo, pendientes largos de plata y, sí, mis zapatos de tacón de gatito de Stuart Weitzman. Quería dar la imagen de alguien con astucia para los negocios. Al menos eso es lo que me he dicho a mí misma.

Matt DeSalvo no es solo un ejecutivo con una enorme tienda de alimentación, también representa un gigantesco cambio en mi propio status como panadera. Nature-Made es un negocio de prestigio, aunque más pequeño que Whole Foods en comparación. Este contrato podría mantener a Bunny's con vida para el futuro, aparte de elevarme de categoría.

Y Matt DeSalvo es realmente mono. Y se parece a Jimmy. Y es el hombre del pan. Y a lo mejor mi marido muerto quiere que salga con él.

–¿Te has criado aquí en Mackerly? –me pregunta, y yo le digo que sí, que por supuesto que sí. Charlamos amigablemente sobre nuestras familias mientras nos tomamos nuestras copas. El Martini sucio sabe como algo que beberías si tu avión se estrellara en medio del desierto del Sáhara y el único líquido disponible fuera el que salía del depósito de combustible, pero al menos consigue que me relaje un poco. Pedimos unas rellenitas para empezar, consiguiendo con ello otra mirada de asco de Roxanne, puesto que ahora le va a tocar hacer un viaje más hasta nuestra mesa. A Roxanne no le gustan los aperitivos.

A pesar del comportamiento de Roxanne, Matt sigue intentando congraciarse con ella, sin darse cuenta de que es imposible. Jimmy también era un encanto con las camareras, tanto en Gianni's como en cualquier otra parte adonde pudiéramos ir a comer, siempre charlaba con ellas, les pedía consejo a la hora de pedir, y les preguntaba de dónde eran. Al parecer Matt me encuentra verdaderamente encantadora. Igual que Jimmy.

Estamos a la mitad del plato principal (filete para mí, salmón para Matt) cuando oigo la voz de Ethan. Levanto la vista y ahí está, charlando con Tommy Malloy. Me mira, me sonríe y, una vez más, tengo una sensación de culpa que arde en mis entrañas. Agito una mano en el aire.

—Ethan acaba de llegar —le anuncio a Matt. Ya le he hablado de Ethan, presentándole como el hermano de Jimmy y un ejecutivo de la industria alimentaria, igual que él. No he hablado de él como mi novio. «¡Di algo, idiota!», me ordena la cabeza con voz espantada. Pero no lo hago—. Le invité a que se reuniera con nosotros.

—¡Genial! —contesta Matt, y la verdad es que parece sincero.

Vuelvo a posar la mirada en Ethan y siento algo distinto. ¡Lo he echado de menos! Han pasado cuatro días sin verlo y, a medida que se acerca abriéndose paso entre los clientes del concurrido bar, recuerdo el beso de despedida que me dio, el calor que me inundó, cómo le devolví el beso, y que casi perdió el vuelo.

—Hola —saludo levantándome y apresurándome a darle un beso en la mejilla. También lo abrazo. Matt DeSalvo puede sacar sus propias conclusiones.

—Hola —contesta él y, aunque solo ha dicho una palabra, su voz reverbera en mi interior.

Me acaricia el brazo y de inmediato siento una oleada de deseo ardiente que hace que se me doblen las rodillas. Los labios de Ethan se curvan para formar esa sonrisa suya y mis rodillas empiezan a deshacerse.

Y entonces Ethan posa su mirada en Matt.

—¡Jesús! —exclama, palideciendo al instante.

—Ethan, te presento a Matt DeSalvo. Matt, este es

Ethan Mirabelli –me muerdo el labio. Ethan sigue mirándolo fijamente, su rostro pálido.

–Hola –saluda Matt, incorporándose ligeramente y extendiendo una mano–. Ya me han dicho que me parezco mucho a tu hermano. Lo siento.

–No, no –protesta Ethan, que parece que se va recuperando–, pero, madre mía, a primera vista sí –se aclara la garganta–. Encantado de conocerte.

–Siéntate –lo invita Matt–. Lucy me ha contado que también estás en el negocio de la alimentación.

Me alegra que lo mencione, así verá Ethan que le he hablado de él. Y así de súbito, todo lo que quedaba de mi sentimiento de culpa desaparece casi por completo.

–Eso es. Trabajo en marketing para International Food Products –contesta Ethan.

–¿Los fabricantes de Instead? –pregunta Matt.

–Eso es.

–He oído hablar de tu empresa, por supuesto –Matt arquea las cejas y me ofrece una tímida sonrisa–. Y bien, Ethan, ¿qué te parece la oferta que le hemos hecho a Bunny's?

Antes de contestar, Ethan me mira a mí primero y luego a Matt.

–Creo que Lucy tomará la decisión acertada –dice con una ligera incomodidad.

–Ethan, siéntate –le apremio.

–En realidad voy a dejar que terminéis de cenar –Ethan parece incapaz de apartar la mirada de Matt–. Prometí a Nicky que me pasaría a verlo.

–¡Oh! –exclamo algo decepcionada–. Dile hola de mi parte.

–Lo haré. Matt, encantado de conocerte.

–Lo mismo digo –contesta Matt y vuelven a estrecharse la mano.

Ethan me aprieta el hombro y se va.

—Un tipo agradable —observa Matt mientras lo ve marchar.

—Sí —contesto yo—. Muy agradable —hago una pausa—. Está muy unido a su hijo.

—Como debe ser —dice Matt con una sonrisa—. A mí me encantan los críos. Algún día me gustaría ser padre.

Cuando viene a mi casa esta misma noche, Ethan se muestra silencioso. Mi cabeza da vueltas, no tanto por la cantidad de detalles que tiene un contrato de distribución de pan, sino por lo mucho que Matt me recuerda a Jimmy. Quizás sea nostalgia, pero durante todo el rato que estoy en compañía de Matt DeSalvo siento un irritante cosquilleo.

—Cuando dijiste que se parecía a Jimmy —dice Ethan mientras se pasa una mano por los cabellos—, supongo que no me lo creí del todo —se sienta en el sofá y fija la mirada en la alfombra.

—Un tanto raro, ¿verdad? —le pregunto.

—Un tanto algo —contesta él.

—Bueno, pues, hablamos sobre el pan —le explico—. Parece un buen asunto —Ethan asiente, pero no dice nada—. ¿Qué tal ha ido el viaje?

Gordo Mikey se coloca junto a Ethan y lo embiste con cariño.

—Bien —me dice mientras acaricia a mi gato.

—Dijiste que el hotel estaba bien —lo animo a seguir.

—Y así es. Muy agradable.

Parece un poco solitario allí sentado, rascando a Gordo Mikey detrás de las orejas, y yo intento recordar cómo me sentí al ver a alguien tan parecido a su hermano, y lo mucho que Ethan debe echarlo de menos. Pobre Ethan.

—Te he echado de menos —confieso.

Ethan levanta rápidamente la mirada y siento que mi corazón se encoge.

—¿En serio? –pregunta, la adorable sonrisa curvando sus labios.

—Sí –le aseguro en tono pretendidamente seductor y sonrojándome un poco.

Me pongo de pie y me coloco frente a él. Por suerte llevo una falda corta y una bonita ropa interior (mientras intento olvidar que me lo he puesto porque iba a cenar con Matt). Me desabrocho el primer botón de la chaqueta de lana.

—Te he echado de menos. Mucho –añado mientras arqueo una ceja.

—Cuéntamelo –murmura Ethan mientras observa mis manos que lentamente desabrochan el segundo botón. Traga nerviosamente.

—Aparta a ese gato –le ordeno mientras paso al siguiente botón.

Ethan obedece sin apartar la mirada del encaje rosa del sujetador. Gordo Mikey levanta una pata para iniciar una sesión de su socialmente inapropiada limpieza íntima, pero Ethan lo aparta delicadamente con el pie y el gato parece suspirar disgustado mientras se aleja moviendo el rabo.

Sonriendo tímidamente y esperando no parecer una auténtica imbécil, me siento sobre el regazo de Ethan.

—¿Te alegras de haber vuelto? –pregunto mientras me dispongo a desatarle la corbata.

—Supongo –contesta y me sonríe a los ojos.

—Supones. Bueno, pues yo supongo que voy a tener que hacer que te alegres en serio –le levanto ligeramente el rostro y lo beso. Un beso lento, húmedo, dulce.

Él desliza sus manos por mi pierna y emite un pequeño sonido gutural. Su boca es ardiente y hambrienta, pero, imaginándome que se ha ganado un poco de espectáculo, interrumpo el beso, le tomo una mano y la pongo sobre mi corazón.

—¿Me has traído algún regalo? —susurro.

—¿Qué? —su mirada no enfoca.

—¿Me has traído algo?

—Pues sí —contesta él con una sonrisa.

—¿Me va a gustar?

—Eso espero —me dice con esa sonrisa, mientras desliza el pulgar por el encaje de mi sujetador, y mis partes femeninas se contraen ardientes.

—Yo también tengo algo para ti —murmuro, decididamente en mi papel de gatita sexual. Le desabrocho la camisa tan lentamente como lo he hecho con mi chaqueta, posando mi mano sobre su corazón durante un instante, contenta al sentirlo latir con fuerza. Ethan desliza la mano por mi espalda y me desabrocha el sujetador.

—Qué hábil —susurro—. Con una sola mano.

—Gracias —él sonríe.

Y cualquier sensación de culpa que pudiera haber sentido un rato antes ya ha desaparecido, y lo único que importa es Ethan.

Este numerito de seducción es nuevo para nosotros, dado que Ethan siempre iba, digamos, con prisas. En el pasado nos asaltábamos. Las ropas arrancadas, tiradas al suelo, esparcidas por la habitación. Nada de desabrochar los botones milímetro a milímetro. En el pasado se trataba de algo más primitivo, menos emotivo. Pero esto es más significativo, más…

Quiero decirle que lo amo, pero las palabras permanecen atascadas con fuerza en mi corazón.

—Te he echado de menos —susurro otra vez. De momento, no puedo hacer más.

Ya tiene toda la camisa desabrochada y yo desvío mi atención al cinturón y dibujo un rastro de besos con mordisquitos por su cuello mientras se lo desabrocho.

—Me parece que me voy a ir de viaje más a men…

Sus palabras son interrumpidas por mi beso, salvaje y

ardiente. Ethan se echa a reír y se gira hasta que yo quedo debajo de él sobre el sofá. Su peso es duro y grande y maravilloso sobre mí. Le abrazo las caderas con una pierna y obtengo un gruñido a modo de recompensa.

Ethan besa un punto especialmente sensible que tengo justo debajo de la clavícula, arañándome con la barba, los labios sedosos y ardientes, moviéndose hacia abajo. Yo suelto un gemido y arqueo la espalda, casi lascivamente contra él. Esto está que arde, damas y caballeros. Está que arde.

Y entonces oigo ese ruido, pero, ¡qué narices!, estoy cachonda. Ethan tiene mucho talento para lo que me está haciendo, y mi cerebro no termina de asimilar el significado de ese sonido. Vagamente pienso que debe tratarse de Gordo Mikey, y decido ignorarlo en lugar de... oh, sí, Ethan desliza una mano bajo mi falda, los dedos rozando ligeramente mi piel. «No pares, eso es, buen chico, no...».

—¡Por la santa madre de Dios! Marie, no mires.

Yo doy un brinco tan fuerte que Ethan sale despedido como un vaquero montando un rabioso toro Brahma en un rodeo. Instintivamente, ruedo hasta el suelo con él antes de que mi cerebro registre lo que está sucediendo. Mi chaqueta de lana se abre del todo y mi sujetador cuelga, incapacitado para ejercer su función. Mi gato se esconde debajo de la mesa de café, bufando, ya que casi lo aplastamos. Ethan tiene los pantalones desabrochados, la camisa medio quitada y una marca roja en el cuello (por el amor de Dios, ¿en qué estaba pensando yo?). Intento abrocharme la chaqueta y juntar las piernas (¡argh!), y al mismo tiempo cubrirme el pecho con un cojín.

Mis suegros están allí de pie delante de mí. Horrorizados. Gianni se tapa los ojos, Marie se sujeta el corazón con ambas manos.

—Ethan —solloza mi suegra—, por el amor de Dios, ¿qué le estás haciendo a la mujer de Jimmy?

Capítulo 25

Ethan se sube la cremallera del pantalón y se lo abrocha antes de cerrarse la camisa.

—Dadnos un minuto —ladra por encima del hombro a sus padres.

Ellos obedecen desesperadamente, casi tropezando mientras se dirigen en estampida hacia la puerta.

—¡Estamos aquí fuera! —anuncia Marie, como si quisiera recordarnos que estarán escuchando, por si a Ethan y a mí se nos ocurriera terminar con la tarea. La puerta se cierra de un portazo.

—¿Quizás se te olvidó contarme algún detallito? —ruge Ethan mientras se abotona la camisa con movimientos rápidos y casi violentos.

—¡No! —le grito yo—. ¡No sabía que iban a venir! ¡Acaban de mudarse!

—A mí me lo vas a decir —Ethan sigue rugiendo. No me mira—. Supongo que no les has contado lo nuestro.

¡Mierda!

—Pues no, no lo he hecho —reconozco haciendo una mueca.

—Bueno, pues qué bien —espeta—. Gracias, Luce. Ni siquiera en las mejores circunstancias iban a aprobar lo nuestro. Pero ahora encima creen que soy un violador.

—Ethan, eso no es verdad —le aseguro mientras siento que una catarata de carcajadas revolotea peligrosamente en mi estómago.

Se ha abrochado mal la camisa, y viendo a Ethan tan desaliñado, él que suele ir perfectamente vestido, siento una oleada de ternura.

—No te preocupes, Eth, yo me ocuparé de esto.

—¿Lo harás? Eso sería estupendo, Lucy. Muchísimas gracias.

—Esto no ha sido culpa mía —susurro—. Yo no soy el enemigo en todo esto —pero Ethan no parece estar muy de acuerdo—. ¿Estás listo ya? ¿Puedo hacerles pasar?

La respuesta de Ethan es una mirada fulminante.

Trago nerviosamente varias veces y abro la puerta como si fuera a dejar entrar a la Parca.

—Hola —saludo. Mi suegro, su expresión tan iracunda como la de Ethan, se frota el pecho sin mirarme. «Mensaje recibido, Gianni. Te estoy matando». Unas gruesas lágrimas ruedan por las mejillas de Marie—. Pasad —los invito sin poder evitar ver las maletas en el vestíbulo. Un montón de maletas.

—Ethan, ¿cómo has podido? —exige saber Marie mientras me aparta de un empujón al pasar—. ¡Debería darte vergüenza! ¡La esposa de tu hermano! Y en cuanto a ti, Lucy, debo decirte que estamos anonadados. ¡Anonadados!

—Nunca habíamos esperado esto de ti, Lucy —gruñe Gianni.

—Pero de mí sí, ¿verdad? —sugiere Ethan con tensión.

—¡Pues sí! ¡Tú siempre has deseado lo que tenía tu hermano! —grita Gianni.

—¡Por el amor de Dios, papá!

—Esto no es decente —lloriquea Marie.

—De acuerdo, vamos a calmarnos, todos, calmaos —digo yo—. Escuchad. Esta es una situación incómoda para todos, ¿de acuerdo? —tres pares de ojos me fulminan con la mirada, dos marrones y uno azul mediterráneo. Incluso Jimmy parece mirarme furioso desde la foto de nuestra boda. Marie capta mi mirada.

–¡Y encima delante de Jimmy! –solloza mientras busca un pañuelo en su enorme bolso negro–. ¡Ethan, qué decepción!

Ethan aprieta los dedos de las manos contra la frente en un gesto que parece indicar, «mi madre me está provocando un tumor cerebral».

–¿Por qué no os sentáis, Gianni, Marie? –sugiero, y ellos obedecen, evitando descaradamente el sofá en el que instantes antes Ethan había estado profanando a su querida Lucy–. Eth, ¿podrías preparar café? Chicos, ¿preferís otra cosa? ¿Quizás un poco de vino? –pregunto–. Queda algo de un pastel de almendra que he preparado hoy mismo.

–No podría comer nada –miente Marie con firmeza mientras sujeta el bolso con fuerza contra su estómago.

–Cortaré unos pedazos de todos modos, por si acaso –anuncia Ethan, en un tono no demasiado amable.

Cuando se dirige a la cocina, una parte de la tensión parece marcharse con él.

–Siento mucho que hayáis tenido que llegar justo en ese momento –me disculpo con calma y me siento en el… bueno, en el sofá.

–No tanto como lo sentimos nosotros –ruge Gianni.

Desde la cocina llega el sonido de un armario cerrándose de golpe.

–Bueno, primero contadme qué ha sucedido –vuelvo a tragar nerviosamente–. ¿Por qué no llamasteis para decir que veníais de visita?

–No estamos de visita –Gianni suspira–. Hemos vuelto.

–¿Vuelto? –yo casi me atraganto y mi voz surge chillona.

–En Arizona hace mucho calor, y es muy seco –explica Marie con el ceño fruncido.

—Pues sí, he oído que tiene fama de eso —murmuro—. Pero cuando decís «vuelto», ¿exactamente qué queréis decir?

—¡Queremos decir que hemos vuelto! —exclama Gianni, prácticamente gritando—. Ese idiota de Luciano, ¿qué sabe él? Está llevando mi restaurante a la ruina. Y justo ayer, la tontaina histérica que dirige Valle de Muerte empieza a hablar de la lista de espera que hay para comprar un alojamiento allí, y yo le digo a Marie, le digo, «Marie, ¿qué hacemos tú y yo aquí? No pertenecemos a este lugar lleno de gente que parece un cactus reseco». Y esa mujer dice que puede vender nuestro apartamento por diez de los grandes más de lo que nos había costado. Y yo le digo, «adelante, hágalo. Nosotros nos vamos a casa»— hace una pausa de un segundo—. Además, echamos de menos al pequeñajo.

Espero que Ethan haya oído eso último, pero lo dudo porque no para de dar portazos por la cocina.

—Deberíais haber llamado —les digo con una sonrisa—. O por lo menos haber llamado a la puerta.

—¡Pensábamos que estarías durmiendo, con esos horarios tuyos! —exclama Marie a la defensiva—. ¡Nos diste una llave! ¿No te alegras de vernos?

Su cara exuda traición y corazones rotos.

—Bueno, esto, claro, por supuesto que me alegro —balbuceo—. Me alegro mucho de veros. Es que, bueno, ya sabéis. Las circunstancias y todo eso.

—Queríamos darte una sorpresa —se queja Marie haciendo un mohín.

—¡Y tanto que lo habéis hecho! —contesto con una sonrisa forzada.

Gianni cierra los ojos y sacude la cabeza.

—Ese Ethan. ¿En qué me equivoqué? Primero ese batido *schifoso*. Y ahora, está *arrapato* por la *moglie* de su hermano.

De la cocina llega un estruendo.

—No es mala persona —susurra Marie mientras le da una palmadita a su marido en el brazo.

—De acuerdo, veamos. Eh… tienes razón, Ethan no es mala persona —empiezo yo. Eso sí que ha sido despacharlo con tímidos elogios—. Es muy buena persona. Y quiero que sepáis que se ha portado maravillosamente bien conmigo desde la muerte de Jimmy…

—Y ahora sabemos por qué —Gianni gruñe.

—¡No! No es eso. Él… —hago una pausa—. Una cosa, yo os quiero a los dos. Y ya sabéis que intentaba, digamos, encontrar a alguien —me resisto al impulso de desviar la mirada hacia la foto de boda—. ¿Tan descabellado sería considerar a Ethan un…? —«un aspirante, pienso», aunque Marie interviene.

—¿Un premio de consolación? —sugiere ella. Su rostro se contrae ante una nueva avalancha de lágrimas—. Dicho así, puede que tenga sentido.

—Bueno, no, Marie. Yo no busco otro…

—Si lo que estás buscando es otro Jimmy —mi suegro suelta un bufido—, te aseguro que no lo vas a encontrar en Ethan.

—No estoy buscando otro Jimmy —contesto mientras miro incrédula a Gianni—. Ethan no se parece en nada a Jimmy.

—¡A mí me lo vas a decir! —grita el hombre—. ¡Se dedica a intentar que la gente deje de comer! Es como abofetearme, un insulto al trabajo de una vida.

—Puede que a la gente no le guste el trabajo de tu vida tanto como tú te crees —espeta Ethan mientras sale de la cocina. Lleva una bandeja con café, tazas y un plato con pedazos de tarta—. Quizás un batido es un más que bien recibido cambio después de tanta pasta recocida y ternera correosa.

—Eres un desagradecido…

–¡Ya está bien! ¡Parad! –ordeno–. Ethan, tus padres están alterados, ¿de acuerdo? Cálmate –me mira furioso y yo me vuelvo hacia Gianni, que también me mira furioso–. Gianni, por favor, no digas nada que vayas a lamentar más adelante. Ethan también es tu hijo.

–Pero ni se le acerca a San Jimmy –espeta Ethan.

–Déjalo ya –susurro.

Ethan, la personificación de la ira, está sentado con su camisa desabrochada, muy cerca de mí. Yo respiro hondo.

–Bueno –busco un poco de apoyo en la mirada de Marie, pero ella tiene la mirada fija en la tarta. Empujo el plato hacia ella y mi suegra toma un pedazo–. Hace unas semanas que Ethan y yo…

–Lucy y yo somos pareja –me interrumpe él–. Podéis hacer de ello un problema, sospecho que ya lo estáis haciendo, o podéis aceptarlo. Evidentemente sería mucho más sencillo si pensarais que soy lo bastante bueno para ella, pero, por otra parte, eso daría al traste con vuestro pequeño melodrama italiano. Aun así, si queréis mantener una buena relación con el único hijo que os queda, que resulta ser el padre de vuestro único nieto, quizás podríais considerar cambiar de actitud.

–No hables así a tu madre –ruge Gianni.

–Ethan, no puedes culparnos por estar conmocionados –Marie chasquea la lengua–. Acabamos de encontrarte haciendo Dios sabe qué con la mujer de Jimmy.

Ethan cierra los ojos y, sin pensármelo dos veces, le tomo la mano. Él me mira con expresión indescifrable.

–Es que… ¡ah! –Gianni se lleva una mano al pecho y lo frota con vigor–. ¿No va contra la ley o algo así? Un hombre no puede… –se interrumpe y mira a su hijo con expresión condenatoria–. No puede, así sin más, tomar a la mujer de su hermano.

–Ella no es la mujer de nadie –ruge Ethan–. Es viuda.

–Es la viuda de tu hermano –puntualiza Marie.

—Gracias, mamá. Se me había olvidado.

—Siempre con ese sarcasmo —gruñe Gianni y el músculo debajo del ojo de Ethan se contrae.

Se produce un incómodo silencio.

—Cambiemos un poco de tema —propongo, ya que resulta más que evidente que nadie va a quedar contento esta noche—. Habéis regresado a Rhode Island. ¿Qué planes tenéis? —hago una pausa—. Por las maletas que he visto en el vestíbulo, me imagino que os gustaría alojaros en mi casa.

—No si no somos bienvenidos —Gianni sigue gruñendo.

—Sois bienvenidos, por supuesto que sí —les aseguro, aunque mi corazón se contrae un poco más.

—Yo os puedo llevar a un hotel —se ofrece Ethan.

—¿Y qué íbamos a hacer en un hotel? —pregunta Marie—. Los hoteles son para la gente rica. Tú puede que seas rico, Ethan. Nosotros no somos ricos. Los hoteles son para personas sin familia.

—Entonces os quedaréis en mi casa —decide Ethan, y yo se lo agradezco mentalmente de todo corazón.

Adoro a mis suegros, pero por Dios bendito que no quiero vivir con ellos. Y, si bien Ethan seguramente siente lo mismo que yo, incluso con más fuerza, a fin de cuentas son sus padres.

—Puedes quedarte aquí —le susurro tímidamente a Ethan.

—¿De manera que ahora resulta que vivís en pecado? —pregunta Gianni—. Qué bonito, Ethan. Al menos Jimmy se casó con ella.

Mil años, y cinco porciones de tarta, más tarde, los Mirabelli se encaminan hacia el apartamento de Ethan.

—Adelantaos —les dice Ethan—. Necesito hablar con Lucy.

—Que durmáis bien —les digo a sus espaldas.

—Tú también, cariño —contesta Marie—. Gracias por la tarta. Estaba deliciosa.

—Nos alegra que hayáis vuelto —les aseguro, convencida de que, al final, será verdad.

—Deja ahí el equipaje, papá —dice Ethan—. Ya lo subo yo en diez minutos.

Gianni le dedica a su hijo una mirada hosca mientras agarra el asa de la maleta más grande y empieza a arrastrarla hacia el ascensor. «Prefiero sufrir otro infarto antes que aceptar tu ayuda, so petimetre».

Al fin la puerta se cierra detrás de ellos. Ethan recoge las tazas y las lleva a la cocina, y yo lo sigo con el plato de tarta (y de paso le robo un pellizco. No quiero que Ethan se dé cuenta de que me muero de hambre, ya que me parece poco sensible por mi parte).

—Eso sí que ha sido divertido —digo con la esperanza de arrancarle una sonrisa aquí a mi amigo. Pero no lo consigo—. Bueno —continúo—. ¿Qué se siente al ser *arrapato* por la *moglie* de tu hermano?

—No tiene gracia, Lucy —Ethan se cruza de brazos y me mira fijamente.

—Lo siento —murmuro, y mi rabo virtual cae entre mis piernas.

—Dijiste que ibas a contárselo —me recuerda.

—Pero no lo he hecho —contesto.

—Sí, ya me he dado cuenta de eso —por la tensión de la mandíbula, da la sensación de que está triturando diamantes con las muelas.

—Bueno, Ethan, desde luego desearía haberlo hecho —insisto con innegable sinceridad.

—¿Y por qué no lo hiciste? —pregunta mirando por encima de la cabeza como si quisiera hacer un agujero en la pared con los ojos.

—No... no lo sé —me derrumbo con la espalda contra el frío granito de la encimera.

—Entonces daré por hecho que no se lo dijiste porque, o bien eres una cobarde, o no estás segura de cómo va a salir lo nuestro —observa él con serenidad.

—O ambas cosas —sugiero, deseando que mi sentido del humor fuera de los que se esfuma, no de los que prolifera como setas, en situaciones de tensión.

Ethan posa su mirada en mis ojos. Qué curioso cómo pueden resultar acogedores como una galleta recién sacada del horno en unas ocasiones, e intimidantes como el granito en otras. Desde luego ahora están más bien graníticos.

—¿Y a tu familia se lo has contado? —pregunta.

—Bueno, lo he intentado. En realidad hoy mismo, en nuestra reunión. Pero Rose empezó a hablar de sus verrugas, y mamá sacó el tema del Botox... ya sabes cómo es esto —pero él me mira como si no tuviera ni idea de cómo es esto. En absoluto—. Por lo menos se lo dije a Jorge —añado a modo de compensación.

—Se lo has contado a vuestro ayudante mudo. ¿A alguien más?

—Eh...

—Ya veo —Ethan tiene la mandíbula tan encajada que no me extrañaría que escupiera algún pedazo de diente.

—Ethan, sentémonos y...

—En realidad, estoy muy bien de pie.

—De acuerdo —considero la posibilidad de posar una mano sobre su brazo, pero me lo pienso mejor—. Ethan, la cosa es, y sé que no te gusta hablar de ello, pero ahí va —él arquea una ceja—. Tengo miedo.

—Eso está claro, Lucy. ¿Cuándo crees que podrías superarlo? —de repente parece darse cuenta de lo brusco que ha sonado, porque baja la mirada al suelo—. Lo siento —murmura.

Yo respiro hondo.

—Ethan, escúchame: cuando Jimmy murió —mi voz ha

quedado reducida a un susurro–, eso me cambió. Me encantaba la que yo era entonces, esa atolondrada y feliz recién casada, la mitad de una pareja. Disfrutaba imaginándome el resto de mi vida. Pero cuando se estrelló contra ese árbol...

Los ojos de Ethan emiten un fugaz destello y asiente a medias, animándome a continuar.

–Ethan, sabes, y lo sabes mejor que nadie, lo duro que ha sido salir de ese desastre que era yo, y que tú tenías que recoger del suelo con cucharilla todos los fines de semana. Tuve que, no sé, envolver mi corazón con una coraza, solo para poder sobrevivir a esos días. Y fueron muchos días, Ethan –mi voz se vuelve ronca por las lágrimas y tengo que aclararme la garganta.

–Lucy, soy muy consciente de todo eso –asegura Ethan, su voz tranquila, pero tensa–. Pero tienes que decidir a partir de qué momento me considerarás, no sé, digno de ti o lo que sea.

Yo trago nerviosamente. Otra vez.

–Claro que eres digno de mí, Ethan. La cosa es que cuando perdí a Jimmy también me perdí a mí misma –hago una pausa–. Y no estoy segura de poder volver a hacerlo. No es que no...

«No es que no te quiera», las palabras son obvias, aunque no las diga.

–No es que no me importes, Ethan. Sabes que me importas.

Ethan parece darse cuenta de que, de momento, no puedo ofrecerle más. Su mirada vuelve a caer al suelo.

–Dijiste que tendrías paciencia –susurro.

–Y lo intento –me contesta–. Pero no puedo esperar eternamente.

–¡Yo también lo estoy intentando! –balbuceo–. ¿No lo ves? El asunto ese en el sofá hace un rato, y en el velero... ¡Lo estoy intentando, Ethan!

Él hunde los puños en los bolsillos.

—Bueno, pues muchísimas gracias, Lucy. Siento que yo suponga una prueba tan dura para ti.

—¡No eres una prueba! Ethan, por favor. Hago esto porque quiero hacerlo. Pero es difícil. Y es duro para tus padres. Esta noche vieron a la mujer de su hijo muerto con otro. Aunque fuera con su otro hijo, Eth. Ponte en su lugar.

El músculo debajo del ojo pega un brinco. Ethan me mira, esperando a que yo añada algo más. Pero dado que todo lo que he dicho hasta ahora parece estar mal, me limito a alargar una mano y posarla sobre su corazón.

Después de unos cuantos latidos, él pone su mano sobre la mía.

—Será mejor que vaya arriba —dice al fin—. Tengo que asegurarme de que le ha bajado la tensión a mi padre.

—De acuerdo —susurro—. Te veo mañana.

—Sin duda —contesta.

Me suelta la mano y se marcha, dejándome con la sensación de haberlo defraudado, cuando lo único que he hecho es decir la verdad.

Capítulo 26

–¿Entonces estás *lefekszik* con Ethan?

Este es el saludo que recibo a la mañana siguiente cuando Iris y Rose entran en la pastelería. No sé por qué me sorprendo. En esta ciudad las noticias vuelan.

–Hola, Iris. Hola, Rose –hago una pausa–. Si esa palabra enrevesada significa que estoy –otra pausa–, saliendo con Ethan, entonces la respuesta es que sí. ¿Cómo lo habéis averiguado?

–Vimos a tu suegra en Starbucks –contesta Iris mientras levanta la mano que sujeta su taza.

En ese momento entra mi madre, con otra taza eco sostenible, marca de la casa.

–¿Ahora vamos todas a Starbucks? –pregunto mientras intento suavizar el tono de irritación en mi voz–. Os recuerdo que son la competencia.

–¿Has probado el chocolate caliente que hacen? –pregunta Rose–. Pensé que había muerto y ascendido a los cielos.

–Sois todas unas traidoras –mascullo–. Si me dejarais montar un café, podríamos vender chocolate caliente nosotras también, y...

–¿Y cómo es? –insiste en saber Iris–. ¿Te pasas todo el tiempo comparándolos?

—Pues no, lo cierto es que...

—Yo pensaba que iba contra la ley —reflexiona Rose con su voz cantarina—. Iris, tú me dijiste que iba contra la ley.

—¿Y? ¿Cuánto tiempo lleváis juntos? —pregunta Iris mientras se aplica su Brillo de Coral con precisión quirúrgica.

—Preferiría no hablar del tema —contesto mientras suena la campanita de la puerta. Gracias a Dios es el capitán Bob—. ¡Hola, Bob! ¿Qué te apetece tomar?

—Capitán Bob, ¿va en contra de la ley casarte con tu cuñado? —pregunta Rose.

—Esto, eh, buenos días señoras —los ojos inyectados en sangre encuentran a mi madre—. Buenos días, Daisy. Hoy estás encantadora.

—Bob. Gracias —mi madre lo mira, digna como una reina, y se dirige a su oficina cerrando la puerta tras ella.

—¿Por qué a los hombres les gustan las mujeres que los maltratan? —le pregunto al capitán Bob.

—Odio hacia uno mismo —contesta él—. ¿Qué es todo ese asunto del cuñado?

—Estoy saliendo con Ethan.

—¿El hermano de Jimmy? —las pobladas cejas se elevan ante la sorpresa.

—Sí.

—¡Oh! —se pone a observar atentamente la fuente de pastelería danesa que Rose está colocando en el mostrador—. ¿Puedo tomar una danesa de cereza? ¿Y qué tal va? Con Ethan, me refiero.

—Eh, pues bien, muy bien —contesto mientras la pastelería se va llenando con los habituales de todas las mañanas.

—Y a mí que Ethan siempre me pareció tan decente —observa Rose mientras cuenta los panecillos duros para el señor Maxwell.

—Es que es decente, Rose. Y lo sabes —le digo con voz suplicante.

–Él y Lucy –le explica Iris a nuestro cliente–. Ella, pues, esto… está saliendo con el hermano de su marido muerto.

–¿Eso no es incesto? –pregunta el señor Maxwell con el ceño fruncido.

–¡No es incesto! –grito yo–. Él no es mi hermano. Es…

–Lucy. ¡Vigila el pan! –grita Iris.

Yo empujo las puertas de la cocina y abro el horno. ¡Jolines! Mi reloj interno ha fallado por primera vez en mi vida y el pan está marrón, no dorado. ¡Mierda! Cuatro docenas de hogazas inservibles. Increíble. Jorge me da una palmadita en el hombro cuando entra y se quita el abrigo. Yo suspiro antes de encaminarme hacia el horno de levado, rezando para que quede suficiente masa para arreglarlo.

Hacia las diez me dispongo a marcharme a casa para mi siesta. Iris y Rose se mueren de ganas de interrogarme. Llevan toda la mañana soltando pequeños comentarios, y realmente necesito un poco de tiempo para mí misma.

–Te veo dentro de unas horas, mamá –me despido mirando hacia el diminuto despacho.

–De acuerdo, cariño –contesta sin apenas levantar la mirada de la pantalla del ordenador, en la que aparece una partida de solitario. Mi madre es la única Viuda Negra que aún no ha opinado sobre el tema de mi vida amorosa, y de repente me muero por un poco de consejo materno.

–¿Tienes un segundo? –pregunto apoyada en el quicio de la puerta.

Estoy agotada, por motivos más que evidentes no he dormido bien. Me he pasado toda la noche dando vueltas, molestando a Gordo Mikey.

–Claro –me dice ella mientras cierra la tapa del portátil.

El despacho de mamá apenas tiene sitio suficiente

para el escritorio, mucho menos para la silla de los invitados, encajada en un rincón. Hace falta contornearse un poco, pero al final consigo cerrar la puerta para mantener una conversación íntima.

–Bueno, pues Ethan y yo estamos, pues, eso, juntos –le anuncio.

–Ya lo he supuesto –contesta ella.

–¿Tú también has visto a Marie esta mañana?

–Sí –me informa mamá–. Estaba bastante alterada.

Yo me encojo. Espero que mi suegra no haya decidido dar todos los detalles de lo que había visto. Pero...

–Tengo entendido que os pilló a Ethan y a ti en el sofá.

–Sip –reconozco mientras mi cara prende fuego. Respiro hondo–. ¿Qué opinas?

–¿Sobre qué? –mi madre ladea la cabeza.

–Sobre Ethan y yo –le explico un poco malhumorada.

–Haz lo que creas que debes hacer, cielo –ella se encoge de hombros.

–De verdad que me iría bien algún consejo, mamá.

Mamá frunce los labios y posa la mirada en una foto enmarcada de Emma, la nueva adición a su mesa.

–Sé cuánto quieres tener un bebé –observa tentativamente.

–Eso es. Una familia propia, todo eso –yo asiento, feliz de que lo haya pillado.

–¿Sabías que las mujeres solteras pueden adoptar en Guatemala? Leí un artículo...

–¿Es tu manera de decir que no apruebas nuestra relación, mamá? –le interrumpo.

–Bueno, no –ella contesta evasivamente–. Es que, bueno, si te apetece estar con Ethan, hazlo. Pero si lo que buscas es un donante de esperma...

–¡Mamá!

–¿Qué? Has preguntado tú, y yo te he contestado. Haz lo que quieras, cielo –mi madre me dedica una mirada escrutadora–. No me puedo creer que te pongas eso en público –murmura ante mis pantalones de yoga y la sudadera.

–Soy panadera, mamá –contesto mientras me levanto dolorida de la silla–. Incluso Coco Chanel se pondría algo así para cocinar.

–Una cosa es vestirse cómoda y otra parecer una vagabunda –murmura.

Y yo pienso en los jerséis de cachemir que están en mi armario. Los zapatos secretos y la carísima lencería. Las botas color caoba me costaron el sueldo de una semana. La factura de la tarjeta de crédito me asustó hasta a mí el mes pasado.

–Te veo luego –me despido, y mi madre sonríe con dulzura y sin más yo me marcho. El apego madre–hija completado. Me olvido de la siesta. Es el momento indicado para una pequeña excursión a Nordstrom's.

–De modo que estás con Ethan, ¿eh?

El labio inferior de Ash, pintado de negro, tiembla ligeramente, pero procura poner buena cara, hundiendo las uñas mordidas en los bolsillos y arqueando esas cejas excesivamente depiladas, como si estuviera interesada de verdad.

–Eh, pues sí –no estoy muy segura de qué debo decir.

–Supongo que eso explica por qué estaba siempre aquí. Mierda. Qué imbécil soy, debería haberlo adivinado –Ash intenta poner su sonrisa de chica dura, pero sus labios no lo consiguen. Esconde la cabeza y sus cabellos teñidos de negro caen lánguidamente sobre su pálido rostro–. Entonces, ¿desde cuándo estáis juntos?

–Llevamos un tiempo ya –reconozco.

–Eso es estupendo. Él es estupendo. Y tú también. Es estupendo para los dos –una lágrima rueda por su mejilla dejando un manchurrón negro.

—Lo siento, cielo —susurro—. Ya sé que...

—No sientas lástima por mí, Lucy. ¡Por el amor de Dios! Tú puedes estar con... yo no soy... tengo que irme —se da media vuelta y se dirige hacia su casa, sacudiendo las cadenas, los enormes y pesados zapatones resonando en el pasillo.

Oigo un pequeño sollozo y mis ojos se llenan de lágrimas. Está llorando. ¡Mierda, mierda, mierda, mierda! Si los chicos no fueran tan crueles, si Ash tuviera algún amigo que fuera agradable y lo bastante valiente como para ver debajo de toda esa pintura negra y las cadenas...

Y esto aún no ha terminado, pues Bunny's juega hoy su último partido de la temporada. Y adivinad contra quién. International Foods, por supuesto, gracias a su escandalosa victoria contra Nugey's Hardware. Los lanzamientos de Doral-Anne los han colocado primeros de la clasificación. Mierda.

El impulso de esconderme en mi apartamento nunca fue tan grande. Ethan y yo ya somos del dominio público. Parker se enteró en la guardería y me envió un alegre mensaje: *Oye, me he enterado de que Ethan y tú habéis salido del armario. ¡Bien por ti, amiga!* Bill, el de la oficina de correos se apuntó al numeroso bando que sostiene la idea equivocada de que Ethan y yo hemos entrado en la categoría porno/incesto. Hoy he ido a la biblioteca y las cuatro personas que componen la plantilla se callaron de golpe, sonriendo incómodas mientras yo devolvía los libros y DVD.

Ya en el campo de juego, veo a las Viudas Negras sentadas en una fila, justo en el centro de las gradas y tapándose las piernas con una manta. Están al lado de Parker y Nicky que han acudido al partido con los Mirabelli. Nicky está sentado en el regazo de Gianni, haciéndole cosquillas en la barbilla a su abuelo.

Los Mirabelli me ven. Marie saluda incómoda con

la mano y Gianni asiente bruscamente. Parker también me saluda, y espero que intente hacer algo para aligerar el ambiente. Complicado, sin embargo, ya que Gianni y Marie quieren que Ethan y ella...

–Hola, Lucy –me llama mi hermana, con Emma en brazos, abrigada con un adorable forro polar con capucha.

–¡Hola! –exclamo mientras la abrazo–. ¡Hola, Emma! ¿Cómo estás, cariño? Te he echado de menos –beso a mi sobrina y respiro el olor de su champú. Ella me agarra un dedo y sonríe antes de soltar una pedorreta–. ¿Qué tal va todo, Cory?

–Bastante bien –contesta mientras le limpia la carita al bebé–. Un poco estresante, pero bien. De hecho quería preguntarte si, esto, si Cristopher podría jugar con Bunny's. La próxima temporada.

Yo miro hacia la banda donde Chris se está colocando la máscara protectora de árbitro.

–¿Lo dices en serio, Corinne? ¿Vas a dejar que arriesgue su vida jugando al béisbol?

–Pasito a pasito, ya sabes –ella me sonríe nerviosa.

–No lleva puesto el chaleco antibalas, ¿verdad que no?

–No –mi hermana se muerde el labio.

–Bien por ti, Cory. Y sí, ¡por supuesto que puede jugar con nosotros! –beso el puñito de la pequeña Emma–. Si algún día os apetece salir a Chris y a ti, podéis dejarme al bebé unas pocas horas.

Corinne palidece, pero en su honor diré que asiente.

–Claro. Gracias, Lucy. Eso sería... estupendo –hace una pausa–. He oído lo tuyo con Ethan.

–Ya –yo trago nerviosamente.

–Siempre ha sido bueno para ti –asegura tras un momento de duda–. Es maravilloso.

–Sí –asiento–. Eso es verdad –miro a mi alrededor, pero no veo a Ethan, aún no ha llegado. No puedo decir si me siento aliviada o angustiada.

—Bueno, pues suerte en el partido —Cory levanta el bracito de Emma para que se despida con la manita.

Yo le devuelvo el saludo y veo partir a mi hermana, que se detiene junto a Chris y le dice algo. Mi cuñado sonríe y la besa antes de saludarme a mí con la mano.

—He oído que te lo estás haciendo con Ethan Mirabellli —me dice Charley Spirito con gesto sombrío mientras se golpea el tacón con el bate.

Me vuelvo hacia mi derecho campista.

—Hola, Charley —saludo alegremente—. Ojalá hoy ganemos, ¿verdad?

—Claro, claro —gruñe—. Es que yo creía que había algo especial entre tú y yo, Luce.

Intento recordar algún detalle que le haya podido dar esa impresión, pero por suerte, en ese momento, Chris anuncia el comienzo del partido.

Hoy me descubro ansiosa porque termine la temporada. La idea del inminente invierno, los días más cortos, el viento gélido, me resulta acogedora. Podré pasar horas en la cocina elaborando nuevas recetas de pan para NatureMade. Ethan y yo pasaremos tiempo juntos como una pareja normal. Yo estrenaré algunas de mis preciosas prendas y saldremos a cenar a algún sitio bonito en Federal Hill.

Realmente es hora de pasar página.

—¡A batear!

Me toca. Desafortunadamente es Doral-Anne Driscoll quien batea por International. Y sigue sin haber señal de Ethan.

Doral-Anne se estira hasta hacer crujir los hombros, y de paso nos ofrece un vistazo del tatuaje de la serpiente de su ombligo, ya que ha cortado varios centímetros del bajo de la camiseta. Desde lo alto del montículo, Doral-Anne entorna los ojos y me mira, suelta un bufido y escupe. Creo que he oído a mi madre ahogar un grito.

Sé que su bola rápida es mortífera y balanceo el bate un segundo antes de lo que, creo, debería, pero soy recompensada por el choque del bate contra la pelota. Las gradas rugen, es agradable tener a los míos allí, y yo salgo corriendo hacia la primera base. La pelota cae al suelo y yo estoy a salvo.

–Buen golpe, Lucy –me felicita Tommy Malloy.

–Gracias –jadeo.

–Oye, me han dicho que Ethan y tú estáis liados.

–Sip –afirmo.

–Pues buena suerte con eso –Tommy se inclina hacia delante con las manos apoyadas en las rodillas mientras Charley ensaya con el bate–. Yo creía que estaba prometido a Parker.

–Pues no –contesto.

–Bueno. A cada cual lo suyo, supongo –Tommy no parece muy seguro.

Charley golpea la pelota y yo echo a correr.

En la séptima entrada Bunny's gana 8-2. Personalmente yo he llegado a la base en tres ocasiones y he marcado en dos. Doral-Anne no tiene un buen día. Su mirada es asesina mientras Katie Rose Tinker saca su micrófono de la cajita de plástico y le da unos golpecitos para asegurarse de que se la oye. El año pasado invité a su clase de cuarto grado a una visita guiada de la pastelería (cualquier resentimiento por el diente roto al morder la galleta de calabaza quedó olvidado ante la bandeja de *cupcakes* recién salidos del horno y todavía calientes).

Katie Rose ataca su desentonada versión del himno nacional, con un entusiasmo propio de Mariah Carey, y todos nos ponemos en pie, las gorras sobre el corazón y esperamos a que acabe la tortura. Su juvenil voz salta casi una octava y, aunque se queda a dos notas del tono, la muchedumbre puesta en pie la ovaciona por su entusiasmo.

Y justo en ese momento aparece Ethan. El público enmudece de inmediato, se sienta y nos mira a los dos.

—Hola, chicos —saluda al equipo—. Siento llegar tarde.

—Hola, Ethan —contestan varias voces a coro.

Bueno, llegó el momento. Me acerco a él, le tomo el rostro entre las manos, y le estampo un beso en los labios. Así nadie más se preguntará si estamos juntos o no.

En el estadio se hace el silencio.

—Hola —le digo cuando termino.

—¡Ay! —se queja Ethan.

Quizás haya sido un poco brusca. Pero su deliciosa boca se curva en esa traviesa sonrisa y me devuelve un beso rápido, y delicado, antes de salir trotando hacia la segunda base.

Mi rostro arde, pero finjo normalidad y tengo cuidado de no mirar hacia las gradas, donde mis suegros pueden, o no, estar sufriendo sendos infartos. Carly Espinosa, nuestra *cátcher*, me da una palmada en el trasero.

—Ethan siempre me pareció caliente —dice mientras sonríe.

Y en la novena carrera, cuando decido robar la segunda base, ¿adivináis qué?

—¡Buena! —grita Chris.

—¿Eso ha sido de verdad? —le pregunto a Ethan—. ¿O acaso he recuperado mi legendaria velocidad?

—La legendaria velocidad, sin duda —él sonríe.

El tanteo final es de Bunny's 11, International 4. Mi equipo es, de nuevo, campeón de Mackerly.

—Bien hecho —me felicita Ethan con un breve abrazo.

No es distinto a lo que ha hecho siempre en el pasado, pero hoy la sensación es diferente. Y todos los ojos siguen puestos en nosotros.

—¿Vienes a Lenny's? —pregunta Carly.

—Por supuesto —contesto.

—Nos vemos allí —murmura Ethan antes de alejarse.

Mientras mis compañeros de equipo van abandonando el campo, yo concedo una breve entrevista a Mick Onegin, que cubre la sección de deportes del periódico local, y le cuento lo mucho que nos hemos divertido esta temporada y lo contentos que estamos de haber vencido a unos contrincantes tan impresionantes. Veo a Ethan en el banquillo, con Nicky en brazos, hablando con mis tías. Sin duda le están machacando con lo nuestro. Bueno, él sabe arreglárselas con las Viudas Negras, de sobra en realidad, ya que las tiene comiendo de su mano.

Me dirijo hacia el banquillo de mi equipo para asegurarme de que no nos hemos dejado nada. Como de costumbre, alguien se ha dejado un guante, un termo con ginebra, por el olor, y una zapatilla. De verdad, ¿cómo puede alguien no darse cuenta de que le falta un zapato?

–Te crees muy buena, ¿eh? –me pregunta alguien.

Me vuelvo y, sin sorprenderme, me encuentro con Doral-Anne.

–Hola, Doral-Anne, ¿cómo te va?

–Me hice daño en el brazo la semana pasada –anuncia mientras me contempla con desagrado.

–Oh –hago una pausa–. Qué pena. Ya me he dado cuenta de que hoy no estabas en forma.

–¿En serio, Lucy? ¿Te diste cuenta? Qué honor para mí.

Ya está. Aprieto los puños con fuerza contra mis caderas y la miro fijamente.

–Doral-Anne, sinceramente, ¿cuál es tu problema? Apenas nos hablábamos en el colegio y, hasta donde yo sé, nunca he atropellado a tu perro ni te he pateado en la cabeza. ¿Por qué eres siempre tan malditamente desagradable conmigo?

–Vaya, ¿se supone que debo sentir lástima por ti como hace el resto de la ciudad, Lucy? ¿No te he adorado lo suficiente?

Alza la voz en la peor versión de un adulto.

—El papá de la pobrecita Lucy Lang murió, por eso todos deben ser amables con ella. Hay que elegirla para el equipo, pedirle que se siente a tu lado —emite un sonido de desprecio—. Trabajabas en tu pequeña pastelería, y luego te marchaste a esa elegante escuela, como si fueras una princesa.

—Yo nunca me he comportado así, Dor…

—Y luego regresas a la ciudad y enganchas a Jimmy Mirabelli. Y supongo que con un Mirabelli no tuviste bastante, porque ahora te estás follando al otro.

—¿Besas a tus hijos con esa boca? —pregunto. Sin embargo, me tiemblan las rodillas.

—No menciones a mis hijos —ruge—. Y, ¿quieres saber algo más, princesa?

—En realidad no —contesto.

—No, a ti te gusta enterrar la cabeza en la arena, ¿a que sí? Pues te jodes —se acerca a mí tanto que puedo oler el chicle que está masticando—. Cuando lo conociste, tu San Jimmy se acostaba conmigo. Iba a casarse conmigo.

Una ardiente oleada de horror me golpea con tanta fuerza que no puedo respirar. Mis manos tiemblan y aprieto los puños.

—Eso no es verdad —consigo responder con voz ahogada.

—¿En serio? ¿Por qué crees que me despidieron? Jimmy no quería que su preciosa princesita se disgustara por tener que seguir viendo allí a la antigua novia.

No consigo hacer entrar aire en los pulmones, mi pecho está paralizado por el horror. Y el odio.

—Te echaron porque robaste dinero de la caja —consigo contestar con voz ronca.

—Sí, bueno, esos arrogantes gilipollas se lo tenían merecido. Y te diré algo más —insiste Doral-Anne mientras se seca el sudor de las manos en los pantalones—. Te merecías ese pedazo de mierda desleal con el que te casaste, pero estás muy lejos de merecerte a Ethan.

La abofeteo con tanta fuerza que su cabeza se bambolea hacia atrás. Me escuecen las manos y siento un zumbido en el brazo, antes de que caiga flojo a un lado. La cara de Doral-Anne se pone roja, luego blanca, la huella de mi mano claramente visible.

–No te atrevas a hablar así de mi marido nunca más, Doral-Anne. ¿Me has entendido? –mi corazón late con tanta fuerza que apenas me oigo a mí misma. Casi desearía que contestara algo para que yo pudiera... no lo sé. Darle una paliza.

Sin embargo, y a pesar de verlo todo rojo en estos momentos, soy muy consciente de que seguramente me pulverizaría. Pisotearía mi esqueleto. Me arrancaría la cabeza.

Sorprendentemente, ella recula.

–La verdad duele, ¿a que sí? –dice con toda la calma del mundo.

Y con eso se da media vuelta y sale del banquillo, cruza el campo y se dirige hacia el cementerio y, que Dios me ayude, porque si le hace algo a la tumba de Jimmy, yo, yo...

Estoy hiperventilando y me dejo caer en el banquillo. Mi corazón sigue dando brincos como un atún convulsionando. Mi garganta está cerrada, empiezo a verlo todo gris, y las imágenes del pasado se pasean delante de mis ojos.

Cuando Jimmy y yo empezábamos a salir juntos, un día fui al restaurante y allí estaba Doral-Anne, en la cocina, hablando con Jimmy. Y la expresión de Jimmy era de culpabilidad. Al verme, había clavado sus ojos en Doral-Anne y se había producido un momento incómodo. Después, prácticamente abalanzándose sobre mí, me había arrastrado fuera de allí a toda velocidad.

Y otra vez, ¡oh, Dios! Recuerdo cuando me contó que Doral-Anne había sido despedida y, para mostrarle un poco de solidaridad, le dije que nunca me había gustado y me pregunté en voz alta cómo había sido capaz de robarle a una familia que se había portado tan bien con ella. Jimmy me había mirado con una expresión tan compungida que yo lo había acusado de ser un blando.

—Si alguien te roba, mi amor, tienes que despedirlo. Tu padre hizo lo correcto.

Ahora comprendo que la tristeza de Jimmy podría haberse debido a otra cosa. Abandonó a Doral-Anne por mí y ella se vengó robando, y Jimmy sabía exactamente por qué lo había hecho.

Cuando me encontré con Doral-Anne en la gasolinera, justo después de la muerte de Jimmy, ante su absoluta crueldad cuando se burló de mí porque nunca iba a tener un bebé de Jimmy, me pregunté, y me lo he seguido preguntando, cómo podía ser alguien tan cruel y decir algo tan odioso, tan despiadado. Y de repente ahí está la respuesta.

Venganza. Humillación. El corazón roto.

«Iba a casarse conmigo».

¡Oh, Dios! ¡Oh, Jimmy!

El aire entra y sale de golpe de mi pecho y, si no hago algo, voy a desmayarme. Tampoco estaría mal en este momento, porque el desmayo sería preferible a todos los pensamientos que rebotan en mi mente como una ráfaga de balas. Me inclino hacia delante y dejo colgar la cabeza entre las rodillas, la mirada fija en los pegotes de chicle y pipas de girasol que cubren el suelo del banquillo. Mis pensamientos son tan feos como la escena que contemplo.

—¿Lucy?

Levanto bruscamente la cabeza y la imagen se mueve borrosa antes de aclararse. Ethan se recorta contra la débil luz del atardecer. Frunce el ceño.

—Cielo, ¿qué sucede? —pregunta arrodillándose delante de mí.

—Se te va a pegar el chicle en los pantalones —contesto sin emoción alguna.

—Lucy —él me sacude delicadamente por los hombros—. ¿Qué pasa, cielo?

Yo me inclino hacia delante y apoyo la cabeza sobre el hombro de Ethan, y siento su mano acariciándome la nuca.

—Lucy —susurra—. ¿Qué ha pasado?

Levanto la vista y lo miro a los ojos.

—¿Tú sabías lo de Jimmy con Doral-Anne? —pregunto.

Ethan titubea, y ya tengo mi respuesta. La ira se apodera de mí como una bola de fuego.

—¿Lo sabías? —grito furiosa—. Lo sabías, ¿verdad?

Él suspira, baja la vista. Y asiente.

Algo muy feo y ardiente se retuerce en mi estómago.

—Me tiene manía desde hace años, ¿y tú nunca me dijiste nada? —mi voz alcanza el tono de un chillido—. ¡No me lo puedo creer! Esa mujer me odia, no ha desperdiciado la menor oportunidad que ha tenido para patearme cuando me veía derrotada, ¿y tú nunca dijiste nada? ¿Qué demonios es esto, Jimmy?

Ethan echa bruscamente la cabeza hacia atrás y aparta sus manos de mis hombros.

—Ethan —puntualiza con frialdad.

—¿Qué?

—Ethan. Acabas de llamarme Jimmy.

La piedrecita de mi garganta ha adquirido proporciones de tumor maligno y asfixiante.

—Estoy un poco alterada ahora mismo, ETHAN. Doral-Anne acaba de contarme que se acostaba con Jimmy.

—¿Y? —la voz de Ethan es extrañamente fría.

—¿Y? Pues que el Jimmy que yo conocía jamás se habría enamorado de alguien como Doral-Anne —mi voz surge entrecortada y furiosa.

—¿Por qué?

—¡Pues porque es más mala que el ácido! Y él era maravilloso. Ella no era su tipo. Para nada.

Ethan se levanta.

—Es verdad, tú eras su tipo. Él la dejó por ti. ¿Qué problema hay?

Yo farfullo sin decir nada. ¿Qué problema? El problema es que no quiero imaginarme a Jimmy, a mi Jimmy, con la asquerosa Doral-Anne de los tatuajes de serpiente. No quiero imaginármelo besándola. ¡Por Dios! Desnudándola. ¡Argh! ¿En serio le había propuesto matrimonio?

—Lucy —Ethan parece cansado—. Jimmy se enamoró de ti en cuanto te vio por primera vez. Y tú de él —alza las manos en un gesto de frustración—. ¿De qué te quejas? Doral-Anne lo ha pasado mal...

—Es verdad. Pobre e incomprendida Doral-Anne —yo también me levanto, aunque me tiemblan las piernas—. Me voy a casa. Diles a todos que siento no haber ido.

—Lucy...

—Ethan, quiero estar sola, ¿lo entiendes?

Dicho lo cual me cuelgo la bolsa de béisbol del hombro y salgo del parque por mi ridículo sendero. Por fuera del parque, rodeando el cementerio. El nudo en la garganta se hace más grueso cuando paso a la altura de la tumba de mi padre. Cómo me gustaría que estuviera aquí mi padre en este momento. Me pregunto si Joe Torre aceptaría hablar conmigo.

«Iba a casarse conmigo».

¿Cómo es posible que yo no me hubiese enterado nunca? Jimmy me lo ocultó. Y Gianni y Marie también lo debían saber.

Igual que Ethan, todos estos años. Era amigo de Doral-Anne y nunca se molestó en explicarme por qué. Bueno, reflexiono airadamente mientras me seco los ojos con la mano, por eso dicen que la esposa es la última en enterarse.

Una hora más tarde estoy sentada en el sofá con Gordo Mikey a un lado y una caja de *cupcakes* de Hostess al otro, y tres envoltorios vacíos en el suelo. Estoy mirando al frente, mi mente vacía salvo de recuerdos. Uno de esos recuerdos está en la pantalla del televisor: Jimmy y yo nos miramos fijamente, sonreímos, nos besamos, reímos. Eligió la canción Angel, de Dave Matthews, para nuestro primer baile. *Donde quiera que estés, te juro que serás mi ángel.* Por supuesto se suponía que ese ángel era yo, de un modo romántico, de un modo «no me puedo creer lo maravillosa que eres». Se suponía que Jimmy debía seguir vivo para adorarme. Se suponía que no me iba a abandonar. Y aunque por aquel entonces no me conociera, desde luego no se suponía que debía encontrar atractiva a Doral-Anne. Ni acostarse con ella. Ni hablar de matrimonio con ella.

Y justo en este momento tan crítico, Gordo Mikey decide expulsar una bola de pelo desde las profundidades de su tracto intestinal. Empiezan a darle arcadas y grita cuando lo tomo en brazos.

–Vamos, amigo, al balcón –gruño mientras deslizo la puerta corredera con el hombro.

Ya está. Conseguido. Gordo Mikey me mira malhumorado, sintiéndose agraviado porque no le he dejado vomitar en el sofá, antes de devolver su atención al asuntillo que se trae entre manos. Yo suspiro y me apoyo contra el quicio de la puerta, esperando a que termine. Las macetas de helechos que compré la primavera pasada se han helado, las hojas amarillas y arrugadas. El invierno, largo y gris, se acerca.

Me enderezo con la carne de gallina. Allí mismo, en

la barandilla del balcón, veo algo que brilla, reflejando la luz de las farolas.

Una moneda de diez centavos.

Sin atreverme a respirar, me acerco de puntillas y toco la moneda con un dedo. Está de cara y muestra a un Franklin Delano Roosevelt, joven y lozano.

–¿Jimmy? –susurro–. ¿Estás ahí?

No se oye ninguna voz, no reverbera ninguna imagen en la esquina de la terraza. La noche está en calma y una suave brisa llega desde el mar, agitando las hojas muertas de los helechos. Pero de mi marido muerto, ninguna noticia.

–Cómo te echo de menos –le digo con un nudo en la garganta. Pienso en todas las cosas que me gustaría poder preguntarle, como qué hacer con Ethan, cómo consolar a sus padres. Si alguna vez amó a Doral-Anne. Si acaso importa ya–. No me iría mal algún consejo, Jim –añado–. La verdad es que eso de «atenta a la tostada», no ha sido de mucha utilidad.

Mi gato estropea el momento con una tremenda arcada. Yo hago una mueca de asco y contemplo la bola de pelo.

–Eso lo vas a limpiar tú, por supuesto –le digo al gato, que decide que soy adorable y me da un topetazo en la pierna. Yo suspiro, me guardo la moneda en el bolsillo y me vuelvo adentro, antes de quedarme paralizada. Sobresaltada.

Ethan está allí de pie en mi salón, mirando fijamente el video de la boda, con los brazos cruzados sobre el pecho.

–Hola –digo mientras cierro la puerta de la terraza.

–Hola –me contesta sin apartar la mirada del televisor. Y yo me pregunto si me habrá oído hablar con Jimmy–. ¿Una agradable velada, Lucy?

–Ethan... –yo suspiro y por fin él me mira arqueando las cejas. Yo diría que juzgándome.

Tomo el mando a distancia que había dejado en el sofá y apago el televisor, cortando en seco la escena de Anne y Laura bailando. Ethan sigue en el mismo sitio, sigue con los brazos cruzados.

—Ethan —repito con más firmeza—. Tengo que limpiar una bola de pelo.

—De acuerdo —él asiente—. No permitas que yo te robe más tiempo.

Se da media vuelta y echa a andar hacia la puerta.

—¡Ethan! —suelto un rugido y él se para, dándose la vuelta, la expresión de su rostro indescifrable—. Escucha, siento haberlo pagado contigo —continúo con voz más calmada—. Es que resulta muy duro averiguar algo sobre Jimmy que yo —mi voz se quiebra— no me esperaba. Y para ser sincera, Eth, no me gusta saber que todo este tiempo estuviste al corriente y nunca dijiste nada. Pensé que algo así de gordo me lo contarías.

—¿Y para qué iba a contártelo, Lucy? Solo haría que te sintieras dolida y disgustada. Como estás ahora —me mira, expectante. Siempre expectante.

Yo respiro hondo y dejo salir el aire lentamente, preguntándome si Ethan sabrá algún otro sucio secretillo sobre Jimmy. No. No es justo para Jimmy. Salía con Doral-Anne y, como bien ha dicho Ethan, ¿y qué? Eso fue antes de conocerme a mí. No significa que Jimmy fuera alguna clase de gigoló.

—¿Qué tal van las cosas con tus padres? —pregunto, sin muchas ganas de recibir respuesta.

—Están bien. Mejorando —contesta Ethan.

Una enorme sima parece estarse abriendo entre nosotros como un pozo de alquitrán, listo para absorbernos y aprisionarnos en el fango.

—¿Y tú qué tal vas, Ethan? —pregunto con voz horrorosamente formal.

—Estoy bien, Lucy —contesta con delicadeza.

Yo trago nerviosamente, y vuelvo a tragar para intentar sortear la piedrecita en mi garganta.

–Eso está bien. Saluda a tus padres de mi parte.

–Lo haré.

–Supongo que te veré mañana.

–Entonces, buenas noches.

–Buenas noches, Ethan –la puerta se cierra suavemente a su espalda.

Y yo, sintiéndome asqueada y demasiado llena de azúcar y chocolate, limpio la bola de pelo.

Cuando termino con esa agradable tarea, me hundo en el sofá. La noche es agónicamente joven. Podría seguir viendo el video de mi boda, pero, mierda, no tiene ningún sentido, ¿verdad? No puedo recuperar a Jimmy, por muchas monedas que aparezcan. Podría llamar a Ethan o subir a su casa para intentar arreglar las cosas, pero últimamente parece que solo consigo empeorarlo todo. Puede que necesitemos darnos un tiempo.

Es una lástima que Grinelda no sea una vidente de verdad. Es una pena que no pueda hablar con mi padre, ya que mi madre ha abdicado de su papel de consejera parental. Brevemente considero conectarme al grupo de viudas que frecuenté durante los dos primeros años tras la muerte de Jimmy y pedirles algún consejo, pero lo cierto es que no sé qué decir. He pasado página. Más o menos. Y amo al hombre con el que estoy, solo que no parezco capaz de hacerle muy feliz.

Con lo cual de repente me encuentro en la cocina, horneando hasta la media noche. Tarta de chocolate negro. Que, casualmente, es la favorita de Ethan.

Capítulo 27

La feria de degustación de Mackerly no sirve solo para pasar una divertida noche, también sirve para recaudar fondos para el programa del servicio de emergencias de la ciudad. Además de vendedores de comida, hay puestos de pintacaras, juegos y un tanque para que los ciudadanos puedan empapar a los notables de la ciudad, incluyendo al alcalde, al padre Adhyatman, y a Lenny. Ahora mismo, el padre A., se está burlando del reverendo Covers por lanzar como un protestante (a saber qué significa eso). Los niños se ponen extensiones de pelo y se hacen tatuajes, y Grinelda suele tener un puesto para hacer lecturas (veinte dólares por quince minutos. No sé cómo lo hace).

La zona de césped, que empieza en el extremo norte del parque Ellington y bordea la calle Main, está salpicado de carpas: Lenny's, Gianni's, Starbucks, Bunny's, Eva's Catering, Cakes by Kim... Una banda toca sobre un pequeño escenario montado junto a la entrada del cementerio. Los árboles resplandecen de color, como si quisieran anunciar que es el último fin de semana en que tendrán hojas. Los adolescentes van por ahí en pandillas, riéndose, enviando mensajes por el móvil y sacudiendo las melenas. Ojalá Ash tuviera algunos amigos aquí esta noche, pienso mientras siento una punzada en el corazón.

Le dije que podría acompañarme, pero últimamente no soy su persona favorita. En realidad, no soy la favorita de nadie.

La estrella de la fiesta es Stuffie, una enorme almeja rellena, hecha de papel maché. Según manda la tradición, Stuffie dará la vuelta al parque tres veces, las calles están cortadas al tráfico y solo puede circular la pickup que lleva a nuestra mascota. Después de la última vuelta, Stuffie será llevada al centro del parque y, por motivos que muchos no entienden, será prendida fuego entre las aclamaciones de los ciudadanos. Resulta más bien primitivo, pero Stuffie es un innegable éxito.

Me salté la feria gastronómica de Mackerly tras la muerte de Jimmy, huyendo el fin de semana a Provincetown, y dejando a las Viudas Negras con el miserable puesto de Bunny's para que así yo no tuviera que aguantar los bienintencionados deseos de que ya encontraría a alguien, y las miradas huidizas de la gente. Pero lo cierto es que adoro este evento. A fin de cuentas adoro Mackerly, y este es uno de sus mejores momentos.

Este año nuestro puesto está especialmente bonito. Estamos justo en el borde de la calle Main, un lugar privilegiado. Nuestra carpa es un bonito ejemplar de franjas amarillas y blancas, y en su interior hemos cubierto una alargada mesa con un precioso mantel con brillantes bordados húngaros. Esta misma tarde engalané los postes de la carpa, y las barras que sujetan el techo, con unas guirnaldas de luces. A la entrada hay dos montones de globos de helio, rojos, verdes y blancos, los colores de Hungría. También he colocado unos jarrones con zinnias y las últimas rosas, he colgado un letrero en el que se lee *Pastelería Bunny's – la mejor repostería húngara*. Tras suplicar una vez más que me dejaran llevar algunos dulces caseros, Iris al fin cedió y accedió a preparar algunos bollos de verdad, aparte de las galletas de calabaza.

—Lo haré yo —anunció—. Tú ya estás demasiado ocupada con esos Mirabelli.

Por supuesto tenía razón. Ayer acompañé a Gianni al cardiólogo, y a Marie a comprarse zapatos nuevos y un abrigo. Sin embargo hace un par de días que no veo a Ethan.

—Al final no me he molestado en preparar dulces —anuncia Iris cuando Rose y ella llegan en el coche que comparten—. Y a nadie le gusta reconocer que come ciruelas, de modo que no he preparado el *lekvar kifli*.

—¿Cómo que no? Pero al menos habrás preparado *mezeskalacs*, ¿verdad? —pregunto.

Los *mezeskalacs* son unos pasteles de miel aromatizados con jengibre y nuez moscada, perfectos para el otoño, y que solo se pueden elaborar en una pastelería húngara. Mientras saco una caja del asiento trasero del coche de Iris, miro ansiosa al interior.

¡Mierda! No hay nada salvo esas horribles galletas rompedientes. Conociendo a Iris, no me extrañaría que fueran las que sobraron del año pasado.

—Iris, creía que habíamos acordado que ibas a preparar otras cosas también —con un incipiente ataque de pánico, miro al interior de otra caja. Nada—. ¿No tenemos nada más? ¿Por qué no me avisaste, Iris? ¡Yo podría haber preparado algo!

—No tuve tiempo —anuncia mi tía despreocupadamente mientras se aplica una capa de Coral Glow—. Anoche estuve muy ocupada.

—¿Ocupada en qué? —pregunto.

—Pues para que lo sepas, señorita metomentodo, echaban *Los Tudor*. ¡Y deja ya de preocuparte! A todo el mundo les encantan estas galletas —me da un rápido beso en la mejilla—. Ayuda a tu tía con la tarta.

Rose está intentando sacar una tarta de boda del maletero del coche. Bueno, en realidad es un modelo de tarta en plástico, cubierta con glaseado de yeso. Es una maqueta cuya intención es llamar la atención de futuras novias, pero, desgraciadamente, la de este año parece más bien anticuada. No está mal, pero es un poco sosa. Unas cuantas rosas en la parte superior y nada más. En esta época de bodas rimbombantes, podríamos haberle puesto un poco más de entusiasmo.

—Bonita tarta —miento mientras agarro un extremo de la bandeja cubierta de aluminio.

—¿Esta antigualla? —contesta Rose apartando la mirada de la tarta para posarla en mí—. Tiene ya unos cuantos años —se interrumpe para soplar un poco y una nube de polvo se estampa contra mi cara—. Había pensado hacer una nueva, pero...

—¿*Los Tudor*? —sugiero, y toso un poco.

—¡Sí! —ella me sonríe—. ¿Tú también la ves?

—No, Rose, yo no —contesto.

Aparece mi madre en su MiniCooper. Se parece a Katharine Hepburn a punto de irse a tomar unos martinis. Lleva unos pantalones blancos de pata ancha y un jersey rojo con cuello de barco, un collar de perlas de dos vueltas y sus zapatos de cuero rojo.

—¡Hola! —saluda alegremente, las mejillas rosadas y la piel reluciente.

—Hola, mamá. ¿Has traído las bebidas? —pregunto. Las bebidas son la contribución anual de mamá, y espero que haya preparado chocolate caliente. Aunque sea del instantáneo de bote.

—He pensado que podríamos ofrecer Hi-C —contesta mamá mientras señala hacia una jarra tamaño industrial llena de la azucarada bebida de cola—. Llévalo tú, cariño, ¿quieres?

—Estupendo —murmuro.

Nosotros ofrecemos Hi-C y unas galletas incomibles. Starbucks tendrá tarta y *brownies*, galletas y tartaletas, por no mencionar todas esas condenadas variedades de café.

—Espero que Starbucks haya traído ese chocolate caliente —comenta alegremente Rose, como si me hubiera leído el pensamiento—. ¡Es como la heroína! ¡Nunca tengo bastante! Mirad, ahí están los Mirabelli. ¡Hola!

Gianni's Ristorante Italiano ha recuperado su antigua dirección. A Gianni le llevó unas doce horas devolver el negocio a su sitio. El hermano del marido de la prima ha quedado degradado a chef en prácticas mientras que Gianni ha vuelto a sus rugidos y ladridos, feliz como un niño.

—Hola, chicos —saludo mientras me sonrojo. A una no se le puede olvidar que los suegros de una pillaron a una en medio del acto.

—¿Qué tal, chicas? —le pregunta Gianni a las Viudas Negras antes de asentir hacia mí. Ya es algo.

Por lo menos Marie se digna a abrazarme y darme una palmadita en la mejilla.

—¡Estás preciosa, Lucy!

Mi madre sonríe con aires de suficiencia. Es verdad... hoy llevo puesta ropa de verdad. Una falda larga color chocolate que termina a unos ocho centímetros de esas preciosas botas color caoba, que hoy hacen su debut. Un jersey de cachemir de color rojo oscuro. Collar de oro, pendientes de aro, incluso un poco de sombra de ojos y brillo labial.

—¿Qué estáis vendiendo? —canturrea Rose—. Huele divinamente.

Marie nos explica que Gianni's está sirviendo bruschetta (con mi pan, curiosamente lo único bueno que sale de Bunny's). Cuencos de *minestrone* (muy conveniente para el frescor de la tarde, que va en aumento). *Gnocchi* con salsa de vodka (según la receta de Jimmy. Al parecer el hermano del marido de la prima la había cambiado y a Gianni poco le había faltado para que le diera un ictus). Y, por supuesto, el famoso tiramisú de Marie. Ni se me pasa por la mente que alguien pueda querer nuestras galletas de calabaza, de textura de hormigón y con exceso de clavo, pintadas con ese glaseado naranja chillón e insípido, cuando pueden tomar el tiramisú de Marie.

—¿Y qué tal ha sido la vuelta? —le pregunta Iris a Gianni.

Ambos son de carácter dominante y se guardan un reticente respeto.

—Pues no muy mal. Hemos vuelto a nuestra casa. Vendimos el apartamento de Arizona por diez de los grandes más de lo que nos costó, y nuestra casa seguía en venta. Así que yo le digo a Marie: «¿Por qué no? Al menos estamos seguros de qué vamos a obtener a cambio de nuestro dinero». De manera que Ethan llamó a la inmobiliaria y la semana que viene estaremos de vuelta en nuestra casa. Como si no nos hubiésemos ido.

—¿Está aquí Ethan? —pregunta mi madre, y Marie, que está charlando con mis tías, se calla bruscamente.

—Desde luego que está aquí —gruñe Gianni—. Con ese batido del *cazzo*.

Correcto. International Foods es el principal patrocinador de la feria gastronómica de Mackerly. Pagan el alquiler de las carpas, las luces, la licencia de alcohol y el incremento en la plantilla de la policía para controlar el tráfico. Además, Ethan aparece en la lista de los principales donantes del programa, y ya se ha anunciado por megafonía que hemos recaudado suficiente dinero para comprar máscaras de oxígeno para el cuerpo de bomberos, además de un nuevo sistema de radio. Pero a Gianni no le interesa esa clase de generosidad. Sigue viendo en Instead una puñalada lanzada a su corazón por ese segundo, y no tan bueno como el primero, hijo suyo.

—¿Qué opinas de que esté con Lucy? —pregunta Iris, que nunca fue muy dada a las sutilezas.

Las pobladas cejas de Gianni descienden bruscamente.

Y Marie me mira.

—Bueno... es... —balbucea mi suegra.

—¡Yaya!

Me acaba de salvar la vida un crío de cuatro años que se acerca corriendo y se estampa contra las piernas de Marie.

—¡Hola, señorito! —exclama la abuela mientras intenta tomarlo en brazos.

Por desgracia, Marie mide apenas metro y medio y Nicky acaba de pegar un estirón.

—Ven aquí, tú —exclama Gianni, su rostro suavizado de pura adoración.

Toma a su nieto en brazos y lo besa ruidosamente en la mejilla antes de soltar una carcajada y revolverle el pelo.

—Me he comido un gusano —anuncia Nicky mientras sujeta en alto una bolsa de gominolas.

—Qué asco —contesta Gianni—. Toma una galleta. ¿Quieres que el abuelo te compre una galleta?

Nicky contempla las galletas de calabaza dispuestas sobre nuestra mesa.

—¿Tengo que hacerlo?

—No, cariño, no es obligatorio —le aseguro y suelto un suspiro.

—Hola, chicos —Parker se reúne con nosotros—. ¿Habéis comido ya algo rico?

—Todavía no —dice Marie—. ¿Y tú?

—Pues... en realidad no —Parker se sonroja visiblemente.

—Has estado en Starbucks, ¿a que sí? —le pregunto.

—Me has pillado —murmura ella—. Pero solo me he tomado un chocolate caliente.

—¿Verdad que está de muerte? —exclama Rose—. Marie, ¿lo has probado?

Y, en efecto, hay una docena de personas frente a la carpa de Starbucks, a pesar de que aún faltan diez minutos para el comienzo oficial de la feria de Mackerly. Ash, que siempre ha boicoteado la franquicia como muestra de solidaridad hacia nosotras, aguarda pacientemente en la cola. ¡Ay!

Y justo en ese momento, Ethan pasa por delante de la carpa de Starbucks llevando una enorme caja. Se detiene para saludar a Ash y yo veo su rostro tornarse de color púrpura. Ethan sonríe por algo que ella ha dicho y Ash, resplandeciente, le devuelve la sonrisa. Ethan continúa su marcha, pero se vuelve a parar antes de cruzar la calle (Stuffie la almeja está calentando motores antes de la inmolación. Ethan le grita algo al conductor de la pickup, Ed Langley, de Ed's Egg Farm, que está justo delante del puente) y luego cruza la calle. Se detiene frente a su coche nuevo y le dice algo a Roxanne, la camarera malhumorada, que ríe y le da una palmada en el hombro antes de cruzar la calle hacia la zona de césped. Solo Ethan es capaz de arrancarle una sonrisa a Roxanne.

Es tan agradable con todo el mundo. No es nada nuevo para mí, pero de todos modos una se siente estupendamente al verlo en acción. Espero que no tarde mucho en pasarse por aquí. Así podremos aclarar todo lo que necesite ser aclarado. Lo echo de menos. Y se lo voy a decir.

Aparto la mirada de Ethan... y me quedo de piedra. Doral-Anne me está mirando desde una distancia de unos nueve metros. Kate está a un lado y Leo al otro. De los ojos de Doral-Anne sale el habitual destello de veneno. La niña tira de la mano de su madre, y Doral-Anne baja la vista, posa una mano sobre la cabeza de su hija y le dice algo. Durante un fugaz instante su expresión se suaviza. Vaya, vaya. Acabo de presenciar un momento de ternura de la dama del tatuaje de serpiente.

Un poco nerviosa por los celos que ha mostrado su fea cara, me entretengo colocando las galletas sobre la bonita mesa para que no parezcan tan asquerosas, pero no sirve de nada. Tienen tan poca gracia, y son tan vulgares… Si alguna vez llegara a gestionar la pastelería, las prohibiría para siempre.

–¿Nos puede dar un montón de esas? –me pide un niño de unos doce años.

Yo miro hacia atrás para ver con quién está hablando, pero no hay nadie. Me vuelvo de nuevo hacia el muchacho.

–¿Hablas conmigo, corazón?

–Sí. ¿Nos pones unas cuantas galletas?

–¿En serio? –pregunto antes de censurarme a mí misma en silencio–. Quiero decir que claro que sí. Claro que te las pongo. ¿Cuántas quieres?

–¿Diez, quizás?

–¡Vaya! –exclamo–. Ya te digo que sí.

Meto diez galletas en una bolsa y se las entrego al crío, que me paga y sale corriendo.

–Al parecer no son tan malas como tú pensabas, ¿eh? –Iris chasquea la lengua y me dedica una mirada maliciosa.

–¿Me puedes poner unas a mí también? –pregunta otro niño.

–¡Claro! –le digo antes de mirar a Iris que se pavonea como un gato ante un ratón muerto–. Lo siento, Iris, subestimé su atractivo.

–Pues sí, lo hiciste –ella asiente.

–Lucy, vamos a dar una vuelta –me anuncia Rose con su voz cantarina–. Si no te importa, claro. ¿Quieres que te traigamos algo?

Lo cual significa que van a ver a sus amigas, y seguramente a tomarse un chocolate caliente de Starbucks.

–Nada, gracias –le contesto–. Tomaos vuestro tiempo y disfrutad.

–Nos vemos –me dice Gianni sin soltar a Nicky–. Parker, ¿te parece bien si nos llevamos a este muchacho con nosotros?

—Por supuesto —contesta ella—. Hasta luego, Nicky. Dale un besito a mamá.

Nicky lo hace gustoso antes de soplarme a mí uno.

—¡Este es tuyo, tía Ducy!

—Adulador —exclamo mientras finjo atrapar el beso. Le soplo otro de vuelta y él lo agarra exageradamente antes de pegárselo sobre la mejilla y sonreír.

—Ese niño es la viva imagen de su padre —yo también sonrío.

—Hace que te entren ganas de tener uno, ¿verdad? —pregunta Parker—. ¿Un pequeño Ethan?

—Bueno... —mi sonrisa se apaga un poco.

Es evidente que las galletas necesitan ser recolocadas, o la Hi-C necesita... pues... que le eche un vistazo.

—¿Qué pasa? ¿No van bien las cosas?

—Sus padres nos pillaron en el sofá la otra noche —balbuceo mientras me pongo roja como un tomate.

—¡Mierda! —cacarea Parker con evidente satisfacción—. ¿Lo estabais haciendo?

—A punto.

Mi amiga echa la cabeza hacia atrás y suelta una melodiosa carcajada que llena el aire.

—¿Y qué hiciste?

—Taparme —contesto—. Rápidamente.

—¡Mierda! —repite Parker alegremente—. Qué horror —pero entonces ve mi expresión—. Todo lo demás va bien, ¿verdad? Yo creía que os iba bien.

—Sí, bueno, bien. Tenemos algunas cosas que aclarar —le explico.

—Buenas tardes, señoras —saluda alguien.

Y yo me vuelvo a ruborizar.

—Encantado de conocerte —Matt le estrecha la mano con tanta fuerza que ella da un respingo.

Jimmy también tenía un apretón de manos que hacía crujir los huesos.

—Lo mismo digo —contesta ella mientras me mira—. ¿De qué conoces a Lucy?

—Es de NatureMade —le explico apresuradamente a mi amiga—. El hombre del pan.

—Ya entiendo —Parker escudriña a Matt con la mirada, y yo espero a que él se fije en ella.

Parker es más bien espectacularmente guapa, pero Matt se limita a sonreír y volverse hacia mí.

—¿Qué tal va el proceso de tomar una decisión? —me pregunta—. ¿Tienes alguna pregunta más sobre nuestra oferta?

—Eh, pues, yo, yo no, no creo —tartamudeo. Su presencia me ha puesto realmente nerviosa, más o menos como me pasaba con Jimmy, aunque no se le parezca del todo. Algo así como una tarta de café hecha con crema desnatada. Le falta el gusto de lo verdadero, del mismo modo que Coldplay no llega a ser U2. Matt es algo así como un Jimmy Light.

—¿Sabéis qué? —interviene Parker—. Creo que voy a buscar a mi hijo. Encantada de conocerte, Matt. Luego nos vemos, Luce.

—Encantado de conocerte —se despide Matt.

—Es mi amiga —le explico como una boba.

—Ya lo veo —contesta él.

Tiene unos ojos realmente bonitos. No tanto como los de Jimmy, pero bastante bonitos de todos modos.

—Esto... en cuanto a la oferta, pues, ya no tengo más preguntas. Ya las contestaste todas la otra noche —«deja de balbucear, Lucy»—. Me lo estoy tomando con calma, para estar segura de que es lo mejor para mí.

—Eso está muy bien —Matt asiente—. Bueno, pues si hay algo que pueda hacer no tienes más que decirlo. Sin embargo, sí necesito tener la respuesta el primero de noviembre. Creo que ya te lo dije.

—Sí, lo hiciste —contesto. ¡Qué bien huele!—. Y, sinceramente, no veo ninguna razón para decir que no. Es una gran oferta, y te daré mi respuesta definitiva la semana que viene. ¿Qué te parece?

—Eso sería estupendo. En nuestra opinión, tu pan es el mejor y eso es lo que busca NatureMade. Lo mejor —me guiña un ojo y un pequeño zumbido me llena el estómago.

—Me siento halagada —le aseguro, incapaz de suprimir una sonrisa.

—Y ahora háblame de esta feria gastronómica de Mackerly —me pide Matt—. Seguramente ha sido una alucinación, pero creo haber visto una almeja gigante hace un rato.

—Muestra un poco de respeto por esa almeja —lo reprendo—. La vamos a quemar más tarde. Estas son sus últimas horas.

—Entiendo —él sonríe—. ¿Algo más que debería saber?

Resulta muy sencillo hablar con Matt. Parece tan... equilibrado. Tan descomplicado, en serio, porque no hay ningún pasado incómodo o revoltijo de sentimientos. Le señalo el puesto de Lenny's para degustar las almejas rellenas, y también el de mis suegros para tomar algo italiano, y él me promete visitar los dos sitios.

—¡Hola, hola, hola! —suenan los gorgoritos de Rose a mi espalda. Y ahí están las tres Viudas Negras, cada una con una taza del Starbucks.

—¡Pero bueno! Si es el hombre de la tostada —Iris me guiña un ojo y toda su cara se contrae—. ¿Y qué tal vamos hoy?

—Qué bonito abrigo —murmura mi madre mientras toca una manga de la cazadora bomber de ante de Matt—. Siempre me han gustado los hombres que saben vestir.

Las Viudas Negras parecen haber olvidado que estoy saliendo con Ethan. Empieza a dolerme el estómago.

Matt acepta una galleta de Iris, que me mira de nuevo con malicia.

–Cuidado con esas –murmuro al oído de Matt–. El gobierno está estudiando utilizarlas en Afganistán.

–Hace un rato he visto a unos chicos jugando al hockey con ellas –me contesta en voz baja y yo suelto una carcajada.

¡Pobre Iris! Matt me sonríe. Es un pelín más bajo que Jimmy, bueno, puede que algo más que un pelín. Eso sí, es más alto que Ethan. Aunque no los estoy comparando ni nada de eso.

–Lucy, esas luces no funcionan –me indica Rose mientras señala con un dedo hacia el techo de nuestra pequeña carpa.

Y tiene razón, el cable se ha desconectado de la otra hilera.

–Ya voy yo –anuncia Iris, pero la idea de que mi tía de setenta y seis años se suba a una silla no me hace muy feliz.

–No, no, ya lo hago yo, Iris. Sin problema –me peleo un poco con la silla plegable y la coloco debajo de la hilera de luces. El suelo está blando después de la lluvia de anoche y la silla no parece muy estable.

–Permíteme ayudar –se ofrece Matt, que me da la mano mientras yo me subo sin demasiada confianza a la silla, que se bambolea, y Matt se estira y me sujeta por la cintura.

–Gracias –le digo, más o menos sin aliento. Tiene las manos grandes. Y cálidas.

Las luces vuelven a funcionar. Matt me ayuda a bajarme y encuentro que me resulta un poco difícil mirarlo a la cara. Desde algún lugar al otro lado del parque, un coche de policía hace sonar fugazmente la sirena.

–Qué agradable resulta tener a un hombre a mano para que te ayude –Rose suspira soñadora.

–Gracias –repito mientras miro a Matt.

–Ha sido un placer –contesta él con voz baja y seductora.

Vuelvo a sonrojarme. Miro hacia el otro lado de la calle y mi corazón se inunda de una oleada de culpabilidad.

Ethan me está observando, inmóvil, en la acera, mientras la gente se apelotona a su alrededor, preparándose para la última y triunfal circunnavegación de Stuffie alrededor del parque.

Parece el niño que se ha quedado el último para ser elegido para el equipo. Triste, pero sin querer demostrarlo, y algo se rompe en mi corazón. No aparta la mirada, ni yo tampoco. La sirena del coche de policía vuelve a sonar.

—¡Cielo santo! —oigo la voz de Marie a mis espaldas—. ¡Oh, Dios! ¡Oh, Dios! Tengo que sentarme.

Sin necesidad de darme la vuelta ya sé qué ha sucedido. Marie y Gianni han regresado y han visto a Matt, y el parecido con Jimmy los ha golpeado con fuerza. Miro hacia atrás y, en efecto, Gianni está ayudando a Marie a llegar hasta un banco. Mi madre revolotea a su alrededor como un pájaro de brillantes colores, Iris apoya una mano sobre el brazo de Matt y le explica quiénes son los Mirabelli. Matt me mira con gesto compungido y una media sonrisa dibujada en su rostro. Y cada vez se parece más a Jimmy.

—Lucy, trae un poco de agua —me pide Rose—. Tu suegra se ha llevado una impresión.

Yo no me muevo. La sirena de la policía vuelve a sonar, esta vez más cerca. Me doy la vuelta y veo que Ethan ya no está.

—¡Ethan! —grito—. ¡Ethan! —allí está, a unos metros en la acera. Tommy Malloy lo detiene, le dice algo, y Ethan asiente—. ¡Ethan! —vuelvo a llamarlo a gritos.

Ahora sí me oye, y el sol del atardecer ilumina su rostro cuando se da la vuelta hacia mí. Espera, y yo sé que tengo que decir algo acertado.

—Te necesito aquí, bebé —le digo. Muy alto. Ya está. Bebé. No es un término que pueda ser malinterpretado.

«Bebé», es esa persona con la que te estás acostando. No llamas «bebé», a alguien sin un buen motivo.

Tommy Malloy le da un codazo a Ethan en el brazo y hace un comentario. Ethan, sin apartar la mirada de mí, sonríe. Y yo siento un inmenso alivio, no la he cagado. Le devuelvo la sonrisa y el calor inunda mi corazón mientras contemplo al hombre que amo. Porque sí, amo a Ethan, y ya es hora de que él lo sepa.

Ethan espera un segundo, pues Ed está pasando justo en este momento por delante con Stuffie y, cuando la almeja termina de pasar, cruza la calle, cada paso acercándolo a mí. Su mirada fija en mí, y esa sonrisa, y mi corazón se inflama.

Y entonces uno de los chicos que compró las galletas de calabaza golpea una que sale volando hacia la calle. Otro de los chicos corre tras ella y se cruza justo delante de la camioneta de Ed Langley. Con el palo de hockey en la mano, golpea el improvisado disco de galleta y lo lanza al interior de una alcantarilla. Ed pisa el freno, por suerte solo va a dieciséis kilómetros por hora, y le grita al muchacho, que regresa al parque y desaparece entre la multitud. No ha pasado nada, pero Stuffie, desequilibrada por el frenazo, se bambolea antes de, lenta e inevitablemente, estrellarse contra el pavimento, justo delante del coche patrulla de la policía.

Con las luces puestas, el patrulla esquiva a Stuffie y vuelve a su carril.

Y golpea a Ethan.

Ethan sale volando por los aires como una muñeca de trapo. Mi mano se alarga desesperadamente hacia él mientras lo veo aterrizar sobre el asfalto con un terrorífico golpe sordo, tres metros delante del coche de policía.

No se mueve.

Las imágenes pasan por mi mente como balas. El coche patrulla da un frenazo y se detiene, el agente ya está hablando por la radio. Ethan está inmóvil, pero a su alrededor se ha desatado el caos. La gente grita, y Tommy Malloy corre junto a Ethan. Parker surge de entre la multitud y también corre hacia Ethan, sus largos cabellos volando salvajes alrededor de su rostro. Él sigue sin moverse. Ed Langley se ha bajado de la camioneta, su mano tapándose la boca en una expresión de horror. Roxanne, la camarera, habla por el móvil. Ash se reúne con el grupo que se arremolina junto a Ethan, sus cadenas oscilando cuando se agacha junto a su cuerpo. Su cuerpo. Miro calle abajo y descubro a Nicky, los ojos desmesuradamente abiertos, horrorizado, su boca se abre, seguramente gritando, pero yo no oigo nada más que el rugido de mis propios oídos. Doral-Anne lo toma en brazos. Ethan no se ha movido. Podría haber sangre. Creo que veo sangre. Christopher, que tuvo que hacer un curso de primeros auxilios antes de que Corinne accediera a tener hijos con él, se materializa junto al resto y posa las manos sobre la cabeza de Ethan, y luego las retira. Sí. Es sangre.

—¡Oh, Dios mío! ¿Quién es ese? ¿Qué ha pasado? —exclama mi madre.

Yo me vuelvo hacia ella.

—Han atropellado a Ethan —le explico justo antes de sentir la hierba contra mi cara, húmeda y fría, acogedora, porque al menos sé que no voy a tener que ver morir a Ethan.

Capítulo 28

Ethan es llevado al hospital. Y yo también, de nuevo a urgencias, pero no viajo con él en la ambulancia como, quizás, habría sido lo normal, sino en el coche de mi madre. Para cuando vuelvo en sí, Ethan ya está dentro de la ambulancia y, aunque me insisten sin parar en que iba consciente y hablando, yo no puedo dejar de gritar su nombre una y otra vez con una voz tan cargada de horror que ni siquiera la reconozco como mía. Mis recuerdos de esos momentos son borrosos. Sí recuerdo a Iris entrando en acción y abofeteándome con fuerza lo que, por lo menos, consiguió que dejara de gritar.

Me meten en un cubículo de la sala de urgencias, ya que, al parecer, no he sido capaz de responder a la pregunta de si me encuentro bien o no. Como no podía ser de otro modo, el doctor Odioalasmujeres está de guardia. Me pregunta si he vuelto a tomar drogas, beber o fumar algo ilegal. Mi madre está allí de pie junto a mí, dándome unas palmaditas en el hombro, sintiéndose de lo más incómoda.

—¿Dónde está Ethan? —pregunto con voz ronca mientras mis gritos aún resuenan en mi mente. Tiemblo convulsamente, las lágrimas ruedan por mis mejillas y, de momento, he vomitado dos veces—. ¿Seguro que está bien? ¿Ha muerto? ¿No sabe cómo decírmelo?

—No está muerto, cielo, pero iré a echar un vistazo, ¿de acuerdo? —propone mi madre. Su rostro está pálido, pero sereno.

—¿Ha vuelto a tomar ese medicamento que le dije que tirara? —pregunta el médico mientras se inclina sobre mí para mirarme los ojos con una linterna con forma de bolígrafo.

—Apague esa linterna o se la meto por el culo —grito y le aparto la mano de un manotazo.

—La paciente exhibe una conducta agresiva —murmura el doctor para sí mismo—. Por favor, contrólese, señorita eh... le echa un vistazo a mi pulsera de admisión—. Señorita Mirabelli, o tendré que pedir que la aten.

—Está aquí al lado —anuncia mi madre irrumpiendo en la habitación—. Tiene una brecha en la cabeza, pero está consciente y ha preguntado por ti.

—¿Estás segura? —insisto, y mi estómago vuelve a convulsionar, aunque esta vez consigo no vomitar.

—Cielo, está bien —murmura mamá mientras me acaricia el pelo, un gesto maternal tan inhabitual en ella que no la creo. Ethan está muerto, o gravemente herido, y nadie me lo quiere decir.

El doctor Odioalasmujeres saca el estetoscopio.

—Si pudiésemos dejar de parlotear para proseguir con el examen —dice mientras pone los ojos en blanco.

—Déjala en paz, imbécil —espeta mi madre—. Su marido murió en un accidente de coche, acaba de ver cómo un coche atropella a su novio y se ha desmayado. Se pondrá bien. Supongo que no hacen falta cuatro años de facultad de medicina para darse cuenta —me agarra con fuerza del brazo—. Venga, cielo, vamos a ver a Ethan. Cuando lo veas te sentirás mejor.

Ignorando el furioso grito del doctor Odioalasmujeres, «¡paciente marchándose sin consentimiento médico!», mamá me lleva por el pasillo hasta otra sala de exploración. Las piernas me tiemblan salvajemente y mi cabeza parece haberse desconectado del cuerpo. De estar muerto, mamá me lo habría dicho, ¿verdad? Ella no me diría que está bien para luego llevarme hasta su cadáver, ¿a que no? Las lágrimas ruedan por mis mejillas casi sin que me dé cuenta.

Y allí está, tumbado sobre una camilla, sujetándose una gasa empapada en sangre contra la cabeza. Una mujer le está presionando el abdomen. Tiene la camisa abierta, también empapada de sangre. Su sangre. Mis rodillas amenazan con ceder, pero de algún modo consigo mantenerme en pie.

—Ethan —susurro casi sin aliento.

—Hola —saluda él mientras intenta sentarse. La doctora chasquea la lengua y lo empuja delicadamente para que vuelva a tumbarse.

—¿Estás bien? —pregunto.

—Me acaban de atropellar, cariño —me contesta—. Estoy bien.

—Hola —saluda la doctora—, soy la doctora Pierce. Tu marido se pondrá bien, al menos eso parece.

—No estamos casados —contesto secamente. Ethan tiene sangre por un lado de la cara. La piedrecita ha vuelto y tengo que toser.

—Ethan, voy a buscar a tus padres para decirles que estás bien —le propone mi madre dándole una palmadita en la pierna.

—Gracias, Daisy —contesta él con una voz tranquilizadoramente normal—. Lucy, siento muchísimo haberte asustado, cielo —su mirada refleja preocupación.

—Creo que eres un bastardo con suerte —insiste la doctora—, pero vamos a hacerte un TAC, solo para asegurarnos de que no se nos haya pasado ninguna lesión interna —mi visión se nubla momentáneamente. Lesiones internas. La causa oficial de la muerte de Jimmy fue «lesiones internas masivas»–. A veces la conmoción puede enmascarar el dolor –continúa la doctora–, de manera que vamos a echar un vistazo y asegurarnos de que el bazo esté bien.

Ethan me mira con cautela. Seguramente sabe muy bien en qué estoy pensando. Soy incapaz de apartar la mirada de su rostro ensangrentado. Siento un hormigueo en las manos y mis rodillas son como de agua.

–Lucy, ¿verdad? –la doctora me mira–. Siéntate, cielo. Estás pálida como un fantasma –me aprieta afectuosamente el hombro antes de marcharse llamando a una tal Karen para que traslade al paciente.

Ethan alarga hacia mí la mano que no sujeta la gasa contra la cabeza.

–¿Estás bien, cielo? –pregunta.

Yo me tambaleo hasta el borde de la camilla y le tomo la mano que me ofrece.

–Estoy bien –consigo decir, sorteando la piedrecita–. ¿De verdad estás bien tú?

–Estoy bien –él asiente antes de hacer un gesto de dolor–. Supongo que voy a necesitar puntos. Y mañana estaré bastante dolorido –me mira con expresión seria–. ¿Y tú estás segura de que estás bien, Lucy? Tu mano está helada.

–Estoy bien –insisto. Yo estoy bien. Él está bien. Todo el mundo está bien.

–¿Y qué hay de Nicky? ¿Vio cómo me atropellaban? –pregunta Ethan.

–Creo que sí –contesto, sin contarle que yo me quedé ahí, parada como una farola, mientras contemplaba a su hijo que gritaba despavorido. Que mientras la mitad de la ciudad corría a atenderle, yo permanecí quieta, viéndolo a él desangrarse sobre el asfalto. Que me desmayé cuando más me necesitaba.

–¡Mierda! –masculla Ethan–. ¿Podrías asegurarte de que sepa que estoy bien? Debe estar asustadísimo –yo asiento y, de nuevo Ethan me mira a los ojos–. Tu madre dijo que te desmayaste –observa mientras me acaricia el dorso de la mano con el pulgar.

–Ethan, lo siento mucho –susurro, y mis ojos se llenan de lágrimas.

–Cielo, no digas eso –me atrae hacia él y me da un torpe abrazo–. No llores.

Una ordenanza, o técnico, entra en la habitación y yo me aparto de Ethan sujetándome sobre mis inestables piernas. La mujer manipula la camilla de Ethan.

–Nos vamos de paseo, amigo –anuncia alegremente–. Tú eres el que ha sido atropellado por la almeja gigante, ¿verdad?

–En realidad por el coche de policía –contesta Ethan mientras arquea una ceja con expresión traviesa–. Imagínate el pleito.

–Sí, desde luego –la técnico asiente–. De acuerdo, grandullón. Nos vamos. Esposa, tú puedes quedarte aquí o esperar en la sala de espera con todos los demás, ¿de acuerdo? Enseguida volvemos.

Yo voy como flotando por el pasillo, mi mente entumecida, hasta la sala de espera. Allí están los Mirabelli, el robusto brazo de Gianni rodeando los regordetes hombros de Marie, que tiene toda la cara manchada de rímel. Mamá está apoyada contra la silla de Gianni, dándole palmaditas en la espalda. Parker tiene a Nicky sentado en su regazo. El niño llora desconsolado con el pulgar metido en la boca, aunque ya no lo hacía desde el año pasado. Christopher y Corinne también están aquí, Emma dormida contra el hombro de su padre. Todo el mundo enmudece al verme.

–Parece que está bien –informo con voz ligeramente chillona–. Le están haciendo un TAC para asegurarse, pero está despierto, habla y todo eso. Siente mucho haberos asustado –me agacho frente a Nicky y le acaricio la cabeza con una mano temblorosa–. Papá está bien, cielo. Tiene un corte en la cabeza, pero está bien.

Nicky entierra el rostro en el cuello de su madre.

—¿Lo has oído, cielo? —murmura Parker mientras besa a su hijo—. Papi está bien. Apuesto a que en cuanto lo laven un poco nos dejarán verlo.

Y tiene razón, pues cuarenta y cinco minutos más tarde, Ethan ha recibido el visto bueno del radiólogo y una enfermera le ha dado siete puntos en la cabeza tras declarar que es una «hermosa contusión». Ethan besa a su hijo una y otra vez, es abrazado por su madre, ve a su padre llorar por él y tranquiliza a todo el mundo, insistiendo en que está bien.

—¿Por qué se cayó Stuffie encima de ti, papi? —pregunta Nicky mientras aprieta un botón y la camilla de Ethan sube unos centímetros.

—Stuffie y yo nunca nos hemos llevado bien —asegura él—. Esa una gran malota.

—A lo mejor mami puede escribir un libro sobre ti —el pequeño ríe.

—Los Holy Rollers y Stuffie, la gran malota —reflexiona Parker en voz alta—. Me encanta.

Ethan sonríe a Parker antes de volver a besar a Nicky.

Yo contemplo toda la escena como si estuviera sobrevolándola, extrañamente despegada. Mi corazón late desbocado y tengo la garganta tan tensa que me sorprende poder respirar. Pero, por fuera, mi imagen es de calma.

Una media hora después, una enfermera asoma la cabeza en la sala de exploraciones.

—En cuanto el doctor firme el alta, podrá irse a casa, señor Mirabelli.

—Te esperamos fuera, hijo —le dice Gianni mientras le da un breve apretón al hombro de su hijo.

—Gracias, papá —contesta Ethan.

—Vamos, Nicky. Mañana podemos ver a papá de nuevo —dice Parker antes de agacharse y besar a Ethan en la mejilla—. Me alegra que estés bien, idiota —murmura—. La próxima vez mira hacia los dos lados antes de cruzar.

—Eso es, échale la culpa a la víctima —Ethan sonríe—. Buenas noches, «Nick, el Piojo» —se despide mientras abraza de nuevo a su hijo y hace una mueca de dolor.

Seguramente es un amasijo de magulladuras, aparte de la contusión y la brecha en la cabeza. Atropellado por un coche. Mi cerebro huye de la imagen de Ethan volando por los aires, el sonido sordo al chocar su cuerpo contra el asfalto. Me atraganto y tengo que toser mientras agito una mano en el aire para despedirme de Corinne, Chris y mi madre, que también se marchan.

Y ya solo quedamos Ethan y yo. Con dedos temblorosos le ayudo a abotonarse la camisa ensangrentada. Huelo el punzante olor a desinfectante y veo la sangre seca en su pelo.

Pero no hablamos.

Por fin, después de lo que me ha parecido una eternidad, otro médico asoma la cabeza por la puerta de la habitación. Lee el informe de Ethan, y me mira dos veces.

—Muy bien, señor Mirabelli. Tylenol para el dolor de cabeza y una agradable ducha caliente. Mañana se levantará con la sensación de haber sido atropellado por un coche —sonríe ante su propia broma—. ¿Tiene a alguien con quien quedarse?

—Sí —contesta Ethan.

—De acuerdo entonces —el doctor le entrega una copia con las instrucciones—. Es un afortunado bastardo —concluye.

—Lo soy —Ethan asiente.

El médico se dispone a marcharse, pero se vuelve hacia mí.

—Tú eres la viuda de Jimmy Mirabelli, ¿verdad?

—Sí —contesto yo, parpadeando perpleja.

—Entonces tú debes ser el hermano pequeño de Jimmy —continúa el médico mientras mira a Ethan.

—Eso es —susurra Ethan.

—Soy Tony Aresco —se presenta—. Fui al instituto con Jimmy —me ofrece una sonrisa lastimera, la misma que he visto tantas veces en el transcurso de los últimos cinco años y medio—. Un gran tipo. Siento mucho vuestra pérdida.

—Gracias —contesto.

—Cuidaos —nos aconseja antes de darme un apretón en el hombro y marcharse.

Yo me quedo allí parada un segundo antes de reaccionar y recoger los zapatos de Ethan para entregárselos. No se los pone, sino que los deja cuidadosamente sobre la camilla, levanta la vista y me mira. Su pelo está de punta del lado de los puntos.

—¿Te encuentras bien? —pregunto.

—Estoy bien —contesta, seguramente por quincuagésima vez esta noche.

Los ojos marrones me miran fijamente. Ethan me conoce bien, mejor que nadie, en realidad, y nadie ha podido acusarlo jamás de ser estúpido. Mis ojos escuecen mientras se vuelven a llenar de lágrimas.

Ethan suspira, y es un suspiro de derrota.

Baja la mirada al suelo.

Lo sabe.

—Dilo ya de una vez —me apremia con calma.

Me muerdo el labio hasta sentir el sabor de la sangre.

—Lo siento mucho, Ethan —susurro, porque susurrar es más fácil que hablar cuando tengo la piedrecita en la garganta—. No puedo hacerlo. Quiero hacerlo, pero no puedo.

Durante un segundo no hay respuesta por su parte. Ethan sigue con la mirada fija en el suelo. Y entonces asiente débilmente.

—De acuerdo, Lucy —me dice, su voz llena de todo el cansancio del mundo—. Si eso es lo que quieres, de acuerdo.

Y así, sin más, lo nuestro ha terminado.

Capítulo 29

Por primera vez en seis años paso la noche en casa de mi madre. La última vez que lo hice fue justo después de la muerte de Jimmy.

No suelo frecuentar mucho la casa en la que crecí. Desde que se casaron Christopher y Corinne, las celebraciones familiares han tenido lugar en su casa. La casa de mamá ha cambiado mucho desde que yo era niña, pues mi madre siente el mismo placer en vestir la casa como en vestirse ella misma. Aún no había visto el nuevo color palaciego del salón: verde apio, blanco y rojo. Parece la antesala del salón de una casa de alta alcurnia, o sea bastante altivo y no muy acogedor.

—Toma —mamá me ofrece una copa de algo—. Tienes aspecto de necesitarlo.

Le doy un sorbo. Whisky. Me quema la garganta, cosa que me sorprende, ya que estoy bastante entumecida.

—Doy por hecho que Ethan y tú habéis roto —dice mi madre, sentada a mi lado mientras se quita los zapatos de tacón. Ella también se ha preparado una copa y le da un sorbo.

—Sí —contesto.

Ella asiente.

—Ya sé por qué no volviste a casarte, mamá —balbuceo–. Siento mucho haberte dado tantas veces la lata con el tema.

–No es que Joe Torre no me parezca un tipo agradable, que conste –mamá me sonríe y suspira. Y entonces me rodea con un brazo y apoya mi cabeza contra su hombro, y yo respiro el reconfortante aroma del Chanel 5–. Ethan es un buen chico –murmura–. Y no te preocupes por él, le irá bien. Algún día conocerá a alguien. No le has destrozado la vida, cariño.

Intento imaginarme a Ethan en el futuro. Esposa, un par de hijos, pero a quien veo en mi mente es al capitán Bob, eternamente empeñado en perseguir imposibles, ahogando su amor en alcohol. Este sería un buen momento para llorar, pero la piedrecita en mi garganta está ejerciendo el efecto de un tapón de corcho.

–Lo llamé, mamá –susurro–. Por eso lo atropelló el coche.

Mi madre suelta un bufido.

–Pues yo diría más bien que lo atropellaron porque ese policía idiota prefirió arrollar a un humano antes que a una almeja de papel maché. Sinceramente, me sorprende que esos patrulleros no mataran a más gente –toma un sorbo de su copa–. Y esos uniformes son de lo más ridículo –añade, su mente siempre puesta en la ropa.

–La noche que murió Jimmy –continúo, y mi pecho empieza a convulsionar–, le dije que lo echaba de menos. Le dije que quería que volviera a casa, y lo que debería haberle dicho es que parara, que durmiera un poco, que reservara una habitación, algo…

–Cariño, no sigas –me interrumpe con firmeza–. Para. Estás siendo ridícula. Tú no provocaste la muerte de Jimmy. De haber sabido lo cansado que estaba, le habrías dicho todas esas cosas. Pero no lo sabías porque él no te dijo nada. Y tampoco eres culpable del atropello de Ethan de esta noche.

Yo asiento obedientemente.

—Mañana no irás a trabajar —continúa ella—. Jorge y yo nos ocuparemos del pan. No será tan bueno como el tuyo, pero tampoco será horroroso.

—Gracias, mamá.

—Lucy —mi madre se levanta y tira de mí antes de recoger un mechón de mis cabellos detrás de la oreja.

—¿Sí, mamá?

—Cariño —ella suspira—. Sé que estás penando por Ethan. Pero míralo de este modo. La vida va a resultarte mucho menos complicada si te quedas sola. Sé que no suena muy atractivo, pero tienes mucho que ganar si vas sobre seguro.

Yo asiento. Sin duda tiene razón. Ethan no era seguro. Ni para mí, ni por mí, y los dos estamos mejor por separado. No puedo pasarme la vida temiendo, cada vez que mi marido sale de casa, no volver a verlo más. La vida que me espera será aséptica y tranquila, como el salón en el que estoy ahora, a lo mejor. No es precisamente el lugar que yo elegiría como favorito, pero tampoco está mal.

—Termínate el whisky —me ordena mamá—. Es del bueno. Luego métete en la cama. Puedes estrenar el pijama que acabo de comprar en Nordstrom. Es de seda.

Duermo horriblemente mal. La imagen del accidente de Ethan no para de surgir en mi mente una y otra vez, el sonido del coche al golpearlo, del vulnerable y desvalido cuerpo estrellándose contra el asfalto. Yo no quise romper con él, no estando herido como estaba, pero Ethan lo sabía. Y sencillamente no puedo estar con él. Lo he intentado, pero no puedo.

Estoy sentada a la mesa de la cocina, la mirada fija en la puerta del armario, cuando mamá regresa de la pastelería por la tarde.

—Mira lo que ha llegado a la pastelería hoy —me dice mientras deja caer las llaves sobre la mesa. Trae un ramo de rosas blancas—. Toma, son para ti.

Abro la tarjeta con apatía, sintiéndome más cansada que durante esos interminables días que siguieron a la muerte de Jimmy.

—«Siento que sucediera algo tan horrible», leo en voz alta—. «Si hay algo que pueda hacer, no tienes más que decírmelo. Matt DeSalvo».

—Qué amable —observa mamá mientras deja las flores en el fregadero y llena un jarrón con agua—. Llamó esta mañana para preguntar por Ethan. Y por ti también, por supuesto. Muy amable por su parte.

—¿Y qué tal está Ethan? —susurro. Mis ojos se llenan de lágrimas.

—Bueno, lo cierto es que él también llamó. Dijo que está un poco dolorido, pero por lo demás bien —mi madre hace una pausa—. Le dije que a lo mejor te quedabas un par de días en mi casa —se afana en colocar las flores.

—Gracias —contesto antes de tomar una servilleta y secarme los ojos.

Yo ya había llamado a Ethan para preguntar por él, necesitaba saber que estaba bien, sin importar la naturaleza de nuestra relación, pero estaba durmiendo. Eso me había dicho Marie, y también me había dicho que estaba bien. Después de colgar pasé una hora y media en Internet, buscando información sobre contusiones y traumatismo cerebral. Después llamé a Anne aterrorizada, con una docena, o más, de preguntas sobre las posibles complicaciones. Ella me tranquilizó, más o menos. Uno nunca sabe del todo lo que puede suceder.

Mamá suelta el jarrón de golpe sobre la mesa y yo me sobresalto.

—¿Vas a firmar ese contrato de pan? —pregunta—. ¿Has firmado algo ya?

—No –le digo–. Me refiero a que no hay nada firmado, pero sí, creo que sí lo haré.

—Bueno –ella se sienta a mi lado–. Me parece una buena idea. ¿Quieres que prepare algo para cenar?

—Debería ir a casa y echarle un vistazo a Gordo Mikey –necesita que le den de comer. Además, si estoy fuera mucho tiempo, me echa de menos. Lo sé por el modo en que me ignora cuando vuelvo–. ¿Podría traérmelo aquí un par de días?

—Seguramente no le gustará que le cambien de casa, pero claro que sí –contesta mamá–. De acuerdo, yo prepararé la cena. Cenaremos sobre las seis, ¿de acuerdo? Será mejor que vayas yendo. Date una ducha, cariño. Hueles un poco raro.

Una hora más tarde estoy delante de la puerta de los apartamentos Boatworks, y me pregunto si Ethan estará en casa. Qué tal le irá. Si estará enfadado/triste/completamente disgustado conmigo. Pero no tengo que preguntármelo mucho tiempo, pues Parker sale a toda prisa del edificio, seguida de cerca por Nicky.

—¡Tú! –exclama, y yo siento el repentino impulso de esconderme detrás de una farola.

—Hola –me agacho y tomo a Nicky en brazos, besándolo en la mejilla–. ¿Cómo está tu papá? –pregunto.

—Está bien. Le gané al CandyLand. Estaba aún en Peppermint Forest cuando yo ya había terminado. Y la yaya me ha preparado tortitas para comer.

—Bien por ti, Nicky –lo elogio.

—Lucy, ven a dar un paseo con nosotros –sugiere Parker en un tono de voz horripilantemente alegre–. Nicky y yo íbamos al parque, ¿verdad, colega?

—¡Sí! Voy a tirarme por el tobogán –me informa Nick–. Tú también puedes, yo te enseñaré. No da miedo ni nada.

—Lo cierto es que iba a...

Parker me agarra del brazo y me arrastra al otro lado de la calle.

—Lucy y yo te vigilamos, Nick. ¡Diviértete! —le ordena alegremente a su hijo, empujándolo hacia el parque de niños—. ¡Estaremos aquí mismo!

En cuanto el pequeño está fuera del alcance de nuestras voces, se vuelve bruscamente hacia mí, las mejillas de un color rojo fuego.

—¿Te has vuelto loca, Lucy? —sisea.

—Escucha, sé...

—¿Cortas con él en el hospital? ¿Estando allí sangrando por la cabeza y recién atropellado por un coche?

—No fue así exactamente —protesto mientras trago nerviosamente—. No tenía pensado decir nada, pero...

—¿Pero qué? —exige saber Parker.

—Pero... pero... —me interrumpo, y vuelvo a tragar con fuerza—. Él lo sabía.

—¿Sabía el qué?

—Lo sabía, Parker —cierro los ojos.

—¿Sabía que estabas asustada? ¿Sabía que fue horrible ver cómo lo atropellaban? ¿Sabía que tenías miedo de que muriera? ¿Sabía el qué, Lucy?

De repente me siento furiosa.

—No me juzgues, Parker. ¿De acuerdo? Lo intenté, en serio que lo intenté, pero no puedo hacerlo. Tú no sabes cómo es esto.

—Oh, lo siento —contesta ella con brusquedad—. ¿Querías que sintiera lástima de ti? Porque yo creía que lo que querías era ser una persona normal.

—Bueno, pues no lo soy —balbuceo, mi voz aguda y seca—. Hay algo en mí que no está bien. Hay un agujero en mi interior que Ethan no puede remendar, ni yo tampoco, y tú no lo entiendes, de modo que no me des lecciones sobre lo que puedo o no puedo hacer, ¿de acuerdo?

El golpe sordo al aterrizar Ethan en el pavimento resuena en mi cabeza, y yo me tapo la boca con las manos y me inclino hacia delante, horrorizada ante el recuerdo, con ganas de vomitar. Nicky se detiene en lo alto del tobogán y nos mira.

–¡Qué bien, Nicky! –grita Parker, y yo consigo agitar una mano en el aire. Mi sobrino reanuda sus actividades y Parker respira hondo antes de rodearme los hombros con un brazo y esperar a que yo me siente recta de nuevo–. Lucy –me dice más tranquilamente–. Ethan recibió hoy una llamada del trabajo. Quieren que se traslade a Atlanta para dirigir el departamento de ventas internacionales.

–Bueno, eso sería... estupendo –yo sigo tragando, una, dos veces–. Para él me refiero. Podría hacer todas esas locuras, viajar de nuevo... y lo de las visitas los fines de semana que parecían funcionar tan bien para vosotros dos. Así que... –tengo que parpadear con fuerza. Vaya, ya estoy llorando otra vez. No me había dado cuenta.

Ella me mira y se muerde el carrillo por dentro.

–Lucy, no puedo evitar preguntarme qué os va a pasar a los dos si no arregláis lo vuestro –yo no contesto, me limito a flexionar los dedos, en los que tengo una sensación de hormigueo. Parker suspira–. Os quiero a los dos, eso es todo. Sois más familia mía que mi familia y yo... –su voz se apaga momentáneamente–. Procura asegurarte de estar haciendo lo correcto –concluye.

–Eso intento –susurro.

Saludo a Nick con la mano y me voy a casa a dar de comer a mi gato.

Para castigarme por haber pasado la noche fuera de casa, Gordo Mikey me obsequia con un topo al que le falta la cabeza, una clara advertencia de que no vuelva a dejarlo solo nunca más si no quiero que me suceda lo mismo que al topo. Lo limpio todo mientras me imagino a la señora Topo preguntándose qué le habrá pasado a su marido, que había salido a buscar una bombilla o algo así, para no regresar jamás. ¿Tendrán las topas grupos de apoyo para viudas? ¿Tendría el señor Topo seguro de vida?

—Intenta no volver a matar, ¿de acuerdo, lindo gatito? —le suplico a mi gato, tomándolo en brazos para achucharlo un poco. Ronronea en voz alta y yo le rasco detrás de las orejas mientras él cierra los ojos de gusto—. Esta noche nos quedamos en casa de la abuela —le explico.

Gordo Mikey abre los ojos, claramente descontento con el plan y salta de mis brazos.

Meto algo de ropa en una bolsa. No sé cuánto tiempo me voy a quedar en casa de mamá. En realidad ni siquiera miro lo que estoy echando a la bolsa, ni me importa. A fin de cuentas no me voy a Francia ni nada de eso.

Cuando al fin consigo meter a mi gato en el transportín, agarro la bolsa, y me dirijo hacia la puerta... y suelto un grito.

Mi suegra está parada en la entrada.

—Lo siento, cariño, no quería asustarte —me dice.

—No pasa nada —miento. Esa mujer parece un zorro—. ¿Cómo está Ethan?

—Un poco dolorido. Tiene pensado volver al trabajo mañana, aunque le he dicho que debería guardar cama y dejarme que le prepare unos *cavatelli* con salchichas.

No puedo evitar sonreír al imaginarme a Ethan guardando cama y su madre sirviéndole la comida y acariciando su maltrecha frente. La idea que tiene Marie del paraíso es la misma que tiene su hijo del infierno.

—Bueno, seguramente es buena señal que quiera volver al trabajo —observo.

—¿Estás loca? Debería quedarse en la cama una semana, por lo menos –protesta antes de quitarme un pelo del hombro–. Lucy, nena, nos dijo que habíais roto.

–Ya –mi garganta se cierra de golpe y dejo el transportín en el suelo. Mi gato pesa una tonelada.

–Gianni y yo... bueno, nosotros opinamos que seguramente ha sido una buena idea –continúa Marie con tacto–. Con lo que le pasó a Jimmy, y tu pasado y todo eso. Es tan complicado.

–Claro –yo asiento distraídamente y ella me sonríe con tristeza. Con tristeza, pero también con alivio.

Yo respiro hondo, consciente de que Ethan me mataría por lo que estoy a punto de decir.

–Marie, creo que, en ocasiones, Ethan se siente un poco... despreciado por Gianni y por ti. Me refiero a comparado con Jimmy.

Ella recula y una expresión indignada asoma a su rostro.

–Yo no quiero a uno de mis hijos más que al otro, Lucy –me asegura con firmeza.

–Lo sé, pero también sé que no aprobáis el trabajo que tiene, y...

–¿Cómo no lo vamos a aprobar? ¡Se gana muy bien la vida! ¡Es ejecutivo! Estamos muy orgullosos de él –Marie aparta la mirada en un gesto de silencioso reconocimiento de que su afirmación puede que no sea cierta al cien por cien.

–Pues asegúrate de que lo sepa. Eso es todo –insisto con tacto. Marie se encoge de hombros y asiente–. Tengo que irme. Dile a Ethan que me alegro de que esté mejor –beso a mi suegra en la mejilla, pero no me muevo–. Marie, ¿recuerdas a una chica llamada Doral-Anne que solía trabajar en el restaurante? El otro día jugó en el equipo de béisbol de Ethan.

Marie se pone visiblemente tensa.

–Esa. Claro que la recuerdo. Es la que nos robó. La

señorita Tatuajes. Le dije que tenía que taparse esas cosas. «Somos un restaurante familiar», le dije. «A nadie le interesa ver qué hiciste después de una buena juerga». No le gustó, pero...

–¿Sabías que estuvo saliendo una temporada con Jimmy? –le interrumpo.

Marie se queda helada y, una vez más, aparta la mirada.

–Sí, lo sabía. Y permíteme que te diga que nos alegramos muchísimo cuando apareciste, Lucy. Cierto que no eras italiana, pero al menos eras católica, y una buena chica, ¿sabes a qué me refiero? No una basura. Esa chica era una basura.

Yo me quedo mirando a mi suegra durante un segundo.

–Anoche, después de que atropellaran a Ethan, Doral-Anne se hizo cargo de Nicky. ¿Lo sabías?

Marie dibuja con la boca esa expresión de «¿y?», que los Mirabelli dominan tan bien, ese gesto un poco a la defensiva acompañado de la barbilla prominente y las cejas arqueadas.

–¿En qué sentido, «se hizo cargo de Nicky»?

–Parker corrió junto a Ethan para ayudarlo, y Nicky estaba solo en la acera, asustado y llorando, y ella lo tomó en brazos –sin duda lo tranquilizó. Y luego se dio la vuelta para que el niño no tuviera que ver a su padre, inconsciente en el asfalto.

Marie sigue sin parecer impresionada.

–Tengo que irme –repito.

Seguimos charlando mientras avanzamos por el pasillo. Gordo Mikey aúlla ante la humillación de ser transportado en una caja.

–Ven a cenar al restaurante uno de estos días, cielo –me dice mientras yo pulso el botón del ascensor–. Ya sabes lo mucho que le gusta a Gianni cocinar para ti.

—Lo haré —contesto con una sonrisa. Pero en cuanto la puerta del ascensor se cierra, mi sonrisa cae pesadamente.

La versión más rara y entumecida de mí misma sigue presente durante los siguientes días. Vuelvo a la pastelería, despierta mucho antes de que haya nadie, y realizo todos los pasos: peso la masa, doy forma a las hogazas, las dejo subir, todo a la perfección, con precisión robótica. En realidad, nunca he sido tan eficaz. El tercer día, mientras estoy lavando todo, llega Jorge y me echa una mirada muy significativa. Después de pasar dos noches en casa de mamá, he vuelto a mi apartamento, ya que no puedo esconderme eternamente. Corinne y Emma vinieron a visitarme. Ash también se dejó caer y jugamos una partida de Extreme Racing USA.

Todavía no he visto a Ethan. Marie me dijo que estaba en viaje de negocios. Su ausencia es como un boquete en mi corazón.

El viernes por la tarde me encuentro sola en la pastelería. Sin la perspectiva de la hora feliz, las Viudas Negras se marcharon a las tres de la tarde, y Jorge se ha ocupado de las entregas vespertinas. El frigorífico emite su zumbido. Los mostradores están vacíos, las tristes galletas de Rose vueltas a congelar a la espera de un día mejor. La cocina está limpia, aunque quizás encuentre algunas cosas que hacer. Limpiar la grasa de la freidora, por ejemplo.

—Qué vida más apasionante tienes, Lucy Lang —digo en voz alta, y mi voz resuena.

Salgo por la puerta delantera y me quedo apoyada contra la farola que hay en la zona de césped. Es otro bonito y soleado día de octubre, el cielo está de un intenso color azul, las últimas hojas cuelgan precarias de las hayas. Por encima del sonido del viento, y los sonidos de un lejano partido de fútbol, se oyen unos gansos de Canadá. Levantó la vista y, en efecto, una irregular formación en «V», sobrevuela el cementerio, los gansos graznando y charlando entre ellos mientras se dirigen hacia el sur para pasar allí el invierno. «Buena suerte», pienso. «Tened cuidado y que no os disparen. Y ojo con los aviones».

Un brillante destello de color aparece a la vuelta de la esquina. Falda amarilla, botas de invierno color naranja, abrigo morado, poncho naranja.

—¡Grinelda! —exclamo.

—Hola —ella se detiene bruscamente y se baja las gafas de sol de cristal azul, estilo Bono, para mirarme.

—Oye, ¿tienes un minuto? —le pregunto, pero ella no me contesta—. Te puedo pagar —añado.

—Claro —ahora sí contesta—. ¿Tienes galletas?

—Están todas en el congelador, pero entra, algo encontraremos.

Diez minutos después, Grinelda se está tomando un café con toneladas de azúcar, acompañado de un Ding Dong que encontré en mi bolso.

—Bueno —me dice, y un pegote de chocolate cae de su boca—. ¿Quieres que te haga una lectura?

—Sí, por favor —me lanzo tras titubear unos segundos.

—¿Te has vuelto creyente? —pregunta con la misma sonrisa que pone Gordo Mikey cuando acaba de linchar a un ratón.

—Bueno —murmuro—, me preguntaba si Jimmy tenía algo más para mí, aparte del consejo de la tostada.

Grinelda se mete lo que le queda del Ding Dong en la boca y sus mejillas se hinchan. Entonces traga como un cormorán intentando dar cuenta de un pez con muchas espinas.

—Veamos —dice. Cierra los ojos y suelta un murmullo gutural—. Uuuuum. Uuuuum— esto es nuevo. Deber haberlo visto en televisión–. Uuuuum. Sí. J. Es un hombre. Alto. Lleva una sartén en la mano. ¿Es Jimmy? ¡Sí! Es Jimmy.

–Hola, Jimmy –saludo mientras pongo los ojos en blanco.

–Uuuum. Uu… ¿Qué es eso? Está rodeado de comida. Tomates, ajos, pollo…

–De acuerdo, Grinelda, sabes de sobra que Jimmy era chef. No es ningún secreto…

–Silencio. Estoy recibiendo algo –abre un ojo a medias–. ¿Tienes otro de esos Ding Dong?

–¿Sabes qué, Grinelda? Da igual, déjalo. Yo solo…

–¡Calla! Muy bien. Me está enseñando algo. Pan. No, tostada. Dice… sí. Tostada.

–De acuerdo –murmuro, más decepcionada conmigo misma que con Grinelda–. Atenta a la tostada. Ya lo pillé, Jimmy. ¿Algo más?

–Me está mostrando otra cosa. ¿Una boda? Sí. Una boda. Matrimonio.

Bueno, por fin tenemos algo. Por supuesto, seguramente no tengamos nada, tratándose de Grinelda y todo eso, pero aun así. Estoy desesperada.

Y justo en ese momento suena mi móvil.

–El uso de móviles está fuertemente desaconsejado durante un intercambio con el más allá –me sermonea Grinelda.

Le quito el sonido al móvil y miro la pantalla. Es Matt DeSalvo.

Matt DeSalvo. El hombre del pan. El hombre capaz de hacer llegar mi pan a miles de personas. Mi madre y mis tías creen que Jimmy me está empujando hacia el hombre del pan. Y ahora aparece una boda. Y Matt acaba de llamar.

–Lo estoy perdiendo –dice Grinelda.

Y aunque han pasado casi seis años, y aunque no tengo mucha fe en los dones especiales de Grinelda, siento que se forma un nudo en mi garganta.

—Adiós, Jimmy —digo sin poder evitarlo. No serviría de nada. Nunca voy a dejar de echarlo de menos.

Esa misma noche, decido que no puedo seguir evitando a Ethan eternamente. Subo a su piso, con las manos vacías, nada de tarta, nada de flan, ni una galleta, y golpeo la puerta con fuerza con los nudillos. No recibo respuesta. Claro. Está en viaje de negocios. Yo había dado por hecho que ya habría vuelto...

Oigo el timbre del ascensor a mis espaldas, las puertas se abren y allí está, arrastrando la maleta. Sus cejas se elevan al verme.

—Hola —saludo. Mi estómago se encoge de los nervios.

—Hola —contesta él mientras saca las llaves—. ¿Cómo estás?

—¡Bien! —canturreo—. He subido a ver cómo te va —parezco una animadora infantil, toda superamigable, cursi y bobalicona—. ¿Te encuentras bien?

—Mucho mejor —miente. Distingo una sombra de moratón en su sien.

—¡Genial! —suelto un balido, al parecer incapaz de hablar en un tono normal—. Guachi —sí, he dicho guachi—, solo quería saludar. Oye, ¿es verdad que te vas al extranjero? Al departamento internacional, quería decir. ¿Con International Foods? —«cállate ya de una vez, Lucy».

—No estoy seguro —contesta, apoyado en el marco de la puerta.

—Estaba pensando comprarme una casa, ¿sabes? —le cuento—. Ya es hora de hacerse mayor y todo eso.

«No hace falta que te marches tú, Ethan, ya me marcho yo».

—Suena bien, Luce —y espera a que yo diga algo más.

–Sí, bueno, solo quería ver si estabas bien, Ethan –y es justo cuando pronuncio su nombre que mi voz se rompe. Me sonrojo violentamente.

–Gracias por venir a comprobarlo –me dice mientras mete la llave en la cerradura.

–Buenas noches –me despido–. Que tengas un buen fin de semana.

Con un tremendo dolor de cabeza, y la piedrecita de la garganta haciéndose más grande, me dirijo hacia las escaleras. El sonido de su puerta al cerrarse es un horrible final.

Capítulo 30

Una semana más tarde vuelvo a vestirme con ropa de verdad para reunirme con Matt DeSalvo y firmar los papeles. Mientras me cepillo el pelo, me digo a mí misma que he tomado una buena decisión. Salvaré la pastelería. Tendré una carrera y saldré en la revista de los alumnos de la escuela. Todo bien.

Al fin el precioso tiempo de octubre ha dado paso a la desapacible promesa de noviembre. Las horas de luz diurna son el presagio de la oscuridad, de los gélidos vientos que vienen del mar. La dorada luz de octubre es reemplazada por algo más duro y maligno. El cielo es una fina capa de color azul pálido, las ramas de los árboles, esqueletos recortados contra el cielo. Si a eso se añade el hecho de que mi padre murió en noviembre, este mes nunca estará entre mis favoritos. Halloween vino y se fue. Yo asistí al desfile en el colegio de Nicky, Ethan no estaba allí, y después tomé café con mi sobrino y con Parker. El sábado, Ash vino a mi casa y vimos la trilogía de Bourne mientras comíamos helado Ben & Jerry's. Hasta ahora no he tenido ganas de elaborar ningún postre.

Cuando entro en Bunny's, el capitán Bob está mirando a mi madre con disimulo, y Enid Crosby señala los panecillos duros.

—Ese, Rose. No, ese no. El siguiente. Sí, ese –cualquiera diría que estaba eligiendo el vestido para su boda–. He oído que vais a vender la pastelería –me dice.

—No, no es verdad –la corrijo delicadamente–. Nuestro pan va a ser distribuido por todo el estado, eso es todo. Bunny's seguirá siendo Bunny's –«por desgracia», suprimo un bostezo mientras contemplo la miserable oferta de bollería en el mostrador. Solo Dios sabe la de veces que ha entrado y salido del congelador. Algunos de esos bollos seguramente tienen más años que yo. La señora Crosby me entrega un billete de cinco y yo le doy el cambio.

—Buenos días, señoras –saluda Matt al entrar en la tienda–. Que gran día para NatureMade –sonríe resplandeciente y en su mejilla se forma un hoyuelo.

—Pasa a la trastienda –le indica mi madre pomposamente–. Tenemos champán.

—Son las once de la mañana, mamá –le señalo.

—¿Y? –ella me guiña un ojo.

—Fuera todo el mundo –ordena Iris con su voz atronadora–. Vuelvan más tarde. Tenemos un asunto de negocios que atender. Fuera –mi tía empuja a dos clientes hasta la calle y cuelga el cartel de *Cerrado*, y todos nos dirigimos a la cocina. Jorge también está allí, pero cuando nos ve se dirige hacia la salida de atrás.

—Jorge, compañero, por favor quédate –le pido–. Esto te afecta a ti también.

Matt deja el contrato sobre la encimera de madera. He leído ese condenado documento al menos cien veces, no hay ningún aspecto negativo. Sencillamente no lo hay.

—Necesito que firméis las cuatro, dado que todas sois propietarias del negocio –indica Matt–. Aquí –señala–, y aquí. Aquí las iniciales, y también aquí –saca un bolígrafo Cross del bolsillo de su traje–. ¿Iris, querrías firmar la primera? –eso ha sido un detalle dado que Iris es la mayor.

Mis tías y mi madre firman, Rose con una risita tonta, ya que no consigue encontrar todos los puntos sobre los que firmar si Matt no está de pie muy cerca de ella para irle indicando. Creo que le gusta. Matt parece leerme la mente y me guiña un ojo.

«Bajo Riesgo de Sufrir una Muerte Temprana». Matt parece sano. Cierto que tiene que viajar, pero casi siempre son viajes locales. Además, conduce un Volvo, y todos sabemos que los Volvo son prácticamente tanques con un menor consumo de combustible. «Fuerte Potencial para la Paternidad». Le gustan los niños. Al menos eso dijo. «Corazón Bondadoso». Al menos eso parece. «No demasiado Atractivo». Bueno, lo cierto es que Matt es bastante atractivo. No tanto como Jimmy, y le falta el travieso atractivo de Ethan (mi cerebro huye de ese pensamiento), pero de todos modos es atractivo. «Empleo Estable a Prueba de Crisis». Supongo. Lleva nueve años en la empresa. «Agradable con mi Familia». De acuerdo. «No excesivo sentido del humor». Otra vez de acuerdo.

—¿Lucy? Te toca —me dice mamá, arrancándome de mis pensamientos.

Levanto la mirada y me encuentro con todos los rostros mirándome expectantes. Miro hacia atrás, y allí está Jorge, que arquea una ceja.

—De acuerdo —tomo el bolígrafo y contemplo el contrato. Las tres socias mayoritarias de Bunny's han firmado con sus nombres completos y los títulos que se concedieron hace años: «Iris Black Sandor, CEO. Rose Black Thompson, Presidente. Daisy Black Lang, Directora General». Solo quedo yo.

Lucy Lang Mirabelli, Panadera.

La imagen de la repostería pasa por mi cabeza fugazmente, las tartaletas que me gustaría elaborar, las tartas, las pastas y los pasteles. Todos esos postres que he enseñado en clase, o que he preparado para Ethan durante todos estos años: *zabaglione*, pudín de pan de pasas, crema catalana. Y en su lugar estoy firmando pan. Hogazas y más hogazas, año tras año, de pan.

—Lo siento —balbuceo mientras suelto el bolígrafo—. Yo… yo no quiero hacerlo —la habitualmente risueña expresión de Matt se convierte en un ceño fruncido—. Se supone que soy chef repostera —miro a las Viudas Negras—. Quiero hacer algo más —me tiembla la voz—. Quiero ser la dueña de un café con los mejores pasteles, galletas y tartas de la región. No quiero que Starbucks me arruine el negocio, y no quiero hornear pan durante el resto de mi vida. Os dejaré todas mis recetas, pero… pero me marcho de aquí.

Después de media hora de ceños fruncidos, de releer el contrato y, por fin, decidir que se debe a su empresa, Matt DeSalvo se marcha, decepcionado e incluso un poco rencoroso.

—¡Bueno, ahí va nuestro futuro! —ruge Iris hacia la puerta que se cierra detrás de Matt.

—Os pasaré mis recetas —repito por quinta vez.

—¡Cállate! ¡No puedes irte! ¡Eso es ridículo! —me contesta.

Rose está sollozando sobre un pañuelo y mi madre me mira como si yo fuera un pelo que hubiera encontrado en la ensalada.

—Voy a dar un paseo —anuncio.

—¡Eso es! ¡Muy bien! ¡Lárgate! —dice Iris mientras agita las manos en el aire—. Menudo lío. No me lo puedo creer.

Agarro mi abrigo y me dirijo hacia la parte trasera. Alguien me da un toque en el hombro. Me doy la vuelta.

—Hola, Jorge —digo—. Lo siento —la idea de no trabajar con Jorge hace que se me forme un nudo en la garganta.

Él posa sus manos sobre mis hombros y me mira fijamente. Me mira de verdad. Tiene arruguitas alrededor de los ojos y la calva le brilla. Sus ojos son oscuros, casi negros. Los míos escuecen. Y entonces Jorge asiente una vez, lenta y solemnemente, y me aprieta los hombros.

Yo lo abrazo con fuerza, rodeándole con mis brazos.

—Gracias —susurro y salgo al frío exterior.

Veinte minutos después estoy en el parque infantil, sentada en un columpio, esos que tienen un asiento de goma que te aprieta a base de bien. He metido la pata hasta el fondo, como se suele decir. Ya no tengo trabajo. No pasaré el día rodeada de las Viudas Negras y, aunque me hayan vuelto loca todos estos años, las quiero con toda mi alma.

Y sin embargo sé que he tomado la decisión correcta. Ya no puedo seguir haciendo pan. No puedo.

Cuando mis manos están casi congeladas sobre la cadena de metal, las abro, me bajo y regreso, bordeando el cementerio, para afrontar las consecuencias.

Pero las consecuencias no son las que yo me había imaginado.

—Ven aquí, tú —me dice Iris, y me arrastra hasta la mesa—. Anda que no eres dramática, saliendo por la puerta con todos esos aspavientos.

—Yo no he hecho aspavientos —contesto.

—¡Tienes las manos heladas! —exclama Rose mientras me da unas palmaditas—. La semana pasada estábamos a veintiún grados. Esta semana ya es invierno.

—Lucy, respetamos por completo tu decisión de no volver a hacer pan —anuncia mamá formalmente.

—Aunque seas la mejor panadera de esta región —murmura Iris.

—Pero el tema es que no puedes abandonar Bunny's —continúa mamá.

—Por supuesto que no puedes —la secunda Rose.

—Bueno, es que yo... –intento explicarme.

—¡Cállate! Estamos hablando nosotras –me interrumpe Iris.

—Lucy, queremos llegar a un acuerdo –dice mamá.

Yo abro la boca, la cierro, y la vuelvo a abrir.

—Yo pensaba que en esta familia no hacíamos esas cosas –digo al fin.

—Qué fresca eres –mi madre pone los ojos en blanco–. Haremos un trato. Tú te quedas y enseñas a la nueva persona encargada del pan, le hemos preguntado a Jorge si le gustaría hacerlo él, pero ha dicho que no.

—¿Ahora Jorge habla? –pregunto mientras busco a mi alrededor. Ahí está, en un rincón, sonriendo y saludando con la mano. Como siempre.

—No, listilla –continúa mi madre–, pero se ha hecho entender de todos modos. Contrata a un panadero y ampliamos el negocio. Sabes que somos dueñas de Zippy's, el fracasado negocio de artículos de deporte contiguo a Bunny's, y, en diciembre, cuando termine el contrato, lo echaremos. Nos estará agradecido. Podrás poner ahí tu café.

—¿Lo decís en serio? –siento toda la carne de gallina y respiro entrecortadamente.

—Con esa fabulosa repostería tuya –Iris gruñe.

—Podrías vender chocolate caliente –sugiere Rose esperanzada–. Podríamos robarle la receta a Starbucks.

—No, no podemos –contesto yo–. ¿En serio? ¿Lo decís de verdad? ¿Haríais esto por mí?

—Eres socia de este negocio –dice mamá mientras mira fijamente a sus hermanas–. Ya es hora de cambiar.

Unas horas más tarde, tras haber perfilado un plan con las Viudas Negras, regreso a mi apartamento, llamo a Matt DeSalvo y vuelvo a disculparme.

—Lo siento mucho —le aseguro—. No intento volverte loco, te lo prometo.

—Ya lo sé —contesta él y hace una pausa de un minuto o dos—. De acuerdo, creo que podremos arreglarlo. Me alegro. Pareces realmente feliz con la decisión, Lucy.

—Gracias, Matt, lo estoy —le aseguro. Gordo Mikey empieza a afilarse las uñas en el respaldo del sofá, haciendo patente su descontento ante mi falta de atención hacia él. Le froto la nariz con el dedo índice y me perdona emitiendo su ronroneo ronco y asmático—. Espero no haberte fastidiado el día por completo —le digo a Matt.

—En absoluto. Eres un desafío, eso es todo —parece darse cuenta de lo poco halagador que suena eso—. Quiero decir que conseguir tu pan es un desafío. Aunque merece la pena.

Mis ojos encuentran la foto de boda colgada de la pared. Jimmy y yo reímos. Somos tan felices. Hace tanto tiempo.

—Matt —digo muy despacio—. ¿Te apetecería salir conmigo?

Capítulo 31

Unas cuantas noches después, Matt me recoge en Boatworks. Yo lo espero en el vestíbulo, atenta al sólido Volvo. Llueve a cántaros y el ruido que hace la lluvia al caer sobre el Herreshoff es atronador. Una noche estupenda para quedarse en casa viendo una película. Es lo que solía hacer con Ethan. Y hablando de Ethan, últimamente no lo he visto, al parecer vuelve a estar en viaje de negocios, pero no me importa. Esa parte de mi corazón parece haberse transformado en piedra, nada que ver con la herida abierta que tenía en el hospital.

Entonces veo el destello de los faros del coche de Matt cuando gira en la esquina, y corro afuera para entrar de un salto en su coche.

La cita es todo lo que esperaba que fuera. Muy agradable. Empezamos por ir a ver una película, una policíaca con muchas explosiones, como a mí me gusta. Después una cena más bien mediocre en una de esas cadenas de restaurantes italianos. Si mi suegro supiera dónde estoy cenando se moriría de un infarto fulminante. Yo pido lasaña, Matt unos espagueti con albóndigas.

–He de decir –observa Matt–, que me alegra enormemente que me pidieras salir –sonríe, y yo siento un pequeño tirón. No un tirón grande, no una oleada, pero sí algo.

Y eso es bueno. Porque si no quisiera sentir nada, me casaría con Charley Spirito.

—Yo también —contesto.

—¿Te resulta muy raro estar con alguien que se parece a tu marido? —me pregunta.

—No —contesto—. Quiero decir, al principio sí, claro, desde luego te pareces a él. Pero no te preocupes, os distingo.

«Él era el verdadero, tú la versión Jimmy Light».

—¿Cómo os conocisteis?

Yo titubeo.

—Lo siento —Matt se apresura a disculparse y cubre mi mano con la suya—. No es asunto mío.

—No pasa nada —contesto, recuperando mi mano y tomando un sorbo de agua—. Ethan nos presentó.

—Supongo que con él no funcionó —dice Matt con delicadeza.

Yo siento una punzada de dolor en el corazón.

—No, no funcionó.

—¿Está bien? —me refiero a después del accidente y todo eso.

—Está estupendamente —le aseguro después de tragar saliva dos veces—. ¿Y tú qué? ¿Alguna vez has estado casado?

Matt me habla de un breve matrimonio cuando tenía veintiséis años, y que terminó con un divorcio amistoso a los veintiocho. La conversación vira, inevitablemente, hacia los negocios.

—¿Has contratado a alguien para que se ocupe del pan? —me pregunta.

—Todavía no —reconozco—. Esta mañana he publicado un anuncio en *Craigslist*, el periódico.

—Estupendo —contesta él—. Queremos ponernos manos a la obra.

—Debería irme a casa —le digo mientras reprimo un

bostezo–. En cuanto me quiera dar cuenta ya son las cuatro de la mañana.

Matt paga la cena y volvemos a casa en su coche, bajo la lluvia. No hablamos demasiado.

Sin poder evitarlo, contemplo de reojo su perfil unas cuantas veces. La verdad es que se parece mucho a Jimmy, aunque el sobresalto inicial ya se ha pasado. Se ha mostrado muy comprensivo con el tema del pan, y decido que me he encariñado con él. Y no os equivoquéis, «encariñado», está muy infravalorado. «Encariñado», puede durar toda la vida. «Encariñado», no deja cicatrices.

Mi corazón se encoge un poco, durante un segundo, y esa maravillosa pátina de entumecimiento que me ha estado protegiendo durante estas últimas semanas, desaparece, y echo tanto de menos a Ethan que apenas puedo respirar.

«No puedes tenerlo todo». Me lo dijo el propio Ethan. Y tenía razón. Verme pasar página con otro le va a doler, pero también le estaba haciendo daño cuando estábamos juntos. Y no puedo estar con Ethan. Se merece a alguien capaz de amarlo con todo el corazón, y, mierda, esa no soy yo. Ya me rompieron el corazón una vez… No, me lo destrozaron. Lo destruyeron. Lo trituraron hasta que no quedó más que una pulpa sanguinolenta sobre la acera. Y dolió tanto que aún no entiendo cómo logré no morir. Pero sí sé que no puedo volver a pasar por ello.

Recordándome a mí misma que debo respirar, abro los puños y miro al frente a través del parabrisas sobre el que cae la lluvia sin parar.

Matt detiene el coche frente a Boatworks.

–Permíteme acompañarte hasta la puerta –me pide y yo lo miro.

Matt me tomará o me dejará. No me conocía antes de la muerte de Jimmy. No sabrá qué se está perdiendo. No querrá más.

—Claro —contesto.

La lluvia cae a rachas, y corremos hacia el refugio del portal, el viejo Herreshoff, que nos cobija del mal tiempo. Me muero de ganas de subir a mi casa, a salvo. Sola.

—Me lo he pasado muy bien —me asegura Matt.

—Yo también —le digo. Y no es mentira del todo—. Gracias por una encantadora velada.

—No hay de qué —él sonríe—. Espero que volvamos a vernos.

Yo titubeo. Me recuerdo a mí misma que hace un par de meses tenía un plan para el resto de mi vida, y que no parecía un mal plan. «Encontrar un marido al que no quieras demasiado. Tener un bebé». Además, puede que Ethan supere lo nuestro antes si me ve saliendo con otro. Si ve que no existe ninguna posibilidad real para nosotros.

—Me encantaría —le contesto y, sin más, me besa.

No está mal. Un beso delicado, casi respetuoso. Sus labios son suaves y frescos. Agradables. Y entonces me atrae hacia sí y me besa con mayor intensidad, lo cual tampoco está mal, porque ahora sé que se siente atraído hacia mí y no está siendo únicamente amable. No es la sacudida al rojo vivo que estoy acostumbrada a sentir con Ethan, ni la enternecedora dulzura de Jimmy, pero tampoco está desprovista de encanto. Se me ocurre que mi cerebro ha permanecido activo durante todo el beso, y que quizás sea capaz de apagar mi panel interno de analista de la CNN y limitarme a disfrutar. Pero para entonces, Matt ya ha terminado.

—Te llamaré —me asegura con una de esas sonrisas estilo Jimmy—. ¿Estás libre el viernes?

—El viernes, perfecto —contesto automáticamente.

—Estupendo —Matt se vuelve, se protege los ojos con una mano y corre bajo la lluvia de regreso al coche. A lo lejos se oye el sonido de los truenos.

—Adiós —le digo mientras lo veo arrancar, y me vuelvo para entrar en el portal.

Y casi me muero del susto.

Ethan está allí de pie, a menos de seis metros, al parecer camino del aparcamiento. Incluso desde aquí veo el fuego que emana de su mirada. Trago nerviosamente mientras él empieza a caminar hacia mí, sus movimientos algo depredadores. Se para a treinta centímetros de mí, ignorando la lluvia que chorrea por su cuerpo. Su mirada me quema los ojos, y me quedo sin aliento.

—No lo besas como me besas a mí —observa en voz baja.

—Pensaba que te habías marchado —mi voz se parece mucho al croar de una rana y mi corazón está dando saltitos en la garganta.

—¿Estás saliendo con él, Lucy? —me pregunta, ignorando mi comentario.

—Bueno, esta ha sido la primera vez —vuelvo a tragar nerviosamente—, pero sí.

—¿Por qué? —el músculo debajo del ojo de Ethan se contrae.

—Es... muy agradable.

—Es el jodido gemelo de mi hermano.

Yo me muerdo el labio y no contesto.

Ethan me agarra por los hombros. Con fuerza. La mandíbula encajada, las pupilas dilatadas.

—No puedo perderte otra vez por Jimmy.

—Yo... ¿qué? —mi garganta se cierra de golpe.

—Deja de buscar a Jimmy y mírame de verdad —continúa él—. Mírame, Lucy.

—Ethan, lo intenté contigo. Lo hice, pero no puedo...

—Sí que puedes, ¡joder! Esta vez, elígeme a mí, Lucy, y deja de perseguir al fantasma de Jimmy —me da una pequeña sacudida.

—No estoy persiguiendo su fantasma —mis pulmones se quedan sin aire y las lágrimas arden en mis ojos.

—Yo también lo quería. Yo también lo echo de menos. Pero él no era perfecto, Lucy, y tienes que...

—¡Pues para mí sí era perfecto! —exclamo con la voz rota—. Y tú lo sabías muy bien o, de lo contrario, no nos habrías arreglado una cita.

Ethan me suelta y me mira, casi con tristeza.

—Lucy —dice con calma—, ¿cuántos estudiantes de segundo año conoces que le organicen una cita a sus hermanos mayores con las chicas guapas de la facultad?

Mis rodillas flaquean peligrosamente, cargadas de adrenalina. No puedo mirar a Ethan. Si pudiera hacer que saliera tan solo una palabra de mi agarrotada garganta, le pediría que parara.

—Yo no pensé que fueras perfecta para él, Lucy. Pensé que eras perfecta para mí —Ethan hace una pausa—. Y él lo sabía.

—¿Sabía el qué? —consigo preguntar en un ronco susurro.

—Sabía que yo estaba loco por ti. Yo no hacía más que hablar de ti. Le dije que iba a traer a una chica de la facultad a casa, alguien especial, y...

—¡Cállate! ¡Cállate, Ethan! —mis manos vuelan hacia arriba para impedirle seguir hablando—. ¡Jimmy no haría algo así! Él no... lo intentaría conmigo de saber que tú...

—Lo hizo.

—No —Dios, creo que voy a vomitar esa mediocre lasaña. El trueno vuelve a retumbar, más alto esta vez, y el viento lanza la fría lluvia contra mi ardiente cara.

—Te amo, Lucy —me dice Ethan con calma—. Siempre te he amado.

No, no, no. Mil recuerdos me apuñalan el cerebro. La vuelta a Providence después de mi primera visita a Gianni's. Cómo le di las gracias a Ethan por presentarme a Jimmy. Todas esas cenas familiares antes de que Jimmy y yo nos casáramos, Jimmy y yo tomados de la mano, Ethan, solo, al otro lado de la mesa. La despedida de soltero, cuando Ethan llevó a Jimmy hasta mi casa porque a mi prometido le había entrado la urgente necesidad de cantarme una serenata desde el jardín a las tres de la mañana. ¡La boda! Por Dios, Ethan fue el padrino, bailó conmigo en el banquete, y yo nunca, nunca… ¿Y Jimmy lo sabía?

–No puede ser verdad –susurro mientras las lágrimas ruedan por mis mejillas–. Jimmy te quería, nunca te habría hecho daño, Ethan.

–Lucy…

–¡No, Ethan! No puedo… no puedo replanteármelo todo, solo porque tú… no es verdad. No puede serlo. ¡Jimmy no era de esos! –un sollozo escapa de mi interior–. No mancilles mis recuerdos, Ethan. No te atrevas. Es lo único que me queda.

Ethan aparta bruscamente la mirada y yo lo miro fijamente mientras unas desafiantes lágrimas se mezclan en mi rostro con la fría lluvia. Tiene la mandíbula encajada, los hombros cuadrados. Durante un segundo cierra los ojos, y cuando vuelve a mirarme, su expresión es cuidadosamente vacía.

–Es lo único que me queda –repito en voz alta.

Ethan vuelve a mirarme durante unos segundos más, e inclina la cabeza.

–Será mejor que entres antes de agarrar una pulmonía.

–¡A la mierda! –contesto tan bruscamente que me sobresalto yo misma–. Me voy a dar un paseo.

Y sin más corro al otro lado de la calle, hacia el parque Ellington. Sin mirar atrás.

Capítulo 32

«Todo va a salir bien... Todo va a salir bien... Todo va a salir bien...».

«Solo porque lo haya dicho Ethan no tiene por qué ser verdad», me digo a mí misma mientras avanzo por el camino de grava. Ya estoy empapada, apenas consciente de los charcos en los que me hundo. «Está enfadado porque estoy pasando página». Tengo que pasar página. La imagen de Ethan lanzado por los aires, tan condenadamente frágil...

La asquerosa lasaña reanuda su camino ascendente y apenas consigo apartarme del camino antes de vomitar violentamente sobre los arbustos. Temblando, me tambaleo hasta el banco más cercano. Y solo entonces me doy cuenta de lo cerca que estoy del cementerio. Un relámpago ilumina fugazmente la noche, haciendo que el camino de asfalto parezca una herida abierta entre las lápidas de granito.

Ahí dentro, en alguna parte, está Jimmy. Ahí está la tumba de mi marido. Su cuerpo, ese cuerpo grande y hermoso que yo amaba tanto, está ahí dentro. Cierro los ojos, echo la cabeza hacia atrás y dejo que la lluvia me ametralle la cara. ¿Cuántas lágrimas he vertido ya por Jimmy? Tantas que solía despertarme por las mañanas con manchas de sal en la almohada. Tantas que tuve la piel bajo los ojos en carne viva durante casi todo un año. Tantas que mi madre me regaló su crema ultra-cara porque parecía mayor que ella.

Estoy segura de que Jimmy amaba a Ethan. No habría mostrado su interés por mí de haberlo sabido. Ethan quizás estuviera encaprichado de mí. Nada más. Jimmy jamás le haría daño. Apostaría mi vida. Le pidió a Ethan que fuera su padrino, por el amor de Dios. Un pensamiento a medio formar cruza por mi mente. Algo... pero enseguida desaparece, como un pez en un río de aguas bravas. Da igual. Jimmy quería a su hermano pequeño. Todo el mundo lo sabía. Solía rodearle los hombros con un brazo y revolverle los cabellos. «Hola, pequeño E.», le decía antes de besarle la cabeza.

Y por primera vez se me ocurre que Ethan debía odiar ese apodo.

Estoy tan cansada... Llevo cinco años y medio sin dormir una noche entera. Bueno, una sí, ahora que lo pienso. Fue la noche que Ethan se quedó conmigo después de que volviera del hospital.

Algo ardiente y afilado surge en mi pecho, y yo lo aparto. Es demasiado duro. El amor es jodidamente duro. Cuando amas a alguien, ese alguien tiene el poder de destrozarte la vida. Jimmy se lo llevó todo aquella noche, todo ese futuro maravilloso, seguro, normal, que íbamos a tener, la persona que yo solía ser. No puedo permitir que unos chismorreos contados por Ethan, o, para el caso, por Doral-Anne, borren al Jimmy que llevo en mi corazón.

–Todo va a salir bien... todo va a salir bien. Todo va a salir bien. Todo va a salir bien –«vamos, San Marley, ayúdame», pienso, mi voz rota al cantar. No me imagino a Iris o a Rose aprobando que yo rece a un cantante de reggae, pero, seamos sinceros, siempre me he hecho un lío con el rosario. Una carcajada casi histérica surge de mi garganta. Estoy cantando en medio de una tormenta cerca del cementerio. La viuda de Jimmy al fin se ha vuelto loca.

Me levanto del banco y me arrastro de vuelta a Boatworks. Mi nariz moquea, mis pies están helados, y no quiero ni imaginarme el aspecto que debo tener, con el pelo empapado, el rímel corrido, sin duda, debajo de los ojos. En otras palabras, lo más seguro es que mi aspecto se corresponda con cómo me siento.

Consigo llegar a mi apartamento y, ¿a que no sabéis qué? Gordo Mikey por fin consigue ponerme la zancadilla y que me caiga, golpeándome la rodilla sobre la dura esquina de la mesa.

—Gracias, Mikey —le digo justo antes de que otra peligrosa carcajada se forme en mi pecho—. El perfecto colofón para una noche perfecta.

Una moneda de diez céntimos me lanza un destello desde la alfombra debajo de la mesa.

Sin pensármelo dos veces, la recojo y la arrojo al otro extremo de la habitación.

—¿Alguna vez descubristeis algo sobre vuestros maridos después de que hubieran muerto? ¿Algo que os sorprendiera?

Mis tías me miran perplejas. Mamá levanta la mirada del crucigrama y luego la baja para rellenar otra casilla. Son las diez de la mañana, y no he dormido en... pues unas veintiocho horas. Quedan once minutos y medio para que esté lista la última hornada de pan y tengo la intención de aprovecharlos.

—¿Y bien? —insisto.

—¿Qué mosca te ha picado? —pregunta Iris antes de devolver su atención al rollo de masa que está sacando del paquete.

—Acabo de descubrir un par de cosas sobre Jimmy —les explico, mi voz exageradamente alta, y las Viudas Negras se miran las unas a las otras, confirmando mi sospecha de que no me estoy comportando con normalidad.

—¿Qué clase de cosas? —pregunta mamá.

—Da igual —contesto mientras sacudo la cabeza—. ¿Os pasó o no?

—Bueno, un mes después de la muerte de Larry descubrí que tenía una cuenta bancaria secreta —admite Rose lentamente—. Había catorce mil dólares en ella. Estaba únicamente a nombre suyo —mira a sus hermanas, que la contemplan boquiabiertas, con gesto avergonzado—. Nunca supe qué tenía pensado hacer con ese dinero. ¿Abandonarme? ¿Comprar el silencio de algún hijo ilegítimo? ¿Sobornar a algún juez? Nunca lo descubrí.

—¿Has estado viendo Los Soprano? —pregunta mamá secamente.

—¿Qué hiciste con el dinero? —pregunta Iris.

—Lo invertí en bolsa —contesta Rose con su voz cantarina—. Stevie no tendrá que trabajar en su vida, si no quiere.

—Eso ha sido muy profético por tu parte, Rose —mi madre disimula una sonrisa—. Cinco vertical. Nueve letras. «Poseer clarividencia».

—¿Y tú qué? —le pregunto a Iris.

Ella ladea la cabeza y contempla el mezclador Hobart pensativamente.

—Bueno, claro, todo el mundo tiene algún secreto, ¿no? —devuelve su atención a la masa dulce que maneja con manos rápidas y expertas—. Pete tenía esa habitación en el sótano, ¿os acordáis? Para las herramientas —mamá y Rose asienten y yo creo recordarla también. Una habitación siempre ordenada, con una mesa llena de aceite y herramientas colgando de ganchos en un tablero de la pared–. Pues un día, después de su muerte, decido echarle un vistazo y encuentro una caja cerrada con llave.

–¿Qué había dentro? –pregunta Rose.

–Poco a poco –gruñe Iris mirando furiosa a su hermana–. Y me digo a mí misma «¿para qué iba a cerrar Pete algo con llave?». Puede que sea inflamable, no sé. Quizás algún producto químico de los que utilizaba para decapar muebles. Y se me ocurre que lo mejor será que la abra.

La bandeja está llena de pastas vacías, y Rose se dirige a por el bote del relleno de chocolate. Iris saca el cucharón y, con la destreza adquirida tras décadas de repetición, llena cada pasta con chocolate mientras sigue con su relato.

–Por fin encuentro la llave pegada al fondo de un cajón. Lucy, cielo, guarda eso y, Rose, ¿me pasas la frambuesa?

Rose y yo nos apresuramos a cumplir sus órdenes. Iris se pone manos a la obra con otra bandeja de pastas.

–Así que abro la caja. ¿Adivináis lo que había dentro?

–Un cráneo humano –sugiere mamá, y yo me pregunto qué clase de secretos tendrá ella.

–Un cráneo no. Unos cien ejemplares de la revista *Penthouse* –Iris bufa y estampa los puños contra las caderas–. Compraba porno.

–¡Porno! –cloquean mamá y Rose al unísono.

–Eso es. Tenía un apartado de correos particular en Kingstown, ¿os lo podéis creer?, para que yo no supiera nada sobre sus revistas guarras.

–¿Y cómo te hizo sentir? –pregunto mientras me froto los ojos, que me escuecen un montón.

–Pues como una mierda, por supuesto. No solo por las fotos de desnudos, sino por el secretismo. Pasaba horas y horas en el sótano, y yo pensando que estaba arreglando algo, cuando a saber qué estaría haciendo –mi tía se interrumpe–. Aunque lo cierto es que luego subía muy… cariñoso.

–Apuesto a que sí –murmura mamá que sigue rellenando casillas.

–Siempre habláis de ellos como si hubieran sido perfectos –observo. La piedrecita cada vez está más grande.

–Bueno, ¿y qué quieres que hagamos? ¿Escupir sobre sus tumbas? –Iris suelta un bufido antes de darme una palmadita en el hombro–. O sea, que has descubierto algo sobre Jimmy. ¿Y qué? Eso no significa que no te amara.

–Claro que no –interviene Rose mientras me da un abrazo.

–¿Y tú qué, mamá? –pregunto a mi madre–. ¿Alguna vez descubriste algo sobre papá?

Mamá ni siquiera levanta la mirada del crucigrama.

–No, cielo. Tu padre era prácticamente perfecto.

Me pregunto si será verdad. Por otra parte, yo solo compartí ocho años con él y, si mamá me está ocultando algo, es un detalle por su parte mantener viva la devoción de una niña pequeña.

–¿Qué descubriste, Lucy? –pregunta Rose.

–Una tontería –miento.

Aunque quizás lo fuera. Quizás Jimmy punteó ligeramente a Ethan, pero Ethan y yo no estábamos saliendo juntos, solo éramos amigos. Eso de que se enamoró de mí en cuanto me vio… no sé. Nunca se comportó como si fuera así. Ni antes de que yo conociera a Jimmy, ni después. De hecho no podría haberse mostrado más entusiasmado con nuestra boda. Y cuando Jimmy murió… no. No quiero volver a rememorar todos los años desde que conozco a Ethan y reinterpretarlo todo. Él nunca se comportó como un hombre enamorado, bueno, quizás un poco, últimamente. Pero nunca me dijo nada. Siempre se ha comportado como un amigo, como mi mejor amigo. Claro que me quiere, pero, ¿enamorado desde hace años? No.

Ya han pasado los once minutos y medio, y yo saco las bandejas del horno. Abajo las hogazas de masa madre, arriba el pan italiano, y las saco de las bandejas para que se enfríen. Siguiendo un súbito impulso, meto una hogaza de masa madre en una bolsa de papel y la sujeto bajo el brazo. Su calor me resulta tan reconfortante como un cachorrito.

—Volveré en media hora —anuncio.

—Hasta luego —me despiden las Viudas Negras a coro. Al salir por la puerta trasera, les echo un último vistazo. Iris, robusta y ancha, Rose, más pequeña y regordeta, mi madre, elegante y digna. Rose dice algo que no acierto a oír, y las otras dos se echan a reír.

Las Viudas Negras son felices. La vida las golpeó con fuerza, pero lo superaron. Sus corazones fueron desgarrados por el rallador de queso de la vida, igual que el mío, y miradlas ahora. Riendo, felices, viendo Showtime y discutiendo todo el tiempo. Yo también puedo hacer eso. Ser feliz, me refiero.

El olor a café es intenso y rico en el Starbucks. Unas cuantas madres están sentadas a una mesa con sus bebés en brazos, los cochecitos apoyados contra una pared. De los altavoces salen las tristes voces de Sting y Sheryl Crow interpretando un agridulce dúo.

Perry Wheatley está atendiendo tras el mostrador, limpiando la máquina de capuchinos. Yo solía ser su canguro cuando estudiaba en el instituto. Sus padres siempre me dejaban unos *brownies* y un video. Vivían en una encantadora casa sobre el agua y yo solía fingir que era mía, que yo era una famosa chef repostera, que había salido en la portada de *Bon Appetit*...

—¡Hola, Lucy! ¿Qué quieres tomar? —pregunta Perry, su rostro iluminándose al verme.

—Hola, cariño —contesto con una sonrisa—. ¿Cómo estás?

—¡Genial! —exclama. Y, desde luego, parece estarlo.

Era una cría muy mona, convertida ahora en una mujer hermosa de largos cabellos, fina cintura, la sedosa piel de los elegidos. Recuerdo cuando jugábamos a Aventuras en la isla del oso, un juego que yo me había inventado y que incluía paseos sobre los hombros y alegres gritos. Cómo pasa el tiempo.

–¿Está Doral-Anne? –pregunto.

La sonrisa se borra del rostro de la joven, que hace una mueca exagerada.

–Eh, pues sí. Espera –se dirige al almacén, dice algo y corre de vuelta–. Enseguida sale, Lucy.

–Gracias, guapa –le digo y ella me sonríe con dulzura. Mi corazón se encoge.

Y entonces aparece Doral-Anne. Al verme, su expresión «Starbucks es lo mejor que le ha podido pasar al planeta Tierra», desaparece.

–¿Cómo está Ethan? –pregunta y, debo admitir, que no es lo que me había esperado. Quizás un «que te jodan», o «largo de aquí», pero, desde luego, algo amable no.

–Está bien, Doral-Anne –contesto–. ¿Tienes un segundo?

Ella mira a Perry con el ceño fruncido. Es evidente que la chica está atenta a la conversación.

–¿Para qué?

–Me gustaría hablar contigo.

Con un gruñido de fastidio, acompañado de los correspondientes ojos en blanco, Doral-Anne señala hacia el almacén.

–De acuerdo. Acompáñame.

A mi cabeza acuden imágenes del quinto curso. Doral-Anne poniéndome la zancadilla al menos una vez en cada recreo, haciendo que mis rodillas estuvieran constantemente cubiertas de costras. De todos modos la sigo hacia la parte de atrás. Pasamos por delante de los sacos de café y montañas de tazas, y salimos al aparcamiento.

—¿Qué quieres? —me pregunta recuperando su habitual expresión de desdén.

—Solo quería darte las gracias por cuidar de Nicky Mirabelli cuando atropellaron a Ethan —le digo—. Fue un bonito gesto por tu parte.

Sorprendida, Doral-Anne echa bruscamente la cabeza hacia atrás.

—Fuiste de mucha más ayuda que yo —reconozco—. Yo me quedé ahí plantada como un helecho. Hasta que me desmayé, claro está.

—Y empezaste a gritar —añade ella, al parecer incapaz de resistirse a soltar la puya.

—Sip —siento cómo mi rostro se ruboriza.

Doral-Anne me mira prolongadamente.

—¿Algo más?

Respiro hondo y la miro con calma.

—También quería pedirte perdón por abofetearte. No fue muy maduro por mi parte. Te pido disculpas.

—Sí, bueno —ella baja la vista—, tenías un buen motivo —me mira desde el otro lado de su flequillo excesivamente largo—. Supongo que te volviste loca al saber lo mío con Jimmy, ¿eh?

—Pues sí —reconozco.

Doral-Anne se pellizca el interior del carrillo izquierdo y hace un ruido de succión.

—Bueno, pues gracias por pasarte. Me estaba preguntando cómo andaría Ethan. Me alegra que esté bien.

De repente recuerdo la bolsa que sigue debajo de mi brazo.

—Toma. Una ofrenda de paz —le doy el pan.

Y súbitamente se me ocurre una idea, tan descabellada y mala que no me lo puedo creer. Como tampoco me pudo creer las palabras que salen de mi boca:

—Doral-Anne, Bunny's está buscando un panadero para que me sustituya en la elaboración del pan. Ethan mencionó que Starbucks podría cerrar. Sea cierto o no, Bunny's va a ampliar el negocio, incluyendo café y pasteles y todo eso. Pero también vamos a vender nuestro pan a NatureWorks. Hay que madrugar mucho, pero tendrías más tiempo para estar con tus hijos después del colegio.

Ella me mira boquiabierta y, con una mano, se aparta el flequillo del rostro.

–Lang, ¿me estás ofreciendo un trabajo?

–Supongo que sí. Si te interesa, dame un toque. O pásate por Bunny's. Cuanto antes puedas empezar, mejor.

Capítulo 33

El viernes por la noche estoy en la cocina, delante del armario, consciente de que debo preparar algo para cenar, cuando suena el teléfono.

—Cariño, soy Marie —saluda mi suegra.

—¡Hola! —exclamo—. ¿Cómo estás?

—Bien, cielo, esta noche celebramos una pequeña fiesta. En el restaurante, y, por supuesto, queremos que vengas.

Yo abro la boca para responder, pero ella sigue hablando.

—Es que hoy es nuestro aniversario. Cuarenta años y no nos hemos matado, eso merece ser celebrado, ¿no te parece? Así que Gianni va y me dice: «Llama a los chicos, vamos a hacer una fiesta. Llama a todos». Y llevo todo el día al teléfono, y tu madre y tus tías van a venir, y esa agradable hermana tuya también. Y Ethan, por supuesto, estaría bien verlo antes de que empiece a recorrer el mundo. Y Parker y Nicky estarán allí. Cuantos más, mayor será la alegría. Intenté llamarte antes, pero no estabas y las máquinas... a saber si recibes el mensaje o no, de modo que...

—Marie —consigo interrumpir—. Lo siento mucho. Me encantaría asistir, pero yo... esta noche no puedo —no quiero ver a Ethan, y Dios sabe que seguramente él tampoco me quiere ver a mí.

—¡Oh, cielo! —Marie se queda callada un par de segundos—. Cuánto lo siento. Debería haber pensado... por supuesto que no quieres venir a la fiesta. Qué insensible soy.

—No, no —le digo, sintiéndome culpable y acalorada—. Es que ya tengo planes.

Sin hacerme caso, Marie continúa, su voz adquiriendo el tono de drama.

—Voy y le pido a la viuda de mi hijo que acuda a la celebración de un aniversario de boda. ¡Qué estúpida! ¡Cómo me odio a mí misma!

—¡Marie, por favor! En serio, iría gustosamente, pero... tengo planes —«y, por cierto, no era tu hijo mayor en el que estaba pensando».

—¿Estás... saliendo con alguien? —pregunta mi suegra con una nota sospechosamente esperanzada en su voz.

—Bueno, puede ser —yo respiro hondo—. Es un poco pronto —las uñas de mi mano se clavan en la palma de la otra—. ¿Recuerdas a ese hombre que se parecía tanto a Jimmy? ¿El que trabaja para la cadena alimenticia?

—¿Ese? Oh, parecía muy agradable, cielo. Y sí que se parece un poquito a Jimmy. ¡Pensé que estaba sufriendo una alucinación! —Marie hace una pausa y se oye un ligero sollozo al otro lado de la línea—. Me gustó verlo. Ya sé que no es Jimmy, pero me gustó de todos modos.

—Ya sé a qué te refieres —trago nerviosamente.

Cinco minutos más tarde consigo, por fin, dar por terminada la conversación y colgar delicadamente. Ahí está la piedrecita. Intento relajar los músculos de mi garganta, dejar que cuelgue la mandíbula y sacar la lengua. No sirve de nada.

De modo que es cierto, Ethan va a aceptar ese otro puesto. Bien. Eso es bueno. Encierro la parte de mi alma que quiere gritar su protesta. «No puedes tenerlo todo. Déjale marchar, Lucy».

Suspiro y saco del armario un bote de salsa para espagueti, comprada. Esta noche será mi segunda cita con Jimmy Light, debería dejar de usar ese apodo, y aunque fui yo la que sugirió cenar en casa, ahora lo lamento. Invitar a un hombre a tu casa... esa clase de citas encierra cierta expectativa, una expectativa que yo no tengo ninguna intención de alimentar. Pero la idea de ir a un restaurante me resultó un poco... cansina. Matt me invitó a su casa, pero yo preferí permanecer en mi terreno y le di la vuelta a la invitación. Me siento capaz de manejar a Matt, y relacionarme con alguien que me ayudará a superar a Ethan. De nuevo mi corazón protesta, y de nuevo lo acallo. No puedo tenerlo todo.

Y aquí estoy, vestida con mis pantalones de yoga y una sudadera, sin emplear ninguna de mis habilidades. «Deja de comportarte de un modo tan patético», me recrimino a mi perezoso ser. «Matt es muy agradable. Y es justo lo que buscabas». Y así, obediente hasta la médula, cumplo mis propias órdenes, vacío el bote de salsa en una sartén y saco del congelador unas empanadillas de pollo. No he hecho un gran esfuerzo, pero... Matt me llevó a un restaurante perteneciente a una cadena. No es un auténtico italiano. No como los Mirabelli.

Una hora más tarde estoy duchada, cambiada y espero. Cuando suena el golpe de nudillos en la puerta, respiro hondo y abro.

—Hola —saluda Jimmy Li..., Matt. En sus manos lleva un ramo de flores y una botella de vino.

—Hola —contesto y, para demostrar que soy completamente normal, me pongo de puntillas y lo beso en la mejilla—. Bonitas flores.

—¡Qué sitio tan bonito! —exclama él al entrar—. ¡Vaya! ¿Llevas mucho tiempo viviendo aquí?

Y de repente se me ocurre que a Matt, o a cualquier otro tipo que conozca de cero, se lo voy a tener que contar todo. Cada herida, cada bache.

–Unos cinco años. Me mudé justo después de que Jimmy muriera –le cuento–. Mi cuñado me lo encontró y, bueno, ¿te apetece un poco de vino?

Me dirijo a la cocina sin esperar respuesta.

–Claro –contesta–. ¿Lucy?

Me doy media vuelta y lo miro.

–¿Sí?

–Opino que eres muy valiente –Matt sonríe.

–Gracias –yo reprimo un suspiro. Menuda valiente soy.

Descorcho la botella y me imagino con Matt DeSalvo. A lo mejor no viviríamos en Mackerly, pero sí en algún sitio cerca de aquí. Es educado y encantador, incluso podría llegar a amarlo de una manera agradable, como en un matrimonio organizado. Tomo un sorbo de vino para intentar aflojar la tensión en mi garganta, y le hablo de mi hermana y de Emma, incluso le muestro un par de fotos.

–Escucha, Matt –le digo delicadamente mientras vuelvo a pegar la foto de Emma en la puerta del frigorífico–. Esto, sobre la cita. No quería que pensaras que, bueno, es que como te he invitado a mi casa, puede que pensaras... –hago una mueca y espero que mi rostro refleje algo así como, «de ninguna manera voy a acostarme contigo».

–¡Oh, no! Tranquila –me dice Matt–. Así está bien. Tomarse las cosas con calma. Claro, Lucy, estoy en tu misma onda.

Siempre he odiado esa expresión.

Sirvo la cena (con servilletas de tela y todo. Me estoy esforzando de verdad).

–¿Qué tal está? –pregunto tras tragarme unos cuantos bocados de esta extraordinaria cena.

—Excelente —Matt sonríe—. Eres una magnífica cocinera.
—Gracias —contesto.
Después de cenar, Matt me ayuda a recoger la mesa.
—¿Postre? —le propongo tras mirar en la nevera.

Hay tartaletas de pera con nuez moscada recién molida y ralladura de limón, reducción de whisky con confitura de arándanos y jengibre en el centro, bonitas como piedras preciosas. Anoche fue nuestra última clase de repostería. No es que las haya preparado para Matt, es que estaban ahí.

—¿Quizás dentro de un rato? —sugiere Matt mientras se da unos golpecitos en el estómago—. Estoy un poco lleno. Ya no puedo comer como antes.

—De acuerdo —asiento y cierro la nevera—. Bueno, pues vamos al salón. Siéntate.

Matt lleva nuestras copas de vino y me entrega la mía, que vacío de un trago, y se acerca al televisor para repasar mi colección de películas. La trilogía de Bourne. *Duro de matar. La caza del octubre rojo. Red de mentiras.*

—Te gustan las películas de tíos —observa él, al parecer gratamente sorprendido.

—Sí, es verdad —yo asiento.

Y entonces deja su copa y contempla otra carcasa.

—¿Tu boda? —pregunta con la carcasa en la mano.

—Sí —yo doy un brinco. ¡Por Dios! ¿No la había guardado?

Debe resultar pelín desalentador salir con una mujer que ha estado viendo recientemente la película de su boda...

—Diecisiete de mayo —Matt la contempla cuidadosamente—. Lucy y Jimmy —se vuelve hacia mí—. ¿Podemos verla? Me encantaría ver cómo era.

—Eh... —yo lo miro boquiabierta.

—Ya sabes, si vamos a, bueno, a intimar alguna vez, estaría bien que lo conociera un poco.

—Claro —contesto con voz algo temblorosa.

Me levanto del sofá, me acerco hasta el lector de DVD y meto el disco. Matt se sienta en el sofá y da una palmadita al asiento a su lado. Un poco dubitativa me siento junto a él. Me rodea los hombros con un brazo y me besa en la mejilla.

—Gracias por dejarme verlo —murmura.

Yo levanto la mirada hasta su agradable rostro y me encuentro con unos ojos amables y sonrientes.

—Pareces un buen tipo, Matt DeSalvo —le digo, resistiéndome a la urgencia de limpiarme la mejilla.

—Lo soy —contesta mientras me guiña un ojo.

El DVD se pone en marcha. Y allí estoy, tremendamente joven. Veinticuatro años, una edad grabada a fuego en mi alma como el último año de la antigua yo. Corinne, que estaba en la universidad, revolotea a mi alrededor, peinándome, parloteando sobre lo nerviosa que está.

Se me ve feliz. Y lo era. Ahí está mamá, intemporal y hermosa en su vestido largo color albaricoque, elegante y encantador.

—Sigue siendo hermosa —observa Matt.

—Es verdad —murmuro.

En la pantalla se me ve entrando en el coche, saludando con una mano al tipo de la cámara, y a continuación la escena se funde en negro. Y allí está Jimmy, de pie ante el altar con Ethan, ambos riendo. Ethan... Dios, parece un adolescente, delgado y monísimo. No parece un hombre a punto de presenciar cómo la mujer que ama se casa con otro. Mis hombros se relajan ligeramente.

Y entonces veo otra cosa. Matt y Jimmy solo se parecen superficialmente. Jimmy poseía una chispa, una fuerza vital que fluía sin más de su enorme corazón. Matt no tiene eso. Estoy segura de que tendrá otras cualidades, pero es, bueno, no es Jimmy.

—Avancemos la cinta —sugiero al mismo tiempo que

pulso el botón en el mando–. Las ceremonias nupciales son todas iguales –el DVD da un salto brusco y yo pulso el botón de *stop* al ver la carpa.

–Vamos allá. Ese es mi primo Stevie. Esta parte es muy entretenida.

Durante el banquete, Stevie nos había obsequiado con una interpretación bastante aceptable de John Travolta al son de *You Should be Dancing*, de la película *Fiebre del sábado noche*. Hasta que golpeó sin querer a un camarero que llevaba una bandeja llena de copas de champán.

–¡Ups! –Matt se ríe. Ha empezado a juguetear con mi pelo, aunque la mirada sigue fija en la pantalla.

Aparecen Anne y Laura, mis parientes más elegantes, que me besan y le dan una palmadita a Jimmy en la mejilla. Iris, Rose, mamá... Gianni y Marie. Mi suegro luce una expresión de orgullo y se le ve muy atractivo, con más pelo y menos grasa que ahora. Marie hizo dieta durante meses para entrar en el vestido que se había comprado, una pesadilla de chifón en color verde pálido.

Los dedos de Matt me están acariciando la nuca. La sensación es... buena. Agradable, supongo. Intento no ponerme tensa. En pantalla aparece una de mis partes preferidas. El discurso de Ethan.

–Es muy atractivo –dice Matt.

–¿Ethan? –pregunto sin apartar los ojos del televisor.

–Me refería a Jimmy.

–Sí, claro –miro a Matt–. Sí, lo era –devuelvo mi atención a la pantalla.

«–Damas y caballeros –el DJ da unos toquecitos al micrófono–, atención, por favor. El hermano del novio, Ethan Mirabelli, quiere decir unas palabras».

Algo en mi estómago da un brinco y yo me inclino un poco hacia delante.

–¿Estás bien? –pregunta Matt.

–Sí, claro.

En pantalla, Ethan toma el micrófono.

«–Estoy un poco nervioso –comienza algo cohibido–. Quiero hacerlo bien, porque Jimmy me ha prometido que, si lo hago bien, podré ser el padrino también en su próxima boda –la cámara enfoca a los invitados que ríen, a mí dándole a Jimmy una palmada en el hombro, y a Jimmy que sonríe–. En serio, siempre he mirado a mi hermano desde abajo... generalmente porque solía tenerme aplastado contra...».

Nos había encantado ese discurso. Ethan había estado perfecto, divertido y travieso.

«–Jimmy, eres un hombre afortunado de verdad. Hoy te marcharás de aquí con una esposa preciosa y divertida, que irradia calidez y amor allá por donde va. Y Lucy, tú te irás con... bueno, al menos podrás quedarte el bonito vestido».

–Qué divertido –murmura Matt, aunque yo apenas lo oigo.

He visto esta cinta cientos de veces. Y siempre he estado pendiente del hermoso rostro de Jimmy, del amor que sentía por mí, tan evidente y que se traslucía en su expresión en ese día tan feliz.

Pero hoy, por primera vez, estoy viendo a Ethan, no a Jimmy mirando fijamente a Ethan. Tenía veintidós años cuando nos casamos. Fue un padrino consumado, encantador, divertido, amable. Habla de cómo Jimmy solía enganchar un pez y luego pasarle la caña a él para que se llevara el mérito de la captura. Cómo Jimmy solía prepararle hamburguesas cuando sus padres no estaban, porque Marie opinaba que las hamburguesas eran comida de cerdos. Y entonces pasa a relatar cómo nos conocimos Jimmy y yo.

«–Yo estaba allí la primera vez que estos dos se vieron –explica volviéndose hacia Jimmy y hacia mí. No se nos ven las caras porque la cámara sigue enfocando a Ethan, pero estábamos abrazados, disfrutando del discurso–. Una mirada y eso fue todo –continúa Ethan con dulzura–. Se enamoraron, siguen enamorados y hoy se han prometido amor para el resto de sus vidas».

Un sonoro suspiro surge de los invitados a la boda.

«–Damas y caballeros, chicos y chicas, por favor poneos en pie. Por un amor eterno, hijos sanos, una larga y feliz vida juntos. Por Lucy y Jimmy».

«–Por Lucy y Jimmy –corean todos».

–Qué dulce –observa Matt.

Pero yo me quedo de piedra. Incapaz de respirar o hablar. Porque ahí está.

Cuando Ethan termina el discurso, la cámara se vuelve hacia Jimmy y hacia mí... que nos besamos, y entonces Jimmy se levanta y abraza a Ethan, que le da una palmada en la espalda y sonríe.

Yo manipulo el mando con torpeza y le doy a «Atrás».

–¿Qué sucede? –pregunta Matt.

–¡Calla! –siseo.

Voy demasiado hacia atrás y luego avanzo rápidamente. Ahí. Ahí está de nuevo. Jimmy y yo nos besamos.

Le vuelvo a dar hacia atrás, pero más despacio, y observo de nuevo.

Ethan, que acaba de pronunciar ese divertido y conmovedor discurso, levanta la copa y brinda por nosotros. Y, durante un segundo, justo antes de que la cámara enfoque a los novios, lo veo.

Había terminado con su cometido. Había pronunciado el brindis, y toda la atención había regresado a Jimmy y a mí y, durante un segundo, la máscara cae de su rostro de piel tostada, y ahí está. El amor. La soledad de ver a la persona que amas elegir a otro.

Y también veo otra cosa. Cuando Jimmy mira a su hermano, su rostro refleja fugazmente un sentimiento de disculpa. De culpabilidad. Y luego de gratitud.

Ethan, el de la piel tostada, me amaba. Y Jimmy lo sabía.

«Vigila la tostada».

¡Oh, Dios mío! La carne de mi cuerpo se pone de gallina.

—¿Lucy? —pregunta Matt.

—Eh… —respiro entrecortadamente, sin apartar la mirada de la pantalla—. Matt, tienes que irte.

—¿Estás bien? —me pregunta mientras se inclina hacia delante.

—Estoy… estoy… Estoy enamorada de él —le digo mientras señalo la pantalla con la barbilla.

—¿De Jimmy?

—De Ethan —le aclaro con la respiración entrecortada—. Tengo que irme. Y tú tienes que marcharte. Lo siento de veras. No puedo, es que… tengo que irme.

—¿No… no quieres salir conmigo? —pregunta Matt lentamente.

—Esto…, lo siento. No. Tengo que irme, de verdad —salto del sofá, descuelgo el abrigo de Matt del armario y se lo planto en las manos—. Bueno, pues adiós. Lo siento de veras —abro la puerta de golpe y lo empujo afuera.

—No sé qué decir —Matt frunce el ceño mientras sale lentamente al pasillo y se vuelve hacia mí—. Esto es toda una sorpresa. Yo creía que…

—Lo siento. Adiós —me despido mientras cierro la puerta en sus narices.

Vuelvo a colocarme frente al televisor y observo el gesto de Ethan al terminar su discurso. Puede que todo el proceso no dure más de un segundo y medio, pero en ese tiempo su expresión lo dice todo.

Hay tres cosas que están claras. Una, que Jimmy no era perfecto. Sabía lo que sentía Ethan, pero eso no le impidió seguir adelante conmigo.

Y dos, Jimmy me amó con todo su corazón.

Y tres... ah, sí, el número tres. Ethan también me amaba. Me sigue amando. O lo hacía hasta que yo lo machaqué.

Gordo Mikey está agazapado sobre el mostrador de la cocina zampándose las sobras del asqueroso pollo.

—Tengo que irme —le explico. «Atenta a la tostada». Mis manos tiemblan tan violentamente que apenas puedo abrir el armario, pero me las apaño. Meto los pies en unos zapatos y salgo corriendo por la puerta. Corro escaleras arriba, pero Dios, cuánto tardo en subir. Mis pies pesan como si fueran de plomo. Irrumpo en la quinta planta y corro por el pasillo hasta la puerta de Ethan, que golpeo con fuerza.

—¡Eth! Ethan, ¡abre la puerta! —grito—. ¡Ethan, soy yo!

Y, Dios mío, yo también lo amo. La idea de vivir sin él se me hace de repente pasmosamente estúpida y absolutamente insoportable. Ethan Mirabelli es, sencillamente, la mejor persona que conozco. La única que quiero tener a mi lado.

¡Mierda! De repente me acuerdo de la fiesta de aniversario de los Mirabelli. Corro escaleras abajo y salvo los últimos peldaños de un salto antes de salir a la calle a toda velocidad. El aire es frío y mi aliento forma nubes de vaho.

Sin pensármelo dos veces, cruzo la calle y me adentro en el parque Ellington.

Hacia el cementerio.

Ya es hora.

Capítulo 34

Corro por el camino, mi mente puesta en el pasado, en la sólida amistad de Ethan, en el consuelo de su compañía en esos días, meses, oscuros tras la muerte de Jimmy, cuando el resto de mis amigos pensaba que ya debería haberlo superado. Cuando empezamos a acostarnos, Ethan se mostraba totalmente irreverente sobre nosotros dos, y fue la única manera de poder estar con él. Y cuando me aparté de él para buscar a otro, me lo permitió. Ethan siempre ha hecho, siempre ha sido, justo lo que yo necesitaba en cada momento. Y a cambio nunca me ha pedido nada.

No puedo perderlo.

Mis pies golpean la grava a un ritmo constante. Recuerdo cuando, hará un par de meses, le dije que quería casarme, tener hijos, recuerdo esa mirada suya... Durante un segundo creyó que hablaba de él, pero lo que hice fue decirle que debíamos romper. ¡Mierda! Maldita sea yo por ser tan ciega y cruel. En el hospital, cuando estaba sangrando y herido, volví a hacerlo. Y hace dos días me lo confesó todo y lo único que hice fue aferrarme a mi imagen de San Jimmy.

He llegado al cementerio. Los pilares que flanquean la entrada me ofrecen su perpetua, y algo siniestra, bienvenida. Casi en contra de mi voluntad, reduzco la velocidad a un simple paseo, respirando entrecortadamente. Mis manos son dos bloques de hielo.

Los árboles están desnudos, las ramas parecidas a unos dedos negros y retorcidos que arañan el cielo de noviembre. Unas finas nubes ocultan la luna, pero está ahí, en alguna parte, ofreciendo su luz débil y difusa, y las tumbas parecen brillar.

Me sorprende lo familiar que me resulta el cementerio. Allí, bajo el enorme haya cuyas ramas se extienden a lo ancho, yace mi tío Pete, el que salió despedido del ataúd hace veintiséis años. No muy lejos, justo en medio de una de esas hileras, está el tío Larry, el marido de Rose. Los padres de mi madre... veo su lápida desde aquí.

En lugar de acelerarse, mi corazón parece calmarse a medida que me acerco a la tumba de Jimmy. A pesar de haberla visitado en una ocasión nada más, sé exactamente dónde está. Siento las rodillas flojas, pero no me han fallado. Mis pasos se ralentizan, mis ojos recorren otros nombres, sin verlos realmente. Esta noche estoy buscando un nombre en concreto.

Y ahí está.

Me detengo.

Giacomo, Jimmy, Mirabelli, veintisiete años.
Amado esposo, hijo y hermano.

«Y de verdad que lo eras, Jimmy. Fuiste amado. Por todos nosotros, pero quizás especialmente por Ethan. Ethan, que te perdonó».

Me tiemblan las piernas violentamente, pero me obligo a dar un paso. Y otro más. Otro. Y entonces me agacho y poso una mano sobre el frío granito de la lápida de Jimmy.

—Hola, cielo —susurro mientras mis ojos se llenan de unas ardientes lágrimas. Durante unos minutos las dejo correr por mis frías mejillas.

El viento agita las ramas y yo contemplo la tumba de mi esposo.

—Estoy aquí, Jimmy —le digo, y mi rostro se contrae—. Siento haber tardado tanto.

Los recuerdos inundan mi corazón: esos impresionantes ojos de Jimmy, sus sonoras carcajadas, la fuerza de sus brazos. Él era mi mundo, y mi futuro. Era el amor de mi vida. De mi antigua vida.

—¿Sabes qué? —susurro—. Estuve atenta a la tostada, Jimmy. Vi su cara. Y la tuya también, cielo. Lo sé todo.

Deslizo mi mano sobre el frío granito de su lápida y trazo la «J», de su nombre. A lo lejos ulula un búho y las hojas caídas crujen con la brisa.

Qué difícil es despedirse de alguien a quien amas, aunque ya se haya ido. Aunque fuera él quien te dejó el primero. Durante años he sido la viuda de Jimmy. Quizás mi miedo no fuera tanto volver a enviudar, quizás mi miedo era ser otra cosa que una viuda. Quizás temiera a este preciso instante.

—Siempre te amaré, Jimmy —susurro—. Pero ahora tengo que dejarte.

Las palabras queman como brasas ardiendo contra mi corazón. Agacho la cabeza y dejo que la ola de tristeza me inunde… y se retire. Y, después de un minuto, el dolor en mi corazón también empieza a ceder.

Me beso las puntas de los dedos y los apoyo contra su nombre grabado. Volveré, sé que lo haré, pero será diferente. Esta noche se producirá el adiós que ha tardado tanto en llegar. Susurro una cosa más, lo último que necesito decirle a mi esposo muerto.

—Gracias, Jimmy. Me encantó cada minuto de mi vida contigo.

Me levanto y me seco los ojos. Respiro una bocanada de aire frío, limpio y salado, y otro más.

Ya es hora de irse, hacia una nueva vida. Hacia Ethan, el hombre que me ha amado incondicionalmente durante todo este tiempo. El que me amó tanto como para ver cómo me casaba con otro, el que se mantuvo a mi lado durante los peores momentos de mi vida, el que me ha estado esperando todo este tiempo. El hombre al que llevo años amando, aunque hasta ahora no lo he reconocido.

Echo un último vistazo a la tumba de Jimmy. Y me quedo sin respiración.

En la base de la lápida, algo brilla bajo la tenue luz de la luna.

Una moneda de diez centavos.

Con una risa temblorosa, la recojo y la beso. A pesar de la gélida noche de noviembre, la moneda está caliente. Y sé, de algún modo, que esta será la última que encontraré.

—Gracias, Jimmy —susurro. La piedrecita en mi garganta se ha ido. Al fin se ha ido para siempre.

Me guardo la moneda en el bolsillo y empiezo a correr, las piernas fuertes, el aire limpio y frío. Cinco hileras, seis, nueve. Ahí está la tumba de mi padre, pero esta noche no me puedo parar.

—¡Deséame suerte, papá! —le grito. «Buena suerte, princesa», me imagino que me está diciendo.

Y de repente estoy fuera del cementerio, en la zona verde del parque, y voy hacia la calle Main, donde Ethan fue atropellado. Voy volando, mis pies apenas tocando el suelo mientras me impulsan cada vez más lejos de Jimmy, de mi pasado, y cada vez más cerca de la persona que, espero, se convertirá en mi futuro, y corro más deprisa todavía.

Gianni's está abarrotado. Es evidente que la fiesta de aniversario de los Mirabelli ha crecido hasta convertirse en un evento de proporciones gigantescas. Todas las mesas están ocupadas, y también hay un montón de personas junto al bar, bebidas en mano, riendo y charlando mientras de los altavoces sale la melodiosa voz de Tony Bennett. Los camareros se afanan yendo de un lado a otro llevando bandejas con comida, botellas de vino, cestillos de pan. Ahí está mamá, sentada a una mesa con Corinne y Chris. Mamá tiene a Emma en brazos y alza la mirada para decirle algo al capitán Bob, de pie junto a ella, esperando a que lo inviten a sentarse con ellos.

No veo a Ethan por ninguna parte. Sigo jadeando después de la carrera y la adrenalina vibra en mis articulaciones.

—¡Hola, Ducy!

—¡Nicky! –exclamo–. Hola, cielo. ¿Dónde está papá?

—Adivina una cosa.

—¿Puedo adivinarla un poco más tarde? Necesito ver a tu papá.

—Puedo eructar cuando quiera –me informa mi sobrino, y de inmediato procede a hacerme una demostración de su recién adquirido talento.

—¿Está papá aquí? –le insisto un poco más alto.

—¿Lucy? ¿Qué haces aquí? Creía que no venías –me dice Parker, que sale del lavabo de señoras.

—¿Esta Ethan aquí? Necesito... tengo que verlo –me pongo de puntillas y oteo la sala, pero no veo ni rastro de él.

—¿Por qué? –me pregunta ella entornando los ojos.

—¿Está aquí? ¡Parker, por favor!

Algo en la expresión de mi amiga se suaviza.

—¿Va todo bien? –pregunta mientras apoya su mano en mi brazo y yo asiento–. Está en la cocina. Gianni había contratado a un inútil para cocinar esta noche, y ni siquiera ha aparecido, de modo que Ethan se ha puesto a ello.

—¿En serio? —pregunto sorprendida.

Hasta donde yo sé, Ethan nunca ha cocinado para sus padres. Para mí sí, desde luego. Otro gesto al que no he prestado atención durante todos estos años.

Ojalá hubiera entrado en el restaurante por la puerta de la cocina, todo estaría resultando más sencillo, pues ahora tengo que sortear un mar de mesas, agitar la mano, saludar, intentar no parecer demasiado desesperada. A fin de cuentas se trata de la cena de aniversario de los Mirabelli.

—Eh, Luce —saluda Stevie—. Pareces algo que haya arrastrado un gato hasta el restaurante.

—Hola, Stevie —saludo a mi primo, pero sin pararme.

Casi he llegado a la cocina cuando prácticamente soy arrollada por un camarero. Al apartarme de su camino, tropiezo con Marie.

—¡Cariño, hola! —exclama al verme—. ¡Al final has venido! ¿Te has enterado de la noticia? —mi suegra posa una rolliza mano en mi brazo.

—Hola, Marie. Solo quiero encontrar a Ethan y…

—¡Se va a quedar con el restaurante! ¿No te parece estupendo? Está en la cocina, ¡y le ha dicho a Gianni que quiere comprar el restaurante!

Yo me quedo con la boca muy abierta.

—¿Ethan quiere trabajar aquí?

—¡Sí!

—¿Lo dices en serio? —insisto—. ¿Qué pasa con Atlanta? Dijiste que…

—Quiere estar cerca del pequeñajo —interviene Gianni que acaba de unirse a nosotras—. Hola, cielo.

—Hola, Gianni —lo saludo—. ¿Entonces Ethan se queda? Yo…

—Me dijo que no quiere ningún socio, quiere ser el único propietario, el pequeño bastardo —gruñe Gianni, aunque la verdad es que parece bastante orgulloso—. Y ya me ha advertido de que va a cambiarlo de arriba abajo. Empezando por el nombre. ¿Te lo puedes creer?

–Cállate, pelmazo –lo reprende Marie–. Tu hijo te está comprando el negocio. Deja de quejarte.

–¿Va a comprar el restaurante? –pregunto.

–¿Estás bien, cielo? ¿Dónde está ese joven tan agradable con el que estás saliendo? –Marie parece haberse dado cuenta de repente de mi aspecto desaliñado–. Los zapatos no hacen juego con el resto, querida.

–Tengo que hablar con Ethan –insisto.

–Está tremendamente ocupado –gruñe Gianni–. No lo está haciendo nada mal ahí dentro, pero aun así… Nos estamos retrasando un poco con el servicio de las mesas.

Yo esquivo a un ayudante de camarero y me abro paso a empujones hasta llegar a las puertas batientes de la cocina.

–Servicio para la mesa diez –grita Micki, una de las cocineras ayudantes más antiguas, mientras deja un plato en la bandeja caliente–. ¡Date prisa, Louie!

–Necesito dos sopas de marisco y una especial de *mozzarella* –contesta el camarero mientras coloca los platos sobre la bandeja–. Chef, ¿tienes más terneras?

–Tengo tres más –dice Ethan.

Está frente al fuego, de espaldas a mí, está volteando algo, agita la sartén, añade líquido y provoca una llamarada. El aire huele a ajo y carne.

Esto parece un circo gigantesco. Dos personas están con las ensaladas y entrantes, alguien está vigilando algo en el horno, y Ethan está removiendo, volteando, golpeando. El lavavajillas está hasta arriba de espuma, el hermano del marido de la prima está sacando algo del congelador, y habrá unas diez cosas diferentes cocinándose a la vez en el fuego. Los camareros entran y salen sin parar, gritando pedidos, sin apenas fijarse en mí, esquivándome como si yo fuera un saco de patatas.

En otras palabras, este no es el mejor momento.
Pero...
No sé cómo detenerme.

—¿Ethan? —llamo. Pero no me oye.

—Dos *crème brulée* y dos tiramisú —ruge Kelly, la camarera que fue al colegio conmigo. Me mira dos veces al reconocerme—. Hola, Lucy.

—La mesa dos pregunta si puedes preparar un pollo marsala sin vino —pregunta Louie.

—Claro. No será marsala, pero claro —contesta Ethan mientras echa pollo a una sartén.

—¿Ethan? —repito.

Esta vez sí me oye, y vuelve la cabeza bruscamente.

—Lucy. ¿Qué sucede?

—¿Tienes un minuto?

—Pues lo cierto es que no —contesta mientras arquea una ceja.

—Chef, la mesa cinco dice que la carne no está bastante hecha —anuncia un camarero mientras desliza un plato sobre la bandeja caliente.

—Está al punto —le dice Ethan tras inspeccionar el plato.

—A mí no me lo cuentes. Lo quiere más hecho —gruñe el camarero con expresión de fastidio.

Ethan asiente y devuelve la carne a la parrilla.

—Ethan, de verdad que necesito hablar contigo —anuncio elevando la voz.

Micki me mira y sigue picando perejil.

—Lucy, ahí fuera hay cincuenta personas que quieren comer, y el chef de mi padre no ha aparecido —me explica mientras reparte unas verduras entre dos platos y añade una chuleta de ternera por encima en un plato y pollo en el otro. A continuación toma un cuenco y lo llena de ravioli, cubriendo la pasta con salsa. Micki espolvorea perejil sobre los platos, añade la guarnición y los coloca sobre la bandeja caliente.

—¡Servicio para la mesa ocho! –grita.

Ethan está de vuelta junto a los fogones, de los que sale brevemente una llamarada.

—Carlo, ¿puedes sacar más filetes de la nevera? –pregunta.

—Eso está hecho, chef –contesta Carlo.

Yo suspiro. De acuerdo, es mal momento. El impulso que me ha traído hasta aquí se ha diluido, supongo. Me vuelvo con intención de marcharme y hundo las manos en los bolsillos.

Y ahí está la moneda.

Me vuelvo de nuevo hacia Ethan. Dado que está trabajando en la cocina de doce fuegos, está justo delante del santuario de Jimmy. Como de costumbre, las velas están encendidas, el pañuelo de Jimmy pulcramente doblado, su fotografía sonriéndome.

Es el momento de hacerlo. Me da igual lo ocupado que esté el restaurante. Es el momento, maldita sea.

—¿Ethan? –insisto.

No hay respuesta.

—¿Eth?

Nada.

—Ethan, necesito hablar contigo. ¡Ahora! –grito.

Ethan me mira de reojo.

—Micki, ¿puedes ocuparte tú un momento? El filete y la berenjena van juntos, y la parmesana de pollo y los ravioli van para seis.

—Entendido, chef –contesta ella y se pone con una sartén.

Ethan se abre paso por detrás del joven que está llenando cuencos con sopa y de la chica que se ocupa de las ensaladas.

—¿Qué quieres, Lucy? –exige saber.

—¿Podemos salir un segundo? –sugiero.

—¡No! –ruge mientras se pasa una mano por el pelo.

Respira hondo y se cruza de brazos–. Cuéntame eso tan importante y que no puede esperar.

Yo trago nerviosamente, pero la piedrecita sigue sin aparecer. Esta vez son solo nervios, y de repente se me ocurre que no tengo planeado ningún discurso.

–Yo, eh, hoy he ido al cementerio. Esta noche. He visitado la tumba de Jimmy –me muerdo el labio.

–Eso es estupendo, Lucy –me dice Ethan sin apartar la vista del chico de la sopa.

–Chef, un alérgico a los crustáceos para esa parmesana de berenjena. Mucho cuidado –informa Kelly mientras retira un plato de la bandeja caliente.

Y entonces Marie entra en la cocina.

–Ethan, cariño, la señora Gianelli quiere saber si puedes prepararle esa pasta con…

–¡Disculpa, pero estoy hablando yo! –exclamo con brusquedad mirando fijamente a mi suegra. Respiro entrecortadamente y, de repente, tengo toda la atención de Ethan.

–Pues entonces habla –contesta Marie, claramente ofendida–. Tú haz como si yo no estuviera. No soy más que la madre.

Me vuelvo hacia Ethan, que me mira muy quieto.

–Ethan… en el video de la boda… cuando pronunciaste el discurso. Eh, lo he visto, Ethan.

–¿Visto el qué? –pregunta en voz baja mientras parpadea.

Otro camarero irrumpe en la cocina.

–Chef, necesitamos dos filetes más y una tilapia especial.

Ethan no contesta, ni siquiera se gira.

–¿Qué viste, Lucy?

El personal de la cocina empieza a darse cuenta de que algo está sucediendo. Aunque la comida se sigue cocinando y los cuchillos siguen cortando, de repente hay mucho más silencio aquí dentro.

–Vi que... –mi voz queda reducida a un susurro–. Jimmy lo sabía.

Algo brilla en la mirada de Ethan.

–Lo siento –le digo–. Ethan, siento mucho todo lo que te he hecho sufrir. Esta noche, mientras veía el brindis...

Gianni irrumpe en la cocina.

–¿Dónde demonios está la ternera, Ethan? –ruge mi suegro–. La mesa cuatro lleva esperando quince...

–¡Silencio! –ordena Marie–. Ella es la que habla.

–¿Es posible que haya visto a Lucy? –mi madre, la que faltaba, asoma la cabeza y, cuando ve que no se ha equivocado, que es su hija, entra en la cocina con Emma en brazos–. Pensaba que tenías una cita. ¡Cielo, estás hecha un asco! Esos zapatos ni siquiera hacen juego.

–Necesito decirle algo a Ethan –explico en voz muy alta–. Si me permitís un minuto...

Los empleados dejan de fingir que están trabajando. Toda la actividad se detiene y todas las miradas se clavan en Ethan y en mí.

Ethan me observa. Y espera. Pero he decidido que ya no tiene que esperar más.

–Estuve atenta a la tostada, Ethan –le digo antes de soltar un pequeño sollozo.

–¿La tostada? –pregunta. Es evidente que no era eso lo que esperaba oír.

–Olvida la tostada –balbuceo, mis labios temblorosos–. Ethan, te amo. Y siento mucho que me llevara tanto tiempo darme cuenta, pero te amo desde hace mucho, mucho tiempo, y siento mucho lo de Jimmy y Jimmy Light, y cuando estuviste en el hospital y yo dije que no podía... –me obligo a detener la ráfaga de palabras que salen disparadas de mi boca y me limito a mirarlo.

Ethan abre la boca ligeramente. Aparte de eso, no ha movido ni un músculo.

–Eres mi mejor amigo, Ethan –continúo con mi voz

temblorosa–. Te amo y lo siento. Por favor, dame otra oportunidad. Por favor, di que lo harás.

Él no dice ni una palabra. Emma suelta sus gorgoritos. Los sonidos de la fiesta son como un sordo murmullo en la retaguardia, pero Ethan no dice nada.

He llegado demasiado tarde. Le he hecho aguantar demasiado durante demasiado tiempo, y se ha hartado de mí y, sinceramente, no puedo culparlo, pero mi corazón se cierra sobre sí mismo como un puño apretado.

Y entonces Ethan abre los brazos y, antes de darme cuenta, estoy allí, en sus brazos, mi rostro enterrado en su cuello, mis brazos rodeándole, abrazándole con toda la fuerza que tengo.

–Jesús –murmura Gianni.

–¡Calla, idiota! –exclama Marie, aunque yo apenas lo oigo.

Siento el corazón de Ethan latir contra mi cuerpo, y le tiemblan los brazos, tiene la cabeza inclinada, la barba arañándome el cuello. Y sé que estoy en el lugar en el que debo estar, el lugar al que pertenezco.

–Bueno, pues si hace una hora íbamos con retraso, ahora sí que estamos jodidos –dice alguien, y todos se echan a reír.

Pero la respiración de Ethan no es uniforme, y me lleva un segundo comprender el motivo.

Está llorando.

–Gracias por esperarme –susurro, y él asiente.

–Chef, este momento es precioso y todo eso –interrumpe Micki–, pero no tengo ni idea de qué hacer con el salmón.

–Cállate –le ordena Gianni–. Ya lo soluciono yo. ¿No ves que está ocupado?

Ethan me besa el cuello y levanta la cabeza para besarme en los labios. Y, Dios, qué bien me siento, perfecta, tanto que mi corazón casi estalla de felicidad. Y de repente el personal de la cocina empieza a aplaudir, y Ethan sonríe contra mis labios, se aparta y se seca los ojos con los talones de las manos.

—Te quiero muchísimo —repito mientras las lágrimas ruedan por mis mejillas.

—Pues te ha llevado un poquito darte cuenta —contesta con una pequeña carcajada.

Ethan vuelve a besarme y luego me abraza con fuerza. Y yo lo he echado tanto de menos, lo quiero tanto, que creo que voy a levitar de pura felicidad.

Me doy cuenta de que mi madre está llorando. Con mucha elegancia, eso sí.

—Bien por ti, Lucy —me dice mientras le da palmaditas a Emma en la espalda—. Bien hecho, cielo.

Marie solloza con un poco más de énfasis y, junto a los fogones, Gianni sonríe mientras cocina.

Y yo devuelvo mi atención a Ethan.

—Te casarás conmigo, ¿verdad? —susurro.

—Lo haré —contesta él mientras sus ojos se vuelven a llenar de lágrimas y sonríe con esa sonrisa que siempre me ha conquistado.

Esa sonrisa que iluminó mis momentos más solitarios y tristes, que me recordó que seguía habiendo motivos para reír, que me trajo la felicidad cuando pensaba que se había ido para siempre.

Esa sonrisa, la sonrisa del hombre que amo.

Epílogo

Como en tantas ocasiones en el pasado, entro con dificultad en la cocina de Gianni's, portando una enorme caja de la pastelería. ¡Uy! Este lugar ya no se llama Gianni's. Voy a tener que acostumbrarme al nuevo nombre. Hoy, sin embargo, mi caja no lleva pan, sino cinco docenas de *cannoli*, y no unos *cannoli* cualquiera, debo deciros. El canutillo es tan ligero como el aire, crujiente hasta el punto de desintegrarse, el relleno cremoso de una suave y densa vainilla con un toque de limón y almendra. Clásico, pero, aun así, impresionante. Los *cannoli* no estaban originalmente en la carta de postres, pero a Gianni casi le dio un ictus, de modo de Ethan cedió.

Lo cierto es que Ethan ha cambiado prácticamente todo. Esta noche se celebra la reapertura del restaurante y, durante los últimos meses, los obreros, decoradores y encargados de suministros hacían que este lugar se pareciera más a la Estación Central. Los empleados entran a trabajar a las cuatro y media, y no son más que las tres. Ethan llegará en breve, hace unos minutos me llamó para decirme que volvía de Providence con unos ingredientes de última hora que había comprado. Por ahora soy la única aquí.

Dejo la caja sobre la encimera y entro en el comedor

del restaurante. Han desaparecido los frescos de gondoleros y el Coliseo, desaparecido el rugoso estuco que cubría las paredes. En su lugar, todo el restaurante está pintado de un color melocotón clarito. De las paredes cuelgan brillantes acuarelas de arte abstracto. En medio del salón hay una chimenea con puerta de cristal. Cada mesa está decorada con unas alegres margaritas hierberas rojas y velas esperando ser encendidas. El efecto es encantador, de categoría, acogedor y alegre.

¡Ajá! Sobre el mostrador hay un montón de menús. Ethan lleva trabajando meses en ellos, pero no quiso dejarme ver la versión final. Tomo una carta forrada en cuero y deslizo un dedo por el nuevo nombre del negocio. El cambio de nombre era lo que más preocupaba a Gianni, pero ni siquiera él pudo protestar por el que Ethan había elegido.

Abro la carta y leo las propuestas acompañadas de una pequeña descripción. Reconozco muchos de los platos que Ethan me preparó durante estos años... escalopines de ternera, *rolatini* de berenjena, pollo Luciano. Bajo el epígrafe de «Pasta», veo algo que hace que se me forme un nudo en la garganta:

Penne Giacomo de pasta fresca casera y la famosa salsa de Jimmy, una combinación perfecta de tomates, nata y vodka.

La puerta de atrás se abre y yo regreso a la cocina. Allí está Ethan con dos bolsas de papel marrón en los brazos.

—Hola, chef —saludo—. ¿Nervioso?

Mi marido me mira y su rostro se ilumina con una sonrisa.

—Hola —dice mientras suelta las bolsas de la compra—. ¿Qué me dices de un beso, preciosa?

—No hace falta que me lo pidas dos veces —contesto mientras accedo con gusto. Dudo que la felicidad que me produce besar a Ethan se esfume alguna vez.

Nos casamos el día de San Valentín, en una pequeña ceremonia celebrada en San Buenaventura, donde de nuevo me convertí en Lucy Mirabelli. Nicky y Gianni fueron los padrinos, Corinne y Parker mis damas de honor. Las Viudas Negras y Marie lloraron copiosamente, Stevie se comportó razonablemente bien la mayor parte del tiempo, y Emma soltó sus gorgoritos durante toda la ceremonia, estrictamente familiar. Bueno, también asistieron otras personas, como Jorge, el capitán Bob, el señor Dombrowski. Grinelda.

A Bunny's le va muy bien con el nuevo contrato de pan, y Doral-Anne parece hacerlo muy bien. Puede que nunca lleguemos a ser las mejores amigas, pero trabaja bien, algo que respetan mucho las Viudas Negras. En el local de al lado, mi pequeño café también va bastante bien. Por supuesto, suministro los postres al restaurante, lo que me ha obligado a contratar a Marie como ayudante a media jornada y, aunque trabajar con mi suegra me hace sentir en ocasiones como una mártir, no me quejo. Además, cuando nazca el bebé voy a necesitar ayuda. Vamos a tener una niña. Estoy pensando en llamarla Francesca, el nombre que se suponía debía llevar Ethan, o quizás Violeta, para continuar con la tradición familiar de poner nombres de flores.

—¡Mirad a esos dos! —canturrea la dulce voz de Rose mientras las Viudas Negras entran por la puerta trasera—. ¡Se están besando! ¡Qué bonito!

Iris le da un tirón a su camisa.

—Mi Pete y yo éramos así —nos informa—. Siempre afectuosos. Es la base de un matrimonio feliz.

—Hola, querida. ¿Deberías estar de pie? —pregunta mamá mientras ojea con expresión de sospecha mi barriga.

Hace poco que se me ha empezado a notar, pero desde que mi madre supo que estaba embarazada, se ha convertido en una enfermera bastante sobreprotectora.

–Le preguntaré a Anne –dice Iris–. En mis tiempos, cuando estábamos embarazadas se nos trataba como a reinas. Nada de trabajar hasta romper aguas –frunce el ceño y me mira de arriba abajo–. Si necesitas guardar reposo en cama, necesitas guardar reposo en cama, Lucy. No tiene ningún sentido sufrir... –hace una pausa para darle mayor dramatismo– un parto prematuro.

–Sentaos, hermosas criaturas –Ethan sonríe mientras abre la puerta que da al comedor.

La hora del cóctel de los viernes se ha trasladado al nuevo local y, si parece un poco temprano para beber, os aseguro que a las Viudas Negras no les importa.

–Enseguida voy –les anuncia–. Poneos cómodas en el bar.

–¡Oh, Ethan, qué elegante! –exclama Rose–. Me siento como en *Sexo en Nueva York*.

Con las Viudas Negras parloteando en el bar, Ethan y yo estamos de nuevo solos. Le tomo la mano y contemplo la cocina. Aunque la parte principal del restaurante ha cambiado por completo, la cocina sigue casi igual. Aprieto la mano de mi marido y le rodeo la fina cintura con un brazo.

–Creo que Jimmy se sentiría realmente orgulloso de ti, Ethan –le aseguro.

–Gracias –los ojos de Ethan se humedecen. Se aclara la garganta y desvía la mirada hacia un punto por encima de los fogones. Mi mirada sigue a la suya.

El santuario ha desaparecido. Ethan llegó a casa un día y, sin decir una palabra, me entregó el pañuelo rojo y me dejó a solas. Tras tenerlo un rato en la mano, besé suavemente el pañuelo, lo doblé con cuidado, y lo guardé en una caja al fondo del armario. Desde entonces no he vuelto a abrir la caja. Pero resulta agradable saber que está ahí.

En lugar del santuario ahora hay una serie de fotos: las

dos que le di a Ethan en las que aparece en la playa con Jimmy, y la de nuestra boda. Pero también hay otra más, una que encontré cuando recogía mis cosas del apartamento para mudarme a casa de Ethan, una foto que no había visto en años.

Es una foto de Jimmy, Ethan y yo, el día de mi graduación. Yo llevo un vestido rosa, Ethan protege sus ojos con unas gafas de sol, sol que arranca destellos del cabello rubio de Jimmy. Los tres reímos, de pie en fila, yo en medio, mis brazos rodeando a los atractivos hermanos Mirabelli.

–Adoro esa foto –me dice Ethan con voz algo ronca.

–Y yo te adoro a ti –le digo con toda mi alma.

Ethan me besa mientras posa una mano sobre mi barriga, donde crece nuestro bebé, su boca perfecta sobre la mía.

El mundo está lleno de amor. Y de tristeza también, y de corazones rotos, pero, sobre todo, hay amor y felicidad, y milagros. Puede que mi padre muriera cuando yo tenía solo ocho años, pero su amor me ha acompañado toda mi vida. Jimmy murió demasiado joven, pero el amor que nos teníamos el uno al otro es como una perla que llevo en el alma, pura e inmaculada y ahora, al fin, guardada para hacer sitio a Ethan.

Y Ethan... Ethan es mi regalo. Mi presente y mi futuro, y el hombre al que amaré hasta el día en que me muera.

Antes de que mis emociones, y las hormonas, me dominen, interrumpo el beso y me seco los ojos.

–Entra ahí –le digo mientras le arreglo el cuello de la camisa–. Sabes que a las Viudas Negras no les gusta esperar a que les sirvan las bebidas.

–Después de ti –me dice, y abre la puerta.

Yo entro, delante de él, al precioso salón y sonrío a mis parientes.

–Aquí estás, por fin, Ethan –canturrea Rose.
–Pensaba que te habías perdido ahí dentro –gruñe Iris.
–Dejadles en paz –mamá ríe mientras se ajusta la falda corta–. Están enamorados.

Ethan me sonríe antes de contemplar a sus tres primeras clientas.

–Señoras –anuncia arqueando las cejas–. Mirabelli's queda oficialmente inaugurado.

ÚLTIMOS TÍTULOS PUBLICADOS EN HQN

Secretos por descubrir de Sherryl Woods

Pasó accidentalmente de Jill Shalvis

El juego del ahorcado de Lis Haley

El indómito escocés de Julia London

Demasiado bueno para ser verdad de Susan Mallery

Contigo lo quiero todo de Olga Salar

Atardecer en central Park de Sarah Morgan

Lo mejor de mi amor de Susan Mallery

Nada más verte de Isabel Keats

La máscara del traidor de Amber Lake

Mapa del corazón de Susan Wiggs

Nada más que tú de Brenda Novak

Corazones de plata de Josephine Lys

Acércate más de Megan Hart

El camino del amor de Sherryl Woods

Antes beso a un hobbit de Carla Crespo

www.ingramcontent.com/pod-product-compliance
Lightning Source LLC
LaVergne TN
LVHW091612070526
838199LV00044B/772